Matthew Reilly

Arctic Fire

MATTHEW REILLY

ARCTIC FIRE

Thriller

Aus dem Englischen
von Sepp Leeb

List

Die Originalausgabe erschien 2011
unter dem Titel *Scarecrow and The Army of Thieves*
beim Verlag Macmillan, Pan Macmillan Australia, Sydney

Illustrationen: Laurie Whiddon, Map Illustrations

MIX
Papier aus verantwortungsvollen Quellen
FSC® C014496

List ist ein Verlag
der Ullstein Buchverlage GmbH

ISBN 978-3-471-35090-4

Gesetzt aus der Sabon und Univers
Satz: LVD GmbH, Berlin
Druck und Bindearbeiten: GGP Media GmbH, Pößneck
Printed in Germany

Für meine loyalen Leser

SOLCHE KRÄFTE SETZEN DIESE VORGÄNGE FREI, UND SO EIGENARTIG VERHALTEN SICH DIESE GEWALTIGEN ENTLADUNGEN, DASS MICH OFT DIE ANGST ÜBERKAM, DIE ATMOSPHÄRE KÖNNTE ENTZÜNDET WERDEN …

Nicola Tesla, Erfinder

MORUS: WAS WÜRDET IHR TUN? EINE BREITE STRASSE DURCH DAS RECHT BRECHEN, UM DEN TEUFEL ZU FASSEN ZU BEKOMMEN?
ROPER: UM DAS ZU ERREICHEN, WÜRDE ICH JEDES GESETZ IN ENGLAND ABSCHAFFEN!
MORUS: AHA? UND WENN DAS LETZTE GESETZ ABGESCHAFFT WÄRE UND DER TEUFEL SICH NACH EUCH UMDREHTE – WO WÜRDET IHR DANN ZUFLUCHT SUCHEN?

Robert Bolt,
Ein Mann zu jeder Jahreszeit

DIE GESCHICHTE SCHREITET NEUERDINGS RECHT RASCH VORAN, UND HELDEN UND BÖSEWICHTER TAUSCHEN FORTWÄHREND DIE ROLLEN.

James Bond,
in *Casino Royale* von Ian Fleming

DRAGO

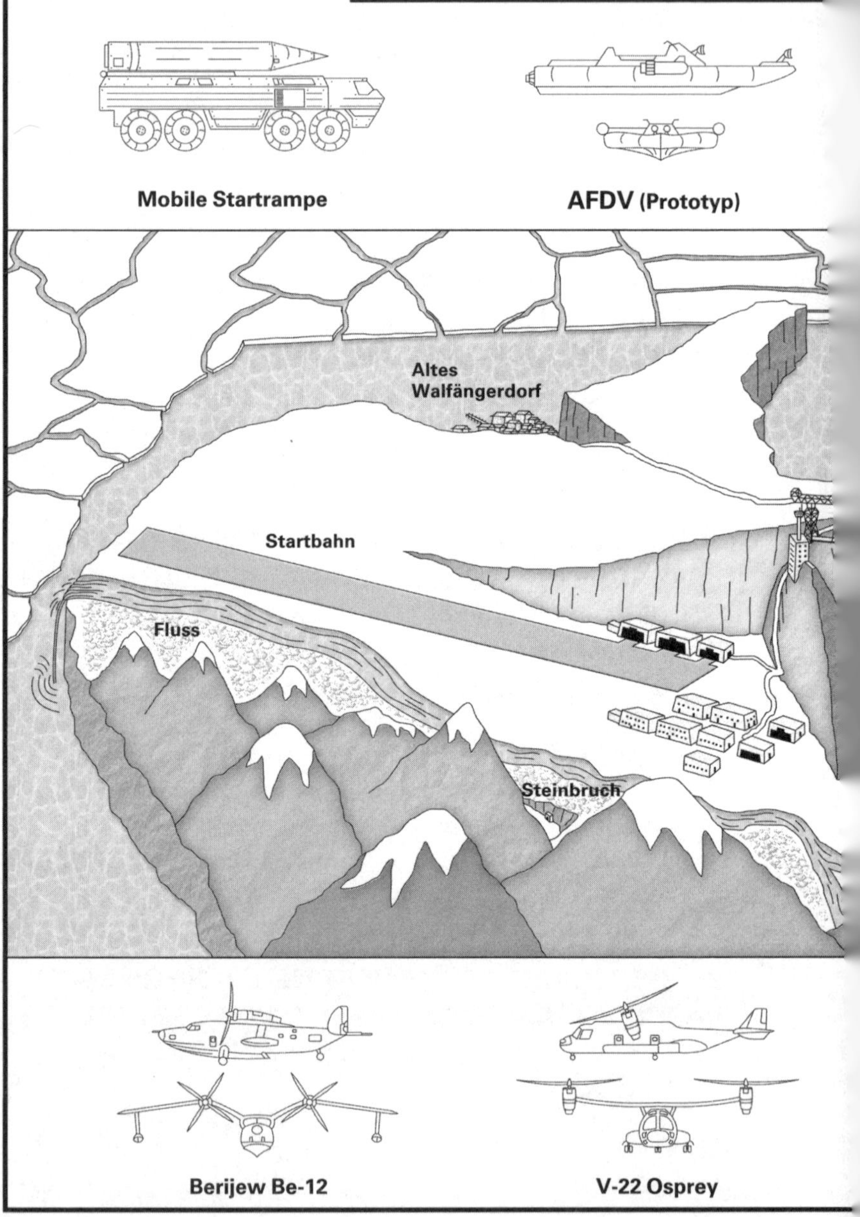
Mobile Startrampe
AFDV (Prototyp)
Altes Walfängerdorf
Startbahn
Fluss
Steinbruch
Berijew Be-12
V-22 Osprey

SLAND

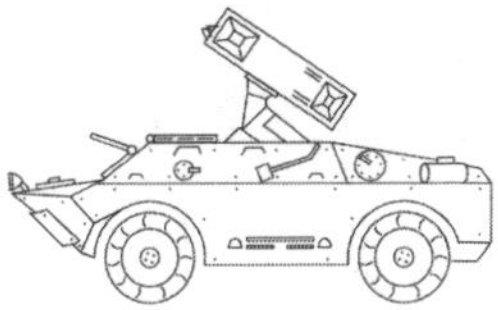

9K31 Strela-1

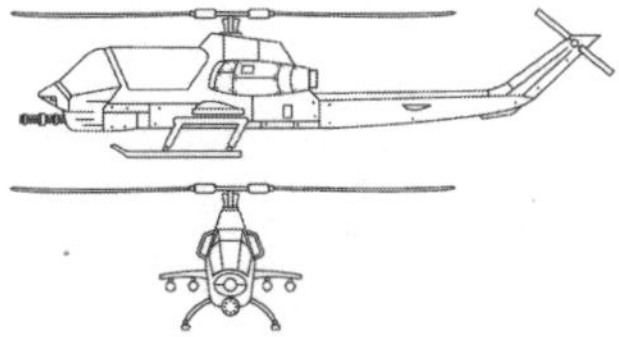

AH-1 Cobra

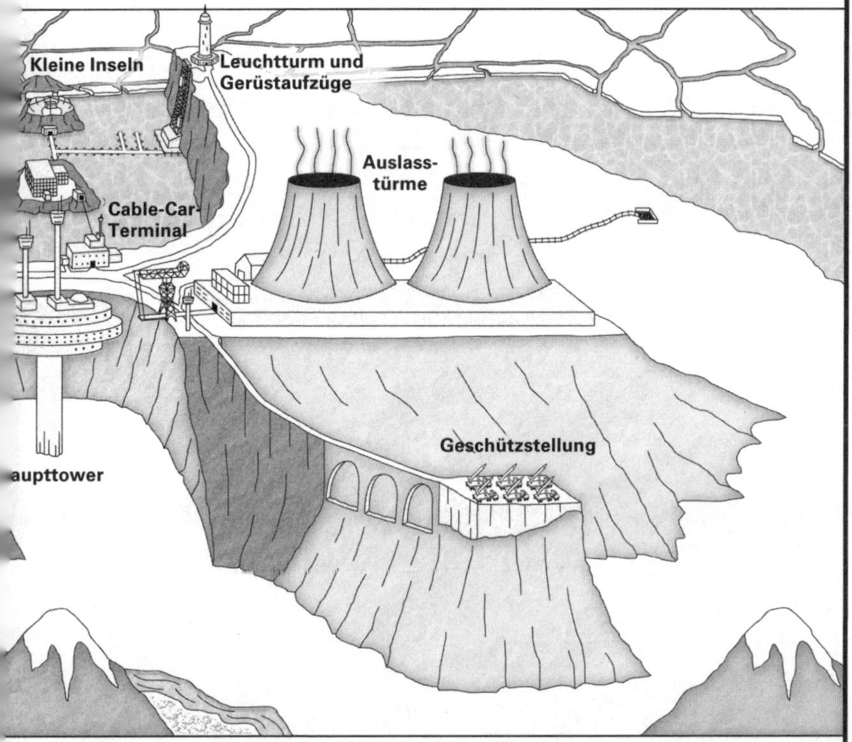

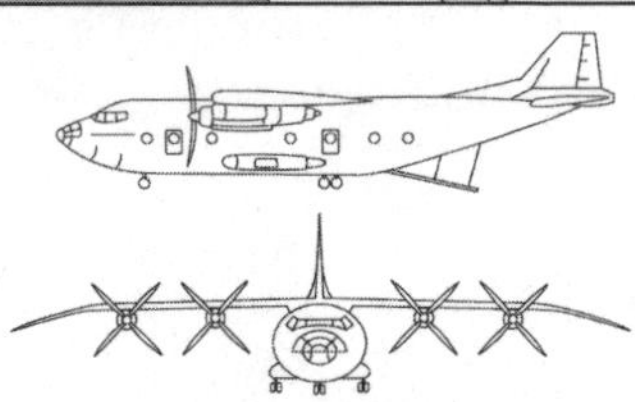

Antonow An-12

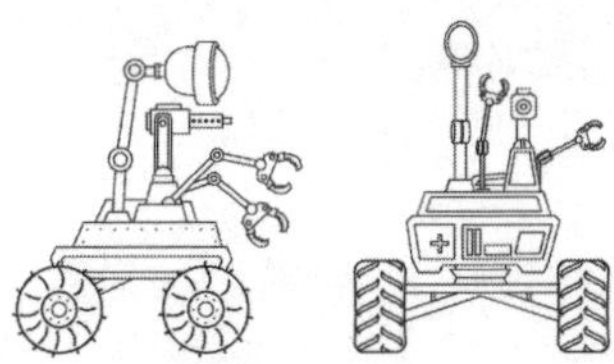

BRTE-500

DEFENSE INTELLIGENCE AGENCY

HINTERGRUNDBERICHT

EINSTUFUNG: STRENG GEHEIM
AUTOR: RETTER, MARIANNE (D-6)
THEMA: »ARMY OF THIEVES«

VORFALL 1: 9/9
GEFÄNGNISAUSBRUCH IN CHILE

Der erste Vorfall ereignete sich am 9. September und gipfelte in einem Massenausbruch von einhundert Häftlingen aus einem Militärgefängnis in Valparaiso, Chile.
Das Hochsicherheitsgefängnis wurde kurz vor Tagesanbruch im Stil einer militärischen Operation von einem kleinen Trupp schwerbewaffneter Männer mit schallgedämpften Schusswaffen angegriffen. Der Überfall, bei dem sämtliche Gefängniswärter getötet wurden, dauerte weniger als dreißig Minuten.
Unter den befreiten Häftlingen waren zwölf ehemalige hochrangige Angehörige des Comando de Vengadores de Los Martires, der sogenannten »Rächer der Märtyrer«, einer rechtsextremen paramilitärischen Organisation, die im Auftrag des Pinochet-Regimes Entführungen durchführte und Attentate verübte.
Bei ihrer Flucht hinterließen die Angreifer folgende Nachricht auf dem Gefängnistor:

DIE ARMY OF THIEVES ERHEBT SICH!

Sie war mit dem Blut der toten Wärter auf das Tor geschmiert.

VORFALL 2: 10/10
DIE KAPERUNG DER »OCHOTSK«

Einen Monat und einen Tag später, am 10. Oktober, wurde von Unbekannten der russische Frachter OCHOTSK vor der afrikanischen Westküste gekapert. Laut Frachtliste beförderte das Schiff Holz, Treibstoff und Baumaterialien, die für Simbabwe bestimmt waren, und man nahm zunächst an, es sei von westafrikanischen Piraten gekapert worden. Doch dann entsandten die Russen ihre halbe Atlantikflotte, um nach dem Schiff zu suchen.
Unsere Nachforschungen haben ergeben, dass sich an Bord der OCHOTSK in Wirklichkeit eine umfangreiche Waffenlieferung befand, die an drei mit einem Embargo belegte afrikanische Regimes verkauft werden sollte. Die Ladung des Schiffs bestand aus:

- 310 AK-47 Sturmgewehren
- 4,5 Millionen Schuss 7.62 mm MUNITION für diese Gewehre
- 90 RPG-7 Panzerfäuste

- 9 STRELA-1 Flugabwehr-Amphibienfahrzeuge, jedes mit vier 9M31 Boden-Luft-Raketen ausgestattet
- 12 ZALA-421–08 unbemannte Luftüberwachungsdrohnen
- 18 JEEPS mit Maschinengewehren
- 9 BORD-TORPEDOWAFFENBEHÄLTER mit jeweils vier APR-3E Torpedos
- 2 MIR-4 DRSV Mini-Rettungs-U-Boote

An Bord des Frachtschiffs befanden sich zehn Angehörige einer Speznas-Spezialeinheit.
Aufgrund letzteren Umstands ist äußerst unwahrscheinlich, dass die OCHOTSK von afrikanischen Piraten gekapert wurde. Afrikanische Piraten sind in der Regel arme Fischer, die Handelsschiffe angreifen, um ein Lösegeld zu erpressen, und bei den ersten Anzeichen, dass sich militärisches Personal an Bord befindet, umgehend die Flucht ergreifen.
Die Männer, die die OCHOTSK kaperten, wussten jedoch genau, was das Schiff geladen hatte, und waren so gut ausgebildet, dass sie ein Team russischer Elitesoldaten ausschalten konnten, um es in ihren Besitz zu bringen.
Die OCHOTSK ist bis zum heutigen Tag nicht wieder aufgetaucht.

VORFALL 3: 11/11
EIN RAUBÜBERFALL ÜBER GRIECHENLAND

In den frühen Morgenstunden des 11. November verschwand vom Himmel über Nordgriechenland ein nicht gekennzeichneter deutscher Gulfstream Jet,

der neun Milliarden Euro von Deutschland nach Griechenland bringen sollte.
Die aus Bargeld bestehende Fracht des Flugzeugs war Teil der jüngsten Rettungsbemühungen für Griechenland.
Das Flugzeugwrack wurde am nächsten Morgen entdeckt. Ein Besatzungsmitglied fehlte; die anderen drei waren aus nächster Nähe per Kopfschuss getötet worden.
Das Geld war verschwunden.
Auf die Innenwände des Flugzeugs war das gleiche Zeichen gepinselt wie auf das Tor des chilenischen Militärgefängnisses: ein Kreis mit einem »A« in der Mitte und darunter der höhnische Hinweis »DIE ARMY OF THIEVES WAR HIER!«.

VORFALL 4: 12/12
ANGRIFF AUF EINEN STÜTZPUNKT DES MARINE CORPS
PROVINZ HELMAND, AFGHANISTAN

In den frühen Morgenstunden des 12. Dezember griff eine schwerbewaffnete, über 100 Mann starke Truppe einen abgelegenen Stützpunkt des United States Marine Corps im Süden Afghanistans an.
Bei dem Angriff, der mit Präzision, militärischem Know-how und überwältigender Durchschlagskraft erfolgte, wurden alle 22 Pioniere und Wartungstechniker getötet, die auf dem abgelegenen Stützpunkt stationiert waren.
Das Ziel der Angreifer war jedoch allem Anschein nach nicht die Ermordung der US-Soldaten. Vielmehr ging es ihnen darum, die Fluggeräte des Stützpunkts in ihren Besitz zu bringen.
Die Angreifer erbeuteten vier AH-1 Cobra-Kampf-

hubschrauber und zwei Marine Corps V-22 Osprey »Warbird« Gunships (von denen eines acht Kisten mit neuer USMC Kaltwetter-Arktis/Gebirgskriegsführungsbekleidung enthielt, die für die während des Winters in Afghanistan eingesetzten US-Truppen bestimmt war).
Auf die Wände eines Zelts schmierten die Angreifer »FROHE WEIHNACHTEN, YANKEE-SCHWEINE! WÜNSCHT DIE ARMY OF THIEVES!« und darunter das »A«-Zeichen.

VORFALL 5: 1/1
EIN ZWEITER AUSBRUCH (DARFUR)

Am 1. Januar wurde kurz nach Mitternacht ein UN-Gefangenenlager in der sudanesischen Region Darfur von einem Trupp maskierter Männer überfallen.
Dabei wurden aus dem Lager 102 als »Aufständische, militante Islamisten und Drogensöldner« deklarierte Gefangene aus verschiedenen afrikanischen Staaten befreit. Bis auf zwei wurden alle Wachmänner des UN-Lagers getötet.
Die zwei Überlebenden Wärter berichteten, die Angreifer seien mit verschiedenen russischen Angriffswaffen und zwei amerikanischen Cobra-Kampfhubschraubern ausgerüstet gewesen. Die Angreifer entkamen mit den über hundert befreiten Häftlingen in zwei V-22 Osprey Gunships mit Kennzeichen der US Marines.
Bevor sie sich zurückzogen, sprühten sie an eine der Wände des Lagers: »DIE ARMY OF THIEVES IST GERADE STÄRKER GEWORDEN …«

VORFALL 6: 2/2
BOMBENANSCHLAG AUF MOSKAUER WOHNHAUS

Über die aufsehenerregende Zerstörung eines zwanzigstöckigen Moskauer Luxuswohnhauses am 2. Februar wurde in den Medien ausführlich berichtet. In Unkenntnis gelassen wurden die Medien jedoch über die Graffiti an den Mauern des an das zerstörte Gebäude grenzenden Parkplatzes. Sie waren mit Hunderten von Kreisen mit einem A in der Mitte besprüht worden.

VORFALL 7: 3/3
DIE FOLTERUNG EINES AMERIKANISCHEN POLITIKERS

Am 3. März drang in Georgetown kurz nach Mitternacht eine kleine Gruppe bisher unbekannter Männer in das Haus des ehemaligen amerikanischen Außenministers ein, tötete seine zwei Bodyguards und entführte den Exminister.
Am nächsten Morgen wurde der gefesselte Minister im Rock Creek Park von zwei Wanderern entdeckt. Er war der Folter des Waterboarding unterzogen worden.
In seine Brust war folgendes Zeichen geritzt:

Als der Minister nach seiner Befreiung zu dem Vorfall befragt wurde, wies er Symptome eines schweren Schocks auf. Er rief immer wieder: »Hütet euch vor der Army of Thieves! Hütet euch vor der Army of Thieves!«

SCHLUSSFOLGERUNGEN

An den sieben oben geschilderten Vorfällen lässt sich in recht blutigen Details die Entstehung einer nichtstaatlichen Organisation verfolgen, die sich »Army of Thieves« nennt.
Wo sich ihr Sitz befindet und wer ihr angehört, ist nicht bekannt.
Bekannt ist nur: Es ist ein Zusammenschluss von Einzelpersonen mit militärischer Ausbildung, die sich im Lauf der letzten sieben Monate einen beachtlichen Vorrat an Waffen, Kapital und Personal zugelegt haben.
Religiös oder kulturell bedingte Gründe für die Anschläge dieser »Armee« sind, zumindest bisher, nicht zu erkennen. Wir wissen nicht, was ihre Motive sind.
Aber sie möchten zweifellos auf sich aufmerksam machen.
Die Army of Thieves hat in den vergangenen sieben Monaten jeden Monat jeweils eine Operation durchgeführt. Auffällig an diesen Anschlägen ist, dass sie immer zu einem Zeitpunkt erfolgten, an dem die Zahl für Tag und Monat identisch waren. Deshalb sollten wir uns vorsehen, denn morgen ist der 4. April …

SCARECROWS RÜCKKEHR

DER STÜTZPUNKT AUF DRAGON ISLAND AUS DER LUFT GESEHEN MIT BLICKRICHTUNG NACH NORDEN

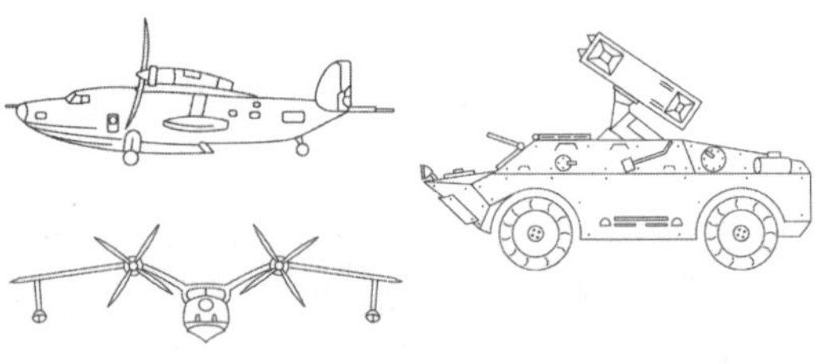

PROLOG

DIE INSEL DES DRACHEN

OSTROW SMEJ
ARKTISCHER OZEAN
4. APRIL, 05:00 UHR

Unter heftigem MG-Beschuss jagte das Flugzeug die Startbahn hinunter, bevor es abrupt abhob und über das Eis des Arktischen Ozeans hinwegschwebte.

Der Pilot des Flugzeugs, der 60-jährige russische Wissenschaftler Dr. Wassili Iwanow, wusste, dass er nicht weit kommen würde. Er hatte beim Abheben die zwei Strela-1-Luftabwehrfahrzeuge gesehen, die ihm auf der Startbahn gefolgt waren, um sich in Feuerstellung zu bringen; die jeepähnlichen Amphibienfahrzeuge waren mit jeweils vier 9M31-Boden-Luft-Raketen ausgerüstet.

Ihm blieben vielleicht noch dreißig Sekunden, bis sie ihn vom Himmel holten.

Iwanows Maschine war eine hässliche Berijew Be-12, eine uralte sowjetische Schrottmühle aus den sechziger Jahren. Vor langer Zeit, als junger Rekrut bei den Sowjetischen Luftverteidigungsstreitkräften, hatte Iwanow genau diesen Flugzeugtyp geflogen, bevor man seine Begabung als Physiker entdeckt und ihn zum Direktorat für Sonderkampfmittel versetzt hatte. Als er am Morgen als Passagier im eiskalten Frachtraum des Flugzeugs auf Dragon Island angekommen war, war ihm bewusst geworden, wie viele Ähnlichkeiten er mit der Berijew hatte. Beide waren sie alternde Ackergäule, die immer noch im Einsatz waren, auch wenn sie einer längst vergangenen Ära angehörten: Die Berijew war ein altes, ausrangiertes Flugzeug, mit dem alte, ausrangierte Teams wie seines zu alten, ausrangierten Stützpunkten hoch oben im Norden befördert wurden; Iwanow selbst war nur alt, und sein buschiger Schiwago-Schnurrbart wurde von Tag zu Tag grauer.

Er hätte auch nie gedacht, jemals wieder selbst eine Berijew zu fliegen, aber die Ankunft seines Teams auf der Insel war nicht nach Plan verlaufen.

Erst vor zehn Minuten, nach einem Nachtflug vom Festland, war die Berijew langsam über Dragon Island gekreist, das fernab jeglicher Zivilisation hoch oben am Polarkreis lag.

Der Stützpunkt auf Dragon Island Ostrow Smej hatte einmal ähnlich strenger Geheimhaltung unterlegen wie das Nuklearforschungszentrum Arsamas-16 in Sarow oder das Wektor-Institut in Kolzowo, in dem neue biologische Kampfstoffe entwickelt wurden. Seit ihrer Stilllegung wurden die ausgedehnten Forschungsanlagen auf der Insel jedoch nur noch von turnusmäßig ausgetauschten Rumpfteams des Sonderkampfmitteldirektorats wie dem Iwanows notdürftig vor dem endgültigen Verfall bewahrt. Iwanow war in der Berijew zusammen mit zwölf Speznas-Männern zu einem achtwöchigen Einsatz auf die Insel geflogen.

Bei ihrer Ankunft war ihnen nichts Ungewöhnliches aufgefallen.

Da sich der Winter seinem Ende zuneigte und sich in der Arktis zum ersten Mal seit Monaten die Sonne wieder blicken ließ, begann das zugefrorene Meer um Dragon Island allmählich aufzubrechen. Die riesige Eisfläche, die sich bis zum Nordpol erstreckte, sah aus wie eine mit einem Hammerschlag zertrümmerte Rauchglasscheibe: Sie war von unzähligen Rissen durchzogen.

Aber es war immer noch bitterkalt. Das Forschungsgelände auf Dragon Island war von einer dünnen Raureifschicht bedeckt.

Dennoch sah es beeindruckend aus.

Der hohe Turm in der Mitte der Anlage hatte selbst dreißig Jahre nach seiner Erbauung noch etwas Futuristisches. Er war so hoch wie ein zwanzigstöckiges Hochhaus und sah aus wie eine auf einem mächtigen Betonpfeiler sitzende fliegende Untertasse, in deren flacher, von zwei spitzen kleineren Türmen flankierter Glaskuppel die Kommandozentrale der Anlage war.

Aus dieser luftigen Höhe überblickte man die ganze Insel wie von einer Art Raumzeitalter-Leuchtturm. Während der Turm etwas stilvoll Elegantes hatte, standen die zwei riesigen Entlüftungsschächte, die östlich davon aufragten, für brutale Kraft und Leistung. Sie sahen aus wie die Kühltürme eines Atomkraftwerks, waren aber doppelt so groß.

Die einst so spektakuläre Anlage wies die üblichen Anzeichen zunehmender Vernachlässigung auf: Nur an vereinzelten Stellen – in Büros und Wachhäusern und in dem diskusförmigen Turmaufsatz – war noch Notlicht zu sehen.

Die Forschungsanlage war wie eine Festung angelegt; dank ihrer Bauweise und ihrer Lage war sie so gut geschützt, dass sie selbst von einer so kleinen Rumpftruppe wie der Iwanows gegen Angriffe von außen verteidigt werden konnte. Um Dragon Island einzunehmen, wäre eine ganze Armee nötig gewesen.

Als die Maschine mit Iwanow und den Speznas-Männern an Bord zur Landung auf der Insel angesetzt hatte, hatte der alte russische Wissenschaftler von seinem Sitz im Frachtraum eine Wolke aus matt schimmerndem Gas aus den gigantischen Auslasstürmen in den Himmel aufsteigen und nach Süden treiben sehen. Das war ungewöhnlich, aber nicht besorgniserregend; wahrscheinlich ließ Kotskis Team nur überschüssigen Dampf aus dem geothermischen Rohrleitungsnetz ab.

Nach der Landung auf dem Flugplatz der Insel war Iwanow mit seinem Speznas-Team aus der Berijew gestiegen und auf den Hangar zugegangen, von dem ihnen Kotski zugewunken hatte. Iwanow hatte das Flugzeug zusammen mit einem jungen Speznas-Mann, der ihm das neue Samowar-6-Laseroptik-Kommunikationsgerät hatte tragen helfen, als Letzter verlassen.

Diese kurze Verzögerung hatte den beiden das Leben gerettet.

Gerade als Iwanows Speznas-Team das Rollfeld, wo es vollkommen ungeschützt war, zur Hälfte überquert hatte, wurde es von den MG-Salven mehrerer unsichtbarer Angreifer, die ihnen offensichtlich in den Hangars aufgelauert hatten, ohne Vorwarnung niedergemäht.

Daraufhin hatte sich Iwanow mit dem jungen Speznas-Mann kurz entschlossen in das Cockpit der Berijew zurückgezogen. Er war in den Pilotensitz gesprungen, hatte die Maschine angelassen und war wieder gestartet – und so war es zu seiner überstürzten Flucht von Ostrow Smej gekommen.

Auf Russisch schrie Iwanow in das Funkgerät des Flugzeugs: »Direktorat Basis! Hier Beobachter Zwei ...!«

Elektronisches Rauschen bestürmte seine Ohren.

Sie hatten den Satelliten blockiert.

Er probierte es über das terrestrische System. Fehlanzeige. Das gleiche Problem.

Schwer atmend nahm er das neue Samowar-Funkgerät, das er nach Dragon Island mitgenommen hatte, von dem Sitz hinter ihm. Mittels eines neuartigen Laseroptik-Übertragungssystems, das eigens zum Schutz gegen die gängigen Störtechniken entwickelt worden war, stellte es die Verbindung zu einem Satelliten nicht über Funkwellen her, sondern über einen auf direkter Sichtlinie verlaufenden Laserstrahl.

Iwanow stellte das Hightech-Funkgerät auf das Armaturenbrett, schaltete es ein und richtete seinen Laserpeiler in den Himmel.

»Direktorat Basis, hier Beobachter Zwei! Bitte melden!«

Wenige Augenblicke später kam eine Antwort.

»Beobachter Zwei, hier Direktorat Basis. Verschlüsselungsprogramme für das Samowar-Sechs-System sind noch nicht vollständig in Betrieb. Der Funkverkehr könnte abgehört ...«

»Das ist jetzt völlig egal! Auf Dragon Island ist jemand! Sie haben uns aufgelauert und mein Team unmittelbar nach Verlassen des Flugzeugs angegriffen! Sie haben uns ohne Vorwarnung auf dem Rollfeld niedergemäht! Mir ist es zwar gelungen, wieder von der Insel zu starten, werde aber unter Beschuss genommen ...«

Während er das sagte, sah Iwanow wieder die Gaswolken, die aus den riesigen Auslasstürmen der Anlage aufstiegen. Ihm schoss ein beängstigender Gedanke durch den Kopf.

Sie werden doch nicht ...

»Basis«, stieß er bestürzt hervor. »Führen Sie einen UV-Vier-Scan der Atmosphäre über Ostrow Smej durch. Ich fürchte, die Eindringlinge haben die atmosphärische Waffe aktiviert.«

»*Sie haben was ...?*«

»Aus den Auslasstürmen steigt Gas auf.«

»*Das darf doch nicht ...*«

Iwanow wollte noch mehr sagen, aber in diesem Moment schlug eine 9M31-Luftabwehrrakete, die eins der Strelas abgefeuert hatte, in die Berijew ein. Das gesamte Heck der alten Maschine wurde abgerissen, und sie stürzte auf der Stelle ab.

Wenige Sekunden später schlug die Berijew auf dem Eis des Polarmeers auf, und Wassili Iwanows Stimme verstummte.

Seinen Notruf an das Funkdirektorat der Russischen Streitkräfte hatte allerdings noch jemand mit angehört.

Ein KH-12 »Improved Crystal«-Spionagesatellit des US National Reconnaissance Office.

Wie das bei allen abgefangenen Funksprüchen des russischen Militärs üblich war, wurde der Notruf automatisch heruntergeladen und dechiffriert, und als darin die Schlüsselwörter DRAGON ISLAND, UV-VIER-SCAN und ATMOSPHÄRISCHE WAFFE auftauchten, wurde er unverzüglich an die zuständigen Stellen im Pentagon weitergeleitet.

SITUATION ROOM DES WEISSEN HAUSES
WASHINGTON D.C.
3. APRIL, 16:45 UHR (45 MINUTEN SPÄTER)
05:45 (4. APRIL) AUF DRAGON ISLAND

»*Das ist jetzt völlig egal! Auf* Dragon Island *ist jemand!*«

Wassili Iwanows Stimme gellte durch den großen unterirdischen Raum. Weil Iwanow Russisch sprach, übersetzte ein Dolmetscher der US Army den Funkspruch ins Englische.

Der Präsident der Vereinigten Staaten und sein Krisenteam hörten in betretenem Schweigen zu.

»*Sie haben uns aufgelauert und mein Team unmittelbar nach Verlassen des Flugzeugs angegriffen! Sie haben uns ohne Vorwarnung auf dem Rollfeld niedergemäht!*«

Das Team bestand aus Generälen und Flaggoffizieren von Army, Navy, Marines und Air Force sowie dem Nationalen Sicherheitsberater des Präsidenten und hochrangigen Vertretern von NRO, CIA und DIA. Einzige Frau unter den Anwesenden war Deputy Director Alicia Gordon von der DIA.

»*Mir ist es zwar gelungen, wieder von der Insel zu starten, werde aber jetzt unter Beschuss genommen …*«

Die digitale Abspielkonsole wurde von Lucas Bowling bedient, einem jungen Analysten des National Reconnaissance Office.

»*Zentrale. Führen Sie einen UV-Vier-Scan der Atmosphäre über Ostrow Smej durch. Ich fürchte, die Eindringlinge haben die atmosphärische Waffe aktiviert.*«

Bowling stoppte die Aufnahme.

»Was ist ein UV-Vier-Scan, und haben wir auch schon einen durchgeführt?«, fragte der Army-General.

Der Nationale Sicherheitsberater des Präsidenten, ein ehemaliger 4-Sterne-General des Marine Corps namens Donald Harris, antwortete: »UV-Vier ist ein Bereich des Lichtspektrums, der für das menschliche Auge nicht sichtbar ist, der vierte Bereich der UV-Strahlung.«

»Ich habe das Ergebnis des Scans hier, Sir«, sagte Bowling mit einem Blick auf den Präsidenten. »Aber bevor ich ihn Ihnen zeige, wären vermutlich, mit Verlaub, ein paar Vorbemerkungen hilfreich. Nach Erhalt dieses abgefangenen Funkspruchs hat die NRO mit Hilfe von UV-Vier-Overlays noch einmal alle unsere Satellitenbilder der oberen Arktis gescannt. Dabei handelt es sich um eine Montage von Aufnahmen, die von sechs IMINT-Multispektral-Aufklärungssatelliten gemacht wurden und die die oberen Bereiche der nördlichen Hemisphäre zeigen, wie sie vor sechs Wochen im UV-Vier-Spektrum ausgesehen haben.«

Auf dem Bildschirm erschien eine Satellitenaufnahme:

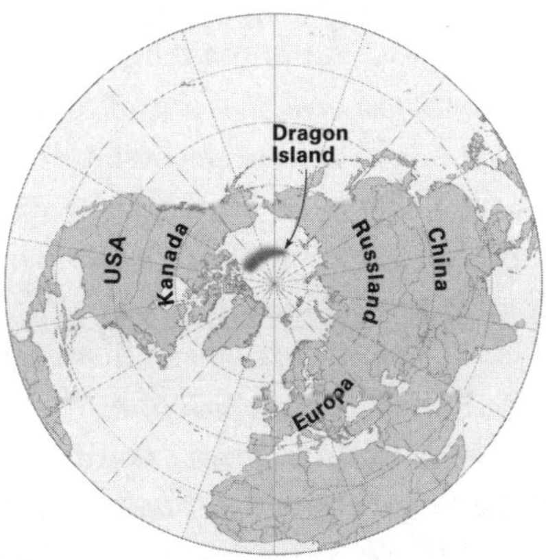

Darauf war die nördliche Hemisphäre abgebildet, wie sie sich von einem Punkt direkt über dem Nordpol gesehen darstellte. Zu erkennen waren das Nordpolarmeer und die größeren Inselgruppen wie Spitzbergen, Franz-Josef-Land und Sewernaja Semlja und an den Rändern Europa, Russland, China, Japan, der Nordpazifik, die Vereinigten Staaten und Kanada.

Nur bei genauem Hinsehen war auch zu erkennen, dass von einer kleinen Insel nicht weit vom Nordpol eine dichte Wolke aus dunklem Rauch aufstieg. In Wirklichkeit war diese Wolke durchsichtig, aber ein UV-Filter ließ sie schwarz erscheinen.

Sie kam von einer Stelle, die als »Dragon Island« eingezeichnet war.

Bowling fuhr mit seinen Ausführungen fort: »Dieses Satellitenbild ist, wie gesagt, sechs Wochen alt. Es zeigt eine kleine Wolke gasförmiger Materie, die aus einem alten sowjetischen Kampfstofflabor in der Arktis aufsteigt, das unter dem Namen Ostrow Smej oder auch Dragon Island bekannt ist.«

»Sieht aus wie die Aschewolke dieses isländischen Vulkans, die vor einiger Zeit den Luftverkehr zum Erliegen gebracht hat«, bemerkte der Vertreter der Army.

»Was ihre Verteilung in der Atmosphäre angeht, besteht tatsächlich eine große Ähnlichkeit«, sagte Bowling, »aber auf die Zusammensetzung der Wolken selbst trifft das nicht zu. Die Aschewolke bestand aus staubkörnchengroßen Partikeln vulkanischen Gesteins. Bei dieser Wolke dagegen handelt es sich um ein ultrafeines Gas, das in die untere und mittlere Atmosphäre aufgestiegen ist.

Es ist so extrem fein, dass es, mit dem bloßen Auge betrachtet, wie Hitzeflimmern aussieht. Aber im UV-Spektrum ist es, wie Sie hier sehen können, ganz deutlich erkennbar. Das liegt daran, dass es eine aus Triethylboran, kurz TEB, gewonnene chemische Verbindung ist. In den siebziger und achtziger Jahren haben sowjetische Wissenschaftler ausgiebig mit TEB experimentiert.«

»Und was ist das für ein Zeug?«, fragte der Admiral. »Es ist doch hoffentlich kein Gift, das über die Luft übertragen wird?«

»Nein, ein Gift ist TEB nicht«, sagte der Vertreter der Air Force. »Es ist etwas noch Schlimmeres. TEB ist eine extrem leicht entflammbare chemische Verbindung, die normalerweise in festem Zustand gelagert wird. Im Prinzip ist es ein Raketentreibstoff. Wir verwenden es auch. Es ist eine pyrophore Verbindung, die in Staustrahltriebwerken wie dem der SR-71 Blackbird als Festtreibstoff eingesetzt wird. In Verbindung mit Triethylaluminium wird es zum Zünden der Triebwerke der Saturn-V-Rakete verwendet.«

»Es ist eine der am leichtesten entzündbaren Substanzen, die uns bekannt sind«, fügte der Nationale Sicherheitsberater, an den Präsidenten gewandt, hinzu. »Es brennt extrem hell, heiß und weitflächig.«

Er wandte sich den Vertretern von DIA und CIA zu. »Aber wenn ich das richtig verstanden habe, sind TEB und seine Varianten in flüssigem Zustand stabil, wenn sie in einer Hexan-Lösung gelagert werden. Und ich war eigentlich immer der Auffassung, die Russen würden es in Hexantanks aufbewahren.«

»Das tun sie auch«, bestätigte Deputy Director Alicia Gordon von der DIA. »Zum Beispiel in Anlagen wie auf Ostrow Smej. Nur sind die dortigen Einrichtungen nicht mit normalen Maßstäben zu messen. Sie nehmen eine Sonderstellung ein. Wenn unsere Informationen richtig sind, war das dortige Forschungszentrum in den achtziger Jahren ein regelrechtes Horrorkabinett. Es unterlag strengster Geheimhaltung, und die sowjetischen Wissenschaftler konnten dort tun, was sie wollten. Und zum Teil ist bei diesen Experimenten richtig abartiges Zeug herausgekommen. Völlig neuartige elektromagnetische Waffen, fleischfressende Insekten, molekulare Säuren, explosive Plasmen, spezielle Nuklearwaffen, hypertoxische Gifte.

In der Endphase des Kalten Kriegs befassten sich die Sowjets auf Dragon Island mit der Erforschung extrem toxischer kaustischer Gase aus der Atmosphäre der Venus, die von zwei der sowjetischen Venera-Sonden auf die Erde zurückgebracht worden waren. Es gibt Vermutungen, dass es ihnen gelungen ist, Verbindungen aus TEB und einigen der besonders tödlichen Gase von der Venus herzustellen.

Allem Anschein nach wollten die Sowjets einen hautverätzenden Säureregen, wie wir ihn aus der Atmosphäre der Venus kennen, entwickeln und das Ganze dann über Amerika abregnen lassen. Sie hätten eine riesige Gaswolke, die aus einer Verbindung aus TEB und irgendwelchen exotischen Gasen von der Venus bestand, in den Jetstream über dem Pazifik aufsteigen lassen, damit dieser sie bei entsprechender Großwetterlage nach Amerika befördert hätte, wo sie dann als hautverätzender supersaurer Regen heruntergekommen wäre.

Selbst der Umstand, dass sie dafür Dragon Island als Standort ausgewählt haben, ist kein Zufall. Es befindet sich in unmittelbarer Nähe der Polkappe und somit am Ausgangspunkt des spiralförmigen Starkwindbands, das wir als Jetstream bezeichnen. Alles, was über Ostrow Smej in die Atmosphäre aufsteigt, wird in kürzester Zeit über Europa und den Süden Russlands hinweg nach China, Japan und über den Pazifik nach Amerika getrieben. Verantwortlich dafür ist der gleiche Jetstream, der die Vulkanasche von Island über Europa verbreitet hat. Die Sache ist allerdings ...« Die stellvertretende Direktorin der DIA hielt inne.

Alle warteten angespannt darauf, dass sie fortfuhr.

»... die Sowjets waren noch nicht so weit, dieses Gas wirklich zum Einsatz bringen zu können. Ihr Großprojekt Saurer Regen kam nie über die Testphase hinaus. Allerdings sind die Sowjets im Zug dieser Experimente, rein zufällig, auf etwas noch viel Gefährlicheres gestoßen.

In einschlägigen Kreisen kursieren Gerüchte, dass sie einen anderen Verwendungszweck für diese Verbindung aus TEB und den Gasen von der Venus entdeckt haben: Ihnen war klargeworden, dass sie das extrem leicht entzündbare Gas in die Atmosphäre aufsteigen lassen und dort mit einer katalytischen Explosion *entzünden* könnten, wobei es zu einem sogenannten ›atmosphärischen Verbrennungsvorgang‹ käme.«

»Einem was?«

»Sie hätten die Atmosphäre in Brand gesetzt. Die Sache ist eigentlich recht simpel. Damit ein Feuer brennen kann, benötigt es Sauerstoff. Bei einem Verfahren wie diesem wird dieses Prinzip auf die Spitze getrieben. Rein technisch gesehen, handelt es sich dabei um eine Aerosol- oder Vakuumbombe, deren Sprengstoff, einmal gezündet, den Sauerstoff in der Luft als Hauptbrennstoff für die Explosion benutzt. Waffenspezialisten sprechen hier von einer Tesla-Reaktion, benannt nach dem großen Erfinder Nikola Tesla, der den Bau einer Waffe für möglich hielt, mit der die ganze Atmosphäre in Brand gesetzt werden könnte.

Eine solche Waffe erfordert allerdings nicht nur enorme Mengen an Gas in der Atmosphäre, sondern auch eine Zündvorrichtung, die ungeheure Energie und Hitze freisetzt – im Prinzip also eine seminukleare Waffe. Wir glauben allerdings nicht, dass es den Sowjets gelungen ist, etwas Derartiges zu bauen.«

Ein Husten.

Es kam vom Vertreter der CIA. Er räusperte sich und ergriff zum ersten Mal das Wort.

»Das«, erklärte er, »ist nicht ganz zutreffend.«

»Dragon Island«, sagte der CIA-Mann, »war weiß Gott einer der verrücktesten Auswüchse des Kalten Kriegs.

Machen wir uns doch nichts vor. Was die Sowjets damals alles ausprobiert haben, war richtig krank. Sie haben die Möglichkeiten der Wissenschaft bis aufs Äußerste ausgereizt, ohne jegliche Einschränkungen, sei es nun ethischer oder sonstiger Art. Auf Ostrow Smej durften die besten Wissenschaftler des Landes mit den gefährlichsten und ausgefallensten Substanzen arbeiten, die die Menschheit kennt, darunter die bereits erwähnten Gasproben von der Venus. Und das alles diente nur einem einzigen Zweck: neue Massenvernichtungswaffen zu entwickeln. Dragon Island war die Vorzeigeeinrichtung des Sonderkampfmitteldirektorats der Roten Armee. Die Wissenschaftler, die dort geforscht haben, gingen nicht nur bis an die Grenze, sondern manchmal auch darüber hinaus. Ostrow Smej war ihre Area 51, ihr Los Alamos und ihr Plum Island, alles in einem.

1991, nach dem Zusammenbruch der Sowjetunion, wurde das Projekt Dragon Island allerdings eingestellt. Das Problem war nur, dass die Dinge, mit denen man dort experimentiert hatte, *so* aberwitzig waren, dass ihre Vernichtung mehr Probleme geschaffen als beseitigt hätte. Deshalb haben die Russkis seitdem immer ein Rumpfteam auf der Insel stationiert, um den Betrieb sozusagen auf Sparflamme aufrechtzuerhalten und zu gewährleisten, dass stabile Feststoffe nicht zu instabilen Flüssigkeiten werden und chemische Substanzen, die unbedingt auf dem absoluten Nullpunkt gelagert werden sollten, auch auf dem absoluten Nullpunkt bleiben. Anders ausgedrückt, Dragon Island ist nach wie vor ein Horrorkabinett.«

Er wandte sich dem Präsidenten zu. »Es ist meine unerfreuliche Pflicht, Sir, Ihnen mitzuteilen, dass die Russen tatsächlich eine Tesla-Waffe gebaut haben und dass sie sich auf Dragon Island befindet.

Dabei handelt es sich um eine sogenannte ›atmosphärische Waffe‹, deren Einsatz in zwei Phasen abläuft. Zunächst lässt man aus zwei riesigen Auslasstürmen auf Dragon Island ein leicht entzündliches Gas in die Atmosphäre aufsteigen, das in der zweiten Phase mittels eines explosiven Katalysators entzündet wird. Dieser Katalysator ist im Grunde genommen ein quasi-nuklearer Sprengkörper mit einem kugelförmigen Kern aus verunreinigtem Uran 238, das wegen seiner tiefroten Farbe auch als ›Bluturan‹ oder ›rotes Uran‹ bezeichnet wird. Rotes Uran ist nicht so wirksam und radioaktiv wie Yellowcake, aber aufgrund seiner minderwertigen atomaren Struktur reagiert es erheblich stärker mit TEB, als das bei einer thermonuklearen Explosion der Fall wäre. Eine reguläre Atombombe könnte nämlich eine solche Gaswolke überhaupt nicht zünden.

Diese Kugeln aus rotem Uran sind nur so groß wie ein Golfball. Man ummantelt sie mit einem gängigen Brückenimplosionszünder aus Beryllium – wie man ihn in jeder Nuklearwaffe findet – und schießt das Ganze mit einer Rakete in die Gaswolke hoch. Die bei ihrer Explosion entstehende Hitze ist stark genug, um das Gas zu entzünden und den Verbrennungsprozess in Gang zu setzen –, und das wiederum hat eine Kettenreaktion in Form eines extrem heißen Säurebrands zur Folge, der über die gesamte nördliche Hemisphäre hinwegfegt und die ganze Atmosphäre in Brand steckt. Die Wirkung ist in etwa so, als würfe man ein brennendes Streichholz in eine Benzinlache, nur dass es in diesem Fall zu einem Brand von globalen Ausmaßen kommt.«

Der Präsident schüttelte fassungslos den Kopf. »Wie kann jemand nur so etwas bauen? Wenn durch diese Waffe die ganze nördliche Hemisphäre zerstört wird, werden die Russen doch auch selbst ausgelöscht.«

»Genau *das* ist der Grund, warum diese Waffe gebaut wurde, Sir«, antwortete DIA Deputy Director Alicia Gordon. »Man nennt so etwas eine ›Verbrannte Erde‹-Waffe. Zu solch verzweifelten Maßnahmen greift man, wenn man einen Krieg *verloren* hat. Als die Deutschen merkten, dass sie den Zweiten Weltkrieg nicht mehr gewinnen konnten, brannten sie auf dem Rückzug alle Bauernhöfe nieder, die Strategie der verbrannten Erde. Dahinter stand der Gedanke: Wenn wir den Krieg schon verlieren, soll der Sieger auch nichts davon haben, ihn zu gewinnen.

Ganz ähnlich verhält es sich mit dieser sowjetischen Massenvernichtungswaffe. Hätten die Vereinigten Staaten in einer kriegerischen Auseinandersetzung das sowjetische Arsenal an Interkontinentalraketen außer Gefecht gesetzt oder zerstört, hätten die Sowjets diese atmosphärische Waffe zum Einsatz gebracht und den Siegern nichts als verbrannte Erde hinterlassen.«

»Nur dass diese Waffe nicht nur *ihr* Land vernichtet hätte, sondern die gesamte nördliche Erdhalbkugel«, bemerkte der Präsident.

»So ist es, Sir«, sagte Gordon. »Mr. President, falls jemand Dragon Island eingenommen und die Tesla-Waffe aktiviert hat, haben wir ein ernstes Problem. Wie es scheint, sind wir jedoch noch rechtzeitig darauf aufmerksam geworden. Die Leute, die sich auf Dragon Island eingenistet haben, müssten das leicht entzündliche Aerosol schon *Wochen* vorher in die Atmosphäre entweichen lassen, um einen solchen Weltenbrand auslösen zu können.«

Diese Feststellung wurde mit spürbarer Erleichterung aufgenommen.

Nur Bowling, der NRO-Mann, schluckte schwer.

»Dann werden Sie darüber bestimmt nicht begeistert sein.« Er drückte auf eine Taste seines Laptops, und auf dem Bildschirm erschien ein neues Bild. »Das hier wurde vor vier Wochen aufgenommen.«

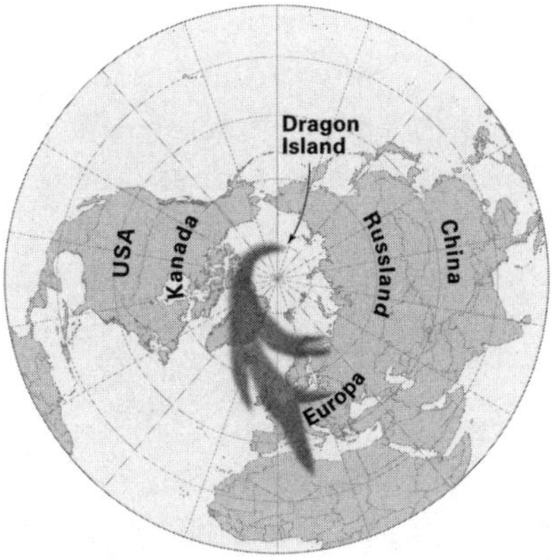

»Und das hier vor zwei Wochen.«

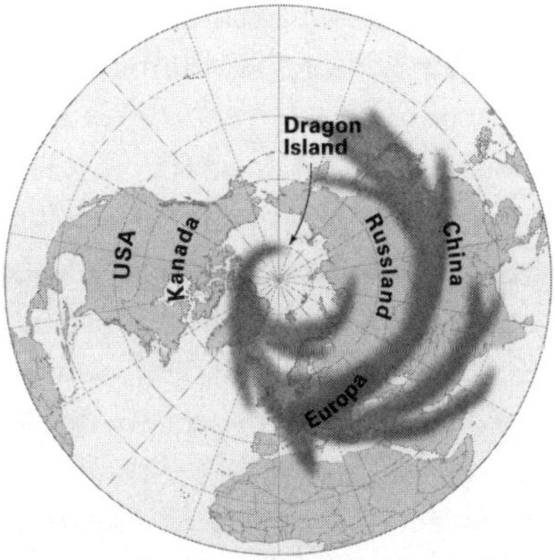

»Und das letzte Bild wurde vor fünfundvierzig Minuten gemacht, nachdem wir Mr. Iwanows Notruf abgefangen hatten.«

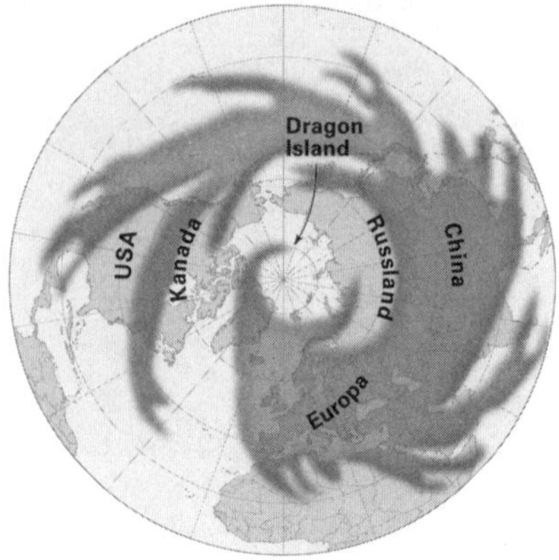

»Um Himmels willen ...«, hauchte jemand.

»Oh Gott ...«

Die unheilvolle Wolke hatte sich in einer hässlichen Spirale über *die gesamte nördliche Hemisphäre* ausgebreitet und über jede größere Landmasse der oberen Erdhälfte gelegt. Sie sah aus wie ein gigantischer Ölfleck, der den Planeten verschmutzte, nur dass er sich in der Atmosphäre befand. Das Bild der verseuchten Erde schwebte vor den schockierten Gesichtern des Krisenteams.

»Die Leute, die Ostrow Smej besetzt haben, lassen jetzt schon seit beinahe sechs Wochen entzündliches Gas in die Atmosphäre entweichen«, sagte Bowling. »Sie haben es einfach in den Jetstream aufsteigen lassen, und der hat alles Weitere für sie erledigt. Inzwischen ist die gesamte nördliche Atmosphäre von einer Gaswolke bedeckt.«

In diesem Moment kam ein junger Assistent in den Raum gestürmt und reichte der stellvertretenden DIA-Direktorin einen Computerausdruck.

Gordon überflog ihn rasch, dann blickte sie abrupt auf. »Mr. President. Das kommt von unserer russischen MASINT-Station. Sie haben gerade einen Notruf des Leiters des russischen Sonderkampfmitteldirektorats in Sarow an den russischen Präsidenten in Moskau abgefangen. Er lautet:

HERR PRÄSIDENT,

OSTROW SMEJ WURDE VON EINER UNBEKANNTEN STREITKRAFT EINGENOMMEN.
DIE ANALYSE VON SATELLITENAUFNAHMEN HAT ERGEBEN, DASS VON DER INSEL SCHON SEIT EINIGER ZEIT, MÖGLICHERWEISE SEIT 41 TAGEN, ATMOSPHÄRISCHES GAS IN DIE ATMOSPHÄRE AUFSTEIGT.
EINE FERNANALYSE HAT ERGEBEN, DASS AUF OSTROW SMEJ SECHS BLUTURANKUGELN FÜR EINEN BEVORSTEHENDEN EINSATZ AKTIVIERT WERDEN. DIE AKTIVIERUNG DAUERT ETWA ZWÖLF STUNDEN UND HAT OFFENSICHTLICH VOR SIEBEN STUNDEN BEGONNEN.
UNS BLEIBEN FÜNF STUNDEN, DIESE UNBEKANNTE ORGANISATION DARAN ZU HINDERN, DIE ATMOSPHÄRISCHE WAFFE ZU ZÜNDEN.

Gordon legte den Ausdruck nieder.

Über den Situation Room legte sich tiefes Schweigen.

Der Präsident schaute auf die Wanduhr. Es war 17 Uhr, beziehungsweise 6 Uhr früh auf Dragon Island. »Soll das heißen, in fünf Stunden zünden Unbekannte eine Art Superwaffe, die die Atmosphäre der nördlichen Hemisphäre in Brand setzen wird?«

»Das trifft es auf den Punkt, Sir«, erwiderte Gordon. »Wir haben noch fünf Stunden Zeit, um die Welt zu retten.«

Der Präsident stand auf. »Holen Sie mir sofort den russischen Präsidenten ans Telefon …«

Die Tür des Situation Room flog auf.

Ein junger Major der Air Force kam hereingestürmt. »Mr. President! Die Russen haben in Omsk in Sibirien gerade eine Interkontinentalrakete gestartet! Sie nimmt Kurs auf ein Ziel im Nordpolarmeer, auf einen ihrer Stützpunkte dort. Sie schießen eine Atomrakete auf eine ihrer eigenen Inseln!«

KREML
MOSKAU, RUSSLAND

In genau demselben Moment sahen sich in einem ähnlichen unterirdischen Raum in Moskau der russische Präsident und sein Krisenteam die Live-Zuspielung eines Raketenüberwachungssatelliten an.

Ein blinkender Lichtpunkt markierte die mit einem Atomsprengkopf ausgerüstete Interkontinentalrakete, die direkt auf Ostrow Smej zusteuerte.

»Einschlag in vier Minuten«, sagte ein Operator.

Der Lichtpunkt näherte sich Dragon Island.

Im Raum war es totenstill.

Aller Augen waren auf das Display gerichtet.

»Einschlag in drei ... *Moment!* Rakete ändert Kurs. Was zum Teufel ...?«

»Was geht hier vor?«, fragte der russische Präsident barsch.

»Die Rakete. Sie ... sie kehrt um. Sie kommt zu ihrem Raketensilo zurück ...«

Im Situation Room des Weißen Hauses beobachteten der Präsident und sein Krisenteam auf einem ähnlichen Monitor, wie die russische Rakete ihre Flugbahn änderte.

»Sie kehrt zur Abschussstelle zurück?«, fragte der Präsident erstaunt. »Wieso das?«

»Sie haben sich in das Leitsystem der Rakete gehackt ...«, sagte Alicia Gordon ominös.

»Wer?«

»Die Leute auf Dragon Island.«

»Ist so etwas denn überhaupt möglich?«

»Wir können es«, erklärte Gordon nüchtern. »Und wie es aussieht, können es auch die Leute, die Dragon Island besetzt haben.«

Entsetzt beobachtete der russische Präsident, wie der Lichtpunkt auf dem Monitor rasch zu seiner Abschussstelle zurückkehrte.

Der Mann an der Kommunikationskonsole neben ihm sprach aufgeregt in sein Headset: »Raketenleitstelle Omsk, hören Sie! *Sie kommt zu Ihnen zurück!* ... Nein, wir können es sehen! Geben Sie Befehl zur Selbstzerstörung ... Was soll das heißen? Rakete reagiert nicht ...?«

Wenig später erreichte der Lichtpunkt die Abschussstelle in Omsk in Sibirien, und die Funkverbindung mit Omsk fiel aus.

Das bestürzte Schweigen, das daraufhin eintrat, wurde von einem zweiten Kommunikationsoperator gebrochen.

»Herr Präsident, von Dragon Island kommt gerade ein Funkspruch herein.«

»Legen Sie ihn auf den Monitor«, sagte der russische Präsident.

Ein Bildschirm ging an, und ein Mann mit einer schrillen Elvis-Sonnenbrille und einem Polarparka mit Wintertarnung erschien.

Wegen der Sonnenbrille und weil sich der Mann die Kapuze tief ins Gesicht gezogen hatte, war nur seine untere Gesichtshälfte zu erkennen. Doch selbst dieser kleine Bereich zwischen Nase und Kinn hatte etwas Unverwechselbares: Vom linken Ohr zog sich ein schrecklich entstellter, von Säure zerfressener Hautstreifen den Kiefer des Mannes hinab, der eher wie ein durchgeknallter Rockstar aussah als wie ein Terrorist.

»Einen wunderschönen guten Morgen, Herr Präsident«, sagte der Mann in perfektem Russisch. »Ich könnte Ihnen natürlich meinen Namen sagen, aber was brächte das? Nennen Sie mich den Fürsten der Anarchie, den General der Army of

Thieves, den Kaiser der Vernichtung, den Herrn der Zerstörung, nennen Sie mich, wie Sie wollen. Meine glorreiche Streitkraft, die Army of Thieves, ist ein Zusammenschluss von Verbitterten, Hungernden, Unterprivilegierten und Armen, die sich gegen die bestehenden Mächte auflehnen möchten. Sie ist der vor der Tür seines Herrn hungernde Hund, der nicht mehr länger hungern will. Jetzt ist der Moment gekommen, in dem Sie, die Herren, zur Rechenschaft gezogen werden. Und das Werkzeug dieser Abrechnung bin ich.

Meine Armee aus Verstoßenen hält Ihre fiese kleine Insel besetzt und beabsichtigt, die dort stationierte Waffe zu aktivieren. Wie Ihnen inzwischen sicher klargeworden ist, kann ich jeden Raketenangriff, den Sie gegen mich starten, rechtzeitig entdecken und vereiteln. Die Leitsysteme Ihrer Raketen sind primitiv und leicht zu manipulieren. Seien Sie deshalb versichert, dass die nächste Atomrakete, die Sie auf mich abfeuern, *nicht* zu ihrem Raketensilo zurückgelenkt wird, sondern auf die nächste größere Stadt. Das Gleiche gilt für jede andere Nation, die es wagen sollte, einen Atomschlag gegen mich zu starten. Und versuchen Sie auch erst gar nicht, einen Bomber oder eine Antiterroreinheit nach Ostrow Smej zu schicken. Ich kann jedes Flugzeug, das sich der Insel auf mehr als fünfhundert Meilen nähert, sofort sehen und werde es auf der Stelle abschießen.

Herr Präsident, Sie wissen ebenso gut wie ich, welche Waffe ich hier in Händen halte. Verschwenden Sie also Ihre Zeit nicht damit, Raketen auf mich abzuschießen, sondern rufen Sie lieber einen Priester, und schließen Sie Ihren Frieden mit Gott. So machen Sie bestimmt besseren Gebrauch von den wenigen Stunden, die Ihnen noch bleiben. Es lebe die Anarchie.«

Der Bildschirm wurde schwarz.

SITUATION ROOM DES WEISSEN HAUSES

Der Präsident knallte das Telefon auf den Konferenztisch. Er hatte gerade mit dem russischen Präsidenten gesprochen.

»Ein Luftangriff kommt nicht in Frage«, stieß er hervor, »und die Russen haben keine Einheiten in der Region, die es auf dem Seeweg in weniger als fünf Stunden nach Dragon Island schaffen könnten. Und wir? Haben wir irgendetwas Brauchbares in der Nähe? Gibt es jemand, der sich nahe genug an Dragon Island befindet, um entweder zu Wasser oder auf dem Eis in fünf Stunden unbemerkt nach Ostrow Smej zu kommen und zu verhindern, dass diese Waffe gezündet wird?«

»Bedaure, Sir, aber die Air Force hat keine geeigneten Einheiten in dieser Region stationiert«, sagte der Vertreter der Air Force.

»Auch die Army nicht, Sir«, sagte der General kopfschüttelnd.

»Wir schon, Sir«, meldete sich der Admiral zu Wort. »Wir haben ein U-Boot mit einem SEAL-Team an Bord, das sich zirka siebzig Seemeilen nordöstlich von Ostrow Smej befindet. Ira Barker und seine Jungs. Sie absolvieren dort gerade ein Polartraining. Sie befinden sich in der Nähe, und sie sind nicht nur bestens ausgebildet, sondern auch entsprechend ausgerüstet. Sie könnten in etwa drei Stunden vor Ort sein.«

»Setzen Sie sich mit ihnen in Verbindung«, ordnete der Präsident an, »und schicken Sie sie auf der Stelle los. Sagen Sie ihnen, sie sollen alles und jeden sabotieren, außer Gefecht setzen oder zerstören, der sie daran hindert, die Aktivierung dieser Waffe rückgängig zu machen. Und entsenden Sie, wenn sie nach Dragon Island aufbrechen, auch gleich eine größere Streitkraft, die den SEALs später zu Hilfe kommen kann, falls es ihnen tatsächlich noch gelingen sollte, das Unheil abzuwenden.«

Der Vertreter des Marine Corps hatte sich währenddessen in

eine Ecke des Raums zurückgezogen und sprach dort in ein abhörsicheres Telefon. Er beendete das Gespräch und wandte sich dem Präsidenten zu. »Sir, da ist auch ... tja ...«

»Was! *Was?*«

»Wir haben etwa hundert Meilen nördlich von Ostrow Smej ein kleines Team stationiert, das dort unter extremen Witterungsbedingungen Ausrüstungsgegenstände testet. Es ist schon sieben Wochen dort oben. Ein paar Marines, ein DARPA-Mann und einige Techniker aus der Wirtschaft. Nicht unbedingt eine schlagkräftige Kampftruppe, aber besser als nichts, und sie sind ganz in der Nähe.«

»Wer führt das Kommando?«, fragte der Präsident.

Der Marine-Corps-General sagte: »Ein Captain Schofield, Sir. Rufzeichen ›Scarecrow‹.«

»Scarecrow?« Der Name kam dem Präsidenten bekannt vor. »Der Mann, über den ich vor ein paar Monaten mit dem französischen Präsidenten gesprochen habe? Der *amerikanische Staatsbürger*, auf den das französische Militär ein Kopfgeld ausgesetzt hat?«

»Genau der, Sir. Diese Geschichte mit den Franzosen ist der Hauptgrund, weshalb er sich zurzeit in der Arktis aufhält. Als er auf Parris Island stationiert war, haben sie zweimal versucht, ihn von Killerteams liquidieren zu lassen. Er hat beide Anschläge überlebt. Um ihn etwas aus der Schusslinie zu nehmen, haben wir ihn daraufhin mit diesem Testteam an den Polarkreis geschickt.«

Der Marine-Corps-General wusste, dass es dafür auch noch andere Gründe gab, aber er hielt es nicht für nötig, sie in diesem Moment anzusprechen.

Der Präsident verzog das Gesicht. »Ich habe den französischen Präsidenten gebeten, dieses Kopfgeld zurückzuziehen, und wissen Sie, was er darauf erwidert hat? Er hat gesagt: ›Monsieur, ich bin gerne bereit, Ihnen bei Ihren Forderungen entgegenzukommen, was Wirtschaft und Handel, Afghanistan und sogar den Iran angeht, aber diesen Befehl werde ich nicht zurückziehen. Dieser Mann hat französische Soldaten getötet, ein französisches U-Boot zerstört und einen französischen Flugzeugträger versenkt. Die Republik Frankreich wird nicht eher ruhen, als bis er tot ist.‹«

Der Präsident schüttelte den Kopf. »Verständigen Sie diesen Scarecrow. Schicken Sie ihn mit dem SEAL-Team los. Mit demselben Auftrag: sabotieren, außer Gefecht setzen, zerstören. Sagen Sie ihm, er soll alles versuchen, um diesem Wahnsinn ein Ende zu machen.«

PHASE EINS

DER RUF ZU DEN WAFFEN

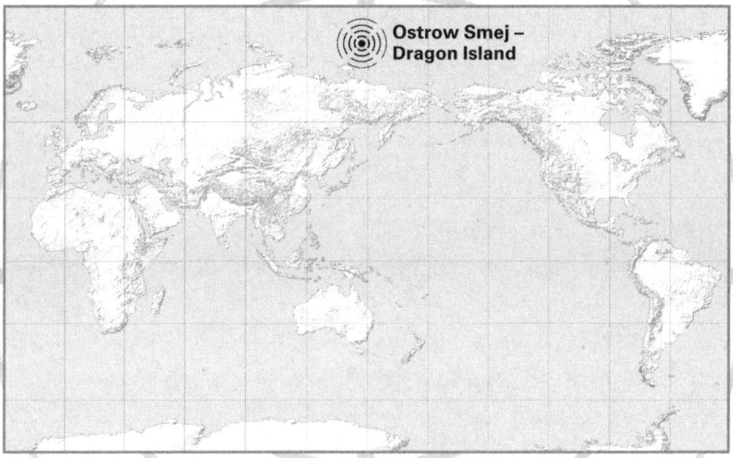

DRAGON ISLAND

4. APRIL, 08:30 UHR

Der Kalte Krieg zwischen den USA und der Sowjotunion wird als die längste Phase militärischen Wahnsinns in die Geschichte eingehen. In dieser Zeit wurden Waffen mit solch ungeheurem Zerstörungspotential gebaut, dass für den Sieger keine Welt mehr übrig gewesen wäre, die er hätte bewohnen können, wenn es zu einem Krieg gekommen wäre.

Richard Wainwright,
The Cold War (London; Orion, 2001)

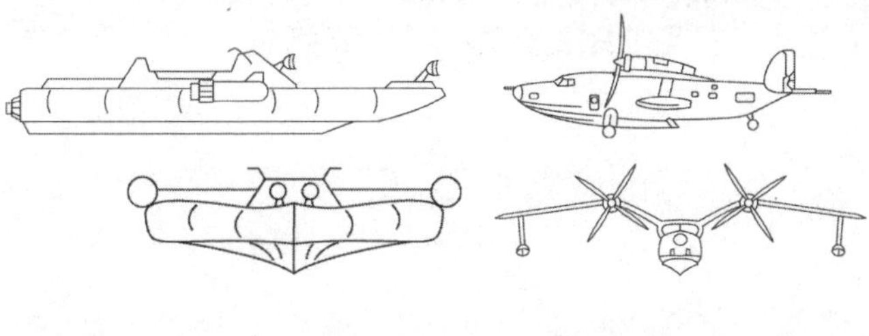

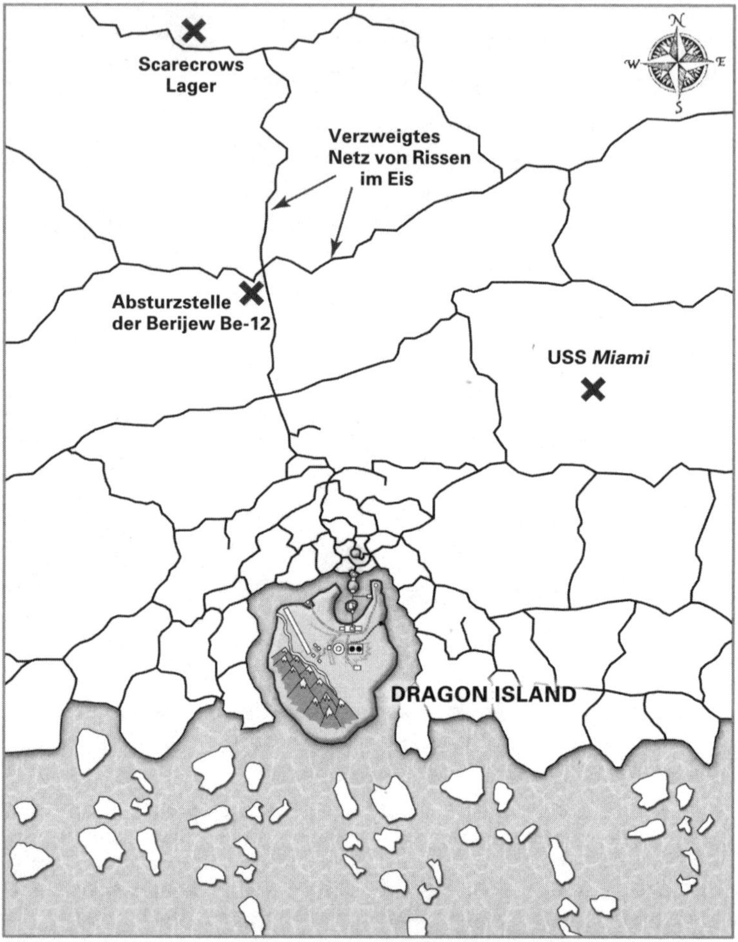

DRAGON ISLAND UND DAS GEBIET IM NORDEN

ARKTISCHES EIS
4. APRIL, 08:30 UHR
2 STUNDEN 30 MINUTEN BIS ZUR DEADLINE

Die zwei Sturmboote rauschten die schmale, von hohen Eiswänden gesäumte Fahrrinne hinunter.

Dank ihrer raketenförmigen Rümpfe und der von der Defense Advanced Research Projects Agency entwickelten hochmodernen Wasserstrahlantriebe brachten sie es auf eine Geschwindigkeit von 50 km/h, und obwohl das vordere Boot eine gewaltige Bugwelle aufwarf, als es durch das ruhige Wasser der Fahrrinne pflügte, machte sein Motor kaum ein Geräusch.

Die Boote waren AFDV-Prototypen – Assault Force Delivery Vehicles (Angriffstruppen-Transportfahrzeuge); diese wendigen und schnellen Boote waren dafür gedacht, amerikanische Truppen rasch und geräuschlos an feindlichen Küsten abzusetzen. Ein bisschen sahen sie aus wie Zodiacs, nur dass sie schlanker waren, mit extrem dünnen aufblasbaren Schläuchen an den Seiten, die dicht über der Wasserlinie lagen. Sie befanden sich jedoch noch in der Testphase und waren noch nicht für reguläre Einsätze zugelassen.

Auf dem motorradsattelartigen Sitz des ersten Boots saß Captain Shane M. Schofield, USMC.

Schofield war Mitte dreißig, knapp eins achtzig groß, hatte ein kantiges, wettergegerbtes Gesicht und schwarzes Haar. Normalerweise war sein Haar kurz geschnitten und sein Kinn glatt rasiert, aber nach sieben Wochen in der Arktis war sein Haar länger und seine untere Gesichtshälfte von kräftigen Stoppeln bedeckt. Schofield hatte leuchtend blaue Augen und hätte wahrscheinlich als gutaussehend gegolten, wären da nicht die zwei hässlichen Narben gewesen, die sich senkrecht über seine Augen zogen. Diesen Narben hatte er auch sein Rufzeichen Scarecrow zu verdanken.

Sie rührten von Verletzungen her, die er sich bei einer fehlgeschlagenen Mission zugezogen hatte, als er noch beim Air Wing des Marine Corps Pilot gewesen war. Er war über feindlichem Gebiet abgeschossen, gefangen genommen und gefoltert worden, und dabei waren ihm mit einer Rasierklinge die Augen aufgeschlitzt worden. Eine Operation hatte sein Augenlicht gerettet, aber er hatte nicht mehr fliegen dürfen, weshalb er sich für den Bodeneinsatz hatte ausbilden lassen und in der Folge so weit aufgestiegen war, dass er eine Force-Reconnaissance-Eliteeinheit befehligt hatte.

Auch heute verbarg Schofield seine Augen hinter einer silbernen Anti-Flash-Brille: eine Oakley Ballistics, die speziell für das Militär entwickelt worden war. Um sich vor dem beißenden Wind zu schützen, war ein Tuch im Stil von Jesse James um seine untere Gesichtshälfte gebunden.

Hinter Schofield saßen drei Männer – ein junger Marine und zwei der Zivilisten des Testteams.

Das zweite Boot wurde von Schofields Stellvertreterin und treuer Freundin Gunnery Sergeant Gena Newman, Rufzeichen »Mother«, gesteuert.

Angesichts ihrer stattlichen eins fünfundachtzig, ihres kahlrasierten Schädels und ihrer beeindruckend kräftigen Statur war ihr Rufzeichen keineswegs ein Hinweis auf irgendwelche besonderen mütterlichen Instinkte. Es war schlicht und einfach die Abkürzung für Motherfucker. In ihrem Sturmboot fuhren zwei Passagiere mit: ein Marine und ein Zivilist.

Es war etwas über zwei Stunden her, dass Schofield und sein Testteam den Notruf aus Washington erhalten hatten, in dem sie über die Lage auf Dragon Island in Kenntnis gesetzt worden waren. Außerdem hatten sie über einen sicheren Daten-Feed eine Reihe digitalisierter Dokumente übermittelt bekommen.

Darunter waren ein MPEG des Gesprächs, das der russische

Präsident mit dem geheimnisvollen Unbekannten auf Dragon Island geführt hatte, der sich als Anführer einer Organisation namens Army of Thieves ausgab; ein von einer gewissen Marianne Retter zusammengestelltes DIA-Dossier, in dem sieben Vorfälle mit Beteiligung der Army of Thieves aufgelistet waren; eine Landkarte von Dragon Island Ostrow Smej sowie die Koordinaten der abgeschossenen Berijew Be-12, die das Problem gemeldet hatte.

Außerdem hatten sie ein kurzes Dokument mit dem Titel »Funktionsweise einer atmosphärischen Waffe« erhalten. Darin wurden die Bestandteile der Tesla-Waffe auf Dragon Island beschrieben: die zwei riesigen Auslasstürme, aus denen das Gas in die Atmosphäre stieg; die sechs kleinen Kugeln aus rotem Uran sowie die Raketen, mit denen die Kugeln in die Gaswolke geschossen wurden. Auf den Punkt gebracht, konnten sie die Aktivierung der Waffe verhindern, wenn es ihnen gelang, einen dieser drei Bestandteile zu zerstören oder zu sabotieren, bevor die Urankugeln auf Betriebstemperatur gebracht wurden.

Nachdem die Türme schon sechs Wochen lang Gas in die Atmosphäre gespien hatten, stand für Scarecrow längst fest, dass nur noch die letzten zwei Optionen in Frage kamen. Das heißt, bei genauerer Überlegung gab es vielleicht noch eine dritte Möglichkeit ...

Doch dann erhielt er die Nachricht, dass von der USS *Miami*, einem U-Boot der *Los Angeles*-Klasse, bereits ein SEAL-Team losgeschickt worden war, um auf der Insel nach dem Rechten zu sehen.

Schon nach kurzem Studium der Karte der Insel gelangte Schofield zu der Einschätzung, dass ihre Erfolgsaussichten nicht sehr hoch waren.

Ostrow Smej war eine natürliche Festung. Die Küste der Insel bestand fast durchgehend aus etwa hundert Meter hohen Felswänden, und die einzigen zwei Stellen, an denen die Steilküste durchbrochen war – ein verlassenes Walfängerdorf aus dem 19. Jahrhundert und ein U-Boot-Bunker –, waren mit hohen

Zäunen und Mauern sowie zahlreichen Geschützstellungen und Wachtürmen gesichert. Es gab allerdings noch eine dritte Zugangsmöglichkeit: drei kleine vorgelagerte Inseln in einer Bucht an der Nordküste von Ostrow Smej. Dieser Zugang ließ sich jedoch so einfach gegen ein unerwünschtes Eindringen absichern, dass man ihn außer Acht lassen konnte.

Kurz gesagt, Dragon Island war für die Verteidiger ein Paradies und für die Angreifer die Hölle. Selbst eine relativ kleine Truppe konnte eine deutlich überlegene feindliche Angriffsmacht wochenlang zurückwerfen.

Während Schofield sich noch seine Gedanken über die Chancen des SEAL-Teams machte, kam ein abhörsicherer ULF-Funkspruch von der USS *Miami* herein. Das U-Boot war bereits nach Dragon Island unterwegs und würde dort eine gute Stunde vor Schofield und seinen Leuten eintreffen.

Es folgte ein kurzer und sehr einseitiger Wortwechsel mit dem Kommandanten des SEAL-Teams, einem mürrischen, aber erfahrenen Elitesoldaten namens Ira »Ironbark« Barker.

»Halten Sie sich da am besten raus, Scarecrow«, sagte Ironbark. »Das erledigen wir allein.«

»Wenn Sie eine Stunde warten, sind wir auch da und können mit Ihnen an Land gehen«, sagte Schofield. »Wir wissen doch nicht mal, wie viel Mann auf dieser Ins…«

»Einen Teufel werde ich warten«, unterbrach ihn Ironbark. »Meine Jungs brauchen Ihre Hilfe nicht. Ich mache so was nicht zum ersten Mal. Auf dieser Insel können noch so viele schwerbewaffnete Penner sein – gegen ein gut ausgebildetes SEAL-Team hat dieses Gesindel keine Chance. Deshalb werde ich nur einmal sagen, was ich Ihnen jetzt sage: *Kommen Sie uns nicht in die Quere, Scarecrow.* Wir gehen auf diese Insel rauf und werden dort auf alles schießen, was uns vor die Flinte kommt. Ich möchte auf keinen Fall, dass Sie plötzlich mit Ihrer Trotteltruppe angestolpert kommen und uns nur im Weg sind. Wen haben Sie denn schon dabei? Ein paar Marines und irgendwelche Weicheier von Wissenschaftlern?«

»Mich eingeschlossen, sind wir sieben Leute. Vier Marines und drei Zivilisten.«

»Das heißt, Sie werden ungefähr so hilfreich sein wie ein Furz in einem Lift. Ich fasse es nicht, *Zivilisten*. Warum bleiben Sie nicht in Ihren geheizten Zelten und überlassen es den Leuten, die etwas davon verstehen, die Welt zu retten.«

»Und was ist mit dem Flugzeug?«, fragte Schofield. »Die Berijew, mit der alles angefangen hat. Sollten Sie nicht erst an der Absturzstelle vorbeischauen, bevor Sie versuchen, auf die Insel zu kommen? Der Pilot könnte noch am Leben sein. Und vielleicht weiß er auch besser als wir, wie sich diese Waffe am besten entschärfen ...«

»Lassen Sie mich doch mit diesem dämlichen Flugzeug und seinem Piloten in Ruhe. Ich weiß bereits, wie ich auf die Insel komme, und ich weiß genug, um diese Waffe entschärfen zu können. Diesen Piloten brauche ich nicht.«

»Ich werde jedenfalls vorher an der Absturzstelle vorbeischauen.«

»Gut. Tun Sie das. Wenn Sie unbedingt meinen. Ich habe schon von Ihnen gehört, Scarecrow. Sie sollen jemand sein, der *Eigeninitiative* entwickelt, was für mich nichts anderes heißt, als dass Sie unberechenbar sind. Und unberechenbare Leute mag ich nicht. Machen Sie also, was Sie wollen, aber kommen Sie mir nicht in die Quere, sonst könnten Sie schnell erschossen werden. Verstanden?«

»Ja, ich habe verstanden.«

»Ironbark out.« Die Verbindung wurde unterbrochen.

Und so kam es, dass Schofield und sein kleines Team durch das weitverzweigte Labyrinth von Fahrrinnen im arktischen Eis zur Absturzstelle von Wassili Iwanows Berijew Be-12 nach Süden brausten.

SIEBEN WOCHEN IN EINEM LAGER IN DER ARKTIS MÄRZ-APRIL

Wie es Shane Schofield – ehemals Kommandant einer Force-Reconaissance-Einheit – mit einem kleinen Team von Wissenschaftlern in die Arktis verschlagen hatte, war eine Geschichte für sich.

Schofield und Mother hatten im Lauf der Jahre schon so einiges erlebt: den Einsatz in Antarktika, bei dem sie eine abgelegene US-Eisstation gegen französische und englische Spezialeinheiten verteidigt hatten; die verrückte Geschichte mit dem Amtsvorgänger des jetzigen Präsidenten in Area 7, einem streng geheimen Militärstützpunkt in der Wüste von Utah; und natürlich die Fehde mit einer Gruppe namens Majestic-12, die eine Belohnung von 18 Millionen Dollar auf Schofields Kopf ausgesetzt hatte.

Im Laufe dieser Kopfgeldjagd war Schofields Freundin, Lieutenant Elizabeth »Fox« Gant, gefangen genommen und auf brutalste Weise hingerichtet worden, und das alles nur, um Schofield psychisch zu zermürben. Zum Schluss war zwar Schofield als Sieger aus dieser Auseinandersetzung hervorgegangen, aber er hatte einen schrecklichen Preis dafür bezahlt.

Einige seiner Vorgesetzten waren der Ansicht, dass ihn dieser Vorfall nicht nur an die Grenzen seiner psychischen Belastbarkeit gebracht, sondern ihm einen irreparablen Knacks zugefügt hatte. Selbst Mother waren Zweifel gekommen, ob er danach jemals wieder der Alte sein würde.

Aber nach vier Monaten der Trauer, in denen er offiziell krankgeschrieben war, hatte er seine Vorgesetzten im Hauptquartier des Marine Corps im Naval Annex Building in Arlington aufgesucht und ihnen erklärt, er fühle sich wieder in der Lage, den Dienst anzutreten.

Aufgrund der Zweifel an seiner mentalen Verfassung – und wegen der Bedenken zahlreicher Marines, mit ihm zusammenzuarbeiten – erhielt er zunächst nur eine Stelle in einem Ausbildungslager des Marine Corps auf Parris Island in South Carolina.

Diese Stelle als Ausbilder betrachteten viele als Beleidigung für einen so erfahrenen und hochdekorierten Soldaten wie Schofield, aber in Wirklichkeit erwies sie sich als Glücksgriff.

Die Rekruten des Marine-Corps-Ausbildungslagers auf Parris Island waren begeistert von ihrem neuen Lehrer, der einmal eine Force-Recon-Einheit befehligt hatte. Schofield entpuppte sich nämlich als vorzüglicher Ausbilder: großzügig bei der Vermittlung seines Wissens und seines reichen Erfahrungsschatzes, enorm geduldig und stets bereit, länger als nötig zu bleiben, um mit einem Rekruten zu arbeiten, der etwas nicht ganz verstand. Seine Schützlinge verehrten ihn.

Dessen ungeachtet war im Hauptquartier des Marine Corps jedem klar, dass das alles nur Augenwischerei war. Denn das alles änderte nichts an der Tatsache, dass vorerst noch niemand bereit war, Scarecrow wieder im aktiven Dienst einzusetzen – obwohl Gerüchte kursierten, dass er als angeknackster und deshalb ersetzbarer Anführer mit einer besonders blutigen Mission auf Hell Island, einer Insel im Pazifik, betraut worden war. Allerdings konnte diese Gerüchte niemand bestätigen, und Schofield selbst wollte niemand so direkt danach fragen.

Und dann erfolgte von französischer Seite der erste Mordanschlag auf ihn.

Sie lauerten ihm an einem Sonntagabend vor einem Restaurant in Beaufort auf, in dem er mit seinem Großvater essen war: zwei DGSE-Agenten, die die fünf Millionen Euro Belohnung einstreichen wollten, die das französische Militär auf Scarecrows Kopf ausgesetzt hatte.

Die zwei Agenten hatten sich auf der anderen Straßenseite auf die Lauer gelegt, aber Schofield wurde auf sie aufmerksam, als sie ihm und seinem Großvater beim Verlassen des Lokals zu einem in der Nähe gelegenen Parkhaus folgten. Nach Betreten des Parkhauses machte er im Treppenhaus rasch kehrt, entwaffnete die Agenten und setzte sie außer Gefecht.

Inzwischen verbüßten sie eine Haftstrafe in Leavenworth, wo sie in einem speziellen Block für besonders zu schützende Häftlinge untergebracht waren. Ungeachtet ihrer kriminellen Vergangenheit hatten nämlich die Gefangenen in der berüchtigten Haftanstalt bei der Einlieferung der beiden Ausländer, die einen United States Marine umzubringen versucht hatten, plötzlich eine erstaunlich patriotische Ader in sich entdeckt und den zwei Franzosen einen nicht gerade herzlichen Empfang bereitet.

Der zweite Mordanschlag war sechs Monate später erfolgt.

Schofield war spätabends auf einer einsamen Landstraße nach Parris Island zurückgefahren, als ihn zwei französische Agenten überholten und ohne Vorwarnung das Feuer auf ihn eröffneten, sobald sich ihr Auto auf gleicher Höhe mit seinem befand. Schofield hatte das Feuer mit seiner Desert-Eagle-Pistole erwidert. Dabei hatte er den auf ihn feuernden Beifahrer erschossen und anschließend das Auto der Franzosen von einer Brücke gedrängt, so dass es in einem Sumpf landete.

Der Fahrer hatte zwar überlebt, doch als Nächstes sah man ihn, über und über mit Schlamm bedeckt, in Handschellen und mit einer um seinen Mund gebundenen rosa Schleife, auf der Eingangstreppe des DGSE-Hauptquartiers in Paris sitzen. Auf seine Stirn war mit Permanentmarker geschrieben: DAS GEHÖRT EUCH.

Obwohl es wegen dieser Angelegenheit zu einem persönlichen Treffen zwischen dem amerikanischen Präsidenten und dem französischen Staatspräsidenten gekommen war, weigerten sich die Franzosen weiterhin beharrlich, das auf Schofield ausgesetzte Kopfgeld zurückzuziehen.

Und dann hatte er den Auftrag am Polarkreis erhalten.

Das Marine Corps hatte erfahrene Soldaten gesucht, um neues Equipment unter extremen klimatischen Bedingungen zu testen. Ihre Aufgabe bestand darin, Wissenschaftler der Defense Advanced Research Projects Agency, DARPA, und einige Leute aus der Privatwirtschaft in die entlegensten Regionen der Erde zu begleiten, um in glühend heißen Wüsten, nässetriefenden Regenwäldern und den eisigen Weiten der Arktis Prototypen neuer Waffen, Zelte, Geräte und Fahrzeuge zu testen.

Natürlich war das keine Mission, für die das Corps seine besten Leute zur Verfügung stellte, aber für Scarecrow war es nach Ansicht der zuständigen Stellen ein idealer Auftrag. Da er als psychisch angeknackst und möglicherweise unberechenbar galt und zudem auf der Abschussliste einer nachtragenden anderen Nation stand, sah man darin eine gute Möglichkeit, ihn aus der Schusslinie zu nehmen und zugleich nutzbringend einzusetzen.

Schofield hatte nichts an dem Einsatz in der Arktis auszusetzen.

Dort war es ruhig und friedlich, und zu dieser Jahreszeit war es sogar ganz schön. Und es herrschte immer eine perfekte Dämmerung; die Sonne schlich – ohne jemals auf- oder unterzugehen – waagrecht am Horizont entlang und tauchte die eisigen Weiten in spektakuläres horizontal einfallendes Licht. Natürlich war es bitterkalt, aber trotzdem auch schön.

Ein weiteres Plus war, dass er mit einem guten Team hier oben war.

Mit acht Menschen und einem Roboter.

Obwohl die Mitglieder von Schofields Team in den letzten sieben Wochen in ihrem Lager aus silbernen Kuppelzelten zusammengepfercht gewesen waren, waren sie erstaunlich gut miteinander ausgekommen – so gut, wie acht menschliche Wesen auf engstem Raum und bei extremer Kälte eben auskommen können.

Mother dabeizuhaben war ein großes Plus.

Sie konnte jeden, der herumnörgelte oder -stöhnte, mit einem einzigen vernichtenden Blick zum Schweigen bringen. Und selbst das einzige ansatzweise schwierige Teammitglied, der leitende ArmaCorp-Systems-Angestellte Jeff Hartigan, verstummte in der Regel sofort, wenn Mother ihren »Blick« auspackte.

Mother hatte natürlich darauf bestanden, auf diese Mission mitzukommen. Nicht einmal der Generalstabschef des Marine Corps hatte es gewagt, Mother Newman diese Bitte abzuschlagen. Nach langen Jahren loyalen, unbeanstandeten Diensts im Marine Corps konnte sie sich ihre Einsätze aussuchen, und sie ging immer dorthin, wohin Scarecrow ging.

»Weil ich seine Gute-Motherfucker-Fee bin«, pflegte sie, nach dem Grund gefragt, zu antworten.

Die anderen zwei Marines in der Gruppe waren erheblich jünger: Corporal Billy »The Kid« Thompson und Lance Corporal Vittorio Puzo, ein Schrank von einem Italo-Amerikaner, der wegen seines berühmten Familiennamens rasch den Spitznamen »Mario« bekommen hatte.

Scarecrow hatte eine Schwäche für The Kid. Er war zwar in Sachen Theorie nicht gerade eine Leuchte – in schriftlichen Prüfungen fiel er meistens durch –, aber er machte diesen Mangel an Cleverness durch seinen Ehrgeiz wett, cleverer zu *sein*. Außerdem war er ein umgänglicher Typ, ein hervorragender Schütze und ein wahrer Zauberkünstler, wenn es galt, eine Waffe, egal welche, auseinanderzunehmen und wieder zusammenzubauen.

Mario zu mögen war dagegen nicht so leicht.

Er war ein mürrischer Sturkopf vom Engineering Corps, der meistens für sich blieb, wenn sie nicht arbeiteten. Wegen seines handwerklichen Geschicks und seiner Erfahrung in technischen Dingen war er für die Wartung der getesteten Fahrzeuge zuständig.

Wie Schofield waren jedoch auch The Kid und Mario aus einem ganz bestimmten Grund für diesen Einsatz in der Arktis eingeteilt worden.

Auch sie waren angeknackst.

The Kid hatte bei einem Manöverunfall auf einem Ohr das Gehör verloren und kam deshalb für aktive Einsätze nicht mehr in Frage. Und was Mario anging, hatte Schofield nach einigem Nachforschen herausgefunden, dass er in einen Vorfall verwickelt gewesen war, bei dem Seitenwaffen und Fahrzeugteile im Wert von mehr als 20 000 Dollar aus einem Marine-Corps-Lager verschwunden waren; es war zwar keine Anklage gegen ihn erhoben worden, aber etwas war dennoch an ihm hängengeblieben, und dieser Einsatz wurde von einigen als inoffizielle Bestrafung angesehen.

Was die vier Zivilisten im Team anging, fand Schofield zwei von ihnen super und zwei nicht so besonders.

Zack Weinberg von DARPA war der Inbegriff des lebensuntüchtigen Genies: er war 29 Jahre alt, dünn und schlaksig und trug eine riesige Brille, die für seinen Kopf drei Nummern zu groß schien.

Er hatte Physik studiert und sich danach auf Robotik spezialisiert. Ein eingefleischter Fan von *Call of Duty*-Spielen und allem, was mit *Star Wars* und *Star Trek* zu tun hatte, war er in der Arktis, um verschiedene neue DARPA-Erfindungen zu testen, insbesondere den kleinen Bombenräumroboter BRTE-500, den er nur »Bertie« nannte.

Bertie war DARPAs Antwort auf bereits im Einsatz befindliche Kampfroboter wie den Pack-Bot, den TALON und die bewaffnete TALON-Variante SWORDS.

»Außer dass Bertie ein paar Extras aufzuweisen hat«, sagte Zack an dem Tag, als er den kleinen Roboter aus seiner Kiste zog. »Im Gegensatz zu den bisher gebräuchlichen Robotern, die von einem Menschen ferngesteuert werden müssen, ist Bertie in der Lage, vollkommen selbständig zu operieren. Dank eines Künstliche-Intelligenz-Chips, den mein Team bei DARPA entwickelt hat, ist er in der Lage, mündliche Befehle zu befolgen, zu lernen und sogar eine Situation zu beurteilen und entsprechende taktische Entscheidungen zu treffen.«

»Er kann taktische Entscheidungen treffen?«, fragte Schofield. Für ihn sah der kleine Roboter mit seinen zwei spindeldürren Bombenentschärfungsarmen und seinem auf einem Stiel montierten, seltsam menschlich wirkenden Objektiv-»Auge« wie ein niedliches Spielzeug aus. Er flitzte auf vier klobigen kleinen Rädern durch die Gegend und fuhr, wenn nötig, eine Reihe dreieckiger Trittflächen aus, mit denen er Treppen hinaufsteigen oder über Hindernisse klettern konnte.

»Er ist ein richtig cleverer kleiner Roboter«, sagte Zack, »und kann für so ein mickriges Bürschchen, wie er es ist, einiges einstecken. Ursprünglich wurde er zum Entschärfen von Bomben entwickelt, aber ich habe seinen USBV-Wasserentschärfer entfernt und seine Panzerung reduziert – sowie den ganzen Stahl durch extrem leichtes Titan ersetzt. Und stattdessen habe ich ihn dann mit allen möglichen *offensiven* Fähigkeiten ausgestattet.«

Während er das sagte, montierte Zack einen Gewehrlauf an Berties Waffenhalterung ... und der kleine Roboter wirkte plötzlich völlig anders: Er sah aus wie WALL-E mit einer richtig fetten Knarre.

»Zu diesen neuen Extras«, führte Zack aus, »gehören vier interne rotatorengespeiste Munitionsmagazine, die ein modifiziertes kurzläufiges innenrückstoßkompensierendes 5,56 mm M249-Leichtgewichtmaschinengewehr speisen; ein Schneidbrenner zum Durchtrennen von Zäunen und Stacheldraht; komplette digitale Satellitenkommunkation; eine hochauflösende Kamera, die Videobilder an die Basis zurücksenden kann; ein Erste-Hilfe-Set mit einem Diagnose-Scanner und einem Defibrillator, den Bertie selbständig bedienen kann; ach ja, und vier von unseren neuen Einmannpackungen, falls die menschlichen Wesen, die mit ihm unterwegs sind, mal Hunger bekommen sollten. Und das alles bei einem Gewicht von etwas über 25 Kilo, damit man ihn auch tragen kann, wenn man schnell mal Reißaus nehmen muss.«

Schofield fand, dass man Bertie einfach mögen musste. Der kleine Roboter folgte Zack durch das Lager wie ein anhänglicher kleiner Hund, allerdings wie ein kleiner Hund mit einem MG auf dem Rücken.

Mother dagegen war skeptisch. »Ich weiß nicht. Woher willst du wissen, dass er nicht plötzlich einen Kurzschluss kriegt und mit dieser Kanone auf uns schießt?«

»Bertie kann zwischen Freund und Feind unterscheiden«, sagte Zack. »Ich habe die Gesichter aller Teammitglieder auf seine Speicherbank gescannt und dazu den Befehl eingegeben, dass er auf keinen Fall auf uns feuern darf.«

»Und was war dann mit dem ED-209 in *RoboCop*?«

»Das ist bei Kampfrobotern natürlich der kritische Punkt«, sagte Zack. »Aber Bertie war dreihundert Stunden in Betrieb, ohne jemandem weh zu tun, dem er nicht weh tun sollte. Wir müssen ihm einfach vertrauen. Ach, weil wir gerade davon reden, Bertie, scanne doch mal Captain Schofield. Gesicht und Infrarot, bitte.«

Der Roboter scannte Schofields Gesicht und piepste.

Dann sagte seine Roboterstimme: »*Scan abgeschlossen. Individuum als Captain Shane M. Schofield, United States Marine Corps, identifiziert. Dienstnummer 256–3569.*«

»Bitte als Zweitkumpel speichern«, sagte Zack.

»*Captain Shane M. Schofield als Zweitkumpel gespeichert.*«

»Was bedeutet das denn?«, fragte Schofield.

»Bertie braucht jemand, dem er folgen kann. Ich bin sein Erstkumpel, und deshalb folgt er mir. Aber wenn mir etwas zustößt, braucht er einen Zweitkumpel, und der solltest du sein, finde ich.«

»Welche Ehre.«

Schofield mochte Zack. An Abenden, an denen nichts los war, spielten sie Schach, und bei diesen Partien erklärte ihm Zack bereitwillig Dinge wie das Raum-Zeit-Kontinuum, die Lichtgeschwindigkeit oder die Big Bang Theory – und zwar sowohl die Fernsehserie als auch die Urknalltheorie, mit der die Entstehung des Universums erklärt wurde.

In einigen seltenen Fällen spielte Schofield sogar gegen Bertie Schach, wobei der kleine Roboter die Figuren mit seinem langen, dürren Arm bewegte.

Bertie gewann jedes Mal.

Der zweite Zivilist, mit dem Schofield gut klarkam, war Emma Dawson, eine junge Meteorologin von der National Oceanic and Atmospheric Administration.

Emma war Ende zwanzig, hübsch, wortgewandt und ungeheuer fleißig – man sah sie fast immer irgendwelche Tabellen studieren oder an ihrem Laptop sitzen. Sie war in der Arktis, um die Schmelzrate von Meereseis zu messen.

Ihre Schönheit war den jungen männlichen Mitgliedern des Teams keineswegs entgangen. Schofield hatte The Kid und Mario – und den jungen Zack – immer wieder dabei ertappt, wie sie Emma hingerissen anstarrten. Aber sie schaute selten von ihrer Arbeit auf, so dass sich Schofield schon fragte, ob die attraktive junge Frau sich nicht einfach geschickt verhielt: Vertief dich ganz in deine Arbeit, damit du dich keiner unerwünschten Avancen erwehren musst.

Die restlichen zwei Zivilisten im Team blieben die meiste Zeit unter sich.

Jeff Hartigan war ein Manager von ArmaCorp Systems, einem Waffenhersteller, der Sturm- und Scharfschützengewehre produzierte. ArmaCorp versuchte das Marine Corps zu überzeugen, ihr jüngstes Sturmgewehr, den MX-18-Karabiner, zu kaufen, aber das Corps hatte darauf bestanden, die Waffen erst unter extremen Witterungsbedingungen zu testen, bevor sie ihnen den Auftrag erteilten.

Mit 48 war Hartigan der Älteste der Gruppe. Wahrscheinlich war er auch der Einzige, der im Berufsleben eine Position innehatte, die mit einem gewissen Status einherging. Deshalb war er arrogant und überheblich und hatte für niemanden etwas übrig, der eine niedrigere Stellung einnahm als er selbst, was praktisch auf jeden im Lager zutraf. Solange die anderen Mitglieder des Teams nur die Ergebnisse der Karabinertests korrekt festhielten, schien ihm egal zu sein, was sie von ihm hielten. Wenn nicht gerade irgendwelche Tests durchgeführt wurden, blieb er meistens, strikt von den anderen abgesondert, in seinem Zelt. Das ging sogar so weit, dass er sich seine Mahlzeiten zu den Essenszeiten von seinem persönlichen Assistenten holen ließ – einem ähnlich hochnäsigen ArmaCorp-Mitarbeiter namens Chad.

Die Tests waren im Großen und Ganzen zufriedenstellend verlaufen.

Das ArmaCorp-Gewehr hatte selbst bei eisiger Kälte einwandfrei funktioniert – was Hartigan noch unausstehlicher werden ließ –, und Bertie flitzte, von Schnee und Kälte unbeeindruckt, durch die Gegend und entschärfte Sprengstoffe oder schoss mit seinem kleinen, aber sehr leistungsstarken M249-Maschinengewehr Eisblöcke in Stücke.

Ein von dem australischen Unternehmen DSS produziertes Explosionsschutz-Gel wirkte auch in der Kälte hervorragend –

wurde eine große Kiste damit bestrichen, widerstand diese sogar den heftigsten Explosionen eines extrem starken PET-Plastiksprengstoffs, der speziell für diese Tests mitgenommen worden war. Länger haltbare Kreislauftauchgeräte und Trockenanzüge für Kaltwassertauchgänge hatten sich ebenso bestens bewährt wie die neuen Assault Force Delivery Vehicles: nicht wenige hatten sich gefragt, ob die Luftablassventile ihrer Gummischürzen bei großer Kälte einfrieren würden, aber sie hatten anstandslos funktioniert.

Mother war begeistert von den neuen EPas, den Einmannpackungen, die sie testen sollte. Jede Ration befand sich in einem Plastikröhrchen von der Größe eines Filzstifts und ließ sich deshalb mühelos mitnehmen. Sie bestand aus etwas Gelee in Pulverform, einem High-Energy-Proteinriegel und drei neuartigen Wasseraufbereitungstabletten, die einwandfrei funktionierten.

»Das Gelee schmeckt genauso beschissen wie eh und je«, bemerkte Mother, »aber die Aufbereitungstabletten sind einsame Spitze. So gutes Wasser habe ich noch nie getrunken – und kein einziges Mal Durchmarsch gekriegt.«

»Das war bei den Wasseraufbereitungstabletten immer ein Problem«, sagte Zack. »Diese hier sind auf Chitosan-Basis hergestellt, und bisher haben wir damit auffallend gute Ergebnisse erzielt. Chitosan ist ein natürliches Polyaminosaccharid, das sich organisch im Körper auflöst. Wusstet ihr übrigens, dass es auch der Hauptbestandteil von Celox ist, dem Schusswunden-Gel?«

Mother hob die Hand. »Ab diesem Polysaccha-Dingsbums habe ich nur noch Bahnhof verstanden. Aber zumindest so viel habe ich mitbekommen: Es ist irgendein neues Wundermittel, das unser Leben von Grund auf umkrempeln wird.«

»So in etwa«, murmelte Zack nicht mehr ganz so enthusiastisch.

Mother interessierte sich allerdings mehr für etwas anderes, das Zack testete: einen neuen gepanzerten Hightech-Handgelenkschutz.

DARPA hatte ihn in der Hoffnung entwickelt, dass er bei den Marines und Army Rangers in die Standardausrüstung aufgenommen würde. Der Handgelenkschutz, der den ganzen Unterarm des Trägers umschloss, bestand aus einer extrem leichten Karbonfaser und war unter anderem mit einem hochauflösenden LCD-Bildschirm ausgestattet.

»Dieser Bildschirm kann einem Soldaten bei einem Kampfeinsatz Echtzeit-Daten wie zum Beispiel Videosignale und sogar Satellitenbilder zeigen«, erklärte Zack Mother, als sie einmal vor ihren Zelten standen und das Gerät ausprobierten.

»Echtzeit-Satellitenbilder?« Mother, die eins der Geräte am Arm trug, blickte aufmerksam auf den kleinen rechteckigen Bildschirm. Zack beugte sich vor und tippte auf verschiedene Icons. Darauf wurden auf dem Bildschirm in Schwarzweiß zwei Personen sichtbar, die, senkrecht von oben gesehen, neben ein paar sechseckigen Gegenständen auf einer weißen Fläche standen.

»So, und jetzt wink mal«, sagte Zack.

Mother hob den linken Arm und winkte.

Eine der Figuren auf dem Bildschirm winkte mit dem linken Arm.

»Wahnsinn, echt stark ...«, bemerkte Mother.

»Der Handgelenkschutz funktioniert wie ein Satellitentelefon«, erklärte Zack ihr. »Verschlüsselt natürlich. Aber solange du eine Verbindung mit dem Satelliten herstellen kannst, bekommst du Echtzeit-Bilder, Daten und sogar Stimmsignale übermittelt. Und – das aber bitte nicht weitererzählen – ich habe das Gerät so konfiguriert, dass du damit sogar ins Internet gehen kannst.«

Mother grinste Zack an. »Ich muss schon sagen, Kleiner, langsam wirst du mir richtig sympathisch.«

Zack strahlte.

Verschiedene Dinge hatten nicht getestet werden können, darunter ein »anti-ursines« Spray auf Säurebasis, das Mother schlicht und einfach »Eisbärschutz« nannte. Zack hatte zwar brav alle Zelte, Trockenanzüge und sonstige Schutzkleidung damit eingesprüht, aber das Mittel hatte sich nicht auf seine Wirksamkeit hin testen lassen, weil während ihres gesamten Aufenthalts kein einziger Eisbär in die Nähe des Lagers gekommen war – was Mother zu dem Schluss verleitete: »Dann muss es ja wohl wirken.«

Einige Geräte hatten allerdings auch kläglich versagt.

Das neue Modell der Predator-RPG-Panzerfaust vereiste hoffnungslos, während das alte Modell einwandfrei funktionierte. Und ein in den gepanzerten Handgelenkschutz integrierter Bewegungsmelder schien zunächst zu funktionieren, doch gegen Ende ihres Aufenthalts in der Arktis fing er plötzlich an, in knapp einem Kilometer Entfernung vom Lager ein großes bewegliches Objekt von etwa hundert Meter Länge anzuzeigen.

In der Nähe des Lagers war aber nichts. Die endlose Eisfläche, die von immer breiter werdenden Rissen durchzogen wurde, erstreckte sich, unübersehbar leer, bis zum Horizont.

»Vielleicht zeigt das Gerät unter dem Eis schwimmende Schwertwale an«, meinte Schofield. »Oder ein U-Boot.«

»Nein, es ist ein *lateraler* Bewegungsmesser. Er scannt die Umgebung horizontal, also zur Seite hin und nicht nach oben oder unten. Es muss an einem Glitch liegen«, sagte Zack niedergeschlagen. »Schade. Aber deshalb sind wir schließlich hier: um diese Geräte zu testen.«

Natürlich ließ sich in den sieben Wochen vollständiger Isolation in ihrem Lager im ewigen Eis der Arktis nicht vermeiden, dass es immer wieder zu Streitigkeiten und kleinkrämerischem Hickhack kam.

Wenn sich zum Beispiel Mother in dem Glauben, es sei ihres, versehentlich Zacks iPhone schnappte, um darauf Musik zu hören.

»Was findest du bloß an dieser beknackten Hiphop-Kacke«, schimpfte sie und riss sich die Kopfhörer aus den Ohren. »Wie kann sich jemand so einen Scheiß anhören? Das ist doch Kaufhausmusik der übelsten Sorte.«

»Und was magst *du* für Musik?«, konterte Zack.

»Ihren Höhepunkt hat die Musik in den Achtzigern erreicht, mein junger Freund. Huey Lewis and the News. Feargal Sharkey. Ozzy Osbourne, der einer Fledermaus *live auf der Bühne* den Kopf abgebissen hat. Fürs Kino gilt das genauso. Jetzt mal ohne Scheiß, seit *Predator* hat es doch keinen gescheiten Actionfilm mehr gegeben. Mit Arnie und, oh Mann, Jesse »The Body« Ventura. Typen wie Jesse Ventura gibt es schon lange nicht mehr. Die heutigen Hollywood-Schauspieler, das sind doch alles nur aufgeblasene kleine Wichtigtuer. Oder kannst du dir vielleicht einen unserer jetzigen Stars vorstellen, wenn er einen Satz sagt wie ›Zum Bluten habe ich jetzt keine Zeit‹?«

Zack musste zugeben, dass er das nicht konnte.

Aber er schaffte es, Mother so weit zu bringen, sich wenigstens ein paar modernere Songs anzuhören, worauf sie zugeben musste, dass sie Lady Gaga gar nicht mal so schlecht fand. »Aber hallo«, tönte sie nach einer Nummer, »›a free bitch‹, ein freies Luder, bin ich auch!«

Ein andermal, sie hatten sich um das kleine Gasfeuer im Gemeinschaftszelt versammelt, sagte Kid zu Mother: »Heute habe ich übrigens einen Schwertwal gesehen, der zum Luftholen an ein Eisloch hochgekommen ist. Hast du auch schon mal einen gesehen?«

Darauf schwang Mother ihren linken Stiefel auf den Tisch und rollte das Hosenbein hoch. Dabei wurde sichtbar, dass sie vom Knie abwärts eine Prothese mit blitzenden Scharnieren und silbern schimmerndem Hydraulikgestänge trug.

Zack beugte sich vor und studierte sie aufmerksam. »Was ist das für ein Material, Edelstahl?«

»Titan«, sagte Mother. »Habe ich alles einem Schwertwal zu verdanken, dem ich mal in der Antarktis begegnet bin.«

»Was ist aus dem Wal geworden?«, fragte The Kid.

»Er ist gestorben«, antwortete Mother trocken.

»Mother hat ihm einen Kopfschuss verpasst«, fügte Schofield hinzu.

»Du hast einem Schwertwal *in den Kopf* geschossen?«, fragte The Kid ungläubig.

»Dieser Scheißfisch hatte mein Bein im Maul. Was hätte ich denn sonst tun sollen?«

»Du weißt aber schon, dass Wale keine Fische sind«, sagte Zack. »Es sind …«

»Ich weiß, dass sie Säugetiere sind!«, knurrte Mother. »Meine Fresse, ständig muss ich mir das sagen lassen. Aber wenn sich so ein Scheißvieh deinen Fuß schnappt, interessiert es dich einen Dreck, ob es ein Säugetier ist oder sonst was!«

Schofield grinste.

Bei langen Expeditionen unterhalten sich die Teilnehmer am Lagerfeuer über Gott und die Welt, und das war bei dieser Gruppe nicht anders.

Sie diskutierten über Politik, Sport, Osama bin Ladens Tod, alles Mögliche.

Eines Abends sprachen sie über den rasanten wirtschaftlichen Aufschwung Chinas. Es war eine der seltenen Gelegenheiten, bei denen Jeff Hartigan mit der Gruppe aß, und er äußerte sich sehr ausführlich zu diesem Thema.

»Kaum zu glauben«, sagte er, »aber noch vor dreißig Jahren war China eine Lachnummer, ein rückständiges Stinkloch von einem Land. Heute ist es eine führende Wirtschaftsmacht mit eins Komma drei Milliarden Einwohnern, von denen der Großteil für ein paar Dollar am Tag in den Fabriken des Riesenreichs arbeitet, um für den Rest der Welt Kühlschränke, Spielsachen und DVD-Player herzustellen. Außerdem gibt es in China heute eine riesige neue Mittelschicht, die all die Dinge haben will, die für uns im Westen längst eine Selbstverständlichkeit sind: Autos, iPhones, die neueste Mode. Egal, in welchem Wirtschaftszweig, die Zukunft liegt in China, sowohl was das Angebot angeht als auch die *Nachfrage*.«

Mother machte ein skeptisches Gesicht. »Aber wenn es mit China bergauf geht, heißt das doch nicht, dass es mit anderen Ländern bergab geht? Mein Mann Ralph ist Fernfahrer. In den letzten Jahren haben wir immer wieder miterlebt, wie Freunde von ihm, die einen Job in einer Fabrik hatten, entlassen wurden – und es gibt immer mehr fleißige und zuverlässige Arbeiter wie sie, die nicht mehr mit den billigen chinesischen Arbeitskräften konkurrieren können. Die Arbeit, die sie machen, wird mehr und mehr ins Ausland verlagert.«

Hartigan zuckte mit den Achseln. »Das ist nun mal der Lauf der Welt. Eine neue Macht steigt auf, eine alte geht unter. Amerika hat es im neunzehnten Jahrhundert mit England genauso gemacht – es hat ihm Industrie, Land und ganz konkret auch menschliches Kapital weggenommen. Jetzt geht es uns mit China genauso. Und wenn man nicht gleich auf einen totalen Krieg als letzte Maßnahme zurückgreifen will, gibt es keine Möglichkeit, diese Entwicklung aufzuhalten.«

»Und was soll der amerikanische Durchschnittsarbeitnehmer in dieser Situation machen? Wie soll er seine Hypothek abzahlen, damit seine Familie weiter ein Dach über dem Kopf hat?« Mothers Frage war keineswegs polemisch gemeint. Sie wollte wirklich eine Antwort darauf haben.

»Überhaupt nichts kann er tun«, sagte Hartigan. »In so einem Fall ist immer irgendein armes Schwein der Verlierer. Die Sache ist nur die, dass der Durchschnittsamerikaner bisher nie der Verlierer war. Aber jetzt ist er es auf einmal. Und daran sollte er sich lieber gewöhnen, weil der Aufstieg Chinas inzwischen nicht mehr aufzuhalten ist.«

Zu einer besonders hitzigen Diskussion kam es bei einer anderen Gelegenheit, als Zack – ein sehr jüdischer New Yorker Jude – den anderen Mitgliedern des Teams ein typisches Lagerfeuerrätsel stellte, ein sogenanntes »Nazi-Dilemma«.

»Eine Gruppe deutscher Juden versteckt sich im Deutschland der Hitlerzeit nachts in einem Straßengraben vor einem vorbeimarschierenden SS-Trupp. Alle liegen reglos auf dem Boden. Aber es gibt ein Baby in der Gruppe. Es fängt zu weinen an. Wenn die SS-Männer es hören, bringen sie alle um. Jemand schlägt vor, das Baby zu ersticken, um die Gruppe zu retten. Was würdet ihr machen? Lasst ihr das Baby leben und verurteilt damit alle anderen, euch eingeschlossen, zum Tod? Oder tötet ihr das Baby, damit zwanzig andere Menschen überleben?«

»Ich würde mir ein MG schnappen und die Nazis umlegen«, sagte Mother.

»Nein, jetzt mal ernst«, sagte Zack.

»Da muss ich doch nicht lange überlegen«, sagte Jeff Hartigan. »Man tötet das Baby. Das Wohl der Mehrheit hat Vorrang vor dem Leben einer einzigen Person, selbst wenn es ein Kind ist.«

»Da bin ich anderer Meinung«, sagte Emma. »Wenn man das Baby tötet, wird man genauso schlimm wie die Nazis.«

Kid sagte: »Ich könnte nie einen Unschuldigen töten, um meine Haut zu retten, am allerwenigsten ein Baby.«

»Und du, Captain Schofield?«, fragte Zack.

Schofield sah erst jeden in der Runde an, bevor er den Blick auf Hartigan ruhen ließ. »Auch für mich ist die Entscheidung ganz einfach. Entweder überleben wir alle gemeinsam, oder wir sterben alle gemeinsam. Ich lasse niemanden zurück. Und ich würde nie jemand opfern, für den ich verantwortlich bin, bloß weil er langsam oder müde oder ein bisschen schwächer ist als die anderen. Eine Zivilisation wird danach beurteilt, wie sie mit den Schwachen umgeht.«

»Sie würden für ein weinendes Baby Ihr Leben opfern?«, fragte Hartigan verständnislos. »Und *meines* ebenfalls?«

»Darauf kann ich beide Male nur mit einem uneingeschränkten Ja antworten. Aber ich würde auch alles Menschenmögliche tun, um zu verhindern, dass es so weit kommt.«

Mother schlug ihm auf die Schulter und gab ihm einen dicken Schmatz auf die Wange. »Und genau deshalb, Leute, diene ich so gern unter unserem Scarecrow!«

Zum Glück gab es auch weniger ernste Gesprächsthemen.

»Also jetzt, wo wir noch eine Woche vor uns haben«, sagte Mother, »muss ich sagen, dass mich diese Expedition schwer enttäuscht hat. Vor ein paar Monaten stand in meinem Horoskop in der *Cosmopolitan*«, sie zog eine zerfledderte Seite heraus, die sie aus einer Zeitschrift gerissen hatte, »›In den nächsten Monaten werden Sie Ihr Gegenstück kennenlernen, einen Angehörigen des anderen Geschlechts, der Ihr naturbestimmter Partner ist. Die Chemie wird unwiderstehlich sein. Es wird gewaltig zwischen Ihnen funken.‹«

»Du liest die *Cosmopolitan*?«, fragte The Kid.

»Wenn ich beim Zahnarzt im Wartezimmer sitze, ja.« Mother warf die Seite in die Luft und sah gezielt die Männer im Zelt an: Schofield, The Kid, Mario und Zack. »Ich meine, schaut euch doch mal an. Bis auf den unverändert gutaussehenden Scarecrow, der wie ein Bruder für mich ist und deshalb diesbezüglich absolut tabu, stellt der Rest von euch einen ziemlich erbärmlichen Querschnitt durch das männliche Geschlecht dar. Keine Alphatiere.«

»Jetzt hör aber mal!«, protestierte The Kid. »Ich bin …«

»Du, junger Mann, bist noch ein Junge«, schnitt ihm Mother das Wort ab. »Eine richtige Frau wie ich braucht einen richtigen Mann. Aber wahrscheinlich sollte ich froh sein, dass ich mein männliches Gegenstück nicht getroffen habe. Sonst würde mein Ralphy noch eifersüchtig werden.«

Ralph mit seinen Tattoos, seinen ärmellosen Holzfällerhemden und seinen Popeye-Unterarmen war die Handfestigkeit in Person. Er und Mother waren schon seit Jahren verheiratet, und Schofield wusste, dass Mother ihn sehr liebte.

Allerdings hatte sie einmal eine Bemerkung fallengelassen, die ihn überrascht hatte: »Ich weiß nicht, Scarecrow, aber manchmal mache ich mir so meine Gedanken über Ralphy und mich. Wir haben jung geheiratet, und jetzt sind wir beide fast vierzig und kennen uns so gut, dass man vielleicht sogar sagen könnte: *zu* gut. Da gibt es kein Geheimnis mehr. Wenn ich zu Hause bin, läuft jeder Abend gleich ab: Abendessen, die Hunde füttern, ein bisschen fernsehen und zum Schluss noch die *Daily Show*. Ralph ist wirklich ein Schatz, aber manchmal … ich weiß auch nicht … in letzter Zeit hatten wir sogar wegen irgendwelcher Lappalien Streit, und das war früher nie so.«

»Ralph ist absolut einzigartig«, sagte Schofield, »und du kannst wirklich von Glück reden, einen Mann wie ihn zu haben. Ihr beide seid wie füreinander geschaffen.«

Natürlich gab es auch Zeiten, in denen man sich von der Gruppe absondern und für sich allein sein musste.

Dann zog sich Schofield meistens in sein Zelt zurück, um ein Buch zu lesen; manchmal setzte er sich auch mit seinem DARPA-Handgelenkschutz hin und korrespondierte mit David Fairfax, einem Freund bei der Defense Intelligence Agency.

Fairfax, ein T-Shirt und Turnschuhe tragender Kryptoanalytiker, hatte Schofield schon bei einigen Einsätzen geholfen, und sie hielten regelmäßig Kontakt.

Als Schofield an dem Abend, bevor er den Anruf aus dem Situation Room des Weißen Hauses bekam, seinen Handgelenkschutz eingeschaltet hatte, hatte eine Nachricht von Fairfax auf ihn gewartet:

FFAX: ES GIBT NEUIGKEITEN ÜBER DEIN FRANZÖSISCHES PROBLEM.

Kurz darauf unterhielten sie sich über live-verschlüsseltes Messaging:

SCRW: WAS STEHT AN?

FFAX: LAUT JÜNGSTEN ABHÖRPROTOKOLLEN DES DGSF HAT LETZTEN MONAT EIN AGENT MIT DEM NAMEN »RENARD« EINEN ANTRAG GESTELLT, IN DEINEM FALL DAS KOMMANDO ÜBERTRAGEN ZU BEKOMMEN.

SCRW: EINEN ANTRAG?

FFAX: JA. ICH HABE MICH UMGEHÖRT. SOVIEL ICH HERAUSFINDEN KONNTE, IST RENARD EIN AGENT DER EINHEIT »M« IN DER OPERATIVEN ABTEILUNG DES DGSF. EINHEIT »M« IST DAS FRANZÖSISCHE ÄQUIVALENT ZUR SPECIAL ACTIVITIES DIVISION DER CIA. SIE FÜHREN PARAMILITÄRISCHE OPERATIONEN DURCH UND SIND AUF AUSSERGERICHTLICHE LIQUIDIERUNGEN UND ANSCHLÄGE SPEZIALISIERT. RENARD HATTE NIE MIT DEN USA ZU TUN. DESHALB HABEN WIR KEINE AKTE ÜBER IHN. BESONDERE KENNZEICHEN: EIN TATTOO AUF DER INNENSEITE DES RECHTEN HANDGELENKS MIT EINER BILANZ SEINER BISHERIGEN ANSCHLÄGE. AKTUELLER STAND: DREIZEHN TOTE.

SCRW: DANKE FÜR DIE INFO.

FFAX: GERN GESCHEHEN. PASS AUF DICH AUF.

Schofield starrte nachdenklich auf das Display. Man konnte noch so abgebrüht sein: wenn ein Kopfgeld auf einen ausgesetzt war, lebte man in ständiger Angst und Anspannung. Und von selbst würde sich dieses Problem mit den Franzosen sicher nicht lösen.

Er blickte lange auf den Bildschirm, bevor er sich ausloggte.

Jetzt zu Mother: Sie hatte Shane Schofield in den vergangenen sieben Wochen aufmerksam beobachtet.

Sie wusste besser als alle anderen, was er während der Majestic-12-Kopfgeldjagd und in den darauffolgenden Monaten durchgemacht hatte.

Sie war dabei gewesen, als er sich auf einem regengepeitschten Kliff an der französischen Küste die Pistole unters Kinn gehalten hatte und beinahe abgedrückt hätte. Sie war es gewesen, die ihn daran gehindert hatte, ernst zu machen.

Inzwischen schien er sich wieder einigermaßen gefangen zu haben. Ab und zu lächelte er sogar, nicht oft, aber hin und wieder. Ansonsten gab er zu, immer noch nicht gut zu schlafen, und an manchen Tagen hatte er Ringe unter den Augen.

Mother wusste, dass ihn das Marine Corps zu allen möglichen teuren Seelenklempnern geschickt hatte. Die Therapeuten hatten ihm geraten, Antidepressiva zu nehmen, was er aber abgelehnt hatte. Er erklärte sich zu jeder Art von Therapie bereit – Kognitive Verhaltenstherapie, Psychoanalyse, sogar ein paar Hypnotherapie-Sitzungen –, aber Psychopharmaka wollte er auf keinen Fall nehmen. Mit Ausnahme einer Frau in Baltimore, die er selbst aufgetan hatte und auf die er große Stücke hielt, hatte er von den Therapeuten nicht viel gehalten. Trotzdem sah es inzwischen so aus, als wäre er mehr oder weniger wieder der Alte.

Mehr oder weniger.

Denn Mother wusste, dass er noch nicht völlig wieder derselbe war.

Und sie wusste auch, warum er nicht schlafen konnte. Ihr

Zelt war neben seinem, und sie hatte ihn bei mehreren Gelegenheiten im Schlaf sprechen und flehentliche Rufe ausstoßen hören. »Fox ... nein ... nicht auf der ... Guillotine ... nein ... *NEIN!*«

Und dann hörte Mother, wie er heftig nach Luft schnappend wach wurde und ein paar Minuten lang schwer atmend dalag.

Und dann kam der Morgen, an dem sie den Anruf aus dem Situation Room des Weißen Hauses erhielten.

ARKTISCHES EIS
4. APRIL, 06:30 UHR
4 STUNDEN 30 MINUTEN BIS ZUR DEADLINE

Um 6:30 Uhr an diesem Morgen rief Schofield die Gruppe zusammen, alle acht Mitglieder des Teams, vier Marines und vier Zivilisten.

Er erzählte ihnen, was er wusste: dass eine Organisation, die sich Army of Thieves nannte, Dragon Island besetzt hielt und vorhatte, um 11:00 Uhr Ortszeit eine atmosphärische Waffe zu zünden. Ein Raketenangriff war bereits fehlgeschlagen, und weil ein Luftangriff ebenso erfolglos wäre, hatte man sie eingeschaltet. Sie waren eine von zwei Gruppen, die sich nahe genug am Ort des Geschehens befanden, um es auf dem Seeweg rechtzeitig nach Dragon Island zu schaffen.

»Die Army of Thieves?«, sagte Mother. »Nie gehört.«

»Wie es aussieht, hat das auch sonst niemand«, sagte Schofield. »Zumindest bis vor kurzem. Das Weiße Haus schickt uns alles, was sie an Info bekommen können. Die DIA hat anscheinend Verschiedenes über sie, und die CIA ist noch dabei, genauere Nachforschungen anzustellen.«

»Warum warten sie noch so lang und zünden diese Waffe nicht sofort?«, fragte The Kid.

»Weil es eine Weile dauert, das Hauptelement der Waffe scharfzumachen. Das sind irgendwelche Urankugeln, die noch nicht vollständig einsatzbereit sind. Deshalb haben wir noch diese Frist.«

»Aber verdammt knapp ist sie trotzdem, oder?«

»Knapper, als man meinen könnte«, sagte Schofield. »Wir müssen unsere Ausrüstung zusammenpacken, und dann wird es fast drei Stunden dauern, um zu dieser Insel zu kommen. Außerdem ist es extrem schwer, auf sie zu gelangen. Selbst wenn sie uns mit offenen Armen empfangen würden, bliebe uns höchstens eine Stunde Zeit, um rechtzeitig an diese Waffe ranzukommen und sie zu entschärfen oder zu zerstören. Und wenn mich nicht alles täuscht, werden sie uns keinen freundlichen Empfang bereiten.«

Er wandte sich den vier Zivilisten zu: Zack, Emma, Hartigan und Chad.

»Vier Marines reichen dafür allerdings nicht aus. Wir brauchen so viele Leute, wie wir bekommen können, und wenn Sie bereit sind, mitzukommen und uns zu helfen, nehme ich Sie gern mit. Aber eines möchte ich von Anfang an klarstellen: *Keiner von Ihnen ist dazu verpflichtet.* Niemand *muss* mitkommen. Wir werden nur das Sekundärteam sein – ich wiederhole, ein Sekundärteam, das der Unterstützung dient. Nur wenn es dem Primärteam, einer SEAL-Einheit, nicht gelingt, das Problem zu beheben, müssen wir ran. Und das wird bestimmt unappetitlich werden.

Und damit sich niemand falsche Vorstellungen macht, was mit ›unappetitlich‹ gemeint ist, will ich es Ihnen am besten gleich erklären. Es bedeutet blutige Wunden, Knochenbrüche und Leichen vor Ihrer Nase und vor allem: schießen, um zu töten. Wenn Sie also nicht mitkommen möchten, brauchen Sie das auch nicht, und niemand wird Ihnen einen Vorwurf daraus machen. Aber …«, sagte er und hob einen Finger, »wenn Sie mitkommen, verlange ich nur eins von Ihnen: dass Sie meine Befehle strikt befolgen. Mögen sie Ihnen auch noch so verrückt oder absurd erscheinen, sie werden immer einen tieferen Sinn haben. Umgekehrt verspreche ich Ihnen, dass ich Sie nicht im Stich lassen werde. Sollten Sie gefangen genommen werden, werde ich nicht eher ruhen, als bis ich Sie befreit habe. Ist das allen klar? Gut. Also dann. Wer ist dabei und wer nicht? Entscheiden Sie sich jetzt, aber ohne Wenn und Aber.«

Im Zelt trat Stille ein.

Die Zivilisten blickten entweder in die flackernde Gasflamme oder auf ihre Füße hinab, als sie zu einer Entscheidung zu kommen versuchten.

Zack meldete sich als Erster zu Wort. Zunächst schluckte er, dann nickte er und sagte: »Ich bin dabei.«

»Ich auch«, erklärte Emma Dawson unsicher. »Obwohl ich eigentlich nicht mit Waffen umgehen kann. Ich habe nur mal auf der Ranch meines Onkels ein paar Schüsse abgegeben.«

»Mach dir da mal keine Gedanken, Mädchen«, sagte Mother ruhig. »Ein paar Minuten Unterricht von mir, und du wirst denen genauso einheizen wie ich.«

Jeff Hartigan schnaubte. »Das ist doch vollkommen lächerlich. Was sollen wir denn da für eine Chance haben – vier Marines und ein Häufchen unerfahrener Zivilisten gegen eine ganze Armee? Den Teufel werde ich mitkommen. Ich bleibe hier, und Chad bleibt ebenfalls.«

»Nein«, erklärte Chad ruhig. »Ich komme mit.«

»Was?« Sein Boss wirbelte herum.

Auch Schofield war überrascht. Damit hatte er nicht gerechnet.

»Ich habe gesagt, ich komme mit.«

»Das werden Sie nicht tun«, sagte Hartigan. »Sie bleiben hier bei mir, wenn die anderen losziehen und in ihr Verderben rennen.«

Der junge Assistent schüttelte den Kopf. Schofield fragte sich, ob er seinem Chef jemals widersprochen hatte.

»Tut mir leid, Mr. Hartigan, aber ich glaube, wir müssen etwas tun …«

»Sie glauben, wir müssen etwas tun«, äffte ihn Hartigan nach. »Ich bitte Sie, Chad, ich habe Sie eigentlich für etwas intelligenter gehalten.«

Chad senkte den Kopf. »Tut mir leid, Sir.«

»Mir nicht, Chad«, sagte Schofield. »Es ist gut, Sie dabeizuhaben.« Er wandte sich Hartigan zu. »Sir, wenn alle mitkommen, ist es mit gewissen Gefahren verbunden, ganz allein im

Lager zu bleiben. Vielleicht möchten Sie noch einmal in Ruhe über Ihre Entscheidung …«

»Ich komme auch allein bestens zurecht, Captain, vielen Dank«, sagte Hartigan. »Sie sind diejenigen, die ihre Entscheidung noch einmal überdenken sollten. So ein Schwachsinn.«

Schofield nickte nur und sagte nichts mehr.

In der nächsten halben Stunde bereiteten sie sich hastig auf ihren Aufbruch vor: Die Marines zerlegten ihre Waffen und prüften ihre Magazine, Zack lud Bertie mit Munition, und Mother erteilte Emma und Chad eine kurze Einführung in den Umgang mit Schusswaffen.

Als Schofield Zack mit dem Handgelenkschutz sah, ließ er sich das Gerät von ihm geben und schickte Dave Fairfax eine Nachricht:

SCRW: HABEN AUFTRAG ERHALTEN. ÜBLE GESCHICHTE. RÜSTEN UNS FÜR DEN EINSATZ. KANNST DU EINE TERRORORGANISATION NAMENS »DIE ARMY OF THIEVES« UND DRAGON ISLAND OSTROW SMEJ, EINEN ALTEN SOWJETISCHEN STÜTZPUNKT AM POLARKREIS, FÜR MICH CHECKEN? BIN ÜBER JEDE INFO DANKBAR. IN EILE. OUT.

Dann wies er alle, auch die Zivilisten, an, für den Fall, dass sie in das eiskalte Wasser fielen, Trockenanzüge anzulegen. Schofield und seine Marines hatten neue Trockenanzüge mit Schneetarnung; sie sahen aus wie normale Kampfanzüge, waren aber aus einem extrem leichten, wasserdichten Material, das die Körperwärme nicht entweichen ließ. Darüber trugen sie ihre Waffengürtel und Holster. Auf den Rücken hatten sich die Marines wie gewohnt ihr Markenzeichen geschnallt, den Armalite MH-12 Maghook, einen magnetischen Greifhaken.

Die Zivilisten bekamen einfache graue Trockenanzüge und darüber, für etwas zusätzliche Wärme, Kapuzenparkas; und weil sie keine Kampfstiefel hatten, trugen sie einfach ihre üblichen Polarstiefel, eine Mischung aus Laufschuhen und Skistiefeln.

Als alle fertig waren, bestiegen die sieben Mitglieder des Teams die zwei Boote und brachen zu der langen Fahrt gen Süden zur Dragon Island auf.

Jeff Hartigan blieb allein im Lager zurück. Seine letzten Worte an Schofield waren: »Sie sind vollkommen irre, Captain. Sie müssen doch sehen, dass Sie keine Chance haben.«

Schofield antwortete ihm nicht. Er startete nur sein Boot und legte ab.

ARKTISCHES EIS
4. APRIL, 08:40 UHR
2 STUNDEN 20 MINUTEN BIS ZUR DEADLINE

Schwertwale und extreme Kälte sind zwei Dinge, die Arktis und Antarktis gemeinsam sind, aber in vieler Hinsicht sind sie sehr unterschiedlich.

Während die Antarktis eine riesige von Eis und Schnee bedeckte Landmasse ist, besteht die Arktis nur aus einer riesigen Eisfläche aus gefrorenem Meerwasser. Auch der Nordpol befindet sich auf frei im Wasser schwimmendem Eis. 1953 tauchte das amerikanische U-Boot USS *Nautilus* unter dem Nordpol durch; sechs Jahre später brach die USS *Skate* durch die Eisdecke und kam am Pol an die Oberfläche.

Jedes Jahr geht im März nach Monaten totaler Dunkelheit zum ersten Mal die Sonne wieder auf, das Meereis beginnt zu schmelzen, und es entstehen lange Risse, sogenannte »Rinnen«. Je wärmer es in der Region wird, desto breiter werden dieses Rinnen. Sie durchziehen das riesige arktische Eisfeld in einem weitverzweigten Netz von Kanälen, die zwischen einem und zehn Meter tief sein können. Eisbären jagen mit Vorliebe in diesen Rinnen, weil dort Robben und kleine Wale auftauchen, um Luft zu holen.

Auch für Schofields Team waren die Rinnen hilfreich, weil jedes landgestützte Radar nur die Oberfläche des Eisfelds erfassen konnte; alles, was sich in dem tiefer liegenden Labyrinth aus Rinnen bewegte, ließ sich mit solchen Geräten nicht erfassen. Aus diesem Grund konnten die Rinnen nur von einem Aufklärungsflugzeug aus überwacht werden, und als Scarecrows kleine Sturmboote auf dem Weg zur Absturzstelle der Berijew eine größere Rinne entlangfuhren, war weit und breit kein Flugzeug am Himmel zu sehen.

Um 8:40 Uhr erreichten Schofields Boote eine fladenförmige Eisscholle, die mitten in ihrer Rinne schwamm.

Darauf lag, vollkommen reglos, eine große weiße Gestalt.

»*Was ist das denn ...?*«, sagte Mother über Funk.

Schofield ging vom Gas und ließ das Boot auf die kleine Eisscholle zutreiben. Die weiße Gestalt wurde deutlicher erkennbar.

»Ein Eisbär«, sagte er.

»*Super, dann können wir jetzt gleich mal diesen dämlichen Eisbärenschutz testen*«, sagte Mother. »*Los, Kid, mach schon. Geh zu dem süßen kleinen Bären und streichle ihn.*«

»Fehlanzeige, Mother«, sagte Schofield. Sein Boot war inzwischen näher an die Scholle herangekommen, und er konnte den reglosen Eisbär von der Seite her sehen. »Dieser Bär ist so was von tot, toter geht's nicht.«

Inzwischen war es nicht mehr zu übersehen.

Die Kehle des riesigen Tiers war zerfetzt, sein Bauch ein scheußlicher Matsch aus Blut, Fleisch und herausquellenden Eingeweiden.

Zack verzog das Gesicht. »Iiii. Ganz schön eklig.«

The Kid sagte: »Wahnsinn ... dieses Vieh ist ja regelrecht ausgeweidet worden.«

»Aber nicht aufgefressen«, bemerkte Schofield. »Irgendetwas stimmt da nicht.«

»Allerdings«, sagte Emma. »Eisbären sind sogenannte Spitzenprädatoren. Das einzige andere Tier in diesen Breiten, das diesen Bären so hätte zurichten können, ist ein *anderer* Eisbär. Es ist zwar durchaus möglich, dass ein Bär einen Artgenossen aus Hunger oder wegen Revierstreitigkeiten angreift, aber dann würde er seinen getöteten Rivalen fast ausnahmslos fressen. Eisbären gelten vor allem deshalb als die gefährlichsten Bären der Welt, weil sie Opportunisten sind; sie fressen alles, was sie bekommen können, einschließlich Menschen und anderer Bären. Aber dieser Eisbär wurde regelrecht abgeschlachtet *und dann liegen gelassen*. So etwas tun Eisbären einfach nicht.«

»Hat er denn irgendwelche Schusswunden?«, fragte Mother.

»Soviel ich sehen kann, nicht.« Schofield betrachtete den toten Eisbären eine Weile aufmerksam. Er war riesig, und sein schneeweißes Fell war mit Blut vollgesogen. Wer oder was könnte das gewesen sein?

Schofield war sehr deutlich bewusst, dass sie nur noch etwa fünfzig Kilometer von Dragon Island entfernt waren.

»Los«, sagte er und wandte sich von dem grausigen Anblick ab. »Wir müssen dieses Flugzeug suchen.«

Er drückte den Schubregler nach vorn. Der Bug des schlanken Sturmboots stieg aus dem Wasser, und sie ließen die Überreste des toten Eisbären hinter sich zurück.

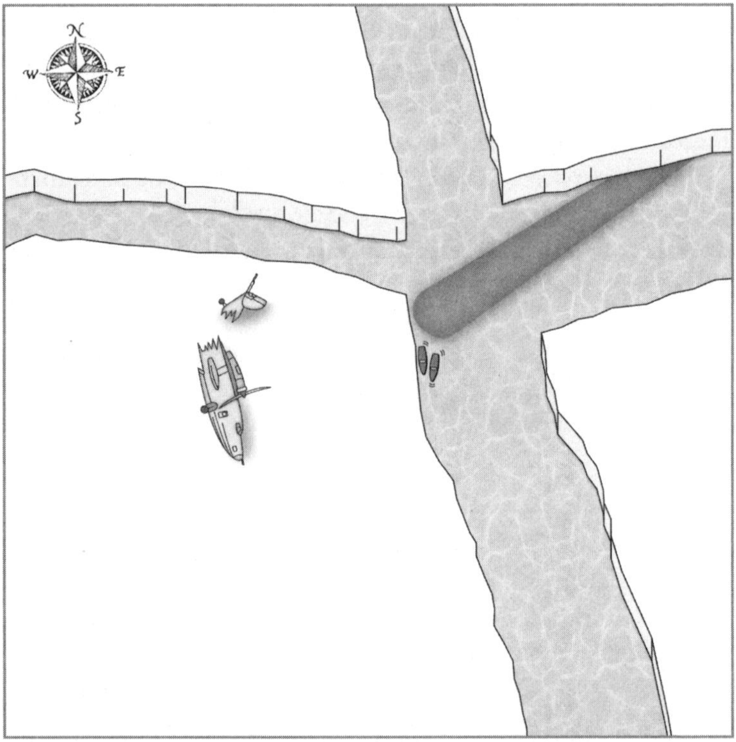

DIE ABSTURZSTELLE DER BERIJEW

DIE ABSTURZSTELLE DER BERIJEW
4. APRIL, 09:00 UHR
2 STUNDEN BIS ZUR DEADLINE

Zwanzig Minuten später hielten die zwei Sturmboote an einer Kreuzung zweier größerer Rinnen an, deren Eiswände mehr als fünf Meter in die Höhe ragten. Nach zwei Stunden Fahrt waren sie nicht mehr weit von den Koordinaten der abgestürzten Berijew entfernt.

Scarecrow zog eine Teleskopleiter aus, hakte die gekrümmten Enden ihrer Holme über den oberen Rand der Eiswand und kletterte daran hoch. Der Rest des Teams blieb, trotz der Trockenanzüge und Parkas frierend, in den Booten zurück und schaute ihm besorgt hinterher.

Schofield streckte den Kopf über den Rand der Eiswand.

Das abgestürzte Flugzeug war kaum fünfzig Meter von ihm entfernt.

Seine Nase zeigte nach Süden, und es war auf die linke Seite gekippt. Das Heck war vollständig abgerissen, und die linke Tragfläche war infolge des massiven Beschusses abgeknickt. Hinter dem Flugzeug erstreckte sich in westlicher Richtung eine immense, nur gelegentlich von Rinnen gespaltene Eisfläche.

Weit im Süden sah Schofield zum ersten Mal Dragon Island.

Klein, aber deutlich zu erkennen, ragte es über den Horizont, eine zerklüftete Felsenerhebung in der sonst vollkommen ebenen Eiswüste. Tief über ihr hingen dichte Wolken. Selbst aus der Ferne wirkte die Insel bedrohlich.

Besorgt suchte Scarecrow den Himmel nach einem Aufklärungsflugzeug ab.

Nichts. Nur das dämmrige Violett des Polarhimmels und ein paar hohe Wolken. Lediglich im Süden, über Dragon Island, schien der Himmel ein wenig zu leuchten.

Plötzlich entdeckte er etwas.

Hoch über ihm kreiste ein winziger Gegenstand. Ein Aufklärungsflugzeug war es aber nicht, dafür war es zu klein. Eher sah es aus wie ein großer Vogel, der gemächlich in der Thermik schwebte.

Schofield fluchte. Auf einen Kampfeinsatz war er überhaupt nicht vorbereitet, wurde ihm wieder einmal nur zu deutlich bewusst. Um nicht ganz so unterbesetzt zu sein, hatte er sogar unausgebildete Zivilisten auf diesen Einsatz mitnehmen müssen; außerdem hatte er so gut wie keine Aufklärungsausrüstung. Wenn er wenigstens ein simples Hohlleiter-Radargerät oder auch nur eine Parabolschüssel zur Überwachung des unmittelbaren Luftraums gehabt hätte. Aber nicht einmal über so etwas verfügte er. Alles, was er im Moment hatte, waren seine Augen, und die reichten einfach nicht aus.

»Komm mal hoch, Mother. Und bring Bertie mit. Der Rest bleibt vorerst noch in den Booten.«

Die MP-7-Maschinenpistole im Anschlag, kletterte er über die Kante auf das Eis.

Wenig später kam auch Mother nach oben. Sie stellte Bertie zwischen ihr und Schofield auf den Boden, worauf sich der kleine Roboter auf seinen klobigen Rädern leise piepsend zu drehen begann.

Mother pflanzte sich mit einem gefährlich aussehenden G36A2-Sturmgewehr von Heckler & Koch neben Scarecrow auf.

Die meisten Force-Recon-NCOs benutzten die Standardausführung des M4, aber Mother zog ihm ihr deutsches Sturmgewehr vor, das in ihrem Fall auch noch mit allen Extras ausgestattet war, die es dafür gab: ein 100-schüssiges C-Mag-Trommelmagazin, eine untergebaute AG36-Granatpistole mit den neuen Zinkspitzen-Panzerabwehrbrandgranaten, ein Zeiss-

RSA-Reflexvisier und ein Oerlikon Contraves LLM01 Laser-Licht-Modul. Mit dieser Zusatzbestückung sah es aus wie eine Monsterwaffe aus einem Sciencefiction-Film.

Scarecrow schaute von seiner handlichen MP-7 zu ihrem G36. »Hätten an deiner Megakanone nicht noch ein paar Extras mehr Platz gehabt?«, fragte er.

»Sei bloß still«, konterte Mother. »Zusatzgeräte sind wie gute Kommandanten: Man schätzt sie, wenn man sie hat, und man vermisst sie, wenn man sie nicht hat.«

»Das will ich mal als Kompliment auffassen.«

Mother blickte sich um. »Mir ist es hier zu ruhig.«

»Allerdings. Bertie, erfasse und identifiziere bitte das Objekt dort oben am Himmel.«

»*Ja, Captain Schofield.*« Berties Objektiv richtete sich himmelwärts.

Ihre Waffen im Anschlag, näherten sich Scarecrow und Mother dem abgestürzten Flugzeug.

Als Schofield die Berijew erreichte, zog er das Wärmebildvisier seines Helms nach unten.

Jetzt sah er das abgestürzte Flugzeug in Infrarot und konnte so die hohe Restwärme des Triebwerks an seinem intakten Flügel sowie zwei schwach pulsierende Flecken in Menschengestalt erkennen.

»Im Cockpit sind zwei menschliche Signaturen. Sieht ganz so aus, als wären sie noch am Leben ...«

Plötzlich begann es in Schofields Kopfhörer zu rauschen.

Dann knurrte Ironbark Barkers Stimme: »*SEAL-Team hat sich an der Nordostecke von Dragon Island in Stellung gebracht. Gehen über den alten U-Boot-Bunker unter Wasser rein.*«

Ironbark und sein Team versuchten, auf die Insel zu kommen.

Scarecrow richtete seine Aufmerksamkeit wieder auf das Flugzeug und ging vorsichtig auf die zersprungene Scheibe des Cockpits zu. Weil die Berijew auf die Seite gekippt war, war es nicht möglich, durch die Seitentür nach drinnen zu kommen.

Deshalb schlug er eins der Cockpitfenster ein. Mother gab ihm währenddessen mit ihrem G36 Feuerschutz.

Schofield sah zwei zusammengesunkene Gestalten im Cockpit des Flugzeugs sitzen. Im Pilotensitz war, immer noch festgeschnallt, ein älterer Mann mit einem buschigen grauen Schnurrbart; auf seinem Parka stand IWANOW. Er stöhnte leise, als Schofield an seine Halsschlagader fasste.

»Iwanow. Das ist der Typ, der den Notruf abgesetzt hat. Er lebt noch.« Schofield zog ein Wärmekissen aus seinem Erste-Hilfe-Beutel und drückte es auf Iwanows Brust. Iwanow stöhnte auf.

Mother kroch ins Cockpit und sah nach dem anderen Mann, einem jungen russischen Soldaten. Er war sehr blass, aber nach ein paar Klapsen ins Gesicht kam er ächzend zu sich.

Auch Wassili Iwanow kam wieder zu Bewusstsein. Er brabbelte etwas auf Russisch. Dann sah er die amerikanischen Fahnen auf Schofields und Mothers Schultern und fragte auf Englisch: »Wer sind Sie?«

»Wir sind United States Marines, Dr. Iwanow«, antwortete Schofield. »Unsere Leute haben Ihren Notruf abgefangen, und wir sind hier, um ...«

Schüsse.

Schofield und Mother wirbelten herum.

Aber sie fielen nicht *hier*. Sie kamen aus ihren Kopfhörern.

Und dann hörten sie Ironbark verzweifelt in sein Funkgerät schreien.

In die Steilküste an der Nordostseite von Dragon Island war in der Sowjetära ein U-Boot-Bunker gebaut worden. In der rechteckigen Betonhöhle, die wie alle Bauten der einst so mächtigen Sowjetunion riesige Ausmaße hatte, befanden sich zwei völlig vor den Elementen geschützte Docks, die ein mit ballistischen Raketen bewaffnetes Atom-U-Boot und einen 30 000-Tonnen-Massengutfrachter aufnehmen konnten. Außerdem hatte der Bunker Gleisanbindung. In den alten Sowjetzeiten war die Ladung der Frachtschiffe – Waffen, atomwaffentaugliches Material oder einfach nur Stahl und Beton – direkt auf die Waggons eines Breitspurgüterzugs umgeladen worden.

Im Moment lag nur ein riesiger russischer Frachter in einem der Docks. Sein roter Rumpf war so stark nach vorn geneigt, dass sich der Bug vollständig unter Wasser befand, während das Heck steil in die Höhe ragte. Am Heckspiegel prangte in riesigen weißen Buchstaben der Name des havarierten Schiffs:

OCHOTSK

Es war der russische Frachter, der mitsamt seiner Ladung aus Waffen und Feldzeugmaterial auf mysteriöse Weise verschwunden war: AK-47-Sturmgewehre, Panzerfäuste, Strela-Luftabwehrfahrzeuge, ZALA-Drohnen, APR-Torpedos und sogar zwei MIR-Mini-U-Boote. Eines dieser kleinen, mit einer Glaskuppel versehenen Unterwassergefährte lag, auf die Seite gekippt, auf dem zur Hälfte versunkenen Vorderdeck des Frachters.

Abgesehen von der *Ochotsk* war die riesige Betonhöhle leer, und dem Staub und dem Raureif auf ihren Leitern, Laufstegen und Ketten nach zu schließen, war das Schiff schon lange nicht mehr zum Einsatz gekommen.

Lautlos tauchte der erste von Ironbarks Navy SEALs mit einer schallgedämpften MP-5 N aus dem von Eisschollen durchsetzten Wasser auf. Ihm folgten in kurzen Abständen ein zweiter Mann und dann Ironbark selbst.

Sie gingen lehrbuchmäßig vor: ohne das leiseste Geräusch zu machen.

Da war nur ein Problem.

Eine Truppe aus hundert bewaffneten Männern, die sich an verschiedenen Stellen des Bunkers postiert hatten und den vor sich hin bröckelnden Schutt und das halb versunkene Wrack der *Ochotsk* als Deckung nutzten, hatte einen geschlossenen Kreis um das Wasser des Docks gebildet, aus dem die SEALs kamen.

Und sobald alle zwölf SEALs aufgetaucht waren, eröffneten sie das Feuer.

Was dann folgte, war nichts weniger als ein munteres Scheibenschießen. Die SEALs wurden mit perfekt aufeinander abgestimmten Salven niedergemäht.

Schofield konnte Ironbark gegen das krachende Gewehrfeuer anschreien hören: »*Scheiße! Abtauchen! Abtauchen! ... Es müssen mindestens hundert von ihnen sein! ... Basis, hier Ironbark! SEAL-Angriff negativ! Ich wiederhole, SEAL-Angriff gescheitert! Sie haben im U-Boot-Bunker auf uns gewartet! Wir werden niedergemacht!* Miami, *wir müssen zurückkommen.* Miami, *kommt uns entgegen ...*«

Die USS *Miami*, ein Jagd-U-Boot der *Los-Angeles*-Klasse, schwebte zehn Meilen entfernt im blauen Nichts unter dem arktischen Eis.

In der Kommunikationszentrale sagte ein Funker in sein Mikro: »Ironbark, hier *Miami*. Wir hören Sie ...«

»Was soll ...«, begann der Mann, der neben ihm am Sonar saß, um plötzlich panisch loszubrüllen: »Torpedo im Wasser! *Torpedo im Wasser!* Signatur ist ein russischer APR-3E-Torpedo. Peilung 235! Er kommt von Dragon Island, und er kommt schnell!«

»Gegenmaßnahmen einleiten!«

»*Er kommt direkt auf uns zu ...*«

Entsetzt verfolgte Schofield die hektischen Befehle, die auf der *Miami* erteilt wurden.

»*... Ausweichmanöver einleiten ...*«

»*... nicht möglich. Zu nah!*«

»*... zu spät! Auf Einschlag vorbereiten! Scheiße! Nein! ...*«

Das Signal von der *Miami* verhallte.

Schofield hörte Ironbark brüllen: »Miami? *Kommen. USS* Miami, *antworten!*«

Von der *Miami* kam keine Antwort.

Mother sah Schofield bestürzt an.

Schofield hörte weiter mit.

»*Ah! Scheiße!*«, stieß Ironbark unter Schmerzen hervor, während das Gewehrfeuer lauter wurde. Dann kam auch von ihm kein Signal mehr, und der Funkverkehr wurde abrupt beendet.

Schofield lauschte angespannt auf weitere Durchsagen, aber aus seinem Kopfhörer kam nichts mehr.

»Oh Mann …«, hauchte Mother. »Ein Hinterhalt mit hundert Mann? Eine Truppe, die locker ein SEAL-Team und ein Jagd-U-Boot der *Los-Angeles*-Klasse ausschaltet? Wer zum Teufel sind diese Typen von der Army of Thieves?«

Das Gleiche dachte auch Schofield.

»Egal, wer diese Leute sind«, sagte er, während er aus dem Cockpit der Berijew nach Süden zu Dragon Island blickte, »jetzt gibt es auf der ganzen Welt außer unserer kleinen Truppe niemand mehr, der sie aufhalten kann.«

Der Rest von Schofields Team, der in den Sturmbooten geblieben war, wartete angespannt.

Für den Fall, dass sie rasch fliehen mussten, hielten sich Kid und Mario am Steuer der beiden Boote bereit.

Emma und Chad spähten die Leiter hinauf, die aus dem vorderen Boot nach oben ragte, und warteten auf Schofields und Mothers Rückkehr.

Zack beschäftigte sich mit dem Handgelenkschutz. Das Hightech-Gerät war eins seiner Lieblingsprojekte bei DARPA, und sein Versagen frustrierte ihn. Er konnte sich nicht erklären, warum es nicht richtig funktionierte. Außerdem half es ihm, seine Anspannung abzubauen, wenn er damit herumspielte.

Er hatte das Bedienfeld des Geräts hochgeklappt und studierte sein Innenleben.

Er schaltete es ein – und plötzlich begann es hektisch zu pingen und rot zu blinken.

Zack runzelte die Stirn. »Es zeigt schon wieder an, dass ein hundert Meter langes Objekt neben uns ist.«

»Das Eis vielleicht?«, sagte Kid und studierte die Eiswände, die sie umgaben.

»Nein, es ist eine Metallsignatur. Die Sensoren können zwischen Eis und Stahl unterscheiden.« Zack schüttelte den Kopf. »*Warum?* Warum macht es das – aha, sieh mal einer an …«

Er hatte im Innern des Geräts etwas entdeckt. »Der Emitter-Spiegel ist verbogen. Anscheinend ist er gegen irgendwas gestoßen. Der Emitter war die ganze Zeit nach *unten* gerichtet.«

Jetzt war es an Kid, die Stirn zu runzeln.

»Augenblick mal. Heißt das, dein kleiner Zauberkasten registriert gerade ein hundert Meter langes Objekt, das sich *unter* uns befindet?«

»Doch«, sagte Zack. »Ich glaube schon …«

»Wie weit ist es entfernt?«, fragte Kid.

»Zweihundert Meter … halt, warte, hundertneunzig … hundertachtzig. Keine Ahnung, was es ist, aber es kommt näher.«

Kid verzog das Gesicht. Er schaute in Richtung der Berijew nach oben. »Das ist aber gar nicht gut.«

Außerhalb der kaputten Windschutzscheibe der Berijew ertönte ein Piepen. Schofield drehte sich nach dem Geräusch um.

»*Captain Schofield*«, sagte Bertie. »*Objekt identifiziert.*«

»Lass mal sehen.« Schofield war immer noch im Cockpit bei Iwanow. Bertie kam näher und blieb an den zur Seite gekippten Fenstern des Cockpits stehen. Schofield schaute auf das Display auf dem Rücken des kleinen Roboters.

»Ach, du Scheiße …«

Bertie meldete: »*Objekt ist ein unbemanntes ZALA-421-08-Luftfahrzeug russischer Herstellung. Es dient zu Aufklärungs- und Überwachungszwecken. Es trägt keine Waffennutzlast. Elektromotor, Spannweite achtzig Zentimeter, maximale Flugdauer neunzig Minuten. Standardnutzlast: eine infrarotfähige 550 TVL-Videokamera und eine digitale 12-Megapixel-Fotokamera.*«

Jetzt verlor Schofield keine Zeit mehr. Er kletterte aus dem Cockpit der Berijew, richtete sich auf und suchte den Himmel ab.

Und entdeckte es: das hoch fliegende, vogelähnliche Objekt, das ihm schon früher aufgefallen war.

Nur war es kein Vogel.

Es war eine Drohne.

Eine kleine, leichte Überwachungsdrohne.

»Sie wissen, wo wir sind«, sagte er laut.

Wie auf ein Stichwort hin erschienen am südlichen Horizont vier Flugobjekte, zwei große zwischen zwei kleineren, und alle kamen sie von Dragon Island.

Sie wurden von Sekunde zu Sekunde größer.

Sie kamen näher. Schnell.

»*Scarecrow!*«, kam Kids aufgeregte Stimme aus Schofields Kopfhörer. »*Zack hat den Bewegungssensor des Handgelenkschutzes repariert. Ich glaube, er hat ein U-Boot entdeckt, und es nähert sich uns!*«

Schofields Verstand arbeitete fieberhaft.

Drohnen, nahende Flugzeuge, der Verlust von Ironbarks Team und der *Miami* und jetzt auch noch ein *anderes* U-Boot ...

Verdammt.

Das ging alles zu schnell, viel zu schnell. Er war hier am Ende der Welt und ohne jede Unterstützung, ganz auf sich allein gestellt. Alles, was er hatte, waren ein paar Marines und so gut wie nichts an schwerer Bewaffnung.

Angestrengt versuchte er, alles in einen logischen Zusammenhang zu bringen.

Jetzt ist keine Zeit, um lange zu überlegen. Du kannst nur überleben, wenn du im Laufen nachdenkst.

»Kid!«, brüllte er in sein Mikro und sprang in die Berijew zurück. »Lass die Motoren der Boote weiterlaufen! Mother! Schaff die beiden Russen aus dem Cockpit! Jetzt wird es ernst!«

Die vier Flugobjekte waren die zwei V-22 Ospreys und die zwei AH-1 Cobra-Kampfhubschrauber, die fünf Monate zuvor von dem Marine-Corps-Stützpunkt in der afghanischen Provinz Helmand gestohlen worden waren.

Die Ospreys waren schlicht und einfach fliegende Monster. Mit ihren neigbaren Rotoren konnten sie einerseits fast so schnell wie ein Flugzeug fliegen, zugleich waren sie aber auch in der Lage, wie ein Hubschrauber auf der Stelle zu schweben. Außerdem handelte es sich bei diesen Ospreys um eine spezielle Version, die unter der Bezeichnung »Warbird« bekannt war: Sie waren bis unter die Zähne bewaffnet. Sie hatten nicht eine, sondern zwei sechsläufige 20-mm-M61-Vulcan-Kanonen, in ihren Luken waren schwere AN/M2-Maschinengewehre vom Kaliber .50 montiert, und unter ihren Tragflächen waren raketenbestückte Waffenbehälter angebracht. Der Warbird war als Kampfhubschrauber nicht zu toppen – groß und stark, aber auch schnell und wendig –, und die Army of Thieves hatte zwei von diesen Monstern.

Und die zwei Cobras waren auch nicht ohne; unter ihren spitzen Nasen waren nur geringfügig kleinere sechsläufige M134-Minikanonen angebracht.

Flankiert von den Cobras donnerten die zwei Ospreys über die Eiswüste und über das Netz aus Rinnen auf die abgestürzte Berijew zu.

Kurz vor der Absturzstelle löste sich einer der großen Ospreys aus dem Verband und drehte nach Nordwesten ab. Die übrigen drei Kampfhubschrauber steuerten weiter direkt auf die Berijew zu.

»Basis, hier Hammerhead«, sagte der Pilot des Osprey, der auf Kurs geblieben war, in sein Mikro.

Er trug zwar einen Pilotenhelm und einen Winterparka des US Marine Corps, aber er war kein Marine.

Um seinen Hals und sein Unterkinn wanden sich Schlangen-, Totenkopf- und Dornenranken-Tattoos, und er trug usbekische Handschuhe und russische Stiefel zu seinem Marine-Corps-Parka. Die acht schwerbewaffneten, ähnlich tätowierten Männer, die hinter ihm im Frachtraum des Hubschraubers saßen, hatten die breitflächigen, dunkelhäutigen Gesichter und die dunklen Augen gebürtiger Chilenen. Auch sie trugen Marine-Corps-Parkas zu ihrer bunt zusammengewürfelten Polarausrüstung, und jeder hatte mit lässiger Selbstverständlichkeit eine Kalaschnikow auf den Oberschenkeln liegen.

»Wir fliegen jetzt direkt auf Iwanows Maschine zu«, sagte Hammerhead. »Die Drohne hat zwei Personen entdeckt, die sich der abgestürzten Berijew genähert haben. Sie müssen per Boot durch die Rinnen im Eis gekommen sein, denn sonst hätte sie das Tower-Radar auf Dragon Island entdeckt.«

Im Ohr des Piloten antwortete eine ruhige Stimme:

»*Genau, wie wir erwartet haben. Das ist das amerikanische Testteam.*« Ein kurzes, hämisches Lachen. »*Im Pentagon müssen sie auf dem letzten Loch pfeifen, wenn sie uns ein paar lächerliche Produkttester auf den Hals hetzen. Zuerst zerstören Sie mit ein paar Raketen Iwanows Flugzeug, und dann spüren Sie das Testteam auf und töten alle.*«

Währenddessen waren Schofield und Mother im Cockpit der Berijew fieberhaft beschäftigt.

Mother befreite den jungen russischen Soldaten aus seinem Sitz, dann stemmten sie die zerbrochenen Cockpitfenster aus ihren Rahmen.

Schofield rutschte auf Wassili Iwanows Seite und wollte sich gerade daranmachen, den alten Russen aus dem Pilotensitz zu ziehen, als er durch die Windschutzscheibe des Cockpits sah, wie einer der Cobras zwei wärmegelenkte Raketen abfeuerte.

Die zwei Flugkörper kamen direkt auf das abgestürzte Flugzeug zugeschossen.

Scarecrow schrie: »*Bertie!* Raketenscrambler! Sofort!«

Bertie, der neben der Berijew stand, antwortete: »*Raketenscrambler aktiviert.*« Dann sendete er ein starkes elektronisches Störsignal aus.

Fast sofort drehten die zwei Raketen ab und schlugen nicht weit von der Berijew unter zwei gewaltigen Explosionen aus Feuer und Eis in das Polareis ein.

Schofield mühte sich weiter mit Iwanows festgefrorenem Sicherheitsgurt ab.

»Mother!«, rief er. »Lauf zu den Booten zurück! Bevor der Osprey landet und seine Bodentruppen absetzt!«

»Und du?«, schrie Mother zurück.

»Ich muss erst noch den alten Russen aus dem Cockpit schaffen! Jetzt lauf endlich! Ich komme dann nach!«

Den halb bewusstlosen jungen Soldaten hinter sich herziehend, rannte Mother los. Als sie die fünfzig Meter von der Berijew zum Rand der Rinne hetzten, in der sich ihre Boote befanden, schoss der zweite Cobra eine Rakete ab, aber auch sie kam vom Kurs ab und schlug weitab von ihrem Ziel in das Eis ein.

»Cobras, Beschuss stoppen. Sie haben Raketenabfangmaßnahmen ergriffen«, sagte der Pilot mit dem Rufzeichen Hammerhead. »Ich setze jetzt das Bodenteam ab. Erledigt die zwei, die dort übers Eis laufen.«

Der Osprey ließ die zwei Cobras hinter sich, klappte seine Rotoren hoch und ging in Schwebeflugmodus.

Gleichzeitig wurden seine Seitenluken von innen aufgeschoben und Seile nach draußen geworfen. Daran rutschten wenige Sekunden später acht schwerbewaffnete Männer in schwarzen

Sturmhauben und Marine-Corps-Parkas nach unten und landeten einer nach dem anderen auf dem Eis.

Ihre Kalaschnikows im Anschlag, bewegten sie sich in Gefechtsformation auf die abgestürzte Berijew zu.

Gleichzeitig drehte sich einer der Cobras in der Luft und richtete seine M134 auf Mother, die mit dem russischen Soldaten über das Eis floh.

Die Minigun erwachte zum Leben und gab aus ihren rotierenden Läufen eine krachende Salve Gatling-Kanonenfeuer ab.

Von den einschlagenden Geschossen stoben hinter Mothers Fersen kleine Eisfontänen in die Höhe.

»Wirf dich auf den Boden!«, schrie sie dem neben ihr herhinkenden Soldaten zu.

Von den Kugeln verfolgt, hechteten sie auf die Leiter zu.

Mother landete bäuchlings auf dem Eis und spürte noch, wie eine Kugel ihre linke Stiefelsohle streifte, bevor sie über die Kante rutschte und in das vordere der beiden Boote fiel, das am Fuß der Leiter wartete.

Der junge russische Soldat machte es genauso. Er war jedoch Sekundenbruchteile langsamer als Mother, und das hatte verhängnisvolle Folgen.

Er wurde vom Geschosshagel des Hubschraubers buchstäblich zerfetzt, als er über das Eis rutschte. Von den zahlreichen Einschlägen spritzte überall an seinem Körper Blut in die Höhe, aber er hatte noch so viel Schwung, dass er wie Mother über die Eiskante glitt und in das vordere der beiden Boote stürzte. Emma Dawson schrie entsetzt auf beim Anblick des von Kugeln durchsiebten Mannes, der bis zur Unkenntlichkeit entstellt wie ein Stück Fleisch direkt neben ihr auf den Boden des Boots klatschte.

Mother stieß keuchend hervor: »Verdammte Scheiße, das war aber gerade knapp! Oh Mann, Scarecrow …«

Das Dröhnen des über der Berijew schwebenden Osprey war ohrenbetäubend. Um das abgestürzte Flugzeug wirbelte ein Tornado aus Eis und Schnee in die Höhe.

Im Cockpit spritzte Schofield aus seiner Feldflasche etwas Wasser auf die vereiste Schnalle von Iwanows Sicherheitsgurt. Als sie sich daraufhin endlich öffnen ließ, zerrte er den alten Russen aus dem Pilotensitz.

»Jetzt aber los, Mann«, brummte er und spähte nach draußen, wo die Truppe aus acht Sturmhauben und Parkas tragenden Männern von Süden her auf die Berijew zukam. Er blickte nach Osten.

»Mother, bei dir alles okay?«

»*Bei mir schon, aber den jungen Russen hat es voll erwischt. Wie sieht's bei dir aus?*«

»Wollte gerade aufbrechen ... oh-oh ...«

Einer der Angreifer warf sich bäuchlings auf den Boden, richtete ein auf einem Zweibein montiertes MG auf das abgestürzte Flugzeug und drückte den Abzug ...

... *Rrratatatattt!*

Aber es war der MG-Schütze, der, von einer tödlichen Salve getroffen, zuckend zu Boden stürzte.

Schofield riss verdutzt den Kopf hoch und sah eine dünne Rauchfahne von Berties Gewehrlauf aufsteigen.

»Braver Roboter«, flüsterte er. »Braver Roboter.«

Auch die anderen Angreifer belegte Bertie mit massivem Beschuss, worauf sie entweder hinter der Berijew in Deckung gingen oder das Feuer erwiderten. Die Kugeln stoben in allen Richtungen von den Metallflanken des kleinen Roboters davon, während er mit kurzen, gezielten Salven weiterhin kräftig nach allen Seiten austeilte.

Als sich Bertie wieder einmal ganz nach rechts gedreht hatte, entdeckte Schofield einen Angreifer, der links von ihnen zwischen der Berijew und der Rinne mit den Fluchtbooten auftauchte und eine russische RPG-7-Panzerfaust auf seine Schulter wuchtete.

Der Mann befand sich am äußersten Rand von Schofields Blickfeld, das durch das zersprungene Cockpitfenster stark eingeengt war. Deshalb hätte er nur unter Schwierigkeiten auf den

Mann feuern können, einmal ganz abgesehen davon, dass er der Feuerkraft von dessen Panzerbüchse nichts entgegenzusetzen gehabt hätte.

Er blickte sich nach möglichen Optionen um.

Moment mal ...

Als der Mann mit der schwarzen Sturmhaube über das Visier der Panzerfaust auf seiner Schulter spähte und sie auf das abgestürzte Flugzeug richtete, stieß Shane Schofield den russischen Wissenschaftler gegen die Rückwand des Cockpits und schrie: »Ohren zuhalten!«

Dann riss er mit aller Kraft am Auslösehebel des Kopilotensitzes der Berijew.

Und sofort wurde unter lautem Zischen das Dach des Cockpits weggesprengt und der Kopilotensitz aus der Berijew katapultiert. Weil das Flugzeug fast um neunzig Grad auf die Seite gekippt war, schoss der Schleudersitz dicht über dem Boden *seitlich* durch die Luft und krachte mit solcher Wucht gegen die Brust des Manns mit der Panzerfaust, dass er mit gebrochenen Rippen in hohem Bogen rückwärts durch die Luft geschleudert wurde.

Wassili Iwanow traute seinen Augen nicht, als er durch das eben entstandene Loch im Cockpitdach schaute und den Angreifer tot auf dem Eis liegen sah.

»Haben Sie das gesehen?«, brüllte Schofield dem alten Russen zu, als die restlichen Angreifer das Feuer wieder zu eröffnen begannen. »So werden nämlich jetzt auch wir hier rauskommen! Ist Ihr Pilotenanzug für arktische Gewässer geeignet?«

»Eine Weile kann man damit in kaltem Wasser überleben«, stotterte Iwanow.

»Was wollen wir mehr.« Schofield fasste durch das zertrümmerte Fenster, zog Bertie mit einer Hand ins Cockpit und reichte ihn Iwanow. »Hier, halten Sie mal meinen Roboter!« Dann setzte er sich in den Pilotensitz und zog den alten Russen auf seinen Schoß. »So, und jetzt passen Sie auf, dass Ihnen das Frühstück nicht hochkommt.«

Und dann, als sie zu dritt auf dem Pilotensitz saßen, zog Schofield am Hebel.

Der Schleudersitz wurde mit Schofield, Iwanow und Bertie aus der Berijew katapultiert und flog durch den Ring aus Angreifern, die das Flugzeug umzingelten!

Der Sitz schoss in etwa einem Meter Höhe mit solcher Geschwindigkeit seitlich über das Eis, dass Schofield und Iwanow tief in die Polsterung gedrückt wurden und alles um sie herum nur noch verschwommen wahrzunehmen war.

Nach etwa vierzig Metern Flug berührte der Schleudersitz zum ersten Mal den Boden und titschte wie ein übers Wasser hüpfender Stein zwei weitere Male auf, bevor er über die Kante der Rinne schoss – und über die staunend nach oben gewandten Gesichter von Mother und den anderen in den zwei Sturmbooten hinwegsegelte.

Sobald er über die Kante der Rinne geschlittert war, stürzte der Schleudersitz in die Tiefe und klatschte heftig spritzend in das eisige Wasser.

»Was war das gerade?«, fragte Chad verdutzt.

»Das war Scarecrow«, sagte Mother und schob Kid aus dem Bootsführersattel, um sich selbst ans Steuer zu setzen und den Motor aufheulen zu lassen. »Festhalten, Leute! Wir müssen ihn aus dem Wasser fischen!«

UNTERWASSERSTILLE.

Sobald der Schleudersitz ins Wasser eintauchte, wurden Scarecrow und Iwanow voneinander losgerissen und trieben getrennt durch das eisblaue Nichts. Als Bertie mit dem Wasser in Berührung kam, bliesen sich sofort seine Schwimmballons auf und trugen den kleinen Roboter an die Oberfläche.

Schofield spürte das Stechen des eiskalten Wassers in seinem Gesicht, dem einzigen Körperteil, der nicht von seinem Trockenanzug geschützt wurde. Es war unglaublich kalt, wie Dolche aus Eis.

Beim Aufprall auf der Wasseroberfläche war seine entspiegelte Brille auf seine Stirn hochgeschoben worden, und als er jetzt im klaren blauen Wasser der Arktis schwebte, umgab ihn gespenstische Stille.

Aber es war keine totale Stille. Sie war von einem eigenartigen *Surren* durchdrungen.

Das war der Moment, in dem Schofield merkte, dass er nicht allein war.

Da war etwas, direkt vor ihm.

In dem blauen Nichts schwebte etwas unglaublich Großes, schwarz und gigantisch wie ein Leviathan aus der Tiefe. Nur war es kein Tier. Es war etwas Mechanisches, von Menschenhand Geschaffenes.

Es war ein U-Boot.

Schofield hatte ein beängstigendes Déjà-vu-Erlebnis.

So etwas war ihm schon einmal passiert, während seines Einsatzes in Antarktika, als er mit einem französischen Atom-U-Boot eine ähnliche Begegnung gehabt hatte. Damals war es ihm gelungen, das U-Boot zu zerstören. Es war einer dieser Zwischenfälle, deretwegen er auf die Abschussliste der Franzosen geraten war.

Nein. Das konnte unmöglich ein französisches ...

Doch dann sah Schofield das Kennzeichen am kugelförmigen Bug des U-Boots, sah die unverwechselbare blau-weiß-rote Flagge, die darauf gemalt war.

Doch, es konnte. Es war ein französisches U-Boot.

In der Meta-Zeit, in der das menschliche Gehirn arbeitet, verknüpfte Schofields Verstand blitzschnell ein paar Punkte miteinander.

Der Bewegungsmelder des Handgelenkschutzes hatte dieses U-Boot erst wenige Minuten zuvor registriert – und das hieß, dass der Sensor vielleicht gar nicht kaputt war, sondern *dasselbe* U-Boot auch schon bei einer früheren Gelegenheit entdeckt hatte. Demzufolge wäre ihnen das U-Boot ursprünglich in ihr Lager am Polarkreis gefolgt, und das wiederum hieß, dass es höchstwahrscheinlich nicht nur nichts mit den Vorgängen auf Dragon Island zu tun hatte, sondern auch *nicht die geringste Ahnung* davon hatte.

Dieses französische U-Boot, wurde ihm bestürzt bewusst, war in der Arktis, um Jagd auf *ihn* zu machen.

Bei genauerem Hinsehen fiel Schofield auf, dass auf dem Deck des riesigen Atom-U-Boots drei Mini-U-Boote befestigt waren, sogenannte SDVs, Swimmer Delivery Vehicles, die Platz für jeweils drei Froschmänner boten. Sie lösten sich gerade vom Mutterschiff und kamen direkt auf ihn zu.

Sie hatten es auf ihn abgesehen.

Es war ein französisches Mordkommando, das ihn ausschalten wollte, ohne zu ahnen, dass es in einen tödlichen Hexenkessel von wesentlich weitreichenderen Dimensionen geraten war.

Schofield schwamm rasch an die Oberfläche.

Als er mit dem Kopf aus dem eisigen Wasser schoss, sah er Iwanow und Bertie neben sich treiben. Von seinen sich drehenden Rädern angetrieben und von den Auftriebballons über Wasser gehalten, schwamm der kleine Roboter langsam, aber unaufhaltsam auf Schofield zu.

»*Captain Schofield, benötigen Sie Hilfe? Meine Auftriebsvorrichtungen können uns über Wasser halten, bis unsere Kollegen eintreffen.*«

In diesem Moment stieg zehn Meter von ihnen entfernt das erste französische SDV wie ein aus der Tiefe aufsteigender Hai an die Oberfläche.

Ein Froschmann steuerte das Gefährt, zwei weitere Kampftaucher richteten ihre kurzläufigen FAMAS-Sturmgewehre auf sie, bereit, jeden Moment das Feuer zu …

Mit einem wilden Aufheulen krachte etwas gegen das französische SDV und schleuderte alle drei Froschmänner ins Wasser.

Es war Mothers Sturmboot, das laut knirschend über das französische Mini-U-Boot hinwegrauschte und es in zwei Teile zerbrach, bevor es direkt neben Schofield beidrehte.

»Zieht sie an Bord!«, rief Mother Kid, Emma und Zack im Heck des Boots zu.

Schofield schnappte sich Bertie, während Kid und die zwei Zivilisten nach ihm griffen, und wenige Sekunden später waren er und der kleine Roboter an Bord des Sturmboots. Kurz darauf folgte ihnen Iwanow.

»Schnell weg hier, *los!*«, brüllte Schofield. »Hier wird gleich der Teufel los sein, und das könnte unsere letzte und einzige Chance sein, lebend wegzukommen!«

Das war die Untertreibung des Jahres.

Denn im nächsten Moment passierten mehrere Dinge gleichzeitig.

Erstens tauchten die zwei anderen französischen Mini-U-Boote mit weiteren schwerbewaffneten Froschmännern auf.

Zweitens kam von der abgestürzten Berijew ein wild um sich schießender Cobra auf sie zugeflogen und schoss mit knatternden Rotoren über sie hinweg. Die Bordkanone des schlanken Kampfhubschraubers zeichnete eine schnurgerade Linie aus spritzenden Einschlägen in die Wasseroberfläche – eine Linie, die genau über eins der gerade aufgetauchten französischen Mini-U-Boote hinweglief und die drei Froschmänner darauf mit Kugeln durchsiebte.

Dem ersten Cobra-Hubschrauber folgte wenig später der zweite AH-1, der mit einem rasanten Schwenk auf die Wasseroberfläche herabstieß. Er ging direkt vor Mothers Boot in den Schwebeflug und richtete seine Minikanone darauf.

»Himmel, Arsch und …«, hauchte Mother.

Die einzige Waffe, die sie hatten und die über halbwegs genügend Feuerkraft verfügte, um dem Cobra gefährlich zu werden, war der Granatwerfer an Mothers G36, das im Moment, außer Reichweite, neben ihr auf dem Boden lag, und …

Schofield überlegte nicht lang.

Er hob Bertie hoch und hielt den kleinen Roboter vor seine Brust, und statt den Abzug zu drücken – weil Bertie keinen hatte –, schrie er: »Bertie! Feuer! Feuer! Feuer!«

Berties M249 erwachte zum Leben.

Bei jedem Schuss ertönte ein tiefes Womp – Womp! – Womp! – Womp! –, aber der Rückstoß wurde größtenteils von Berties eingebauter Dämpfung abgefangen. Die Schüsse trafen ins Ziel. Sie prasselten gegen den Cobra, brachten seine gläserne Kanzel zum Zerspringen und schlugen in das Triebwerkgehäuse ein. Offensichtlich richteten sie dort einigen Schaden an, denn im nächsten Moment begann der Auspuff des Hubschraubers eine dicke schwarze Rauchwolke zu speien, und unter heftigem

Schwanken drehte der Cobra ab, schwer verwundet, aber nicht endgültig besiegt.

»Scarecrow!«, schrie Mother. »Was machen wir jetzt? In welche Richtung fahren wir?«

Das ist jetzt die Frage, dachte Scarecrow. In dem Getöse aus krachendem Gewehrfeuer, wummernden Robotern und knatternden Hubschraubern hatte er Mühe, einen klaren Gedanken zu fassen.

Wir müssen mit dem alten Russen reden und herausfinden, was er weiß; dann können wir uns vielleicht einen vernünftigen Plan zurechtlegen. Viel Zeit haben wir nicht, aber – er rief sich eine alte Soldatenregel in Erinnerung – *ein guter Plan mit weniger Zeit ist besser als ein schlechter Plan mit mehr Zeit. Vielleicht können wir uns nach Norden zurückziehen, uns neu formieren und dann nach Dragon Island aufbrechen …*

Er drehte sich zu der Gabelung um, von der eine Rinne nach Norden führte, als plötzlich mit einem gewaltigen Zischen direkt vor ihm der riesige schwarze Rumpf des französischen Atom-U-Boots durch die Oberfläche platzte und eindrucksvoll aus dem Wasser schoss.

Der knollenförmige Bug des U-Boots schnellte mindestens zehn Meter in die Höhe, bevor er zurück auf die Wasseroberfläche klatschte. Die hohen kreisförmigen Wellen, die sich darauf nach allen Seiten ausbreiteten, brachten die zwei flachen Sturmboote heftig ins Schaukeln.

Schofield stand die Enttäuschung ins Gesicht geschrieben.

Das U-Boot versperrte ihnen den Weg nach Dragon Island. Jetzt konnten sie nicht mehr nach Norden fahren.

Im selben Moment schoss der V-22 Osprey unter ohrenbetäubendem Dröhnen über sie hinweg und steuerte direkt auf das riesige französische U-Boot zu.

Der Hubschrauber knöpft sich zuerst die gefährlichere Beute vor, fiel Schofield auf. *Sobald er das U-Boot außer Gefecht gesetzt hat, kann er sich ungestört auf uns konzentrieren.*

Mit nach oben gekippten Rotoren schwenkte der Osprey

weit zur Seite geneigt über das U-Boot hinweg und warf zwei Mark-46-Mod-5 A-Leichtgewichttorpedos von seinen Tragflächen ab.

Die gefährlichen Geschosse landeten spritzend auf dem Wasser und steuerten sofort auf das U-Boot zu. Die Mark-46-Torpedos sind hervorragend: zuverlässig, zielgenau und absolut tödlich. Da sie aus so geringer Entfernung abgefeuert wurden, hatte das französische U-Boot keine Zeit mehr, um irgendwelche Gegenmaßnahmen zu ergreifen, und die Mark 46s würden ihr Ziel nicht verfehlen.

Die zwei gewaltigen Explosionen hörten sich an, als ginge die Welt unter.

Das riesige französische U-Boot wurde fast vollständig aus dem Wasser katapultiert. Eine mächtige Fontäne aus schäumender Gischt schoss dreißig Meter in die Höhe und prasselte dann mit ungeheurer Wucht wieder herab. Als das U-Boot in die Luft geschleudert wurde, knickte es in der Mitte ein. Es wurde aufgerissen wie eine Bierdose und begann sofort zu sinken, als es – tödlich verwundet und buchstäblich in zwei Teile gerissen – auf dem schäumenden Wasser aufschlug.

Das herabstürzende Wasser spritzte in Schofields fassungsloses Gesicht.

Das Schauspiel, das sich ihm bot, spottete jeder Beschreibung.

Heftig qualmend und von Flammen umzüngelt, ging das französische U-Boot langsam unter. Sein Bug stand in einem unnatürlichen Winkel nach oben, und aus seinem Innern ertönten verzweifelte Schreie. Währenddessen schwebte der Osprey weiter über ihm und belegte es mit gnadenlosem Beschuss, so dass alle französischen Matrosen, die, um nicht zu ertrinken, überstürzt aus dem Kommandoturm kletterten, erbarmungslos niedergemäht wurden.

Und dann waren da ja auch noch die zwei Cobras. Der angeschossene Hubschrauber hatte sich zwar, immer noch heftig rauchend, ein wenig zurückgezogen, aber der intakte Cobra schwebte dicht über der von Eiswänden gesäumten Rinne und beschoss die drei Froschmänner auf dem dritten und letzten französischen Mini-U-Boot so lange, bis sie heftig zuckend und blutüberströmt ins Wasser stürzten.

»Captain!«, hörte Schofield hinter sich jemand rufen. »*Captain!*«

Er drehte sich um.

Es war der Russe, Iwanow.

»Wir können von hier auch nach Süden fahren, selbst wenn wir von dort nicht nach Dragon Island kommen! Dort sind der Hauptinsel ein paar kleinere Inseln vorgelagert, wo wir zumindest kurz an Land gehen können!«

»Das ist ja schon mal etwas!« Schofield drehte sich um. »Mother ...«

Er verstummte.

Nicht weit von ihm drehte sich der lädierte Cobra-Hubschrauber in der Luft und richtete seine Bordkanone auf die letzten drei französischen Froschmänner im Wasser – die Kampfschwimmer aus dem Mini-U-Boot, über das Mother gefahren war, als sie Schofield zu Hilfe gekommen war. Sie schwammen vollkommen ungeschützt im Wasser und waren dem rauchenden Cobra wehrlos ausgeliefert.

Schofield traf eine spontane Entscheidung.

Die Männer, die diese Cobras und Ospreys flogen, waren gewissenlose Verbrecher, und selbst wenn diese blöden Franzosen gekommen waren, um ihn zu töten, verdienten sie es nicht, wie Fische in einem Aquarium abgeknallt zu werden. Außerdem verfolgte er damit den Hintergedanken, dass sich die französischen Elitesoldaten, wenn er sie rettete, als recht nützlich erweisen könnten ...

Und deshalb schnappte er sich kurz entschlossen Mothers G36, lud den unter dem Lauf angebrachten Granatwerfer durch und drückte ab.

Eine schnurgerade Rauchspur hinter sich herziehend, schoss

eine Panzerabwehrgranate durch die Luft und schlug mit einer gewaltigen Explosion in den qualmenden Auspuff des Hubschraubers ein.

Der Cobra ging in einem lodernden Feuerball auf, aus dem unzählige Metallteile davonstoben, bevor er einfach vom Himmel fiel und vor den verdutzten französischen Froschmännern in das eisige Wasser klatschte.

»Siehst du«, rief Mother triumphierend. »Die vielen Extras sind doch für etwas gut!«

»Halt bloß die Klappe!« Schofield wandte sich Mario und Chad im anderen Sturmboot zu. »Schnell, Männer! Helft uns, die Froschmänner aus dem Wasser zu ziehen! Aber dann nichts wie weg!«

»Was soll das jetzt ...?« Mother sah ihn stirnrunzelnd an, aber Schofield schrie nur: »Los, macht schon!«

Die zwei amerikanischen Sturmboote drehten neben den drei Froschmännern bei. Sie wurden rasch aus dem Wasser gezogen. Zwei kamen in das Boot von Mario und Chad, der dritte, ein Hüne von einem Mann, plumpste in das Heck von Schofields AFDV.

»*Bonjour*«, begrüßte Schofield ihn. »Willkommen in unserem Alptraum. Mother! Jetzt nehmen wir Kurs nach Süden! Zack!«

Der bebrillte Nerd, der nicht damit gerechnet hatte, jemals gebraucht zu werden, blickte erschrocken auf. Schofield deutete auf den Handgelenkschutz an Zacks linkem Unterarm.

»Du bist ab sofort unser Lotse und navigierst uns per Satellitenbild durch dieses Labyrinth! Wir müssen irgendwie zu den kleinen Inseln kommen, die Dragon Island im Norden vorgelagert sind!«

Zack blickte auf das Display an seinem Handgelenk, wo herangezoomt das Labyrinth der Rinnen zu sehen war, die das arktische Eis durchzogen.

»Ich?«

»Ja, du. Und du darfst keinen Fehler machen, weil wir sonst

alle draufgehen.« Schofield übernahm von Mother den Lenker des Boots und gab ihr das M36 zurück. »Ich fahre, und du sagst mir, wohin. Das Schießen übernimmt Mother. Und jetzt los!«

Er schaltete den Pod-Antrieb ein, und das Sturmboot schoss, einen Gischtschweif hinter sich aufwirbelnd, in Richtung Süden davon.

Das zweite amerikanische AFDV folgte ihm. Sie ließen das sinkende französische Atom-U-Boot rasch hinter sich und steuerten auf Dragon Island zu.

Wesentlich geruhsamer ging es in Schofields ehemaligem Lager zu.

Jeff Hartigan sah in seinem Zelt gerade eine Reihe von Testergebnissen durch, als er in der Ferne ein Flugzeug hörte.

Er verließ das Kuppelzelt und spähte in Richtung Süden.

Am Horizont erschien ein Hubschrauber. Er kam näher.

Mit einem kurzen Anflug von Angst fragte sich Hartigan, ob es vielleicht ein Fehler gewesen war, allein im Lager zu bleiben. Doch dann sah er, dass es ein amerikanischer V-22 Osprey war, an dessen Seite in großen schwarzen Buchstaben MARINES stand.

Seine Angst verflog rasch wieder. Er hatte recht gehabt, und Schofield hatte sich getäuscht. Das Pentagon hatte ein paar in der Nähe stationierte Marines aufgespürt und mit ihrer Rettung beauftragt.

Hartigan begann aufgeregt zu winken. Der Osprey ging in Schwebeflug und landete neben dem Lager.

Hartigan ging lächelnd darauf zu.

Schofields zwei Sturmboote schossen wie Pfeile durch die schmalen, von hohen Eiswänden gesäumten Rinnen.

Mit Hilfe von Zacks Richtungsangaben lenkte Schofield das aufblasbare AFDV an Eisschollen und Vorsprüngen vorbei und versuchte, möglichst viel Vorsprung vor dem Cobra und dem Osprey zu bekommen; die beiden Kampfhubschrauber würden sicher sofort ihre Verfolgung aufnehmen, sobald sie das französische Atom-U-Boot versenkt hatten.

Sie waren vielleicht zehn Meilen in Richtung Süden vorangekommen, seit der Osprey das französische U-Boot torpediert hatte.

Mother saß, das G36 im Anschlag, hinter Schofield und hielt am Himmel nach Verfolgern Ausschau. Im Heck des Boots saßen Emma, The Kid, Iwanow und der große französische Froschmann, der die Welt nicht mehr zu begreifen schien.

»An der nächsten Gabelung links!«, brüllte Zack gegen den Fahrtwind an. »Und dann sofort wieder rechts!«

Schofield folgte den Richtungsangaben.

Und erhaschte zwischen den Eiswänden der Rinne einen kurzen Blick auf etwas, das vor ihnen lag.

Dragon Island.

Das karge Felseneiland wirkte in der arktischen Eiswüste seltsam fehl am Platz. Während das zugefrorene Meer ringsum vollkommen weiß, flach und eben war, war Dragon Island dunkel, massiv und wild zerklüftet, eine einsame Erhebung aus schwarzem Fels, die sich vor Millionen Jahren durch das Packeis geschoben hatte. Mit ihren hohen schneebedeckten Gipfeln und der schroffen Steilküste sah sie aus wie eine riesige natürliche Festung.

Auf einem der Kliffs sah Schofield ein Licht: ein Wach- oder Leuchtturm, der im Verhältnis zur Insel winzig wirkte.

Wie Iwanow gesagt hatte, waren der Hauptinsel ein paar kleinere Inseln vorgelagert. Eigentlich handelte es sich dabei nur um drei niedrige schneebedeckte Erdhügel mit mehreren eigenartigen Gebäuden darauf, die sich kaum über die Eiswüste erhoben.

»Gut gemacht, Zack«, bemerkte Schofield anerkennend, als er sie sah. »Du hast uns sicher ans Ziel gebracht.«

»Um die erste Insel sollten Sie lieber einen weiten Bogen machen!«, warnte Iwanow, der an Schofields Seite gekommen war. »Sie ist kontaminiert. Fahren Sie besser gleich zur zweiten. Können diese Boote tauchen?«

»Ja, warum?« Schofield fragte sich, wie Iwanow darauf gekommen war. Was diese neuen AFDVs alles konnten, unterlag strengster Geheimhaltung.

»Auf der zweiten Insel gibt es ein kleines, zum Be- und Entladen gedachtes Hafenbecken, das allerdings nur unter Wasser zugänglich ist«, sagte Iwanow. »Dort könnten wir unbemerkt an Land gehen.«

Schofield runzelte die Stirn. »Wer baut denn einen Frachthafen, der nur für U-Boote erreichbar ist?«

»Ursprünglich war er sehr wohl auch für normale Schiffe zugänglich«, antwortete Iwanow. »Aber dann wurde er absichtlich zerstört, weil es dort zu einem ... Unfall ... gekommen ist.«

»Zu einem Un...«

Eine Linie von Minigun-Einschlägen fetzte vor ihren Booten durch das Wasser, und über ihnen tauchte laut dröhnend der Cobra auf.

»Sie haben uns entdeckt!«, schrie Kid.

»Mother!«, rief Schofield. »Jetzt bist du dran!«

»Alles klar!« Mother riss ihre auf Vollautomatik gestellte

G36 hoch und erwiderte das Feuer, während die Boote weiter an den Eiswänden entlang auf die Inseln zurasten.

Sie feuerte, was das Zeug hielt, aber die Kugeln prallten wirkungslos von den gepanzerten Seitenwänden des Cobra ab. Deshalb versuchte sie ihn, wie zuvor schon Schofield, mit dem Granatwerfer zu beschießen, aber darauf war der Pilot des Hubschraubers gefasst. Er warf eine Wolke von knallkörperartigen Düppeln ab, die Mothers Granaten vortäuschten, auf etwas Festes zu treffen. Das hatte zur Folge, dass sie zu früh explodierten und dem Cobra keinen Schaden zufügten.

Aber auf die fliehenden Sturmboote ging ein prasselnder Feuerregen herab.

Um die schützenden Eiswände zwischen sich und den Hubschrauber zu bringen, fuhr Schofield einen wilden Zickzackkurs und bog genau in dem Moment um eine Ecke, als diese sich im Minigun-Feuer des Hubschraubers in nichts auflöste.

»Kid!«, brüllte er. »Halt nach dem Osprey Ausschau! Wahrscheinlich sind sie ausgestreut, um nach uns zu suchen. Aber inzwischen hat ihm der Cobra sicher durchgegeben, wo wir sind …«

Und prompt tauchte der Osprey mit ohrenbetäubendem Getöse über ihnen auf und flog, aus seinen zwei sechsläufigen Vulcan-Kanonen feuernd, ganz dicht über sie hinweg.

Eisbrocken stoben durch die Luft, und rings um die zwei Sturmboote schossen Wasserfontänen hoch, als sie um die nächste Ecke bogen.

»Verdammte Scheiße!« Mother feuerte immer noch wie wild mit ihrem G36. Kid leistete ihr mit seiner wesentlich kleineren MP-7 Schützenhilfe. Aber selbst zu zweit kamen sie nicht annähernd an die Feuerkraft des Osprey und des Cobra heran.

Schofield schaute nach vorn: Sie waren immer noch fast zwei Kilometer von der ersten – kontaminierten – Insel entfernt.

So weit würden sie es nicht mehr schaffen. Spätestens in fünfhundert Metern wären sie erledigt.

»Scarecrow …!«, rief Mother hektisch.

»Ich weiß!« Die Zeit lief ihnen davon, und er wusste es.

Außer ...

»Mario! Die Luft aus den Seitenwänden ablassen und zum Tauchen fertig machen! Mother! Eine Minute brauche ich noch!«

»Ich kann dir aber allerhöchstens noch dreißig Sekunden verschaffen!«

»Dann eben, so viel du kannst!«

Er legte mehrere Schalter um. Mother warf ihr C-Mag aus, setzte ein neues ein und eröffnete sofort wieder das Feuer.

Der Osprey kam jetzt von hinten, und der Cobra ließ sich mit kreisenden Rotoren, die Kanonen auf sie gerichtet, in die lange Fahrrinne vor ihnen sinken und versperrte ihnen den Weg.

Scheiße!, fluchte Schofield in sich hinein. *Wir sitzen in der Falle.*

Auch Mother überriss die Situation sofort. »Jetzt können wir einpacken, Leute ...«

»*Mais non*«, meldete sich hinter ihr eine barsche Stimme zu Wort. Gleichzeitig ertönte ein markantes metallisches Klacken.

Als Mother und Schofield sich verdutzt umdrehten, sahen sie, wie der französische Froschmann – er war mindestens eins fünfundneunzig groß – eine absolut *gigantische* Waffe, die er bisher auf dem Rücken getragen hatte, in Anschlag brachte: ein russisches 6P49-Kord-Maschinengewehr, das beinahe achtmal so schwer war wie Mothers G36. Die riesigen gurtgespeisten MGs dieses Typs waren für 12.7-mm-Munition ausgelegt und wegen ihrer Größe normalerweise auf Panzern montiert. Dieses Kord war jedoch für den mobilen Einsatz umgerüstet worden und hing an zwei Riemen von den beeindruckend breiten Schultern des Franzosen.

Der hünenhafte Elitesoldat riss sich die Tauchmaske vom Gesicht, so dass sein wild zerzaustes braunes Haar und sein bis auf die Brust reichender Vollbart zum Vorschein kamen. Und dann legte er los.

Aus dem Lauf des riesigen MGs schoss eine lange Feuergarbe,

und auf den Hubschrauber prasselte eine vernichtende Salve aus großkalibrigen Geschossen ein.

Dem Beschuss von Mothers G36 hatten die gepanzerten Seitenwände und die Kanzel des Cobra standgehalten, aber dem Kord hatten sie nichts entgegenzusetzen.

Die MG-Salven des Franzosen durchsiebten den Hubschrauber buchstäblich.

Seine Windschutzscheibe zersprang in unzählige winzige Glassplitter, die sich mit dem nach allen Seiten davonstiebenden Blut des tödlich getroffenen Piloten mischten. Als die Geschosse in das Triebwerk des Hubschraubers einschlugen, schoss eine gewaltige Stichflamme hoch, und es explodierte unter dem massiven Beschuss.

Die zerschossene Hülle des Cobra stürzte ins Wasser, und sogar der Osprey drehte ab, als der Franzose sein riesiges MG auf ihn richtete.

Schofield, der sich erstaunt zu dem bärtigen Froschmann umdrehte, bekam nur noch mit, wie dieser mit einem zufriedenen »Ha!« den Finger vom Abzug nahm und ihm aufmunternd zunickte: »Dann mal los! *Allez!*«

Mother starrte den Franzosen nur fassungslos an. Dann blickte sie auf ihr G36 hinab, als wäre es eine Spielzeugpistole.

Schofield ließ sich nicht zweimal bitten.

Er legte ein paar weitere Schalter um. »Mario! Können wir? Machen wir mal lieber zu, bevor der Osprey zurückkommt!«

»*Fertig zum Tauchen, Sir*«, tönte Marios Stimme aus dem Kopfhörer.

Schofield wandte sich den anderen in seinem Boot zu. »Mother, Atmungsgeräteklappe öffnen. Und die anderen schnappen sich jeder ein Mundstück, und dann an der Halteschlaufe festhalten und die Füße in die Steigbügel auf Deck stecken, damit uns keiner fortgespült wird. Zack, und du passt auf, dass Bertie nicht an die Oberfläche treibt oder sinkt oder sonst was.«

Mother öffnete eine Klappe unter dem Mittelsattel des Boots. Darunter kamen acht Lungenautomaten zum Vorschein, die mit Schläuchen an einen zentralen Pressluftttank angeschlossen waren. Außerdem fielen mehrere elastische Gummiseile mit Halteschlaufen an den Enden heraus.

»Einfach immer mir nach, Mario«, rief Schofield zum anderen Boot hinüber.

Während alle nach den Lungenautomaten und Halteschlaufen griffen, ließ Schofield die Luft aus den Seitenwänden des AFDV ab, und das schlanke schwarze Sturmboot verwandelte sich in ein schlankes schwarzes U-Boot. Er steckte seine Brille in seinen Hüftbeutel, setzte stattdessen eine Tauchmaske auf und schob sich das Mundstück eines Lungenautomaten in den Mund.

Wenige Augenblicke später tauchte ihr »Boot« unter die Wasseroberfläche und verschwand unter dem Packeis. Marios AFDV, das die ganze Zeit neben ihnen hergefahren war, folgte ihnen mit Chad und den zwei anderen französischen Froschmännern.

Zehn Sekunden später kam der Osprey aus allen Rohren feuernd zurück, aber sein Angriff lief ins Leere, weil die zwei Sturmboote des Marine Corps inzwischen unter dem Eis verschwunden waren.

Die zwei Sturmboote glitten durch die gespenstische Unterwasserwelt der Arktis.

Es war ein beängstigendes Nichts aus fahlblauem Wasser und darüber das endlose Weiß der Unterseite des Packeises. Alle klammerten sich mit Hilfe der Halteschlaufen und Steigbügel an die AFDVs.

Je weiter die zwei Boote vorankamen, desto stärker stieg der Meeresboden unter ihnen an.

Sie erreichten die erste der drei vorgelagerten Inseln.

Iwanow sah Schofield durch seine Tauchmaske an und deutete nach rechts. Schofield blieb unter dem Eis und fuhr unter Wasser an der Küste der Insel entlang. Wenige Minuten später fiel der Meeresboden unter ihnen wieder ab, um aber schon bald erneut zur Unterseite des Packeises anzusteigen. Sie hatten die zweite Insel erreicht.

Iwanow lotste Schofield um die Insel herum, bis sie zu einer betonummantelten quadratischen Öffnung in der felsigen Basis der Insel kamen. Sie hatte etwa die Ausmaße eines Eisenbahntunnels und führte zu dem von Iwanow erwähnten Frachthafen, der nur unter Wasser zu erreichen war.

Aus der Decke des Tunnels ragten verbogene Armierungseisen und herausgebrochene Betonbrocken. Vermutlich war das Dach des Bunkers bei dem von Iwanow erwähnten »Zwischenfall« eingestürzt und versperrte seitdem größeren Schiffen den Zugang zum Hafen. Die Sturmboote waren jedoch klein genug, um durchzukommen.

Hinter den von der Decke hängenden Hindernissen tat sich undurchdringliches Dunkel auf. Als Schofield die Scheinwerfer einschaltete, drangen ihre zwei scharf umrissenen Lichtkegel in den finsteren Tunnel.

Gefolgt von Marios Sturmboot, steuerte er sein AFDV an den Barrikaden vorbei.

Nach etwa dreißig Metern konnte er die Oberfläche über sich sehen. Das Wasser war so ruhig und glatt, dass es wie eine rechteckige Glasscheibe aussah.

Schofield signalisierte Mother und dem großen französischen Froschmann, ihre Waffen bereitzuhalten. Dann tauchte er mit seinem AFDV auf.

Das Sturmboot brach in einem grell beleuchteten Bunker durch die Wasseroberfläche.

Schofield nahm seine Tauchmaske ab. Der Anblick, der sich ihm bot, verschlug ihm die Sprache.

Die Betonwände des Bunkers waren mit Blut bespritzt.

Auch die Zacken zerbrochener Glasscheiben waren rot von Blut.

Auf dem Boden lag das Skelett eines halb aufgefressenen Eisbären.

Am schlimmsten war jedoch der Gestank. Er war unerträglich. Es roch wie in einem Schlachthaus: eine widerwärtige Mischung aus Blut und Fleisch.

Eine massive Drahtglastür mit einem beleuchteten Tastenkombinationsschloss führte tiefer in das Innere der Insel. Zum Glück war die Tür intakt, aber sie sah aus, als hätte jemand von innen einen Eimer Blut dagegengeschüttet und ein Tier hätte wie wild daran gekratzt.

»Was ist denn hier passiert?« Vorsichtig kletterte Schofield aus dem Sturmboot auf die Kaimauer. Bevor ihm jemand antworten konnte, kam aus dem Dunkel etwas auf ihn zugeschossen.

Es war riesig und weiß und stürzte sich mit einem wilden Fauchen auf ihn.

Schofield blieb keine Zeit mehr, um zu reagieren. Er wirbelte herum und sah nur noch gefletschte Zähne und ein zotteliges weißes Fell und krallenbewehrte Pranken …

Durch den unterirdischen Bunker hallte ein ohrenbetäubendes Krachen, und der von einer kurzen, aber gezielten Salve getroffene Kopf des angreifenden Tiers schnellte ruckartig zurück.

Eine zweite Salve durchsiebte die Brust des Eisbären – denn es war tatsächlich ein Eisbär, auch wenn Schofield noch nie so ein Exemplar gesehen hatte. Mitten ins Herz getroffen, stürzte das riesige Tier tot zu Boden.

Heiliger Hammer …

Schofield drehte sich um und schaute, wer ihm das Leben gerettet hatte. Eigentlich rechnete er damit, es wäre Mother oder der große französische Froschmann gewesen.

Aber es war keiner von beiden.

Es war einer der zwei anderen französischen Froschmänner gewesen. Und diesmal war es der kleinste der drei Elitesoldaten. Er hielt eine rauchende Steyr TMP in den Händen, eine österreichische Maschinenpistole, die aussah wie eine aufgemotzte Uzi.

Doch jetzt drehte sich der Froschmann zu Schofield um und richtete die TMP auf ihn. Und als er das tat, fiel Schofields Blick auf das rechte Handgelenk des Mannes, auf das eine Art Strichliste tätowiert war: mit dreizehn Markierungen.

Das musste Renard sein.

Der Agent des französischen Auslandsnachrichtendiensts DGSE, der den *Antrag* gestellt hatte, Shane Schofield liquidieren zu dürfen.

Die Waffe im Anschlag, riss der Froschmann die Kopfhaube seines Taucheranzugs zurück … und erst jetzt zeigte sich, dass er gar kein Mann war.

Es war eine dunkelhaarige Frau, die Schofield hasserfüllt anstarrte.

»*Allo*, Captain Schofield«, sagte sie vollkommen ruhig mit starkem französischem Akzent. »Ich bin Veronique Champion von der Direction Générale de la Sécurité Extérieure. Rufzeichen: Renard. Wie Sie sicher wissen, bin ich hier, um Sie zu töten, aber bevor ich das tue, muss ich Sie bitten, mir zu sagen, was hier eigentlich los ist.«

Schofield starrte in das Mündungsloch von Veronique Champions Steyr.

Sein Team stand hinter ihm – Mother, The Kid, Mario und die drei Zivilisten Zack, Emma und Chad.

Hinter Champion hatten sich, ihre Waffen im Anschlag, die zwei französischen Froschmänner aufgepflanzt. In der Enge der Höhle sah die Kord des bärtigen Hünen aus wie eine Haubitze.

Der Russe, Wassili Iwanow, stand etwas abseits.

Eine prekäre Pattsituation.

Champion – Renard – musterte Schofield aufmerksam. Sie war groß, so groß wie er, und unter anderen Umständen hätte sie umwerfend ausgesehen: Sie hatte eine sportlich schlanke Figur, trug ihr schwarzes Haar zu einem kurzen Bubikopf geschnitten, hatte makellose blasse Haut und pechschwarze Augen im markanten Gesicht, die Schofield zu durchbohren schienen.

Ihre Bewaffnung bestand aus der Steyr-Maschinenpistole, einem Waffengürtel mit mehreren Rauch- und Blendgranaten, zwei 5-Minuten-Notpressluftflaschen von der Größe von Energy-Drink-Dosen, zwei Messern, einer silbernen SIG-Sauer-P226-Pistole und einer Ruger-LCP-Taschenpistole, die sie für Notfälle in einem kleinen Holster an ihrer Brust trug.

Schofield legte erstaunt den Kopf auf die Seite.

»Veronique *Champion*?«

»Sagt Ihnen mein Name etwas?«

»In einer Eisstation in Antarktika hatte ich einmal mit einem französischen Wissenschaftler namens Luc Champion zu tun«, antwortete Schofield nachdenklich.

Die Frau zuckte mit keiner Wimper. »Das weiß ich.«

»War Luc Champion mit Ihnen verwandt? Ihr Bruder?«

»Mein Cousin. Ich kannte ihn von Kindheit auf.«

Schofield hatte Luc Champion in seiner Erinnerung so deutlich vor sich, als wäre alles erst einen Tag zuvor passiert: Der französische Wissenschaftler von der Dumont-d'Urville-Station hatte eine Gruppe getarnter französischer Fallschirmjäger in die Wilkes Ice Station gebracht, um dort das gesamte amerikanische Forscherteam niederzumachen.

»Er war Zivilist, Wissenschaftler ...«, sagte Veronique Champion.

»... und wollte alle Wissenschaftler in der amerikanischen Eisstation töten«, konterte Schofield, »um als Erster ein Raumschiff mit Außerirdischen untersuchen zu können, das allerdings, wie sich später herausstellte, gar kein Raumschiff mit Außerirdischen war.«

Champions Miene wurde noch eisiger. »Haben Sie ihn etwa persönlich getötet?«

»Er war an einem Mordkomplott beteiligt ...«

»*Haben Sie ihn getötet?*«

»Nein. Barnaby hat ihn erschießen lassen.« Als eine übermächtige Streitkraft aus britischen SAS-Truppen angerückt war, war Schofield mit seinen Leuten in ein paar Hovercrafts aus der Wilkes Ice Station geflohen und hatte Luc Champion, mit Handschellen an einen Mast gekettet, dort zurückgelassen. Daraufhin hatte Trevor Barnaby, der Anführer des SAS-Kommandos, Champion mit einem Kopfschuss töten lassen. Die Leiche des französischen Wissenschaftlers war später entdeckt worden.

Veronique Champion hielt ihre Maschinenpistole weiter auf Schofield gerichtet.

Ihre dunklen Augen musterten ihn aufmerksam, bevor sie – nach einem langen, spannungsgeladenen Moment – mit einem verwirrten Stirnrunzeln abrupt ihren Kopf zur Seite neigte. Schofield begriff sofort, warum.

Sie hatte gehofft, ihn bei einer Lüge ertappen zu können, was ihr aber nicht gelungen war. Und das hatte sie überrascht. Schofield vermutete, dass sie es nicht gewohnt war, überrascht zu werden. Sie war gekommen, um einen Mörder zu töten, aber stattdessen stand sie vor einem Mann, der ...

»Captain Schofield. Wie Sie sicher wissen, möchte die Republik Frankreich Ihren Tod. Der Grund dafür sind neben dem, was Sie in der Wilkes Ice Station getan haben, eine Reihe anderer Operationen, nicht zuletzt die Zerstörung des Flugzeugträgers *Richelieu*. Auch ich sähe Sie liebend gern tot. Aus persönlichen Gründen. Doch obwohl Sie *wussten*, dass wir den Auftrag haben, Sie zu liquidieren, haben Sie mir und meinen Männern das Leben gerettet. Warum haben Sie das getan?«

»Eigentlich stehe ich hier vor einer aussichtslosen Aufgabe«, erklärte Schofield ohne Umschweife. »Und vor allem geht es dabei um wesentlich mehr als um den Rachefeldzug Ihres Landes gegen mich. Ich dachte, Sie könnten mir bei meinem Vorhaben helfen, wenn ich Sie rette – und wenn Sie jemand sind, der vielleicht einen Moment zuhört, bevor er wild drauflosballert. Sie haben gerade ein U-Boot verloren, und ich brauche für meine Mission so viele Soldaten, wie ich kriegen kann. Deshalb bin ich das Risiko eingegangen, dass Sie mir zuhören würden.«

Champion rührte sich nicht.

Ihre Steyr blieb weiter auf Schofield gerichtet.

Aber schließlich ließ sie die Maschinenpistole ganz langsam sinken.

»Also schön, Captain, ich höre ... vorerst. Aber nur damit das von vorneherein klar ist: Wenn wir beschließen, Ihnen zu helfen, und wenn wir diesen Einsatz lebend überstehen, muss diese alte Rechnung trotzdem beglichen werden.« Sie deutete auf ihre Männer. »Das sind Sergent-chef Huguenot und Sergent Dubois. Doch nun erzählen Sie schon, was ist hier eigentlich los?«

Schofield erzählte Champion und ihren Männern rasch, was er über die Lage auf Dragon Island, über die Army of Thieves und über die atmosphärische Waffe wusste, die sie zünden wollte. Es war die Army of Thieves gewesen, fügte er hinzu, die das französische U-Boot zerstört hatte, als es versehentlich in ihr Scharmützel geplatzt war.

Schofield ließ sich von Zack den Handgelenkschutz geben und zeigte Champion darauf das Video, in dem sich der Anführer der Army of Thieves an den russischen Präsidenten richtete. Während er das tat, ging Mother zu dem großen französischen Froschmann.

»Hi.«

»*Allo.*«

»Klasse Waffe, Ihr Kord.«

»*Merci beaucoup*«, sagte er mit einem knappen Nicken. Er musterte ihr Gewehr. »Ein G36. Auch nicht schlecht.«

Mother reichte ihm die Hand. »Gunnery Sergeant Gena Newman, USMC. Aber alle nennen mich Mother.«

»Ich bin Sergent-chef Jean-Claude François Michel Huguenot vom Ersten Fallschirmjäger-Regiment, vorübergehend zur DGSE abgestellt. Besser bekannt unter dem Namen *Le Barbarian.*«

Angesichts seines wilden Barts war das nicht schwer zu verstehen. »Der Barbar. Passt.«

»Sie können mir glauben, diesen Titel habe ich mir verdient. Ich esse wie ein Bär, trinke wie ein Wikinger, töte wie ein Löwe und vögle wie ein Silberrückengorilla! Ha! Meine Freunde nennen mich Baba, und ich habe gerade beschlossen, dass *Sie* mit Ihrem eindrucksvollen G36 mich Baba nennen dürfen, Gunnery Sergeant Newman.«

Mother musterte ihn von der Seite. *Was war das denn für ein Typ?* Mit seiner imposanten Statur, der Riesenknarre, der wilden Mähne, dem wuchernden Bart und seiner großen Klappe war er …

»Wahnsinn«, entfuhr es ihr. »Sie sind mein Gegenstück.«

»Ihr was?«

»Ach, nichts.«

Zum Glück hörte sie in diesem Moment, wie die Französin auf die Army of Thieves zu sprechen kam, und sie und Baba beteiligten sich wieder an diesem Gespräch.

»Die Army of Thieves …«, sagte Veronique Champion, als sie sich das MPEG zu Ende angesehen hatte, in dem sich deren Anführer an den russischen Präsidenten richtete.

»Haben Sie schon mal etwas von ihnen gehört?«, fragte Schofield.

»Die Überwachung von terroristischen Organisationen zählt nicht zu den Hauptaufgaben meiner DGSE-Abteilung, aber trotzdem, ich war in den letzten Monaten in verschiedenen Meetings, in denen diese Organisation zur Sprache kam.«

»Und?«

»Die DGSE hat im vergangenen Jahr von mehreren Zwischenfällen erfahren, die auf das Konto dieser Organisation gehen: jeweils ein Zwischenfall pro Monat, und alle sind nach einem bestimmten zeitlichen Schema erfolgt. CIA und DIA sind ebenfalls darüber im Bild.«

»Wir haben dieses Dossier hier erhalten.« Schofield zeigte Champion den Bericht Agent Retters auf dem Display des Handgelenkschutzes. Die Französin überflog ihn kurz.

»Einen ähnlichen Bericht habe auch ich erhalten.«

»Und wer sind diese Leute, und vor allem: Warum tun sie das?«

»Wer sie sind?« Champion zuckte mit den Achseln. »Eine neue Terrororganisation? Ein Ableger von al-Qaida? Eine Armee aus Deserteuren, die sich keiner Nation verpflichtet fühlen? Genaueres weiß leider niemand über sie.«

»Und ihr Anführer? Der Kerl, der den russischen Präsidenten herausgefordert hat? Haben Sie eine Ahnung, wer das sein könnte?«

»Über den Mann an der Spitze der Organisation ist uns nichts bekannt. In dem wenigen CCTV-Bildmaterial, das es von den Operationen der Army of Thieves gibt, trägt er immer eine große Sonnenbrille und eine Kapuze oder einen Helm oder sonst etwas, was seine Identifizierung erschwert. Allerdings unternimmt er keinerlei Anstrengungen, um die Säureverätzungen in seiner linken unteren Gesichtshälfte zu verbergen. Die DGSE hat jede militärische Datenbank, die wir für Soldaten oder sonstige Spezialkräfte haben, nach einem Mann mit einer solchen charakteristischen Entstellung durchforstet, aber wir haben nichts gefunden.

Allerdings wurden bei diesen Zwischenfällen auch einige seiner Offiziere von Überwachungskameras aufgenommen, und von *denen* sind uns einige bekannt. Seine rechte Hand, erinnere ich mich zum Beispiel, ist ein ehemaliger chilenischer Folterspezialist, der Typhoon oder Typhon oder so ähnlich heißt.«

Champion machte eine Pause und dachte nach.

»Allem Anschein nach ist die Army of Thieves eine Truppe aus abtrünnigen Soldaten, die von einem kleinen Kader hochqualifizierter Veteranen geführt wird. Die Kämpfer dieser Truppe sind absolut unberechenbar, aber es sind mit Sicherheit keine Amateure. Im Gegenteil, wir haben es hier mit einer extrem schlagkräftigen und disziplinierten Streitkraft zu tun, die mit Erfolg russische Kriegsschiffe und Stützpunkte des United States Marine Corps angegriffen hat.«

»Aber worum *geht* es diesen Leuten?«, fragte Schofield. »Solche Gruppierungen haben doch immer klar umrissene Ziele: dass ein neuer Staat anerkannt wird, dass Häftlinge freigelassen werden, dass amerikanische Truppen aus ihrem Land abgezogen werden. In diesem Video erklärt ihr Anführer dem russischen Präsidenten, dass seine Armee ein Zusammenschluss der Wütenden und Verbitterten ist, der Besitzlosen und Entrechteten, der ›vor der Tür ihres Herrn hungernden Hunde‹. Letztere Wendung ist übrigens ein Zitat von William Blake; sie stammt aus einem Gedicht mit dem Titel *Auguries of Innocence*.«

»Interessanter Querverweis auf Lyrik, Boss«, flüsterte Mother. »Nicht schlecht.«

»Ist er so eine Art durchgeknallter Robin Hood«, fuhr Schofield fort, »der reiche Nationen zugunsten armer schädigen will?«

»Das weiß ich nicht«, antwortete Champion. »Das wissen *wir* nicht.«

Schofield nagte nachdenklich an seiner Unterlippe. »Bei dem ersten Gefängnisausbruch in Chile kamen zirka hundert Häftlinge frei. Beim zweiten im Sudan weitere hundert. Nimmt man dann noch einen harten Kern von Offizieren hinzu, haben wir es mit etwa zweihundert, maximal zweihundertzwanzig Mann zu tun.«

»Und wir sind nur zu zehnt«, bemerkte Mario mutlos. »Nicht gerade tolle Aussichten …«

»Dafür zähle ich für zehn«, erklärte Mother trocken.

»Und ich für zwanzig«, brummte Baba finster.

»Ironbark hat über Funk durchgegeben, dass ihnen in diesem U-Boot-Bunker *hundert* Mann aufgelauert haben«, sagte Mario. »Und ihr wisst ja selbst, wie es ihm und seinen Leuten ergangen ist. Und das waren SEALs!«

Schofield sah auf die Uhr.

Es war 9:35 Uhr.

»Uns bleiben noch eine Stunde und fünfundzwanzig Minuten.«

Mario stand auf. »Hört ihr mir eigentlich zu? Selbst wenn wir *fünfzig* bestens ausgebildete Leute hätten, könnten wir diese Insel nicht stürmen! Seht euch doch an. Wir sind nichts als ein erbärmlicher kleiner Haufen, der in diesem stinkenden Drecksloch hier festsitzt. Und wir haben nicht die leiseste Ahnung, wie es jetzt weitergehen soll. Wenn sie auf die Idee kommen sollten, uns hier drinnen jemand auf den Hals zu hetzen, können wir einpacken. Das ist jetzt ganz offiziell ein Selbstmordkommando geworden.«

Schofield bedachte Mario mit einem langen, finsteren Blick, sagte aber nichts. Denn wenn er ganz ehrlich war, musste er zugeben, dass der junge Marine recht hatte.

Während Schofield und der Rest der kleinen Truppe ihre Lagebesprechung abhielten, flog der V-22 Osprey, der sie angegriffen hatte, in Richtung Süden nach Dragon Island.

Der Kampfhubschrauber rauschte tief über die drei kleinen Inseln hinweg, bevor er abrupt an Höhe gewann, um über die Steilküste der großen Bucht im Norden von Dragon Island zu gelangen, die U-förmig die dritte vorgelagerte Insel säumte. Hier war das winterliche Packeis größtenteils aufgetaut, und es schwammen nur noch vereinzelte Eisschollen im dunklen Wasser der Bucht.

Der Osprey rauschte über die Station der alten Seilbahn hinweg, die die letzte der vorgelagerten Inseln mit Dragon Island verband. Hinter der Seilbahnstation bot sich dem Piloten des Hubschraubers, dem Mann mit dem Rufzeichen Hammerhead, ein seltsamer Anblick.

Links vor ihm waren die zwei riesigen Auslasstürme, aus denen das matt schimmernde Gasgemisch in den Himmel stieg. Im Lauf des Vormittags hatte irgendein Knallkopf einen Kreis mit einem A in der Mitte – das Zeichen der Army of Thieves – auf einen der Türme gesprayt, sozusagen ein »Ihr könnt uns mal« an die zahlreichen Überwachungssatelliten, die die Insel inzwischen sicher scharf beobachteten.

Direkt vor dem Osprey war der sechzig Meter hohe Hauptturm mit dem dreigeschossigen, scheibenförmigen Aufsatz. Er befand sich in einer betonierten Vertiefung und war nur über zwei Zugbrücken auf beiden Seiten der Grube zu erreichen. Die zwei Brücken überspannten den Abgrund zwischen dem scheibenförmigen Aufsatz und dem Rand der Grube und wurden von jeweils einem Kran nach oben und unten geklappt.

Auf dem Dach des Aufsatzes befanden sich ein Hubschrauberlandeplatz, zwei hohe, spitze Türme und eine große Glaskuppel, unter der die Kommandozentrale des Stützpunkts war.

Der gewaltige Bau, der von seinem Fuß bis zur Spitze der höchsten Antenne auf dem höheren der beiden Turmaufsätze mindestens hundertzwanzig Meter maß, ließ den nahenden Osprey winzig erscheinen, und die Männer in den Wächterhäuschen und Wachtürmen der Anlage wirkten daneben wie Ameisen.

Hammerhead ging über dem Hubschrauberlandeplatz in Schwebeflug, landete und eilte mit seiner vier Mann starken Besatzung in die Kommandozentrale.

Hammerhead und seine Crew standen vor ihrem Anführer.

Die Glaskuppel über der Kommandozentrale hatte sicher über zwanzig Meter Durchmesser. Sie wölbte sich über mehrere Etagen mit Steuerpulten, Computern und Kommunikationseinrichtungen, die kreisförmig um eine erhöhte Plattform angeordnet waren, von der man Dragon Island in alle Richtungen überblicken konnte.

Im Kommandosessel saß der Anführer der Army of Thieves.

Er trug jetzt nicht mehr die knallige Elvis-Sonnenbrille. Seine Augen waren für alle zu sehen. Sie waren von einem auffallend hellen Grau und blinzelten so gut wie nie. Und sie hatten etwas zutiefst Beunruhigendes. Verstärkt wurde dieser Eindruck noch von der verfärbten säureverätzten Haut an seinem linken Unterkiefer und am Hals und von den zahlreichen Schusswaffen, die er in ebenso vielen Holstern an seinen Schenkeln, unter den Achselhöhlen und auf dem Rücken trug. Seitlich an seinem Hals war eine senkrechte Reihe kleiner Tattoos zu erkennen: darunter Darstellungen eines russischen Frachters und eines Wohnhauses, auf dem MOSKWA stand, sowie die kruden Initialen USMC.

Seine Männer kannten ihn nur unter einem Namen: Fürst der

Anarchie, General der Army of Thieves. Angesprochen wurde er mit »Exzellenz«, »Hoheit« oder kurz »Sir«.

Er war zwar Weißer, aber seine Haut war tiefgebräunt. Woher er stammte, wusste niemand.

Seine Muttersprache war Englisch mit amerikanischem Akzent, aber er sprach auch fließend Russisch, Spanisch und Farsi.

Das Einzige, was die Angehörigen der Army of Thieves mit Sicherheit wussten, war, dass sie alle irgendwann von diesem Mann rekrutiert worden waren. Jedoch wusste niemand, wie die Führung sich gefunden hatte: der Fürst der Anarchie und seine Fünferbande, die sich schon kannten, bevor sie die Armee aufstellten: Typhon und seine vier Offiziere, von denen jeder den Namen einer Hai-Art trug – Hammerhead, Thresher, White Tip und Mako.

Selbstverständlich kursierten unter den Thieves die wildesten Gerüchte. Einige meinten, sie seien ehemalige türkische Offiziere, die sich al-Qaida hatten anschließen wollen, aber abgewiesen worden waren, weil sie zu radikal waren; andere behaupteten, sie seien ein bunter Haufen aus ehemaligen chilenischen und ägyptischen Folterspezialisten, die im Auftrag der Vereinigten Staaten verschärfte Verhöre von Terrorverdächtigen durchgeführt hatten; wieder andere glaubten, sie seien amerikanische Söldner, die auf den Anblick von Blut abfuhren.

Dem Fürsten der Anarchie zur Seite stand Oberst Typhon, seine rechte Hand. Er war nach der gefürchtetsten Gestalt der griechischen Mythologie benannt, die mit ihrer ungeheuren Größe und ihren feurigen Augen sogar die Götter in Angst und Schrecken versetzt hatte, und entsprechend hatten auch die Soldaten der Army of Thieves enormen Respekt vor dem extrem großgewachsenen Killer mit den beängstigend ausdruckslosen Augen.

Nach ihrer Aufnahme in die Army of Thieves wurden die Neuzugänge zuerst Typhon vorgestellt.

Er war es auch, der ihnen die Insignien ihrer Zugehörigkeit verlieh – indem er ihnen mit einem glühenden Brandeisen ihre

Winkel in den Unterarm sengte und anschließend mit Tätowiertusche tränkte, damit sich auf der Haut erhabene Narben bildeten. In der Army of Thieves wurde einem der Dienstgrad nicht auf den Ärmel gestickt, sondern in die Haut gebrannt.

Es war auch Typhon, der das Initiationsritual abhielt – eine drogenbenebelte Gewaltorgie von unvorstellbaren Ausmaßen, in deren Verlauf die übel malträtierten Neulinge vier Bildschirme vor sich hatten, auf denen Videos mit allen nur erdenklichen blutrünstigen Abscheulichkeiten liefen: Snuffmorde und Enthauptungen, Vergewaltigungen und Sodomie, Ertränken und Folter.

Dem Fürsten der Anarchie gehorchten die Thieves, weil er ihr Anführer war. Typhon gehorchten sie aus nackter Angst.

»Meldung«, befahl der Fürst der Anarchie.

»Sir«, begann Hammerhead, »wir haben das Wrack von Iwanows Flugzeug gefunden. Aber das amerikanische Testteam ist bereits vor uns an der Absturzstelle eingetroffen. Wir haben sie angegriffen, aber dann ist plötzlich ein französisches U-Boot aufgetaucht.«

Der Fürst der Anarchie zog eine Augenbraue hoch. »Ein französisches U-Boot? Und weiter?«

»Das U-Boot schien zwar nicht im Verband mit den Amerikanern zu operieren, aber wir haben es trotzdem torpediert. Während wir mit dem U-Boot beschäftigt waren, hat das amerikanische Team allerdings einen unserer Cobras abgeschossen und ist anschließend in seinen Sturmbooten geflohen. Mein zweiter Cobra hat sie zwar wenig später nicht weit von einer der vorgelagerten Inseln eingeholt, aber die Amerikaner haben auch diesen Hubschrauber abgeschossen, und als ich schließlich an der Stelle eingetroffen bin, waren sie bereits verschwunden.«

»Verschwunden?«

»Ihre Boote, Sir. Sie scheinen neuerdings auch tauchen zu können.«

»Nicht umsonst sind sie ja auch ein *Test*team, Captain. Allerdings fürchte ich, dass Sie in Ihrem Bericht etwas weggelassen haben.«

Hammerhead sah ihn verdutzt an. »Und ... und was soll das sein, Sir?«

»Ihr Versagen bei diesem Einsatz. Sie hatten den Auftrag, die Amerikaner zu töten. Das ist Ihnen nicht gelungen. Ergo haben Sie versagt.«

»Sie haben erbitterte Gegenwehr gel...«

»Ich kann kein Versagen dulden, Captain. Nicht bei dieser Mission. Diese Armee erwartet nur eines: dass jeder ihrer Soldaten getreulich seine Pflicht erfüllt. Das haben Sie nicht getan und damit uns alle in Gefahr gebracht. Wer ist Ihr nachrangiger Offizier?«

Hammerhead deutete mit dem Kopf auf den Mann, der neben ihm stand. »Flight Lieutenant Santos, Sir. Aus Chile.«

Der Fürst der Anarchie richtete seinen Blick auf den jüngeren Mann und musterte ihn kurz. Dann wandte er sich wieder Hammerhead zu und holte mit ausdrucksloser Miene ein blitzendes Fleischerbeil hinter seinem Rücken hervor.

Er legte es vor Hammerhead und dem jungen Lieutenant auf den Tisch und sagte: »Lieutenant Santos, ich muss Ihrem Captain eine Lektion erteilen: eine Lektion, die er nicht so schnell vergessen wird. Nun könnte ich natürlich *ihn* bestrafen, aber ich habe die Erfahrung gemacht, dass es nur eine wirklich wirksame Möglichkeit gibt, jemanden zu motivieren – oder sich von einem Feind Informationen zu beschaffen: Man muss jemandem Schmerzen zufügen, der dem Betreffenden nahesteht oder unterstellt ist. Wenn Sie deshalb bitte so freundlich wären, sich die linke Hand abzuhacken, Lieutenant Santos.«

Die Männer an den Kommunikationspulten, die dem Wortwechsel verstohlen gefolgt waren, blickten abrupt auf.

Santos machte große Augen. Er schaute zu Hammerhead, aber sein Captain erwiderte seinen Blick nicht, sondern starrte unverwandt nach vorn.

Der Fürst der Anarchie wartete geduldig. Er sagte nichts.

Daraufhin trat der junge Lieutenant zur Überraschung aller Anwesenden vor und griff nach dem Hackbeil.

Viele hatten von solchen Aktionen gehört, aber keiner hatte je eine solche Bestrafung schon miterlebt: wenn der Fürst der Anarchie ungehorsamen oder in Ungnade gefallenen Angehörigen der Army of Thieves befohlen hatte, sich einen Teil ihres Körpers, wie etwa einen Finger oder eine Zehe, selbst abzuhacken. In einem Fall hatte er – Gerüchten zufolge – einem Mann, der eine afrikanische Nonne vergewaltigt hatte, sogar befohlen, sich seinen Penis abzuschneiden ... was der Betreffende auch tatsächlich getan hatte.

Wie es der Fürst der Anarchie schaffte, sich eines derart bedingungslosen Gehorsams seiner Männer zu versichern, konnte sich niemand erklären. Die Soldaten der Army of Thieves, die aus afrikanischen oder südamerikanischen Ländern stammten, führten es auf schwarze Magie oder Voodoo zurück, während Angehörige westlicher Nationen irgendeine unterbewusste Konditionierung dahinter vermuteten, die im Zuge des sadistischen Initiationsrituals in ihre Köpfe eingepflanzt worden war. Was auch immer dahintersteckte, es wirkte. Es garantierte bedingungslosen Gehorsam.

Unter den gespannten Blicken der Anwesenden prüfte Santos das Gewicht des Hackbeils in seiner rechten Hand. Dann legte er die linke Hand flach auf den Holztisch.

Und hob das Beil.

Die Männer an den Kommunikationspulten hielten den Atem an ...

Die Osprey-Besatzung beobachtete entsetzt, wie Santos ausholte ...

Hammerhead starrte weiter geradeaus nach vorn ...

Die Miene des Fürsten der Anarchie blieb unergründlich ...

Typhon lächelte ...

Das Fleischerbeil sauste herab, und der Schrei des Lieutenants gellte durch den Raum. Der Fürst der Anarchie wandte sich Hammerhead zu.

»Enttäuschen Sie mich nicht noch einmal, Captain. Die Armee ist auf Sie angewiesen. Abtreten.«

Als sich Hammerhead mit seiner Hubschrauberbesatzung entfernte, schickte der Fürst der Anarchie seine Leibwächter zu Santos, der inzwischen schmerzverkrümmt auf dem Boden kniete. Der junge Lieutenant presste seinen blutenden Armstumpf an seinen Körper.

»Bringen Sie ihn ins Gaswerk unter den Auslasstürmen«, ordnete der Fürst der Anarchie an. »Ab jetzt arbeitet er an einem Ort, wo ihn alle sehen können. Und sorgen Sie dafür, dass es sich herumspricht.«

Santos wurde weggeschleppt.

Als er weg war, wandte sich der Fürst der Anarchie seinem Stellvertreter zu.

»Oberst Typhon, wie lange dauert es noch, bis die Urankugeln einsatzbereit sind?«

»Eine Stunde und zwanzig Minuten, Sir.«

»Dieses amerikanische Testteam macht mir Sorgen. Sie sind uns zahlenmäßig zwar hoffnungslos unterlegen, aber sie legen eine beunruhigende Entschlossenheit an den Tag. Sie könnten ein größeres Problem werden, als es bisher den Anschein hatte.«

»Mako befindet sich gerade mit dem zweiten Osprey auf dem Rückflug vom Lager des Testteams. Er hat dort einen gewissen Hartigan aufgegriffen, einen Manager aus der Rüstungsindustrie, der als Einziger zurückgeblieben ist.«

»Schaffen Sie diesen Mr. Hartigan ebenfalls ins Gaswerk, und foltern Sie ihn so lange, bis er Ihnen alles erzählt hat, was er über dieses Testteam weiß. Danach kann er ja vielleicht noch für ein bisschen *Unterhaltung* für die Männer sorgen.« Der Fürst der Anarchie nickte in Richtung der Überwachungsmonitore. »Wo ist übrigens der Rest des Testteams gerade?«

»Auf der Băreninsel.«

»Haben wir Bildmaterial?«

»Ja, Sir. CCTV-Einspielungen.«

»Besorgen Sie sich Standfotos von allen, und lassen Sie sie

durch die Militärdatenbanken laufen. Und schicken Sie schon mal Bad Willy und seine Männer mit ein paar Berserkern von hinten rein und Threshers Team von vorn. Wir sind schon viel zu weit gekommen, um uns jetzt noch von einem bunt zusammengewürfelten Haufen von Möchtegernhelden aufhalten zu lassen. Machen Sie diesem Spuk ein Ende.«

BÄRENINSEL, BUNKER
4. APRIL, 09:40 UHR
1 STUNDE 20 MINUTEN BIS ZUR DEADLINE

Zack Weinberg und Emma Dawson untersuchten in dem dunklen Bunker auf der Bäreninsel gerade den toten Eisbären, der Schofield bei ihrer Ankunft angefallen hatte. Wie gewohnt wich Bertie nicht von Zacks Seite.

»So einen Eisbären habe ich noch nie gesehen«, sagte Emma. »Sieh dir mal sein Fell an. Total zerzaust und verfilzt und schmutzig. Normalerweise halten Eisbären ihr kurzes Fell immer peinlich sauber.«

Zack zuckte beim Anblick des toten Bären zusammen. Er war tatsächlich auffallend schmutzig – und über und über mit Blut verschmiert. »Außerdem ist er kleiner als die Eisbären, die ich bisher gesehen habe«, sagte er.

»Ja.« Emma ging um den Tierkadaver herum und betrachtete ihn mit wissenschaftlicher Sachlichkeit. »Ich würde sagen, er ist noch nicht voll ausgewachsen, sozusagen ein Teenager: launisch, aggressiv und aufmüpfig.«

Sie spähte durch die Drahtglastür, die ins Innere des Labors führte. Dahinter befand sich eine große achteckige Halle mit einem abgesenkten Bereich in der Mitte. Auf den erhöhten Laufstegen, die diesen abgesenkten Bereich säumten, tappten vier größere Eisbären herum. Einer von ihnen kam zu der Glastür und spähte zu Emma und Zack heraus.

»Glaubst du, dieser Bär hat hier im Bunker *gelebt*?«

Emma zuckte mit den Achseln. »Für einen Eisbären ist das an sich ein idealer Lebensraum. Eine rundum geschlossene Höhle mit einem einzigen Unterwasserzugang.«

»Aber warum hat er getrennt von den anderen gelebt?«

»Heranwachsende Bären aller Spezies – egal ob Grizzlys, Kodiaks oder Eisbären – müssen erst ihren Platz innerhalb der Gruppe finden und ecken häufig mit den älteren Bären an. Deshalb nehme ich mal an, dass sich unser Halbstarker hier mit einem der älteren Männchen angelegt hat und infolgedessen vertrieben wurde. Er hat hier gewissermaßen im Exil gelebt …«

Wumm!

Der große Bär hatte gegen die Glasscheibe der Tür geschlagen.

Sie zitterte, aber sie brach nicht.

Auf das Geräusch hin drehte sich Schofield um und beobachtete den Bären eine Weile. Dann wandte er sich den anderen zu. »Bei euch alles okay?«

Zack und Emma nickten.

»Und bei Ihnen, Chad?«, fragte Schofield.

Hartigans junger Assistent saß mit gesenktem Kopf auf dem Boden. Die jüngsten Erlebnisse steckten ihm noch merklich in den Knochen, aber er schaute auf und nickte tapfer.

Schofield wandte sich wieder dem aufmüpfigen Bären zu. »Es wird langsam Zeit, dass uns Dr. Iwanow mehr über diesen Ort erzählt.«

Das Team scharte sich um den russischen Wissenschaftler.

»Also dann mal los, Herr Doktor«, sagte Schofield. »Das Grundsätzliche über Dragon Island wissen wir inzwischen. Jetzt würde ich allerdings gern etwas über die Einzelheiten hören, und zwar von einem, der sich hier auskennt. Ich möchte alles über diese Insel wissen: von der Lage der einzelnen Einrichtungen bis zu der atmosphärischen Waffe und was wir in den nächsten achtzig Minuten tun können, um zu verhindern, dass sie gezündet wird.«

Iwanow schüttelte mutlos den Kopf. »Mit seiner Felsenküste ist Ostrow Smej wie eine natürliche Festung. Wenn die Wachtürme mit genügend Männern besetzt sind, ist es so gut wie unmöglich, sie einzunehmen.«

»Wenn es so schwer ist, auf die Insel zu kommen«, fragte Mother, »wieso konnte sich dann die Army of Thieves so mühelos hier einnisten?«

Iwanow seufzte. »Vermutlich haben sie ein Mitglied der Rumpfbesatzung, die ich ablösen sollte, bestochen. Ich denke dabei vor allem an einen Dr. Igor Kotski. Im neuen Russland werden Wissenschaftler wie ich nicht gut bezahlt, und ich weiß, dass Kotski hoch verschuldet war. Er dürfte leicht zu kaufen gewesen sein. Jeder von uns hätte gekauft werden können. Als die Maschine mit meinem Team auf Dragon Island landete, stand Kotski am Hangar und winkte uns zu sich ... und lockte uns in einen Hinterhalt.«

»Okay«, sagte Schofield, »dann erzählen Sie uns von dieser atmosphärischen Waffe. Man hat uns gesagt, wir könnten ihren Einsatz verhindern, wenn es uns gelingt, irgendwelche Urankugeln zu stehlen oder zu entschärfen oder die Raketen zu zerstören, mit denen sie in eine Gaswolke geschossen werden müssen. Ist das richtig?«

»Das stimmt«, sagte Iwanow. »Rein theoretisch könnten Sie auch verhindern, dass das Gas in die Atmosphäre gelangt, aber dafür ist es inzwischen zu spät. Sie könnten zwar die Auslassventile auch jetzt noch zerstören und so dafür sorgen, dass die Gaswolke abreißt, aber die dadurch entstehende Lücke wäre nicht groß genug. Einmal entzündet, ist die atmosphärische Flamme ungeheuer stark. Sie könnte eine Lücke in der Gaswolke ohne weiteres überspringen. Sie müssten das Austreten des Gases mindestens neunzig Minuten lang vollständig unterbinden, aber das ist inzwischen nicht mehr möglich.«

»Dann bleiben also nur noch die Kugeln und die Raketen?«

»Ja.«

»Und wo werden diese Kugeln gelagert?«

»Sie befinden sich in einem hermetisch abgeriegelten Labor im kleineren der beiden Aufbauten auf dem Hauptturm. Sie sind der Grund, weshalb es so lange dauert, die atmosphärische

Waffe zu zünden. Infolge ihres gewaltigen Energiepotentials werden die Kugeln aus rotem Uran bei einer Temperatur nahe dem absoluten Nullpunkt gelagert, also bei null Kelvin oder minus zweihundertdreiundsiebzig Grad Celsius. Deshalb müssen sie vor dem Einsatz erst scharfgemacht werden, und dazu gehört unter anderem, sie in einem zeitlich sehr genau geregelten Ablauf auf Umgebungstemperatur zu bringen. Sonst bricht nämlich ihre Molekularstruktur zusammen, und sie sind nicht mehr in der Lage, das Gas zu entzünden.«

»Wie viele von diesen Kugeln gibt es?«, fragte Champion.

»Also, in *diesem* Labor sind sechs ...«, antwortete Iwanow mit einem leichten Zögern, das Schofield nicht entging.

»Gibt es denn auf Dragon Island noch weitere Kugeln?«, fragte er deshalb.

Iwanow verzog das Gesicht. »Unter dem Hauptturm befindet sich ein Geheimlabor, das nur über einen mit Sicherheitskode geschützten Aufzug zugänglich ist. Dort gibt es eine weitere Urankugel und eine eigene Erwärmungsvorrichtung, sozusagen als Notsystem für den Fall, dass es zu einem Atomkrieg kommt, aber ...«

»Was aber?«

»Davon weiß Kotski nichts, weil das Wissen über dieses Labor und der Zugang dazu einer Geheimhaltungsstufe unterliegen, für die sein Sicherheitsstatus nicht ausreicht. Und wenn Kotski nichts davon weiß, kann auch diese Army of Thieves nichts davon wissen.«

»Hmmm.« Schofield nagte nachdenklich an seiner Unterlippe. »Wenn wir es also irgendwie schaffen, in den kleineren der beiden Türme auf dem Dach zu kommen und den Aktivierungsprozess zu stoppen, sind die Kugeln wirkungslos.«

»Ja«, sagte Iwanow. »Aber nur, wenn es Ihnen rechtzeitig gelingt.«

»Können wir die Kugeln mit einer Handgranate zerstören?«, fragte Champion.

»Nein, um sie mit konventionellen Sprengstoffen zu beschädigen, ist ihre Masse zu dicht. Davon bekäme eine Kugel aus rotem Uran nicht einmal einen Riss. Um sie zu zerstören, ist eine gewaltige *Implosion* erforderlich, die genauestens getimt und noch genauer kalibriert sein muss.«

»Wie viel *wiegen* diese Dinger?«, fragte Schofield.

Iwanow zuckte mit den Achseln. »Weil es sich dabei um semi-nukleares Material handelt, sind sie für ihre Größe enorm schwer. Drei Kilogramm vielleicht. Wieso?«

»Weil eine drei Kilo schwere Kugel von der Größe eines Golfballs versinkt wie ein Stein«, sagte Schofield. »Wenn es uns also gelingt, diese Kugeln zu stehlen und ins Meer zu werfen, dürfte es so gut wie unmöglich sein, sie wiederzufinden.«

»Allerdings.« Iwanow nickte.

»Augenblick«, sagte Mother. »Haben wir es hier nicht mit einer nuklearen Substanz zu tun? Man kann radioaktives Material doch nicht einfach in die Hand nehmen und damit *weglaufen.*«

»Doch«, sagte Iwanow. »Das ist der Vorteil von rotem Uran. Es verfügt zwar über ungeheure Sprengkraft, aber sein passiver radioaktiver Verfall ist minimal. Man kann es problemlos in einem Koffer transportieren und mit winzigen Mengen dieses Materials sogar Handgranaten bauen ...«

»Moment. Aus diesem Zeug werden auch *andere* Waffen hergestellt?«

»Aber ja, natürlich. Unsere Waffenspezialisten waren hellauf begeistert von rotem Uran. Es ist ein beinahe idealer thermobarer Sprengstoff. Unter anderem wurden damit auch kleine Waffen entwickelt, wie zum Beispiel Handgranaten mit einem stecknadelkopfgroßen Urankern, mit denen sich ein T-72-Panzer in die Luft jagen lässt.«

»Ihr blöden Scheißrussen habt allen Ernstes *Atom*handgranaten gebaut?«, sagte Mother.

Iwanow ließ den Kopf sinken. »Diese Insel ist ein Relikt aus einer anderen Zeit. Wir hatten in der Sowjetära vollkommen freie Hand, alles an Waffen zu entwickeln, was technisch möglich war, und das haben wir dann auch getan. Dabei sind wir gelegentlich sicher zu weit gegangen ...«

»Allerdings«, schnaubte Mother.

»Was wollen Sie eigentlich?«, sagte Iwanow ungehalten. »Ich habe auch Familie! Zwei Söhne. Sechs Enkelkinder. Sie leben in Odessa, im Süden der Ukraine. Wenn diese Waffe gezündet wird, wird der Feuersturm auch sie töten. Ich habe genauso viel zu verlieren wie Sie. Selbst wenn ich beim Bau dieser fürchterlichen Massenvernichtungswaffe geholfen habe, möchte ich noch lange nicht, dass sie auch gezündet wird.«

»Vielleicht sollten wir uns alle erst mal wieder beruhigen.« Schofield kam wieder zum Thema zurück. »Was ist mit den Raketen, mit denen die Urankugeln in die Gaswolke geschossen werden? Wo befinden sie sich?«

Iwanow nickte. »Vermutlich will die Army of Thieves dazu die Mittelstreckenraketen auf der Stellung südlich vom Hauptturm benutzen. Wir könnten also versuchen, diese Raketen zu sabotieren, aber wie Sie sich bestimmt denken können, sind sie gut gesichert – sie sind nur über eine hohe, einspurig befahrbare Brücke zu erreichen. Wenn also die Raketenstellung bewacht wird, dürfte es extrem schwierig werden, an sie ranzukommen.«

Schofield dachte eine Weile schweigend nach.

»Vielleicht gibt es ja noch eine andere Möglichkeit«, sagte er schließlich. »Diese Idee ist mir schon vor einiger Zeit gekommen, aber die Sache ist nicht ganz ... unproblematisch.«

»Und? Was schlägst du vor?«, fragte Mother.

»Der Grund, weshalb wir überhaupt hier sind, ist doch in erster Linie, dass die Army of Thieves alle Raketen oder Bomber, die sich der Insel nähern, schon von weitem erkennen kann. Sie haben es sogar geschafft, eine russische Interkontinentalrakete so umzulenken, dass sie wieder umgekehrt und in ihre eigene Startrampe eingeschlagen ist.«

Mother zuckte mit den Achseln. »Technisch sind diese Typen absolut top. Das wissen wir.«

»Aber das ist es nicht allein«, fuhr Schofield fort. »Wenn sie über ein derartig leistungsfähiges Frühwarnsystem verfügen – sie entdecken nahende Raketen oder Flugzeuge schon aus tausend Kilometern Entfernung –, müssen sie an einen Satelliten gekoppelt sein. Das heißt, irgendwo auf dieser Insel gibt es einen Uplink zu einem Satelliten.«

»Ach so, jetzt verstehe ich …« Veronique Champion nickte. »Andererseits wäre allerdings ein solcher Plan, wie Sie ganz richtig sagen, nicht ganz ungefährlich.«

Mother begriff nicht, was sie meinte. »Moment, Moment. Was für ein Plan? Und was für Risiken? Wovon redet ihr eigentlich die ganze Zeit?«

»Wenn wir die Satellitenverbindung der Army of Thieves kappen«, sagte Schofield, »wenn wir sie zerstören oder sonst irgendwie außer Betrieb setzen, kann die Army of Thieves einen Angriff nicht mehr frühzeitig entdecken und einen Atomschlag auf die Insel nicht mehr abwehren.«

»Sobald die Satellitenverbindung unterbrochen ist«, fügte Champion hinzu, »könnte eine in Alaska oder in Zentralrussland abgefeuerte Atomrakete zwanzig Minuten später auf der Insel einschlagen. Das Problem ist nur …«

»Wir«, sagte Schofield. »Wir kämen nicht mehr von hier weg, bevor eine Atomrakete einschlägt. Wenn es uns also gelingt, ihren Uplink zu finden und zu zerstören, können wir zwar die Welt retten … aber um den Preis unseres eigenen Lebens.«

»Ach so«, sagte Mother. »Jetzt verstehe ich.«

Daraufhin trat betretenes Schweigen ein.

»Jedenfalls müssen wir das als eine mögliche Option im Auge behalten«, sagte Schofield schließlich ernst. »Nicht unbedingt als unsere erste, aber wenn alle Stricke reißen, müssen wir sie in Erwägung ziehen.«

Er wandte sich den anderen zu.

»So, Leute, aber jetzt zu unserem weiteren Vorgehen. Wenn es uns gelingt, auf die Insel zu kommen, schlage ich vor, dass wir uns aufteilen. Ein Team versucht, an die Urankugeln zu kommen; ein zweites, kleineres Team versucht, die Raketenstartrampe zu sabotieren. Das erste Team führe ich an. Falls es uns gelingt, die Erwärmung der Urankugeln vor elf Uhr zu stoppen, ist die Gefahr gebannt; falls nicht, stehlen wir die Kugeln und bringen sie an die Küste und werfen sie ins Meer. Gleichzeitig versucht das zweite Team – hier hätte ich an Kid und Mario gedacht –, die Raketen startuntauglich zu machen und somit zu verhindern, dass die Urankugeln in die Gaswolke geschossen werden, wenn das erste Team scheitern sollte.«

»Das hört sich ja schon mal nach einem Plan an«, sagte Mother.

»*Falls* wir es schaffen, bis elf Uhr auf die Insel zu kommen«, sagte Champion. »Schon das dürfte extrem schwierig werden.«

Schofield nickte. »Und Doktor Iwanow wird währenddessen versuchen herauszufinden, ob in letzter Zeit neue Satellitenschüsseln auf der Insel aufgestellt wurden. Wenn wirklich alle Stricke reißen, bleibt uns keine andere Wahl, als die Satellitenverbindung zu unterbrechen und sozusagen einen Atomschlag auf uns selbst anzufordern. Noch Fragen?«

Niemand sagte ein Wort. Alle setzten sich in Gedanken mit den Konsequenzen der letzten Option auseinander.

»Eine Frage hätte ich noch«, sagte Mother. »An ihn.« Sie deutete mit dem Kinn auf Iwanow. »Wer, *verdammte Scheiße noch mal*, entwickelt und baut eigentlich eine Waffe, die buchstäblich die ganze Welt zerstört?«

Iwanow lächelte gequält. »Auch wenn Ihnen die Antwort wahrscheinlich nicht gefallen wird: Wir haben die Pläne nicht nur für diese atmosphärische Waffe, sondern auch für die gesamte Anlage hier aus einem streng geheimen Labor der Nellis Air Force Base in den Vereinigten Staaten von Amerika gestohlen. Entwickelt hat diese ungeheuerliche Massenvernichtungswaffe Ihr Land. Wir haben sie nur gebaut.«

Schofield nickte in Richtung der Drahtglastür, hinter der sich die verwahrlosten Eisbären befanden.

»Was hat es eigentlich mit diesen Bären auf sich?«

»Das war ein anderes Experiment«, sagte Iwanow. »Ein Experiment, das schiefgegangen ist.«

»Und was haben Sie mit diesen Bären gemacht?«, fragte The Kid.

»Das war keines von meinen Projekten«, erklärte Iwanow, »und auch keines, das ich gutgeheißen habe. Der Grundgedanke war ein ähnlicher wie bei den berüchtigten Experimenten, die die Amerikaner mit Delphinen durchgeführt haben. Wir haben versucht, die Eisbären für militärische Aufgaben abzurichten: Sie sollten Minen legen, an U-Booten Sprengstoff anbringen, lauter solche Dinge. Ein Teil der Tiere erhielt neuartige stimmungsverändernde Mittel, um sie aggressiver zu machen. Dahinter stand die Absicht, sie in furchteinflößenden Angriffsreihen einzusetzen, die den Gegner in Angst und Schrecken versetzen sollten, wenn sie auf sie zustürmten.«

»Sie haben Eisbären *noch* aggressiver zu machen versucht.« Emma Dawson war sichtlich schockiert. »Und zugleich *fügsam*. Haben Sie denn komplett den Verstand verloren?«

Iwanow zuckte mit den Achseln. »Erst vor kurzem wurden von den Amerikanern auf der Pazifikinsel Hell Island ganz ähnliche Versuche mit Gorillas durchgeführt.«

Auf diese Feststellung hin schaute Mother zu Schofield, der kaum merklich den Kopf schüttelte.

»Die allerdings fehlgeschlagen sein dürften«, sagte er.

»Allerdings. Die Medikamente hatten verheerende Auswirkungen auf die Bärenhirne. Die Tiere wurden davon total unberechenbar und ungeheuer aggressiv. Sie begannen ihre Wärter und die anderen Bären anzugreifen. Außerdem entwickelten sie einen erstaunlichen Einfallsreichtum und brachen ständig aus ihren Käfigen aus.«

»Sie haben die anderen Bären angegriffen?« Schofield musste an den toten Eisbären denken, den sie am Morgen auf einer Eisscholle gesehen hatten, den Bären, der von irgendetwas in Stücke gerissen worden war. »Und sie sind aus ihren Käfigen ausgebrochen? Heißt das, die Bären dort drinnen sind gar nicht eingesperrt?«

»Natürlich nicht«, antwortete Iwanow. »Es gibt alle möglichen Ausgänge aus dem Labor: Risse im Kuppeldach, Feuertüren. Als Dragon Island 1991 nach seiner Stilllegung nur noch von einem Rumpfteam betrieben wurde, haben wir die Bären einfach ihrem Schicksal überlassen. Sie kommen und gehen, wie es ihnen passt. Die Tiere, die Sie dort drinnen sehen, haben einfach beschlossen hierzubleiben.«

Emma schüttelte den Kopf. »Sie haben sie einfach zurückgelassen. Also wirklich!«

Schofield schaute durch die Drahtglastür zu den unruhig auf und ab wandernden Bären. »Gestörte Eisbären. Das hat uns gerade noch gefehlt ...«

»Ähm, Captain ...« Zack kauerte mit Bertie am Rand der Kaimauer hinter ihnen und spähte angespannt ins Wasser. »Was ist das?«

Schofield drehte sich um ...

... und dann sah er es.

Aus den Tiefen des Beckens drang ein gespenstischer grüner Schein an die Oberfläche.

Er bewegte sich, wurde größer, kam näher.

Schofield rannte an den Rand des Beckens, packte Bertie, stellte ihn auf den Kopf und tauchte das auf einem Stativ montierte Kameraobjektiv des kleinen Roboters so tief unter Wasser, dass das Display gerade noch über der Oberfläche blieb.

»Scheiße!«

Auf dem Display waren sechs Unterwasserschlitten mit jeweils zwei bewaffneten Männern in Tauchausrüstung zu sehen. Die grellgrünen Lichtkegel ihrer Scheinwerfer kamen rasch näher, als sie durch den Tunnel in den Bunker fuhren.

»Sie haben uns einen Trupp Froschmänner auf den Hals gehetzt ...«

Schofield zog Bertie aus dem Wasser und dachte kurz nach. Der unterirdische Bunker hatte nur zwei Ausgänge: den Unterwassertunnel und die Drahtglastür, die in das Labor mit den Eisbären führte.

»Das nennt man zwischen Pest und Cholera wählen dürfen.« Schofield setzte rasch seine Einsatzbrille wieder auf, zog seine Desert-Eagle-Pistole …

… und richtete sie auf die Glastür. »Wir haben keine andere Wahl. Marines, Waffen bereithalten!«

Dann feuerte er mehrmals auf die Tür, bis die Glasscheibe zersprang und die Welt vollends aus den Fugen geriet.

PHASE ZWEI

DER WEG IN DIE HÖLLE

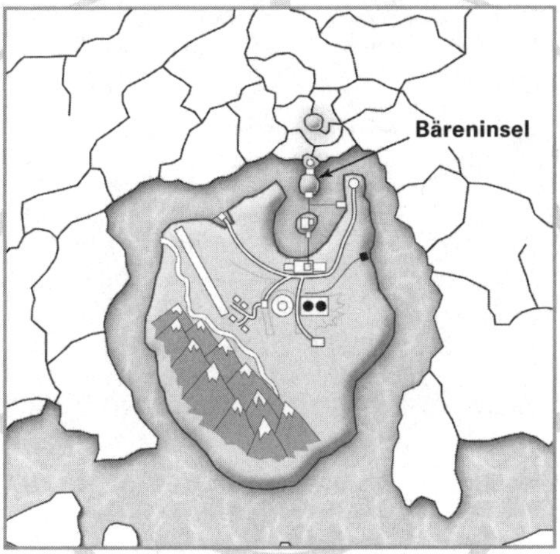

BÄRENINSEL

4. APRIL, 10:00 UHR

T MINUS 1:00 STUNDE BIS ZUR DEADLINE

**Ein Taubenhaus voll Federvieh und Tauben
lässt durch und durch die Höll' erschaudern
Ein Hund, am Tore seines Herren hungernd,
den Untergang des Staats verkündet.**

William Blake *Auguries of Innocence*

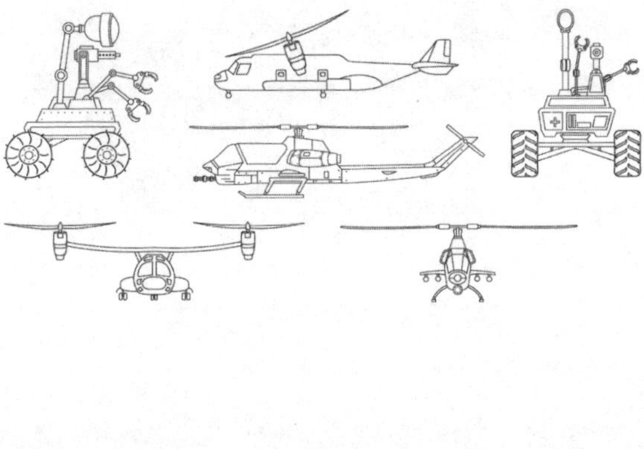

SEITENANSICHT

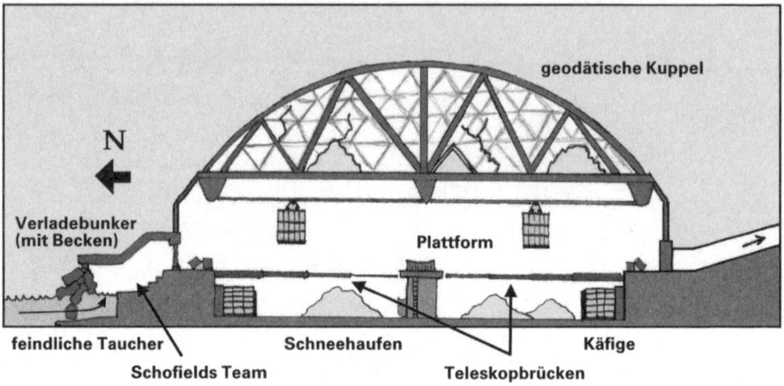

ANSICHT VON OBEN

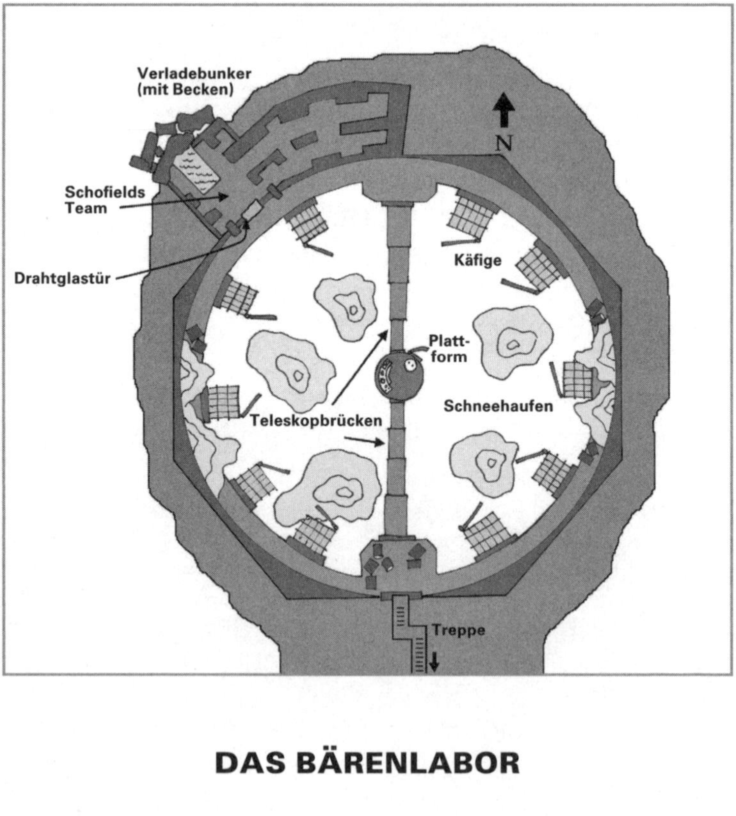

DAS BÄRENLABOR

BÄRENINSEL
4. APRIL, 10:00 UHR
EINE STUNDE BIS ZUR DEADLINE

Seine Waffe im Anschlag, betrat Schofield das Reich der Eisbären.

Das Labor hatte mindestens siebzig Meter Durchmesser, und bis auf einen schmalen Rand war sein Boden etwa fünf Meter tief abgesenkt. In der Mitte dieser Vertiefung befand sich eine runde Plattform, auf der sich Schofield jetzt mit seinem Team befand. Von dort war zu erkennen, dass sich an der gekrümmten Außenwand des Labors zehn große (und offene) Käfige befanden, in denen früher vermutlich die Eisbären eingesperrt gewesen waren. Die ganze Halle wurde von einer freischwebenden geodätischen Kuppel aus dreieckigen Glasscheiben überspannt.

Die zwei schmalen, ausziehbaren Brücken hatten kein Geländer und führten von den gegenüberliegenden Rändern der Grube zu der Plattform in der Mitte, auf der sich ein hüfthohes Steuerpult befand. Von einer Luke in ihrem Boden gelangte man über eine Leiter im Innern ihres hohlen zylindrischen Drahtglasunterbaus zu einer Glastür, die in den abgesenkten Bereich führte. Auf diesem Weg waren die sowjetischen Wissenschaftler früher in die Grube gelangt: über die Plattform und die Leiter im Innern ihres gläsernen Unterbaus.

Die Anlage war extrem verdreckt.

Es stank nach Bärenkot, Urin und verwesendem Fleisch – der typische Geruch einer Fleischfresserhöhle. Weil etliche Glasscheiben der Kuppel zerbrochen waren, war Schnee durch das Dach gedrungen und lag in mehreren großen Haufen auf dem

Boden des abgesenkten Bereichs. Durch einige der Löcher konnte man den Himmel sehen.

Das ehemals hochmoderne Labor befand sich in einem desolaten Zustand: ein stinkendes, vor sich hin rostendes, kaltes Loch.

Der einzige Ausgang, den Schofield sehen konnte, war eine Tür auf der Südseite der Halle, die wegen der hohen Schneehaufen in der Grube nur über die zwei Teleskopbrücken zu erreichen war.

Die vier verwahrlosten Eisbären, die sich an einem Schneehaufen auf der Westseite der Grube tummelten, drehten sich abrupt um, als die Glastür unter Schofields Schüssen zersprang, und beobachteten interessiert die elf Menschen, die in das Labor kamen.

Das Alphamännchen stellte sich auf die Hinterbeine und brüllte herausfordernd. Ein jüngerer, noch nicht ausgewachsener Bär stürmte mit gefletschten Zähnen auf die Eindringlinge zu.

»Los! Auf die Brücken! Seht zu, dass ihr zu der Tür auf der anderen Seite kommt!« Schofield schob alle an sich vorbei, behielt aber die ganze Zeit den angreifenden Eisbären im Auge. Er hob seine Desert Eagle und schoss zweimal knapp über den Kopf des Bären hinweg.

Die Schüsse aus der großen Pistole krachten laut durch das riesige Labor. Der Bär lief etwas langsamer, blieb aber nicht stehen.

Schofield wirbelte herum, um den anderen zu folgen, und warf einen letzten Blick in das Wasserbecken hinter ihm …

… aus dem in diesem Moment jemand, der sich unter der Wasseroberfläche befand, einen kleinen zylindrischen Gegenstand warf. Als das Objekt den Zenit seiner Flugbahn erreichte, sah Schofield, was es war.

Es sah aus wie eine M67-Splittergranate, außer dass es einen eigenartigen silbernen Streifen hatte. Egal, um was für eine Granate es sich dabei handelte, sie war von jemandem geworfen worden, der durch den Unterwassertunnel gekommen war und jetzt ungehindert auftauchen wollte.

»Achtung, Granate!«, schrie Schofield. »Alle in Deckung!«

Jeder versuchte, sich in Sicherheit zu bringen: hinter einem Türrahmen, einer Kiste, einer Tonne. Schofield zog sich zusammen mit Kid in einen Durchgang zurück.

Das einzige Lebewesen, das nicht in Deckung ging, war der junge Eisbär.

Die Granate explodierte.

Auf einen ohrenbetäubenden Knall folgte ein Schwall einer heißen silbernen Flüssigkeit, die durch die Tür des Bunkers schoss.

Der junge Eisbär wurde am ganzen Körper mit dem zähflüssigen Schleim bespritzt und begann sofort, unter wildem Gebrüll, nach seinen Augen zu schlagen.

Gleichzeitig ertönte in Schofields unmittelbarer Nähe ein lautes Zischen.

Der Türrahmen, hinter den er sich zurückgezogen hatte, begann zu *schmelzen*. Ein Tropfen silbriger Säure lief langsam den Stahlrahmen hinunter und *zersetzte* ihn einfach.

»Eine Säuregranate«, erklärte Schofield dem erschrockenen Kid. »Diese Dinger sind wie Splittergranaten, nur wesentlich schlimmer. Sie sollen uns nicht töten, sondern nur kampf- und bewegungsunfähig machen, damit wir nicht fliehen, sondern zurückbleiben, um den Verwundeten zu helfen ...«

In diesem Moment begann der Eisbär *richtig* loszuheulen, und das war möglicherweise das entsetzlichste Geräusch, das Schofield jemals gehört hatte.

Die silberne Säure hatte sich inzwischen durch die Haut des Bären gefressen, und das bedauernswerte Tier wurde wahnsinnig vor Schmerzen. Zuerst schälte sich das Fell von seiner Haut. Dann löste sich seine ganze Bauchdecke auf, und die Eingeweide quollen heraus und klatschten mit einem widerwärtigen Geräusch auf den Boden.

In seiner Panik schlug der hilflos brüllende Bär mit seinen

scharfen Krallen nach seinem Gesicht, was allerdings nur zur Folge hatte, dass er sich die Haut in Fetzen davon abzog und Knochen, Sehnen und Muskelgewebe darunter zum Vorschein kamen. Es war ein verstörender Anblick.

Die Beine des Bären knickten ein.

Ein lauter Knall …

… und das Tier, dem Shane Schofield in den Kopf geschossen hatte, fiel tot um. Ein Gnadenschuss.

»Schnell weg, Leute!«, brüllte Schofield. »In spätestens drei Sekunden sind diese Typen hier!«

Sie brauchten vier.

Die Froschmänner entstiegen dem Wasser wie todbringende Gespenster.

Sie trugen enganliegende, beheizte, grau-weiße Nassanzüge und hatten ihre kompakten MP5N-Maschinenpistolen schussbereit an ihre Schultern gedrückt.

Schofield konnte nicht erkennen, wie viele es waren – zehn, zwölf, vielleicht sogar vierzehn –, aber nachdem sie sich mit der Säuregranate den Weg freigeräumt hatten, rückten sie rasch vor.

Ihre Kugeln schlugen in die Wände des Labors ein.

Schofield und Kid erwiderten das Feuer und schossen im Laufen blindlings hinter sich, als sie den anderen über die erste Teleskopbrücke folgten.

»Mother!«, schrie Schofield. »Gib uns Feuerschutz!«

Mother, die an der Spitze der Gruppe war, blieb auf der Plattform in der Mitte der Grube stehen und hob ihr G36.

»Baba! Hilf ihr!«, rief Veronique Champion, worauf sich der französische Elitesoldat neben Mother postierte und sein riesiges Kord auf die zerschossene Drahtglastür hinter ihnen richtete.

Der erste Angreifer kam durch die Öffnung und wurde von Mothers und Babas gezielten Salven – *ratatatatt!* – niedergemäht. Eben war der Angreifer in seinem Taucheranzug noch da gewesen, und plötzlich war er einfach weg.

Die Zivilisten hasteten an Mother, Baba und Champion vorbei und rannten hinter Mario über die zweite Teleskopbrücke.

Als sie die von leeren Kisten und Tonnen umgebene Tür auf der anderen Seite des Labors erreichten, brach die Hölle los.

Aus der Tür des Bunkers kamen Maschinengewehrsalven, die noch brutaler waren als die von Baba und Mother: schweres, von Leuchtspurgeschossen durchsetztes MG-Feuer.

Der feindliche Beschuss war so massiv, dass alle – Mother, Baba, Champion, Schofield und The Kid – keine andere Möglichkeit mehr sahen, als schleunigst in Deckung zu gehen. Mother und Baba duckten sich hinter das Steuerpult. Champion stolperte, fiel durch die Luke im Boden der Plattform und stürzte im Innern des gläsernen Turms in die Tiefe. Die MG-Geschosse, die von außen gegen die Panzerglaswände des Unterbaus krachten, hinterließen jedoch nur Kratzer und leichte Sprünge. In dem Moment, in dem Champion auf dem Boden des gläsernen Turms landete …

… kam wild brüllend ein anderer struppiger Eisbär aus einem der dunklen Käfige in der Grube geschossen und stürmte mit gefletschten Zähnen auf die Tür des Turms zu, um sich auf Champion zu stürzen …

… aber Champion konnte gerade noch rechtzeitig nach vorn rutschen und die Glastür zukicken, bevor der Eisbär von außen mit solcher Wucht gegen sie *krachte*, dass sie heftig erzitterte. Der Eisbär stürzte laut aufheulend zu Boden und blieb benommen liegen.

Schofield und The Kid hatten es etwa zur Hälfte über die erste Brücke geschafft, als das MG-Feuer einsetzte.

Beide warfen sich mit einem beherzten Hechtsprung zu Boden und landeten neben Mother und Baba hinter dem Steuerpult.

Von der Tür auf der Südseite kam ein Warnruf Marios:

»Vorsicht, Kid! *Über* dir!«

Kid blickte nach oben …

… und im selben Moment fiel etwas Weißes von den Verbindungsstreben der Kuppel und landete direkt vor ihm auf der zweiten Brücke.

Ein weiterer Eisbär.

Er war im Durcheinander des Kampfgetümmels über die Streben der Kuppel geklettert und hatte sich ihnen direkt in den Weg geworfen. Er wollte sich gerade mit einem wütenden Brüllen aufrichten, als sein Kopf zerplatzte wie ein durchstochener Fußball. Schofield und The Kid rissen überrascht die Köpfe herum und sahen Baba, der mit gestrecktem Arm eine große 44er Magnum hielt.

Der kopflose Bär fiel von der Brücke und landete mit einem dumpfen Knall auf dem Boden der Grube. Aus seinem offenen Hals strömte Blut.

»Himmel, Arsch und ...«, entfuhr es Kid.

Mother bedachte den bärtigen Franzosen mit einem anerkennenden Blick. »Nicht übel!«

»*Oui*«, sagte Baba.

Schofield hatte die Situation rasch überrissen.

Veronique Champion kletterte auf der Leiter im Innern des gläsernen Turms zu der Plattform herauf.

Mario und die drei Zivilisten – Chad, Emma und Zack mit Bertie – sowie Iwanow und Dubois, der dritte französische Elitesoldat, hatten die Tür auf der Südseite des Labors erreicht und waren hinter ein paar Kisten und Tonnen in Deckung gegangen.

Auf der anderen Seite der runden Halle sah Schofield im Durchgang zum Bunker acht Angreifer in Nassanzügen auftauchen. Sie teilten sich in zwei Vierergruppen auf und bereiteten sich in aller Ruhe auf einen Angriff vor. Zwei weitere Männer hatten direkt im Durchgang zwei schwere Maschinengewehre auf Zweibeinen aufgebaut.

Das sind nicht einfach nur irgendwelche Kriminelle, dachte Schofield, *das sind bestens ausgebildete Soldaten. Und sie haben irgendet...*

Plötzlich kamen hinter den acht anderen Angreifern zwei dunkelhäutige Männer aus dem Bunker gestürmt, die mit ihren Kalaschnikows aus der Hüfte wild um sich schossen.

Selbst von da, wo er stand, konnte Schofield den weggetretenen Kifferblick in ihren heftig geröteten gelblichen Augen sehen. Die zwei Afrikaner waren *komplett* durchgeknallt. Sie trugen zerfetzte Taucheranzüge und hatten zahlreiche Tattoos am Hals; ihre Köpfe waren zur Hälfte kahlrasiert, und ihre Gesichter strotzten von Piercings: Augenbrauenringe, Nasenringe, Lippenknöpfe. Mit furchterregendem Kriegsgeschrei stürmten sie tief geduckt, die Oberkörper hin- und herschwingend, auf sie zu.

Schofield konnte es kaum fassen.

Was die zwei Amokläufer da machten, war das reinste Himmelfahrtskommando. Es diente nur dem Zweck, so viele seiner Leute wie möglich auszuschalten, bevor sie unweigerlich erschossen würden. Ihr Vorgehen war das genaue Gegenteil der berechnenden Kaltblütigkeit, mit der es Schofield bisher zu tun gehabt hatte. Diese Verwirrungstaktik diente nur dazu, sie zu schockieren und aus dem Konzept zu bringen, was ihnen vorübergehend auch tatsächlich gelungen war.

Die zwei irren Berserker rannten mit ihren Kalaschnikows unter wüstem Geschrei auf die erste Brücke zu und belegten das ganze Labor mit aberwitzigem Beschuss.

Sobald sie auf der Brücke waren, hob Schofield seine Pistole und schoss dem ersten Berserker mitten in die Brust, aber der Kerl stürmte schreiend und schießend weiter auf ihn zu, als wäre nichts gewesen. Es waren vier weitere Schüsse nötig, bis er schließlich nach hinten gerissen wurde und zuckend von der Brücke fiel, während seine Kalaschnikow *immer noch* blindlings durch die Gegend ballerte. Mother benötigte fünf Schüsse, um den anderen Berserker auszuschalten.

»So was von durchgeknallt wie diese Typen habe ich noch nie gesehen …«, murmelte sie fassungslos.

»Die erste Brücke einziehen!«, schrie Schofield gegen das Getöse an.

Baba suchte auf dem Steuerpult nach dem richtigen Schalter und legte ihn um.

Darauf begann sich die erste Teleskopbrücke in die Außenwand der runden Grube zurückzuziehen, so dass eine fünfzehn Meter breite Kluft zwischen Schofields Stellung auf der Plattform und dem Zugang zum Bunker entstand.

»Mother! Du siehst jetzt zu, dass du mit Kid und deinem neuen französischen Freund auf die andere Seite kommst!«, schrie Schofield und blickte durch die Luke nach unten. Veronique Champion hatte es fast nach oben geschafft. »Ich gebe euch Feuerschutz, und wenn ihr drüben angekommen seid und ich mit Mademoiselle Champion nachkomme, gebt ihr uns Feuerschutz!«

Damit sprang er auf und eröffnete das Feuer auf die Angreifer, so dass diese in Deckung gehen mussten, als Mother, The Kid und Baba, ebenfalls heftig feuernd, über die zweite Brücke zum Südausgang rannten, wo die anderen auf sie warteten.

Währenddessen war Champion durch die Luke im Boden der Plattform geklettert.

»Mother! Bist du so weit?«, rief Schofield in sein Mikro.

»*Aber hallo! Ich kann's kaum mehr erwarten!*«, kam Mothers Stimme aus seinem Kopfhörer.

Schofield sah Champion an. »Dann mal los …« Aber gerade als er seine Deckung verließ, um loszustürmen, passierten drei Dinge gleichzeitig:

Erstens eröffneten die feindlichen MG-Schützen wieder das Feuer, so dass die pfeifenden Leuchtspurgeschosse ganz dicht unter Schofields Füßen Funken sprühend von der zweiten Brücke prallten.

Zweitens fegte die Salve aus Leuchtspurgeschossen auch *zwischen* Schofield und Champion hindurch, so dass Champion gezwungen wurde, umzukehren und sich mit einem gewaltigen Satz auf die Plattform *zurück*zuretten.

Und drittens begann sich die zweite Brücke in die Außenwand der Grube zurückzuziehen, so dass sich ihre Teleskopelemente unter Schofields Füßen Zentimeter für Zentimeter ineinanderschoben, als er über sie rannte. Einer der Angreifer hatte an einem zweiten Steuerpult am Zugang zum Bunker einen Knopf gedrückt, so dass Champion jetzt auf der Plattform in der Mitte der Grube festsaß.

Während Mother ihm weiter Feuerschutz gab, rannte Schofield die letzten Meter über die Brücke, sprang über eine Kiste und landete neben den anderen an der Tür.

»Noch ist aber die scharfe Franzosenbraut da drüben!«, überschrie Mother das Getöse.

Schofield wirbelte herum und sah Champion, die hinter dem Steuerpult auf der Plattform kauerte. Sie saß hoffnungslos fest.

»Soll sie doch selber sehen, wie sie von dort wegkommt!«, schrie Mario. »Sie wollte uns sowieso umlegen!«

»Wir lassen keinen zurück«, erklärte Schofield entschieden. »Dr. Iwanow, was ist hinter dieser Tür?«

»Eine Treppe«, antwortete der Russe. »Sie führt zu einem Bau, den wir das Stadion genannt haben.«

»Kommt man von dort nach Dragon Island?«

»Ja, auf der anderen Seite des Stadions ist eine Pontonbrücke, die die Bäreninsel mit Dragon Island verbindet.«

»Dann nichts wie los!«, rief Schofield. »Kid! Mario! Ihr beide übernehmt jetzt das Kommando! Schafft alle hier raus! Seht zu, dass ihr in dieses Stadion kommt! Mother, du bleibst bei mir.«

Die anderen eilten hinter Kid und Mario die Treppe hinauf. Nur Baba und Dubois blieben.

»Ich lasse Renard nicht im Stich«, erklärte Baba.

»Das hatte auch ich nicht vor«, sagte Schofield. »Ich werde sie jetzt da rausholen.«

Zusammen mit Baba und Dubois beobachteten Schofield und Mother, wie die Angreifer die Plattform beschossen, auf der Veronique Champion festsaß.

»Mario hat nicht ganz unrecht«, bemerkte Mother leise. »Noch vor kurzem wollte sie uns umlegen …«

»Wir brauchen aber jeden Kämpfer, den wir kriegen können«, flüsterte Schofield zurück und nahm den Maghook von seinem Rücken.

»Ah, ziehst du jetzt mal wieder diese Nummer ab …«, sagte Mother.

»Gib mir einfach Feuerschutz, ja?«

Mother sprang auf und eröffnete das Feuer auf die Angreifer. Gleichzeitig zielte Schofield mit dem Maghook auf die Streben des Kuppeldachs …

Aber dann hielt er mitten in der Bewegung inne und feuerte den Haken doch nicht ab.

Denn im selben Moment, in dem er sich aufrichtete, tat Veronique Champion etwas ganz Ähnliches. Das heißt, sie tat sogar genau das Gleiche.

Sie sprang aus der Hocke hoch, zielte mit einem ganz ähnlichen Gerät wie Schofields Maghook auf die Kuppelverstrebungen über ihr und drückte ab.

Schofield konnte den Haken, den sie abschoss, zwar nur flüchtig sehen, doch er konnte zumindest erkennen, dass er größer und massiver war als der seines Maghook und am Ende in einer Pfeilspitze auslief.

Der silberne Greifhaken sauste durch die Luft und zog eine schlackernde Leine wie einen Drachenschwanz hinter sich her. Mit einem hellen metallischen Knacken bohrte sich seine scharfe Spitze fast zehn Zentimeter tief in eine der Stahlstreben des Kuppeldachs und blieb darin stecken.

Im selben Moment kam Champion mit dem Abschussgerät des Hakens hinter dem Steuerpult hervor, sprang einfach von der Plattform und schwang sich durch die Luft … genau so, wie Schofield es getan hätte.

Im Schutz von Mothers Feuer segelte sie in einem eleganten 20-Meter-Satz über die Bärengrube hinweg und landete direkt vor Schofield auf deren äußerem Rand.

»Nicht schlecht …«, bemerkte Schofield anerkennend.

»Danke«, sagte Champion und spulte ihren »Maghook« per Knopfdruck wieder ein. Dann rannten sie durch die Tür und den anderen hinterher.

Weder Schofield noch Champion bemerkten auf ihrer Flucht

die Überwachungskameras, die in der Kuppel des Labors angebracht waren.

Diesen Kameras entging nichts, auch nicht ihre Gesichter.

Der Anführer des kleinen feindlichen Trupps beobachtete ihre Flucht von seinem Posten im Bunker aus.

Er hieß Wilhelm Mauser, wurde aber von allen nur »Bad Willy« genannt. Offiziell deutscher Staatsbürger, hatte er einmal als Feldwebel in der Bundeswehr gedient. Aber eine krankhafte Schwäche für minderjährige Mädchen, die während einer internationalen Friedensmission in Afrika an den Tag gekommen war, hatte zu seiner unehrenhaften Entlassung aus dem Militärdienst geführt. Sie war auch der Grund für seinen Spitznamen.

Bad Willy grinste.

»Team Thresher, hier Bad Willy«, sagte er in sein Kehlkopfmikro. »Hab sie gerade aus dem Bärenlabor gescheucht. Sie kommen jetzt direkt auf euch zu.«

»*Alles klar, Willy. Wir sind bereit und warten im Stadion.*«

ANSICHT VON OBEN

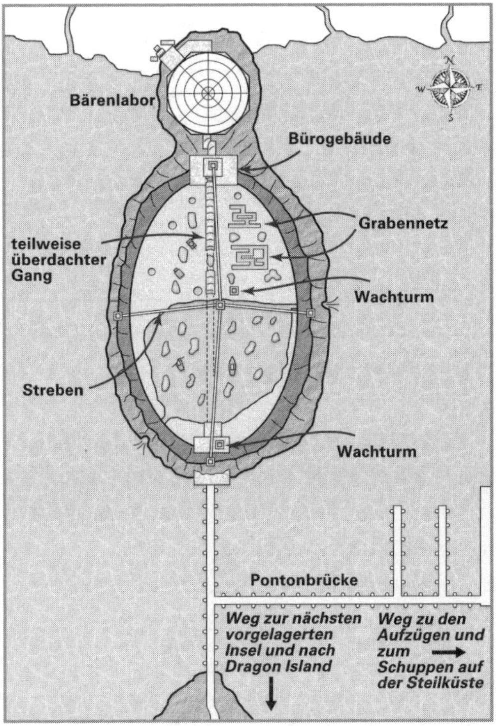

SEITENANSICHT

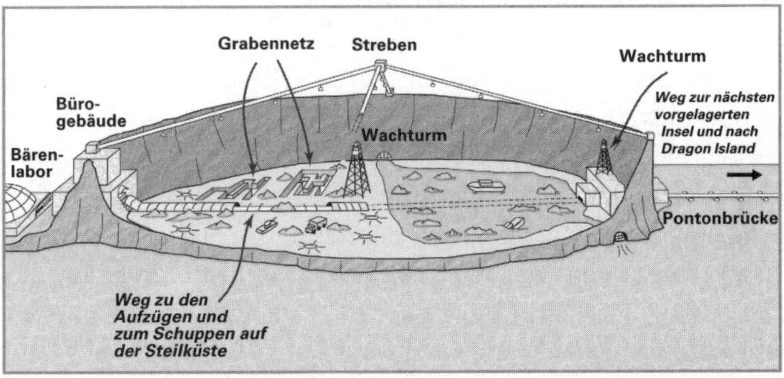

DAS »STADION« AUF DER BÄRENINSEL

»Hat jeder noch alle Finger und Zehen?«, fragte Schofield, als er an den Mitgliedern seines kleinen Teams vorbei eine lange, dunkle Treppe hinaufhastete.

Alle nickten.

»Wie soll es jetzt weitergehen?«, fragte The Kid.

»Wir haben keine große Wahl«, antwortete Schofield. »Entweder wir rücken einfach immer weiter vor, oder wir werden irgendwann abgeknallt ...«

Er wurde von lautem Gewehrfeuer unterbrochen. Eine Salve krachte in die Stufen am Fuß der Treppe.

»Los, Beeilung.«

Sie hasteten weiter.

Die Treppe führte in einen gedrungenen, würfelförmigen Bau, der sich in den gebirgigen Kern der Bäreninsel zu bohren schien. In seinem Innern befanden sich ein paar verlassene Büros und ein seit langem verlassener hallenartiger Raum.

»Das waren die Büros der Wissenschaftler, die auf dieser Insel gearbeitet haben«, sagte Iwanow.

Schofield sah sich aufmerksam um.

Das Gebäude überspannte die schmalste Stelle der kleinen Insel. Durch eine Reihe von Fenstern im hinteren südlichen Ende fiel Tageslicht. Es gab nur eine Möglichkeit: Sie mussten weiter in dieser Richtung vorrücken.

»Mother, Kid. Versucht so lange wie möglich, die Treppe zu halten, während wir weiter nach Süden laufen.«

»Alles klar, Scarecrow.«

Schofield rannte zu einem der Fenster und spähte nach draußen.

»Unglaublich …«, flüsterte er.

Veronique Champion kam neben ihn. »Wo sind wir denn hier gelandet?«

Sie blickten auf einen riesigen ovalen Krater hinaus, der von etwa dreißig Meter hohen, steil abfallenden Felswänden umgeben war. Sein Boden war von einem weitverzweigten Netz von Gräben durchzogen. In seiner Mitte stand ein hoher Wachturm, den man über einen überdachten, etwa einen Meter tief abgesenkten Weg erreichte, der dahinter *unter* einem zugefrorenen See entlangführte und auf der anderen Seite des Kraters an einem würfelförmigen Bau, der dem ähnelte, in dem sie sich gerade befanden, wieder an die Oberfläche kam.

Über die riesige Anlage spannten sich vier lange Streben, die etwa fünfzig Meter über dem Wachturm in der Mitte des Kraters aufeinandertrafen. Von diesen Streben hingen riesige Flutlichtscheinwerfer, mit denen sich der Krater nachts beleuchten ließ. Das Ganze sah tatsächlich aus wie ein Fußballstadion oder eine Gladiatorenarena.

»Das«, erklärte Iwanow, »ist das Stadion. Hier haben meine Kollegen die Bären unter Frontbedingungen getestet.«

»Scarecrow!«, rief Mother in diesem Moment vom Ende der Treppe, die in das Bärenlabor hinabführte. »Lange halten wir hier nicht mehr durch! Lass dir gefälligst was einfallen! Du bist hier schließlich der Offizier!«

Zu dem abgesenkten Weg, der quer durch das Stadion auf die andere Seite des riesigen Kraters führte, gelangte man über eine steile Treppe. Da ein Teil ihrer gläsernen Überdachung zerstört war, verlief ein etwa zehn Meter langer Abschnitt unter freiem Himmel.

Schofield runzelte die Stirn.

Das gefiel ihm ganz und gar nicht. Aber eine andere Wahl hatten sie nicht.

»Los! Schnell die Treppe runter! Zu dem Weg dort unten!«

Mother und Kid bildeten die Nachhut und hielten die Männer in Taucheranzügen in Schach, die im Zugang der Treppe zum Bärenlabor auftauchten. Der Rest von Schofields Truppe stürmte die überdachte Treppe zum Stadion hinunter.

Als sie zu der Stelle kamen, wo das Dach zerstört war und der Himmel zu sehen war …

… fetzte plötzlich eine krachende Salve durch die eisige Kälte, und auf den ungeschützten Treppenabschnitt prasselte ein vernichtender Kugelhagel ein.

Chad warf sich zu Boden und hielt schützend die Hände über den Kopf. Der Franzose neben ihm, Dubois, wurde mehrmals getroffen und fiel zu Boden. Champion packte den schwerverwundeten Elitesoldaten unter den Armen und zog ihn aus der Schusslinie.

Emma Dawson stieß einen schrillen Schrei aus, als ein Querschläger ihr linkes Bein streifte. Sie geriet ins Taumeln, aber Zack kam ihr zu Hilfe und zog sie unter das schützende Dach zurück.

Auch die anderen gingen in Deckung.

Auf die Treppe ging ein Hagel aus feindlichen Kugeln nieder, aber das Drahtglasdach hielt den aus großer Entfernung abgegebenen Schüssen stand. Überall stoben Funken durch die Luft.

»Verfluchte Scheiße!«, brüllte Mario und zog den Kopf ein.

Zack schirmte Emma mit seinem Körper vor den Kugeln ab, Schofield und Champion hielten hektisch nach den Angreifern Ausschau. Sie hatten sich tatsächlich an der Stelle verschanzt, wo sie sie vermutet hatten: auf dem zweiten Wachturm am Südrand des Kraters, von dem sie den überdachten Weg in seiner gesamten Länge im Blick hatten.

Dort hatten sie schon die ganze Zeit auf Schofield und seine Leute gewartet.

Schofield fluchte. Sie saßen in der Falle.

Obwohl er wusste, dass er aus dieser Entfernung nichts treffen würde, eröffnete er mit seiner MP-7 das Feuer. Wenigstens zwang er damit die Schützen auf der anderen Seite des Kraters, die Köpfe einzuziehen. Mario, Champion und Baba taten es ihm gleich, und prompt kam der feindliche Beschuss kurz zum Erliegen.

»Hier können wir nicht bleiben!«, schrie Schofield. »An unsere Soldaten! Gebt uns ununterbrochenen Feuerschutz! *Wenn wir das Feuer auch nur wenige Momente einstellen, sind wir geliefert!*«

Er legte sich Dubois' Arm über die Schulter, um den verwundeten Franzosen zu stützen, und dann rannten sie alle, die Soldaten unter ihnen pausenlos feuernd, die Treppe hinunter.

Zack half Emma, die so schnell sie konnte neben ihm herhumpelte, und sie erreichten den überdachten Weg, der auf die andere Seite des Stadions führte. Inzwischen ging wieder ein erbitterter Kugelhagel auf das Dach nieder, aber es hielt dem schweren Beschuss stand.

Schofield hetzte mit Dubois weiter und schrie: »Eigentlich hätte ich das durchschauen müssen! Sie haben unten im Labor nicht wirklich versucht, uns zu erledigen. Es ging ihnen nur darum, uns hierher zu treiben. Damit sie uns in aller Ruhe abknallen können.«

»Und wie kommen wir jetzt hier raus?«, schrie Zack, der sich Emmas Arm um die Schultern gelegt hatte und Bertie in seiner freien Hand trug.

Schofield blickte sich um. Auf ihrer hektischen Flucht von der Absturzstelle der Berijew und dem versenkten U-Boot zum Bärenlabor und ins Stadion war er nie dazu gekommen, sich zu orientieren.

»Keine Ahnung«, sagte er unverblümt. »Vorerst kann ich nur sagen: Wir laufen und feuern einfach weiter. Vielleicht fällt mir ja noch was ein.«

Und so liefen und feuerten sie weiter und hasteten auf dem überdachten Weg durch das Stadion.

Nach einer Weile erreichten sie den Abschnitt, wo das Glasdach zerstört war und sie ein längeres Stück ungeschützt unter freiem Himmel weiterlaufen mussten. Zu allem Überfluss wurde ihnen das Vorankommen auch noch durch den tiefen Schnee erschwert, der sich dort im Lauf der Zeit angesammelt hatte.

Schofield blickte sich immer wieder nervös um. Der kleine Trupp, der ihnen aus dem Bärenlabor gefolgt war, musste jeden Moment auftauchen.

Aber er durfte sich jetzt nicht aus der Ruhe bringen lassen. Ihm blieben zwar nur noch wenige Sekunden, aber wenn sie lebend hier rauskommen wollten, musste er kühlen Kopf bewahren und die richtigen Entscheidungen treffen.

Also. Was muss ich jetzt tun?

Ich muss in der nächsten Stunde irgendwie nach Dragon Island kommen, um zu verhindern, dass die atmosphärische Waffe gezündet wird.

Aber was ich auch tue, der Gegner ist mir immer einen Schritt voraus. Sie gehen streng nach Plan vor, während ich ständig am Improvisieren bin.

Sie sind bestens mit dem Terrain vertraut. Ich nicht. Wo ich gerade bin, kann ich erst sagen, wenn ich um die nächste Ecke schaue.

Und jetzt nehmen sie uns in die Zange und metzeln uns jeden Moment nieder.

Ich stehe kurz davor, diesen Kampf zu verlieren …

Was kann ich also tun, um das zu verhindern?

Ich muss die Bedingungen ändern, unter denen dieser Kampf stattfindet.

Okay. Und wie mache ich das?

Ich muss ihre Pläne durchkreuzen. Ich muss diesen überdachten Weg hier verlassen und sie zwingen, das Spiel nach meinen Regeln zu spielen …

Er schaute sich um. Sein Blick schweifte über die steilen Felswände des Kraters zu den langen, schmalen Streben, die sich über das Stadion wölbten …

… und blieb auf dem Wachturm in seiner Mitte haften.

Der Wachturm …

Genau. So würde er die Kampfbedingungen ändern.

Wenn ich ein bisschen Zeit gewinnen kann ...

Er erinnerte sich an das verzweigte Netz aus Gräben, die den Boden des Stadions durchzogen. In diesen Gräben waren die Eisbären in Sowjetzeiten unter Frontbedingungen getestet worden.

Das wäre vielleicht eine Möglichkeit ...

»Leute!«, rief er. »Wir dürfen nicht in diesem überdachten Gang bleiben! Wenn ihr den Abschnitt erreicht, wo das Dach zerstört ist, klettert ihr über den Schneehaufen und versucht, in die Gräben zu kommen! Dort sind wir einigermaßen sicher!«

Eine Kugel pfiff an seinem Ohr vorbei.

Sie war von hinten gekommen.

Ihre Verfolger hatten den überdachten Gang erreicht.

Schofield, der immer noch Dubois stützte, wirbelte herum und eröffnete mit seiner freien Hand das Feuer. Weil ihn dabei auch Kid, Mario und Mother unterstützten, konnten sie die Verfolger zur Treppe zurückschlagen.

Zack und die humpelnde Emma erreichten als Erste den ungeschützten Abschnitt des Gangs. Weiß und riesig ragte ein Schneehaufen vor ihnen auf und versperrte ihnen den Weg – und den Scharfschützen auf dem Wachturm die Sicht auf sie.

Plötzlich pfiff ihnen eine Salve feindlicher Kugeln um die Ohren, die gegen die Wände des Gangs krachten. Das hieß, dieser Beschuss kam von der *Seite*: von Angreifern, die sich am westlichen und östlichen Rand des Kraters hinter den mächtigen Fundamenten der Stahlstreben, die sich über das Stadion spannten, verschanzt hatten.

Baba und Champion kamen an Zacks und Emmas Seite und erwiderten das Feuer.

»Los!«, schrie Champion. »Sehen Sie zu, dass Sie in die Gräben kommen!«

Zack, der Bertie immer noch wie einen Koffer in der Hand trug, half Emma den hohen Schneehaufen hinauf. Als sie dahinter auf allen vieren über ein Stück offenes Gelände robben mussten, schlugen die Kugeln gefährlich nah in den Boden rings um sie ein, bevor sie sich in den Schutz des nächsten Grabens fallen lassen konnten.

Sie landeten auf dem Boden eines knapp zwei Meter tiefen Gangs mit eisüberzogenen dunklen Erdwänden, der sich in ein Labyrinth aus ähnlichen Gräben verzweigte.

Und aus einem dieser Gräben hörte Zack ein tiefes Knurren.

»Sieht nicht so aus, als ob wir hier allein wären ...«, murmelte er.

Schofield war mit dem verletzten Dubois immer noch im überdachten Teil des Gangs und hielt mit seiner Maschinenpistole die Verfolger in Schach.

Er reckte das Kinn in Richtung Süden. »Mother! Wir müssen diesen Wachturm stürmen! Sieh zu, dass du ihn durch die Gräben erreichst! Kid, Mario, ihr kümmert euch um Dr. Iwanow und Chad und versucht, zu Zack und Emma zu kommen!«

»Alles klar, Scarecrow!« Mother feuerte in alle Richtungen, als sie den Gang verließ. Dann kamen Mario und Chad, und den Schluss bildete Kid, der Iwanow hinter sich herzog.

Veronique Champion kam, weiterhin ununterbrochen feuernd, an Schofields Seite.

»Captain!«, schrie sie. »So können wir nicht weitermachen! Wir müssen für veränderte Kampfbedingungen sorgen, sonst haben wir keine Chance!«

»Ich weiß! Ich weiß!«

»Haben Sie denn schon einen Plan?«

»Ja! Wir versuchen, in die Gräben zu kommen, und arbeiten uns von dort zum Wachturm vor!«

»Und dann?«

»Von dort werde ich ...« Er wurde von lautem Gewehrfeuer unterbrochen.

»Schon gut! Fürs Erste genügt mir das vollauf!« Champion packte Dubois unter dem Arm und half Schofield, den verwundeten französischen Elitesoldaten den Schneehaufen hinaufzuziehen. Baba gab ihnen währenddessen Feuerschutz.

Sie hatten es fast den Hügel hinauf geschafft, als Schofield plötzlich merkte, dass das von *hinten* kommende Gewehrfeuer eingestellt worden war.

Stirnrunzelnd spähte er zum Ende des überdachten Gangs zurück.

Am Fuß der Treppe war jetzt niemand mehr zu sehen. Keine schemenhaften Gestalten mehr, nichts.

Das hieß nichts Gutes. Es bedeutete, dass sie etwas im Schild führ...

Klick, klick, klick.

Ein kleiner Metallzylinder purzelte die Treppe herab und blieb am Ende des Gangs liegen.

Schofield fand, er sah aus wie eine Rauchgranate, nur kleiner. Zuerst dachte er, es könnte eine weitere Säuregranate sein, aber dieses Ding hatte keinen silbernen Streifen, sondern war leuchtend rot mit gelben Rändern.

Auch Iwanow, der schon ein Stück den Schneehaufen hinaufgeklettert war, hatte sich auf das Geräusch hin umgedreht und sah die Granate.

Er riss entsetzt die Augen auf. »Captain! Sofort raus aus dem Gang! Das ist eine Urangranate!«

Baba und Champion hatten den Gang bereits verlassen. Champion streckte Schofield die Hand entgegen und zog ihn – und den an seiner Schulter hängenden Dubois – den Schneehaufen hinauf. Doch der schwerverwundete Franzose war von dem starken Blutverlust inzwischen so entkräftet, dass er ausrutschte, Schofields Hand losließ und wieder in den Gang zurückrutschte.

Schofield wollte ihm schon hinterherspringen, aber dann hörte er, wie Iwanow Champion zurief: »Nein! Zu spät! Ziehen Sie den Captain raus!« Schofield spürte nur noch, wie Champion mit aller Kraft an seinem Arm riss und ihn aus dem Gang zerrte. Er fiel mit dem Gesicht voran auf die gefrorene Erde, und Sekundenbruchteile später explodierte die rot-gelbe Granate.

An Schofield schoss eine zwei Meter hohe gelb-rote Flammenzunge vorbei: ein glühender Feuerschwall, der den ganzen Gang ausfüllte.

Dubois hatte nicht den Hauch einer Chance.

Das Feuer fraß sich einfach durch ihn hindurch und hatte seinen Körper in Sekundenbruchteilen zersetzt. Ein Mensch, der sich mit einem Schlag in nichts auflöste.

Schofield traute seinen Augen nicht.

Es war wie die Feuerzunge eines Flammenwerfers, nur größer, erheblich größer: eine Feuerwalze, die nur von den Wänden des Gangs aufgehalten wurde. Beinahe so, als würde der Gang plötzlich nicht mit Wasser, sondern mit *Feuer* geflutet: mit alles verzehrendem flüssigem Feuer.

Bevor die Feuerwalze Dubois erfasste, war sie den überdachten Teil des Gangs heruntergeschossen. Von der unglaublichen Hitze zum Bersten gebracht, waren Teile der Drahtglasüberdachung explosionsartig durch die Luft geschleudert worden.

Nachdem die Flammen den Franzosen erfasst hatten, trafen sie auf den Schneehaufen, der auf der Stelle schmolz. Sie glitten durch ihn wie ein heißes Messer durch ein Stück Butter, und die gewaltige Dampffontäne, die dreißig Meter hoch in den Himmel schoss, hüllte den Gang und seine Umgebung in dichten Nebel.

Schofield wurde von der Druckwelle des Flammenstoßes rücklings zu Boden geschleudert.

Als er sich wieder aufrichtete – rings um ihn schlugen weiter die Kugeln ein –, stellte er fest, dass sich die Feuerwalze erschöpft hatte. Der Schneehaufen hatte sich in Dampf aufgelöst, und die grauen Betonwände und der Boden des abgesenkten Gangs glühten grellorange wie Scheite in einem Kamin. Die ungeheure Hitze hatte die oberste Betonschicht buchstäblich zum Schmelzen gebracht.

Im Schutz des plötzlich entstandenen Nebels kroch Schofield mit Champion zum nächsten Graben und ließ sich hineinfallen. Er landete neben Mother, Kid, Baba und Iwanow. Ein Stück weiter kauerten Mario und Chad, die sehr verängstigt wirkten. Zack und Emma waren nirgendwo zu sehen.

»Was zum Teufel war das denn gerade!«, stieß Schofield atemlos hervor.

»Das«, sagte Iwanow, »war eine Granate mit thermobarem Kern.«

»Aber sie war doch winzig klein …«, meinte Mario.

»Ihr Kern aus rotem Uran hatte etwa die Größe eines Stecknadelkopfs«, erklärte Iwanow, »wobei ihre Explosion noch relativ harmlos verlaufen ist, weil sie nur vom Umgebungssauerstoff in der Luft gespeist wurde. In einer Wolke aus entzündlichem Gas wäre die Explosion erheblich stärker gewesen.«

»Das soll eine *schwache* Explosion gewesen sein?«, sagte Mother.

»Das spielt doch jetzt keine Rolle.« Schofield richtete sich auf und spähte zu dem Wachturm, der aus dem Nebel über den Gräben ragte. »Wenn wir nicht schnellstens aus diesem Stadion rauskommen, können wir einpacken. Wir versuchen jetzt, diesen Wachturm zu erreichen, Leute.«

Als sie daraufhin loseilten, kam Kid an Schofields Seite. »Sir, ich kann Zack und Emma nirgendwo finden, und keiner von beiden hat ein Headset.«

Schofield runzelte kurz nachdenklich die Stirn, dann fasste er an sein Kehlkopfmikro und sagte: »Bertie? Hörst du mich?«

»*Ich höre Sie, Captain Schofield*«, antwortete Berties Stimme.

»Leg mich bitte auf die Lautsprecher.«

»*Sie sind jetzt auf Lautsprecher.*«

»Zack? Hörst du mich?«

Aus Schofields Kopfhörer kam Zacks Stimme. Sie hörte sich weit weg an, wie über eine Freisprechanlage. *»Ich höre dich, Captain.«*

»Wo seid ihr? Ist Emma bei dir?«

Zack hastete durch einen dunstverhangenen Graben. Bertie folgte ihm leise surrend; Emma humpelte, immer noch auf ihn gestützt, neben ihm her.

»Wir sind in einem der Gräben, aber wir müssen irgendwo eine falsche Abzweigung genommen haben. Wir haben uns verirrt.«

»Kannst du den Wachturm in der Mitte des Stadions sehen?«, kam Schofields Stimme aus Berties Lautsprecher.

Zack spähte über den Rand des Grabens. Zuerst sah er nur die Felsenwände des Kraters und das Verwaltungsgebäude, durch das sie gekommen waren.

»Nein ...« Er drehte sich um. »Oh, jetzt sehe ich ihn. So was Blödes, wir sind in die falsche Richtung gelaufen. Wir sind fast wieder auf der Nordseite des Kraters.«

»Das macht nichts. Hauptsache, ihr seid noch am Leben. Versucht, zum Wachturm zu kommen. Dort warten wir auf euch.«

»Alles klar.«

Als Zack und Emma daraufhin losliefen, war ihnen nicht bewusst, wie auffällig die Spuren waren, die Zacks Polarstiefel auf dem verschneiten Boden hinterließen.

Schofield überlegte sich jedes Mal sehr genau, welche Abzweigung er nehmen sollte, als er tief geduckt durch das Labyrinth aus Gräben huschte. Der Wachturm, der vor ihnen aus dem dichten Nebel ragte, kam mit jedem Schritt näher.

»Und wie sieht jetzt Ihr genialer Plan aus, Captain?«, fragte Champion.

»Hier unten sind wir wie Ratten in einem Labyrinth.« Schofield lief unbeirrt weiter. »Sie haben überall ihre Leute postiert – jeweils eine Scharfschützenstellung im Süden, Osten und Westen und hinter uns, im Norden, das Treiberteam. Wenn wir hierbleiben, ist es nur eine Frage der Zeit, bis sie uns erledigen. Wir müssen den Spieß umdrehen. Wir müssen versuchen, einen erhöhten Standort einzunehmen und *sie* auszuschalten – und dann müssen wir sehen, wie wir so schnell wie möglich nach Dragon Island kommen, ohne noch mehr Zeit zu verlieren. Dabei spielt dieser Wachturm eine Schlüsselrolle.«

Eine verirrte Kugel pfiff durch den Nebel und bohrte sich neben Schofields Kopf in die vereiste Erdwand des Grabens. Ohne Notiz davon zu nehmen, lief er weiter.

»Wenn sie merken, dass Sie oben auf dem Wachturm sind«, sagte Champion, »feuern sie keine dreißig Sekunden später eine Panzerfaust darauf ab …«

»Ich weiß«, sagte Schofield. »Aber es heißt auch, dass ich dreißig Sekunden Zeit habe, um zu tun, was zu tun ist.«

Schofield arbeitete sich mit seiner Truppe zu der Stelle vor, an der das Netz aus Gräben am nächsten an den Wachturm heranreichte.

»So, Leute.« Schofield hob seine MP-7. »Der nächste Einsatz läuft in zwei Phasen ab. Phase eins: Ich bin der Köder. Ich versuche, den Wachturm zu erreichen ... die Scharfschützen auf der Ost- und Westseite des Kraters schießen auf mich ... ihr schaltet sie aus. Alles klar?«

»*Oui.*« Baba nickte.

»Solange es dir nichts ausmacht, den Köder zu spielen«, sagte Mother.

»Und Phase zwei?«, fragte Champion.

»Ich schalte die dritte Scharfschützenstellung auf dem Wachturm auf der Südseite aus.«

»Vorausgesetzt, Sie überleben Phase eins«, flocht Champion ein.

»Tja.« Schofield holte tief Luft. »Also dann, es geht los.«

Damit verließ er die Deckung des Grabens und rannte auf den Wachturm zu.

Sofort leuchteten am Ost- und Westrand des Kraters Mündungsblitze auf, und dicht hinter Schofields Fersen stoben in langen Einschlagreihen Eis und Erde in die Höhe.

Die Kugeln kamen Schofield gefährlich nahe, doch dann richteten sich Mother, Mario, Kid, Champion und Baba wie auf ein Kommando auf und eröffneten – Mother, Mario und Kid in östlicher, die zwei Franzosen in westlicher Richtung – das Feuer auf die feindlichen Stellungen.

In jedem der beiden Scharfschützennester waren drei Gestalten zu sehen, die, vom plötzlichen Beschuss überrascht, von Kugeln durchsiebt zu Boden sanken. Von diesen Stellungen leuchteten jetzt keine Mündungsblitze mehr auf.

Gerade als Schofield den Wachturm erreichte, prasselte eine neue Salve gegen dessen kreuzweise verstrebte Metallstützen.

Dieser Beschuss kam von dem Wachturm, der auf dem Verwaltungsgebäude auf der Südseite des Stadions stand.

Schofields Herz hämmerte wie wild, als er die Leiter im Innern des Wachturms hinaufkletterte.

»Mother! Der andere Wachturm!«

Die Kugeln sausten immer dichter an ihm vorbei. Besonders unberechenbar waren die zahlreichen Querschläger, die von den Stützen des Wachturms abprallten und haarscharf an seinem Kopf vorbeipfiffen. Eins dieser Geschosse zertrümmerte den Schallschutz, der sich nur Millimeter vor seinem Gesicht befand, und ließ eine lange Kerbe im Glas seiner Brille zurück. Ein anderer Querschläger traf seinen linken kleinen Finger, aber Schofield biss die Zähne zusammen und kletterte weiter nach oben.

Die anderen gaben ihm Feuerschutz, so gut sie konnten, aber nach Süden hatten sie – anders als nach Osten und Westen – keine freie Schussbahn, und der Beschuss vom Wachturm auf der Südseite des Stadions hielt unvermindert an.

Schofield erreichte die Spitze des Turms, wo er einen unverstellten Blick auf den riesigen Krater hatte.

Aber jetzt war keine Zeit, um die Aussicht zu genießen. Seine dreißig Sekunden waren fast um.

Denn er sah bereits, wie sich auf dem anderen Wachturm eine kleine Gestalt einen länglichen Gegenstand auf die Schulter wuchtete: eine Panzerfaust.

Schofield verlor keine Zeit.

Er riss den Maghook von seinem Rücken, richtete ihn senkrecht nach oben und drückte ab …

... im selben Moment feuerte die Gestalt auf dem anderen Wachturm die Panzerfaust ab.

Der Maghook schoss, seine Leine hinter sich herziehend, in den Himmel – und gleichzeitig flog die Panzerfaust, hinter der sich eine dünne Rauchfahne erstreckte, mit beängstigender Geschwindigkeit auf den Wachturm zu.

Sobald der Magnetkopf des Maghook die Unterseite der Strebenkonstruktion traf, die sich über das Stadion spannte, drückte Schofield auf einen Knopf am Handgriff des Maghook, auf dem SPULEN stand. Sofort wurde er an der Leine in die Höhe gerissen ...

... und eine Tausendstelsekunde später schlug die Panzerfaust in den Wachturm unter ihm ein. Eine gewaltige Explosion schleuderte die Trümmer seiner metallenen Stützen und Streben in alle Richtungen davon, und unter der in den Himmel hinaufschnellenden Gestalt Shane Schofields breitete sich ein lodernder Feuerball aus.

Schofield wurde vom integrierten Spulmechanismus des Maghook blitzschnell zu der Verbindungsstelle der riesigen Metallstreben hochgezogen und blieb dort fünfzig Meter über dem Boden des Stadions in schwindelerregender Höhe hängen.

Schofield verlor keine Zeit. Er kletterte auf das Verbindungsstück der vier Streben, befestigte den Maghook wieder in der Halterung auf seinem Rücken und ging zum eigentlichen Zweck seines waghalsigen Manövers über.

Er legte sich flach auf den Bauch und drückte sich mit seinem Brustschutz mit aller Kraft auf die lange Metallstrebe, die sich in einem gefährlich abschüssigen Winkel über den See und das Verwaltungsgebäude und den Wachturm auf der Südseite des Stadions krümmte.

Dann nahm er seine MP-7 in die rechte, die Desert Eagle in die linke Hand und schlang die Arme um die knapp einen Meter breite Metallstrebe.

Und stieß sich ab.

Kopfüber glitt Schofield auf seinem Brustschutz immer schneller die Strebe hinunter. Er hatte die Arme um ihre Seiten geschlungen und konnte auf diese Weise sowohl seinen Körper stabilisieren als auch das Tempo kontrollieren, mit dem er die steile Strebe hinunterrutschte.

Die an ihrer Unterseite befestigten Flutlichtscheinwerfer schossen rasend schnell unter ihm vorbei, als er über den tief unter ihm liegenden See hinwegglitt und sich dem Gebäude mit dem Wachturm auf der Südseite des Stadions näherte.

Das war der Moment, in dem er aus beiden Waffen das Feuer eröffnete. Unter dem massiven Beschuss, mit dem er den Wachturm belegte, stürzten die fünf Männer, die sich darauf verschanzt hatten, einer nach dem anderen tödlich getroffen zu Boden.

Kurz vor dem Ende der Strebe bremste er seine Fahrt abrupt ab, indem er auch noch seine Stiefel mit aller Kraft seitlich gegen das Metall drückte.

Er sah drei weitere feindliche Kämpfer in dicken Parkas am Fuß des Wachturms stehen und rutschte, ununterbrochen weiterfeuernd, die steile Kraterwand hinter ihnen hinunter. Als er schließlich mit rauchenden und leergeschossenen Waffen auf dem Boden des Kraters ankam, waren alle tödlich getroffen zu Boden gesunken, und nichts regte sich mehr in der feindlichen Stellung.

Obwohl er keine Munition mehr hatte, hielt Schofield die MP-7 und die Desert Eagle weiter im Anschlag. Wenn auch nur ein gegnerischer Kämpfer seinen Angriff überlebt hatte, war er geliefert, aber es sah nicht so aus.

Wenige Augenblicke später stand Schofield auf dem zweiten Wachturm und schaute, mit frischer Munition und neuen Waffen ausgestattet, durch das Zielfernrohr des Scharfschützengewehrs eines toten Kämpfers der Army of Thieves.

»Mother«, sagte er in sein Kehlkopfmikro, »der Weg ist frei. Nehmt den Gang, der unter dem See durchführt. Ich gebe euch von hier oben Feuerschutz.«

Veronique Champion und Baba standen mit offenem Mund da. Sie konnten immer noch nicht fassen, was sie gerade gesehen hatten.

Champion hatte es buchstäblich die Sprache verschlagen.

Baba nickte anerkennend: »Also, ich finde diesen Scarecrow richtig *klasse*!«

Wieder rannten The Kid, Mario, Chad, Iwanow, Champion und Baba auf den Eingang des Gangs zu – nur wurden sie diesmal vom zweiten Wachturm nicht beschossen, sondern erhielten von dort von Schofield Feuerschutz.

Jetzt wurde Bad Willys Einheit, die sie aus dem Bärenlabor getrieben hatte, von Schofields Scharfschützenfeuer am Zugang der Treppe auf der Nordseite des Stadions in Schach gehalten.

»Zack«, sagte Schofield in sein Kehlkopfmikro, während er durch das Zielfernrohr des Scharfschützengewehrs spähte. »Wo seid ihr inzwischen?«

»*Wir irren immer noch in den Gräben herum*«, kam Zacks Stimme aus dem Kopfhörer.

»Dann seht zu, dass ihr zu dem Gang kommt, der unter dem See durchführt. Ich gebe euch so lange Feuerschutz.«

»*Alles klar*«, antwortete Zack. »*Wir kommen.*«

Zusammen mit Emma, die sich humpelnd an seiner Schulter festhielt, und Bertie, der unverdrossen neben ihm herrollte, hetzte Zack keuchend weiter durch die Gräben.

Er bog um die Ecke eines von vereisten Erdwänden eingefassten Grabens in einen anderen von vereisten Erdwänden eingefassten Graben.

Er hatte sich hoffnungslos verfranst.

»Geht's bei dir noch?«, fragte er Emma.

»Mein Fuß tut höllisch weh«, stöhnte sie. Aber sie humpelte

tapfer weiter neben ihm her und sah ihn flehentlich an. »Lass mich bitte nicht im Stich, Zack.«

Zack blieb stehen und sah ihr in die Augen. »Jetzt hör mal, Emma. Egal, was kommt, ich lasse dich nicht im Stich. Auf gar keinen Fall. Entweder wir stehen das gemeinsam durch, oder wir kommen gemeinsam um.«

Sie nickte matt. »Danke.«

Zack blickte zum Rand des Grabens hinauf. »Wir müssen unbedingt raus aus diesen Gräben, sonst finden wir hier nie mehr raus. Ich habe total die Orientierung verloren ...«

»Wie süß ...«, ertönte aus unmittelbarer Nähe eine sarkastische Stimme.

Wegen des dichten Nebels entstand der Eindruck, als stünde der Sprecher direkt neben ihnen. »›Entweder wir stehen das gemeinsam durch, oder wir kommen gemeinsam um.‹ Wie ritterlich ... Zack.«

Zack wirbelte herum und hielt nach dem Sprecher Ausschau, aber außer dem leeren Graben, der sich vor ihm im Nebel verlor, war nichts zu sehen.

Emma riss entsetzt die Augen auf. »Sie sind schon in den Gräben ...«

»Wenn ich mich kurz vorstellen dürfte«, sagte die Stimme. »Willy. Genauer gesagt: Bad Willy, weil ich so ein richtig sympathischer Zeitgenosse bin, der nur zu gern die Bekanntschaft junger Damen macht, auch wenn das nicht unbedingt auf Gegenseitigkeit beruht. Und ich muss zugeben«, säuselte er bedrohlich, »ich finde schon allein deine Stimme richtig reizend ... Emma.«

Zack und Emma tauschten bestürzte Blicke.

»Kommt lieber gleich raus, meine Täubchen, ich finde euch doch sowieso ...«, lockte Bad Willys Stimme weiter, als Zack plötzlich – ganz nah – das metallische Klicken einer Waffe hörte, die gerade entsichert wurde.

Zack packte Bertie an seinem Tragegriff. Er fürchtete, das leise Surren von Berties Elektromotor könnte in der beängstigenden Stille ihre Position verraten.

»Hier lang!«, zischte Zack und zog Emma um die nächste Ecke. Im selben Moment ertönte ein angsteinflößendes Brummen, und vor ihnen tauchte ein riesiger Eisbär aus dem Nebel auf und versperrte ihnen den Weg.

Das riesige Tier hatte sich wild brüllend zu seinen vollen vier Metern Größe aufgerichtet, und aus seinem weit aufgerissenen Maul blitzten ihnen zwei Reihen furchterregender Reißzähne entgegen.

Wie die Bären im Labor hatte auch dieser ein auffallend schmutziges und verfilztes Fell. Seine Augen glühten vor wilder, besinnungsloser Wut.

Zack schob Emma zurück und stellte sich zwischen sie und den Bären. Aber es nützte nichts. Erstaunlich behende ließ sich die riesige weiße Kreatur auf alle viere niederfallen und stürmte auf sie zu.

Zack blieb nichts mehr, als die Augen zu schließen und auf das Ende zu warten ...

… Aber es geschah nichts.

Als Zack vorsichtig die Augen öffnete, blickte er in die sich weitenden Nasenlöcher des Eisbären.

Der stinkende Atem des riesigen Tiers strich heiß über sein Gesicht.

Die Schnauze des Eisbären zuckte aufgeregt. Das Tier beschnüffelte ihn.

Und dann wandte sich der Bär mit einem barschen Grunzen abrupt von Zack ab. Unerklärlicherweise schien er plötzlich jedes Interesse an ihm verloren zu haben.

»Was hat das jetzt wieder zu bedeuten …?«, flüsterte Emma, die das alles noch nicht recht glauben konnte.

»Keine Ahnung …«, murmelte Zack. Doch im selben Moment wurde ihm klar, dass er die Antwort sehr wohl wusste.

Es war der Bärenschutz: das blöde Spray, das er in die Arktis hatte mitnehmen müssen. Und für den Fall, dass er einmal einem Eisbären begegnen sollte, hatte er aus purer wissenschaftlicher Gewissenhaftigkeit seine ganze Kleidung damit eingesprüht. Bisher hatte sich jedoch noch keine Gelegenheit ergeben, um die Wirksamkeit des Mittels zu testen.

»Der Bärenschutz scheint jedenfalls zu funktionieren«, murmelte er leise.

Doch plötzlich stieß der Bär erneut ein wildes Brüllen aus, das sogar noch lauter war als zuvor, und stürmte wieder auf sie zu, so dass Zack schon dachte, er hätte sich getäuscht und das dämliche Bärenspray wirkte doch nicht. Aber der Bär rannte an ihm und Emma vorbei und stürzte sich auf die vier schwerbewaffneten Thieves, die gerade hinter ihnen um die Ecke kamen!

Bad Willy und drei seiner Männer.

Diesmal zögerte der riesige Eisbär nicht, sondern warf sich sofort auf den ersten Mann des kleinen Trupps. Er schleuderte ihn zu Boden und hatte ihm bereits die Kehle zerfetzt, bevor Bad Willy reagieren konnte und wie ein Wahnsinniger so lange auf den Bären zu schießen begann, bis dieser, von Kugeln durchsiebt, mit einem dumpfen Schlag zu Boden fiel.

Diese kurze Ablenkung verschaffte Zack und Emma genügend Zeit, um Bad Willy genauer in Augenschein zu nehmen: Er war ein drahtiger kleiner Mann mit glattrasiertem Kopf und einem knochigen, eingefallenen Gesicht. Zwischen einem Piercing in seiner linken Augenbraue und einem Ring in seinem linken Nasenflügel hing eine Silberkette.

Zacks Blick traf sich mit dem Bad Willys.

Zack war wie gelähmt vor Angst.

Bad Willy grinste.

Und hob seine Maschinenpistole.

Aber Zack, der den kleinen Roboter immer noch wie einen Koffer in der Hand hielt, schrie: »*Feuer,* Bertie*!*«

Sofort eröffnete der Roboter mit seiner Maschinenpistole das Feuer. Aber weil Zack nicht zielte, flogen die Kugeln in alle Richtungen.

Bad Willys Männer versuchten sofort, in Deckung zu gehen, aber einer von ihnen war bereits tödlich getroffen. Er wurde rückwärts durch die Luft geschleudert und fiel heftig zuckend zu Boden. Als Nächsten erwischte es Bad Willy. Aus seiner rechten Kopfhälfte schoss eine Blutfontäne, und er sank mit einem erstickten Schrei zu Boden.

Zack wurde fast übel von dem Anblick – und von dem Gedanken, was er gerade getan hatte.

Er schrie: »Feuer einstellen, Bertie!«, und rannte, Emma hinter sich herziehend, blindlings weiter.

Hinter der nächsten Biegung sahen sie Mother am oberen

Rand des Grabens knien. Sie winkte ihnen zu und streckte ihnen die Hand entgegen.

Wenig später, Mother hatte sie gerade aus dem Graben gezogen, hörte Zack eine vertraute Stimme.

»Zacky Boy! Wo steckst du, Zacky Boy! Du hast mir ein Ohr weggeschossen, du mieses Stück Rattenscheiße! Ich kriege dich schon noch, du schwuler Zuckerarsch, und vor allem auch die schnuckelige kleine Emma, und dann binde ich dich fest und schneide dir die Augenlider ab und lasse dich zusehen, wie ich sie zu Tode ficke! Hast du gehört, Zacky!«

Aus den nebelverhangenen Gräben stieg ein gehässiges Lachen zu ihnen herauf.

»Du scheinst eine ausgeprägte Gabe zu haben, dir überall schnell Freunde zu machen, Zack«, bemerkte Mother trocken. »Jetzt komm schon endlich, du kleiner Streber.«

Und damit rannten sie im Schutz von Schofields Scharfschützenfeuer in den Gang, der unter dem See entlangführte.

In dem würfelförmigen Bau auf der Südseite des Stadions stießen sie zum Rest der Truppe.

Wie das Gebäude am Nordende des Kraters grub sich auch dieser Bau tief in das vulkanische Gestein der Băreninsel. Seine eisbedeckten, von Rissen durchzogenen Fenster gingen auf der Nordseite auf das Stadion hinaus, auf der Südseite auf die letzte kleine Insel, die noch zwischen ihnen und Dragon Island lag.

Sobald Mother, Zack und Emma zu ihm gestoßen waren, wandte sich Schofield nach Süden.

Dort führte eine baufällige Pontonbrücke zur nächsten vorgelagerten Insel hinüber. Außerdem war hinter einer Art Lagerhaus eine leicht erhöht stehende Seilbahnstation zu sehen, von der sich ein langes, durchhängendes Drahtseil nach Dragon Island hinüberspannte.

Das war eine Möglichkeit, um nach Dragon Island zu gelangen. Aber es gab auch noch eine zweite: Etwa in der Mitte der Pontonbrücke, die die beiden vorgelagerten Inseln miteinander verband, ging im rechten Winkel eine zweite, längere Pontonbrücke ab, die an einem riesigen, rostigen Wellblechschuppen am Fuß der Steilküste von Dragon Island endete. Hinter dem Schuppen führten zwei große Lastenaufzüge die steile Felswand hinauf.

»Dr. Iwanow?«, fragte Schofield. »Sollen wir die Pontonbrücke oder die Seilbahn nehmen?«

»Die letzte der drei vorgelagerten Inseln heißt ›Säureinsel‹, weil sich darauf ein großes Säureforschungslabor befindet«, erklärte Iwanow. »Die Seilbahn ist allerdings schon sehr alt. Sie wurde 1985 errichtet, als die Anlage hier gebaut wurde. Sie funktioniert zwar noch, wird aber kaum mehr benutzt. Weil es wegen der extremen Kälte immer wieder zu Störungen kam, wurde 1990 die Pontonbrücke gebaut. Über die Brücke kämen wir sicher schneller nach Dragon Island.«

»Je schneller, desto besser«, sagte Schofield und studierte bereits die Aufzüge am Ende der Pontonbrücke.

Er sah auf die Uhr. 10:26. Kaum zu glauben. War es wirklich erst 26 Minuten her, dass er die Eingangstür des Bärenlabors zerschossen hatte?

Vor ihm lagen die fünf toten Thieves in ihren gestohlenen Marine-Corps-Parkas. Er kauerte neben einem der Toten nieder und nahm ihm Helm und Schutzbrille ab. Dabei sah er die Tattoos am Hals des Mannes: ein russisches Schiff, die Buchstaben USMC und ein Gebäude, auf dem »Moskwa« stand.

Auch die anderen Toten hatten solche Tattoos am Hals, einige mehr als andere.

»Was bedeuten diese Tattoos?«, fragte Chad.

Eine Weile dachte Schofield schweigend nach. Dann dämmerte es ihm. »Das sind gewissermaßen Orden: Auszeichnungen für die Teilnahme an militärischen Einsätzen.«

»Also wirklich«, schnaubte Chad angewidert. »Was ist das denn für eine Armee?«

Schofield richtete sich auf und wandte sich wieder seinem Team zu. Alle waren, wenn auch in unterschiedlichem Umfang, außer Atem und voll Schmutz und Blut. Besonders blass war Chad, und Iwanow, der deutlich älter war als alle anderen, schwitzte sehr stark. Nur dem hünenhaften Franzosen schien das alles nichts anhaben zu können; er wirkte so frisch und munter, als wäre nichts gewesen.

Nach Dubois' Verlust waren sie nur noch zu zehnt, und unwillkürlich fragte sich Schofield, wie viele von ihnen bei diesem Einsatz noch ums Leben kommen würden.

»Und wie soll es jetzt weitergehen, Boss?« Mother stellte sich zu ihm und schaute zur letzten der drei vorgelagerten Inseln hinüber.

»Wir müssen irgendwie zu diesen Lastenaufzügen kommen.«

»Und wie?«, wollte Champion wissen.

Schofield studierte die Pontonbrücke, die zu dem Wellblechschuppen und den Aufzügen führte.

»Indem wir rückwärtsgehen«, sagte er.

In der Kommandozentrale auf dem Turm in der Mitte von Dragon Island betrachtete der Fürst der Anarchie gerade ein Foto Shane Schofields, das von einer der Überwachungskameras im Bärenlabor aufgenommen worden war.

»Und wer ist dieser Typ?«, fragte er.

»Er ist vom US Marine Corps, Sir«, antwortete Typhon. »Captain Shane Michael Schofield. Rufzeichen Scarecrow. Alles andere als ein unbeschriebenes Blatt.«

Fasziniert betrachtete der Fürst der Anarchie Schofields Gesicht auf dem Bildschirm.

Dann las er die dazugehörige Kurzbiographie ... und grinste hämisch. »Das ist ja *hoch*interessant.«

Er blickte auf. »Und die anderen?«

»Im Bärenlabor haben wir insgesamt elf von ihnen gezählt«, antwortete Typhon. »Einschließlich des Russen. Iwanow. Aber wie es aussieht, hat es im Stadion einen von ihnen erwischt. Von denen, die noch am Leben sind, habe ich fünf in Militär-Datenbanken gefunden.«

»Und?«

»Drei weitere Marines und zwei französische Fallschirmjäger, die jetzt bei der DGSE sind.«

»Lassen Sie mich mal sehen.« Der Fürst der Anarchie setzte sich an das Terminal und klickte sich durch die Daten von Mother, Kid, Mario, Champion und Baba.

Als er fertig war, lehnte er sich zurück und lächelte still in sich hinein.

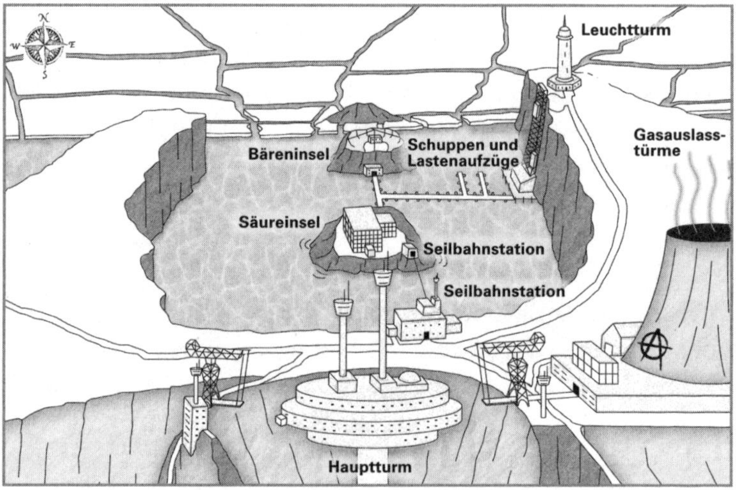

DIE NORDBUCHT UND IHRE UMGEBUNG

DIE NORDBUCHT VON DRAGON ISLAND
4. APRIL, 10:26 UHR
34 MINUTEN BIS ZUR DEADLINE

Die Nordküste von Dragon Island war wie ein riesiges U geformt, in dessen Mitte die letzte vorgelagerte Insel lag.

Wegen des großen Säureforschungslabors, das sich darauf befand, hatte sie Iwanow »Säureinsel« genannt, und obwohl sie relativ groß war, wirkte sie winzig vor der Steilküste von Dragon Island, deren Felswände auf drei Seiten hundert Meter hoch über ihr aufragten.

Am Nordende der Säureinsel befand sich die Pontonbrücke, die sie mit der Bäreninsel verband. Von dieser Brücke zweigte in Richtung Osten eine weitere Brücke ab, die zu dem Wellblechschuppen und den Lastenaufzügen auf der Ostseite der Bucht führte.

Dort stand oben auf der Steilküste ein Leuchtturm, der wegen seiner erhöhten Lage auch als Wachturm diente.

Auf diesem Leuchtturm waren zwei Wachen der Army of Thieves postiert, die das Geschehen auf der Bäreninsel aufmerksam verfolgten. Sie wussten, dass Bad Willy den Auftrag erhalten hatte, die Eindringlinge dem Team von Thresher, das erst vor kurzem über die Pontonbrücke gekommen war, von hinten in die Arme zu treiben …

Plötzlich tauchten auf der Brücke, die vom Stadion auf die Säureinsel führte, vier Männer von Threshers Team auf. Sie rannten um ihr Leben und versuchten, sich zu dem Schuppen auf Dragon Island zu retten. Der erste Mann stützte den zweiten, der mühsam neben ihm herhumpelte, der dritte und der vierte gaben ihnen Feuerschutz.

Sie stellten das Feuer ein, als vier *weitere* Thieves auftauchten, die ebenfalls überstürzt flohen und dabei blindlings nach hinten feuerten. Von dem massiven Beschuss stoben neben den Fliehenden die Splitter der hölzernen Brückenpfosten und -bretter durch die Luft.

Nach einer Weile merkten die Wachen auf dem Leuchtturm, dass das vernichtende Feuer von zwei oder drei Gestalten kam, die sich in einem zur Pontonbrücke führenden Portal auf der Bäreninsel postiert hatten.

Die Eindringlinge.

Sie schlugen Thresher und seine Leute zurück.

Als die fliehenden Männer von Threshers Team die Stelle der Pontonbrücke erreichten, wo die Brücke abzweigte, die zu den Aufzügen am Fuß der Steilküste führte, wurde ein Mann getroffen und stürzte zuckend zu Boden. Der Mann neben ihm eilte ihm zu Hilfe.

Daraufhin gab einer der zwei Wachposten auf dem Leuchtturm über Funk durch: »Zentrale, hier Leuchtturm. Die Eindringlinge scheinen sich auf der Südseite der Bäreninsel festgesetzt zu haben. Sie drängen Thresher zum Schuppen und den Aufzügen zurück.«

»*Alles klar, Leuchttu…*«, kam die Antwort.

»Halt!«, rief der andere Wachposten unvermittelt. Der auffallend große chilenische Leutnant war in der Army of Thieves nur als Big Jesus bekannt.

Er beobachtete die Männer, die sich auf der Pontonbrücke zurückzogen, aufmerksam.

»Das ist nicht Threshers Team …«, murmelte Big Jesus. »Die Soldaten der Army of Thieves haben strikte Anweisung, sich nicht um Verwundete zu kümmern. Das sind Eindringlinge in den Uniformen von Threshers Team. An das Kliff-Team: Pontonbrücke mit Panzerfaust zerstören! Sofort!«

Unten auf der Pontonbrücke – sechzig Meter vom Schuppen und den Aufzügen entfernt – rannte Shane Schofield in einem

Marine-Corps-Parka, den er einem toten Thief auf der Bäreninsel abgenommen hatte, *rückwärts* auf den Schuppen zu.

In seinem Ohr steckte ein neuartiges Funk-Headset, das er ebenfalls dem toten Kämpfer abgenommen hatte. Es war nur so groß wie ein Ohrstöpsel und mit einem zehn Millimeter langen Mikrophon versehen, das er ausgeschaltet hatte. Aber da das Gerät weiter auf Empfang gestellt war, konnte er damit den feindlichen Funkverkehr mithören, und was dort gesprochen wurde, klang durchaus erfreulich. Einer der Wachposten im Leuchtturm war auf seine Maskerade hereingefallen und hielt ihn und seine Begleiter für fliehende Angehörige der Army of Thieves.

Schofield hörte den Funkverkehr über das Mini-Headset weiter ab, als er, blindlings, aber selbstverständlich viel zu hoch in Richtung Bäreninsel feuernd, dem »verwundeten« Kid zu Hilfe kam. So machte es auch Baba mit der ähnlich »verwundeten« Veronique Champion, die eine oscarreife Leistung hingelegt hatte, als sie simulierte, einen Treffer abbekommen zu haben. Emma, Zack, Chad und Iwanow, die ebenfalls gestohlene Parkas trugen, rannten hinter ihnen her.

Auf der Bäreninsel kauerten Mother und Mario – mit Bertie – in einem Zugangsportal zur Brücke und feuerten zum Schein auf das fliehende Team, zielten aber, um die Täuschung perfekt zu machen, nur auf die Holzpfosten der Brücke.

Doch plötzlich hörten sich die Funkdurchsagen nicht mehr so erfreulich an. Jemand hatte ihre List durchschaut und ordnete an: »*Das sind Eindringlinge in den Uniformen von Threshers Team. An das Kliff-Team: Pontonbrücke mit Panzerfaust zerstören! Sofort!*«

Prompt hagelte von der Steilküste massives Gewehrfeuer auf sie herab, und dann kam eine Panzerfaust auf sie zugeschossen. Sie schlug direkt vor Schofield ein, und die Pontonbrücke flog unter heftigem Spritzen in die Luft. Als die Wasserfontäne wieder in sich zusammenfiel, sah Schofield, dass ihnen der Weg zum Schuppen versperrt war. Ein Teil der Brücke war einfach weg. Es war nicht mehr möglich, nach Dragon Island zu gelangen.

Er wirbelte herum und schrie: »Hier kommen wir nicht mehr weiter! Alle umdrehen! Wir müssen versuchen, die nächste vorgelagerte Insel zu erreichen! Mother und Mario! Los, bewegt schon eure Ärsche!«

Da ihre Tarnung aufgeflogen war, eröffneten Schofield, Champion und Baba das Feuer auf die feindlichen Stellungen oben auf der Steilküste und gaben den anderen, die auf der Pontonbrücke zur Säureinsel rannten, Feuerschutz. Mother und Mario schnappten sich Bertie, verließen ihre Deckung und folgten, ebenfalls heftig feuernd, den anderen.

Schofields Feuerschutz reichte jedoch nicht aus. Gerade als sie alle kehrtmachten, wurde Chad von einer Salve in den Rücken getroffen und stürzte an der Schnittstelle der zwei Brücken mit blutüberströmter Brust ins Wasser. Er war schon tot, bevor er auf der Oberfläche aufschlug.

Zack und Emma blieben entsetzt stehen, aber Champion scheuchte sie weiter. »Er ist tot! Ihr könnt ihm nicht mehr helfen! *Allez! Allez!*«

Auch Schofield bedachte Chads Leiche im Vorbeilaufen mit einem stummen Blick.

Mother kam an seine Seite. »Blöd sind diese Arschlöcher jedenfalls nicht, Scarecrow!«

»Das kannst du laut sagen.«

Sobald sie die kleine Insel erreicht und sich dort in ein verlassenes Wachhäuschen zurückgezogen hatten, sprengte Schofield die Pontonbrücke mit einer Granate, damit ihnen auf diesem Weg niemand mehr folgen konnte.

Aber nach Dragon Island hatten sie es immer noch nicht geschafft. Außerdem wusste die Army of Thieves jetzt, wo sie waren.

»Was machen wir jetzt?«, stieß Mother atemlos hervor. Emma hatte zu weinen begonnen, auch Zack wirkte ziemlich mitgenommen.

»Emma, Zack«, sagte Schofield schroff, um sie aus ihrem Lähmungszustand zu reißen. »Tut mir leid, aber wir haben jetzt keine Zeit, um lange zu trauern. Wir haben gewusst, dass es einige von uns erwischen kann. Glaubt mir, Chad befindet sich jetzt in einer besseren Welt. Ihm bleibt erspart, was uns noch bevorsteht.«

Schofield drehte sich Richtung Süden und schaute nach Dragon Island. Dabei fiel sein Blick auf die Seilbahnstation an der Südspitze der Insel.

Aus dem schmucklosen Betonbau führte ein Drahtseil über das Wasser der Bucht zu einer wesentlich größeren Station hinauf, die dicht unterhalb der Abrisskante an der Steilküste von Dragon Island klebte. Der massive graue Bau war etwa so einladend wie ein Geschützbunker aus dem Zweiten Weltkrieg. Aber eine andere Wahl hatten sie nicht.

»Das Überraschungsmoment haben wir jetzt nicht mehr auf unserer Seite«, sagte Schofield, »und da wir ihnen auch zahlenmäßig unterlegen sind, ist das Einzige, worauf wir noch zählen können, Schnelligkeit. Wir müssen also schnell und mit bedingungsloser Entschlossenheit vorrücken. Und vor allem dürfen wir uns von nichts aufhalten lassen.«

»Los, los, Beeilung«, trieb Schofield seine Leute an, als sie auf einer asphaltierten Straße zu einem großen, lagerhausartigen Bau in der Mitte der Säureinsel liefen.

Sie betraten eine Halle von der Größe eines Fußballfelds, über deren gesamte Länge ein von der Decke hängender metallener Laufsteg lief, von dem mehrere kleinere Laufstege abgingen. Von diesen wiederum führten zahlreiche Leitern zu etwa zwei Dutzend riesigen runden Flüssigkeitsbehältern aus Stahl hinab, die zum Teil offen, zum Teil mit einer Abdeckung versehen waren.

Sie enthielten Flüssigkeiten in allen möglichen scheußlichen Farben – schmutzig grün, schmutzig braun, schmutzig gelb. Manche waren gefroren, andere brodelten blubbernd vor sich hin. Einige der Behälter waren über ein undurchschaubares Gewirr aus Leitungen und Ventilen miteinander verbunden. Über einem von ihnen hing an einer Kette ein mannsgroßer Käfig, dessen Gitterstäbe stark korrodiert waren.

»Das ist das Säurelabor«, erklärte Iwanow. »Hier haben wir mit Säuren experimentiert, die in chemischen Waffen und Granaten zum Einsatz kamen und – ähm – auch zu Folterzwecken verwendet wurden.«

»Zu Folterzwecken?«, fragte Mother fassungslos.

»Glauben Sie mir, wenn Sie in ein Säurebad getaucht werden und sehen, wie sich Ihre Haut langsam auflöst, erzählen Sie alles, was man von Ihnen wissen will«, antwortete Iwanow.

»Wie reizend«, bemerkte Schofield und trieb sein Team zur Eile an. »Los, weiter. Wir dürfen keine Zeit verlieren.«

Noch während er das sagte, fiel ihm eine massive Bleitür an der Seite der Halle auf. Wären nicht ein großes Atomsymbol und eine Warnung in kyrillischer Schrift darauf gewesen, hätte sie ihn am ehesten an einen Banktresor erinnert. Aber vermutlich wurde hinter dieser Tür radioaktives Material gelagert.

»Los, los, Beeilung«, drängte Schofield. »Wir müssen unbedingt zu dieser Seilbahn kommen.«

Wenig später hatten sie das andere Ende des Säurelabors erreicht und liefen die kurze Straße zur Seilbahnstation hinauf.

Direkt vor ihnen ragte Dragon Island in den Himmel, ungeheuer groß und von einer hohen Steilküste geschützt. Und die einzige Möglichkeit, auf sie zu gelangen, war: das lange, durchhängende Drahtseil, das die Säureinsel mit der Seilbahnstation verband, die an der senkrecht abfallenden Steilküste von Dragon Island klebte.

Schofield betrat die Station und sah die lange busähnliche Gondel neben der Einstiegsplattform hängen.

»Wahrscheinlich haben sie auf der anderen Seite Wachen aufgestellt«, warnte Champion. »Denn neben den Lastenaufzügen ist die Seilbahn die einfachste Möglichkeit, nach Dragon Island zu kommen.«

»Und sie lässt sich sehr leicht verteidigen«, fügte Mother hinzu.

»Ist mir durchaus klar«, sagte Schofield. »Deshalb finde ich, dass wir aus allen Rohren feuern sollten, wenn wir gleich da rauffahren.«

Es dauerte ein paar Minuten, aber nach einigen Versuchen gelang es Mario schließlich, die Seilbahn in Betrieb zu setzen.

Wenig später glitt die Gondel unter lautem Ächzen und Knirschen aus der Station und schwebte auf Dragon Island zu.

Die 300-Meter-Fahrt zur anderen Station dauerte zwei Minuten – zwei endlos lange, nervenaufreibende Minuten. Die Gondel schwebte enervierend gemächlich auf die Steilküste zu.

Und sie wurde die ganze Zeit scharf beobachtet.

Von den zehn Soldaten der Army of Thieves, die in der Station auf Dragon Island warteten.

»Wärmebildüberwachung ist aktiviert«, sagte einer der Thieves. Er stand am Ende der Plattform, direkt am Rand des Steilabfalls, und richtete eine Wärmebildkamera auf die näher kommende Gondel. »Sie ist leer ...«

Der Anführer des Trupps – Rufzeichen White Tip – runzelte die Stirn.

»Vielleicht haben sie Wärmedecken, um ihre Wärmesignaturen zu verbergen. Macht euch bereit. Wenn die Gondel in die Station einfährt, mäht ihr sie nieder.«

Die Gondel glitt auf den Laufrädern ihres Tragarms in die Station.

White Tip und sein Team erwarteten sie mit entsicherten Gewehren. Ein Thief hatte sich einen Flammenwerfer vor den Bauch geschnallt. Seine Zündflamme flackerte bereits.

Klonk!

Die Gondel kam zum Stehen. Die Türen begannen langsam aufzugleiten ...

White Tips Männer machten sich bereit, das Feuer zu eröffnen ...

Die Türen gingen ganz auf ...

Zuerst sahen White Tip und seine Männer niemand.

Sie schauten nämlich zu weit nach oben.

Und als sie die Blicke senkten, war es bereits zu spät.

Bertie eröffnete das Feuer.

Der kleine Roboter machte alle nieder. Auf Vollautomatik gestellt, drehte er sich einmal um 360 Grad.

White Tip und seine Männer hatten keine Chance. Sie wurden vom vernichtenden Beschuss des kleinen Roboters einfach niedergemäht und sanken wie Marionetten, deren Schnüre gekappt wurden, zu Boden.

Sobald er die Thieves in der Seilbahnstation ausgeschaltet hatte, rollte Bertie aus der Gondel und postierte sich am Ausgang. Während er dort Wache hielt, holte Schofield die Gondel auf die Säureinsel zurück.

Jetzt hatten sie genau vier Minuten Zeit – zwei Minuten, die die Gondel brauchte, um zur Säureinsel zurückzufahren, und noch einmal zwei Minuten, um wieder zu der Station auf Dragon Island zu kommen.

Überall auf Dragon Island wurde Alarm ausgelöst. Sirenen heulten los.

Die zwei Klappbrücken, über die man den Hauptturm mit der Kommandozentrale erreichte, wurden hochgezogen. Auf dem Heliport rannten die Besatzungen der zwei Ospreys zu ihren Hubschraubern.

Berties Kameraobjektiv sah und hörte alles, auch die zwei mit Soldaten besetzten russischen Armeelaster, die vom Leuchtturm im Osten der Insel zur Seilbahnstation fuhren.

Während Schofield auf der Säureinsel auf die Gondel wartete, sah er sich Emmas Beinverletzung an. Die Kugel hatte ihren Oberschenkel gestreift. Schofield verband die Wunde. Außerdem verarztete er seinen linken kleinen Finger, der einen Streifschuss abbekommen hatte, und schiente ihn an den Ringfinger.

Die Gondel schwebte in die Station.

Alle stiegen ein, und in den endlosen zwei Minuten, die sie darauf nach Dragon Island hinauffuhren, beobachtete Schofield auf dem Display seines Handgelenkschutzes besorgt die Ospreys und die zwei Armeelaster.

Die beiden Ospreys waren gerade betankt worden, als der Alarm ertönte, und weil die Treibstoffschläuche noch auf den Einfüllstutzen steckten, konnten sie nicht sofort starten. Die Lkws dagegen waren bereits auf halbem Weg zur Seilbahnstation. Es wurde ein Wettrennen zwischen der Seilbahn und den Lastern. Wer würde es als Erster zur Seilbahnstation schaffen? Auch die Ospreys lagen nicht weit zurück.

Schofield schaute auf die Uhr.

10:40 Uhr.

»Leute, uns bleiben noch zwanzig Minuten, bis diese Urankugeln scharf sind und in die Gaswolke geschossen werden können.«

»Das ist nicht genügend Zeit«, sagte Mario mutlos.

»Wenn sich irgendwo eine Sekunde einsparen lässt, versuchen wir es«, erklärte Schofield entschlossen.

Er sah sich auf seinem Handgelenkschutz einen Plan des Hauptturms an, der sich aus einer runden, burggrabenartigen Vertiefung in der Mitte von Dragon Island erhob.

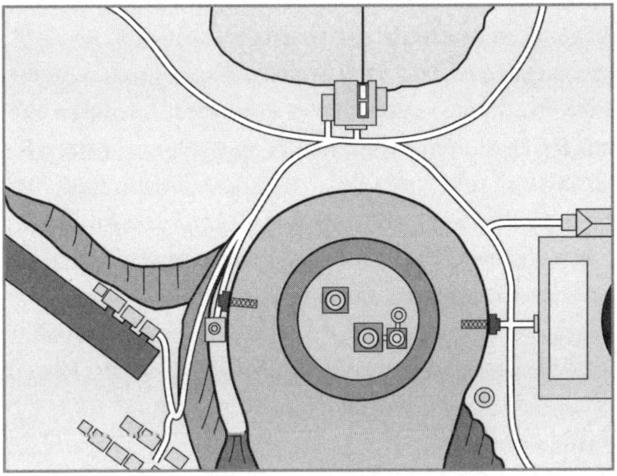

»Also«, sagte er. »Sie werden uns sofort angreifen, sobald wir auf Dragon Island sind. Deshalb dürfen wir keine Zeit verlieren, wenn wir einmal da sind. Dr. Iwanow, Sie sagen, die Kugeln sind im niedrigeren der beiden Aufbauten auf dem Hauptturm. Wie breit ist der Graben, der den Turm umgibt?«

»Ziemlich breit«, antwortete der Russe. »Schätzungsweise fünfundsiebzig Meter.«

Schofield verzog das Gesicht. »Zu breit für einen Maghook.«

Er deutete mit dem Kopf auf Champions französische Maghook-Variante, mit der sie sich im Bärenlabor in Sicherheit gebracht hatte. »Ich bin noch nicht dazu gekommen, Sie zu fragen. Was ist das eigentlich für ein Gerät, und wie lang ist seine Leine?«

»Das ist eine FAMAS-Ligne-Magnétique-Mehrzweck-Haftpistole«, antwortete Champion. »Aber wir nennen sie bloß ›Le Magneteux‹. Sie lässt sich am ehesten mit Ihrem Armalite MH-12 Maghook vergleichen, auch wenn sie ihm, mit Verlaub, in fast jeder Hinsicht überlegen ist.«

Sie hielt Schofield den Magneteux hin. Er sah aus wie ein Maghook, nur schlanker, moderner und etwas größer. Außerdem besaß er nicht nur einen, sondern *zwei* silberne Hightech-Greifhaken, die in Zwillingsrohren steckten.

»Der Magneteux hat zwei sechzig Meter lange Leinen sowie zwei Haken, die aus separat verstellbaren Läufen abgefeuert werden. Jeder Haken verfügt über vier ausklappbare Krallen, Magnethaftung und einen Bohrstift, der selbst in glatten, harten Oberflächen wie Stein, Beton oder Stahl Halt findet, wenn er aus nicht zu großer Entfernung abgeschossen wird.«

Schofield untersuchte den spitzen Bohrstift am Haken des Magneteux. Er hatte ein Gewinde wie eine Treibschraube. »Dreht sich dieser Stift im Flug?«, fragte er. »Und kann er sich deshalb in eine feste Oberfläche bohren, wenn er auf sie trifft?«

»So ist es.«

»Nicht schlecht.« Das konnte sein kleiner Maghook nicht.

»Jede der beiden Leinen des Magneteux ist mit tausend Kilo belastbar«, fügte Baba hinzu. »Der Maghook bringt es gerade mal auf hundertachtzig.«

»Was ist das?« Schofield tippte auf ein abnehmbares schwarzes Element, das seitlich am Magneteux befestigt war. Es sah aus wie ein Koffergriff aus Gummi, an dem vier kleine Krallenräder befestigt waren. »Eine Steigvorrichtung?«

»Ja.« Champion nickte. »Eine motorisierte Steighilfe. Sie klammert sich an der Leine fest und zieht Sie daran hoch. Deutlich schneller, als Sie aus eigener Kraft daran hochklettern könnten.«

»Wenn die Leine nur sechzig Meter lang ist«, gab Iwanow zu bedenken, »nützt uns das trotzdem nichts. Der Graben ist mindestens fünfundsiebzig Meter breit.«

Schofield sagte nichts. Er betrachtete stumm den französischen Magneteux in seinen Händen. »Tausend Kilo, sagen Sie? Jede Leine?« Er wandte sich Baba zu. »Haben Sie auch so ein Ding?«

»*Oui.*«

Schofield nickte. In seinem Kopf arbeitete es bereits fieberhaft. Gleichzeitig beobachtete er auf dem Handgelenkschutz die näher kommenden Lkws. »Wenn es uns gelingt ... Dr. Iwanow, gibt es irgendwelche Fahrzeuge in der oberen Seilbahnstation? Einen Jeep vielleicht oder sonst ein Auto?«

»Leider nein. Aber auf der Westseite der Station befindet sich eine Garage mit ein paar kleinen Lkws. Sie sind zwar schon ziemlich alt, aber sie laufen noch.«

»Das muss genügen«, sagte Schofield. »Also, Leute. Unser Plan sieht folgendermaßen aus.«

Während die Gondel sich der Station näherte, erklärte er den anderen, wie sie die Urankugeln im niedrigeren Aufbau des Hauptturms zerstören oder notfalls stehlen könnten.

Als er ihnen seinen Plan unterbreitet hatte, stieß Baba nur einen kurzen Fluch aus. Champion verschlug es die Sprache, Zack schluckte, und Mother sagte nur: »Du hast sie ja nicht mehr alle.«

»Wenn wir schnell genug sind, kann es durchaus klappen«, sagte Schofield. »Aber wenn es auch nur zur geringsten Verzögerung kommt, können wir einpacken. Dann bringen sie die Kugeln woandershin, und wir haben keine Chance mehr. Wir können nur hoffen, dass wir sie überrumpeln und uns die Momente des Zögerns und Nachdenkens zunutze machen können, die normalerweise auf so eine überraschende Aktion folgen. Nachdem damit alles gesagt ist, brauche ich zwei von euch, die zusammen mit mir eine Art Glaubenssprung wagen und meinen Plan in die Tat umsetzen. Mother? Baba? Wie sieht es aus?«

»Ich bin dabei«, antwortete Mother prompt.

Baba sah Schofield scharf an. Sein Kiefer zuckte. Dann sagte er: »*Qui veut vivre éternellement?*«

»Was heißt das?«

»Es heißt, wer will schon ewig leben«, erklärte Baba barsch. »Der Barbar fürchtet nichts und niemand. Ich werde diesen Glaubenssprung mit Ihnen wagen.«

»Gut«, sagte Schofield. »Dann seht euch schon mal alle diese Karte an, damit jeder weiß, wohin er zu gehen hat ...«

Aber gerade als er den Handgelenkschutz mit der Karte auf dem Display herumzureichen begann, ertönte in seinem Kopfhörer eine Stimme.

»*Captain Schofield*«, begann sie jovial, »*Captain Shane Schofield vom United States Marine Corps, Rufzeichen Scarecrow. Ich bin der Fürst der Anarchie, Oberbefehlshaber der Army of Thieves. Sie haben es geschafft, wesentlich länger zu überleben, als ich Ihnen zugetraut hätte, und jetzt sehe ich, dass Sie kurz davorstehen, meine Insel zu betreten.*«

Schofield wurde erst nach einer Weile klar, dass die Stimme aus dem zweiten Headset kam, das er trug: dem, das er einem der toten Thieves von Threshers Team abgenommen hatte.

Und noch einmal ein paar Sekunden brauchte er, bis er das blinkende Kontrolllämpchen der kleinen Überwachungskamera in der oberen Ecke der Seilbahngondel entdeckte.

»*Ich fasse diesen Blick auf die Kamera als ein Zeichen dafür auf, dass Sie mich laut und deutlich hören können. Sie haben eins meiner Funkgeräte in Ihrem Ohr.*«

Schofield sah seine Leute an. Mother und Veronique Champion erwiderten seinen Blick erstaunt – auch sie trugen Headsets der Army of Thieves. Die anderen Mitglieder des Teams hatten jedoch keine und konnten deshalb die Worte des Fürsten der Anarchie nicht hören, als sie die Karte studierten.

Die Gondel schwebte weiter auf die Station zu.

Sie waren vor weniger als einer Minute losgefahren.

Die zwei Militär-Lkws kamen unaufhaltsam näher.

»*Meine Folterspezialisten*«, fuhr der Fürst der Anarchie fort, »*haben erst vor kurzem die Bekanntschaft Ihres Teamgefährten Mr. Hartigan gemacht, und ich muss sagen, er hat nicht mit Auskünften über Sie und Ihre illustre Truppe gegeizt – Zivilisten sind in der Regel außerordentlich gesprächig, wenn man ein paar Elektroden an ihrem Kopf anbringt.*

Und jetzt habe ich Ihre Personalakte vor mir liegen. Sie sind ja ein hochdekorierter Kriegsheld, Captain. Ein ehemaliger Marine-Corps-Pilot, abgeschossen, gefoltert, gerettet, dann zum Bodenkämpfer umgeschult. Auch danach haben Sie nie einen Grund zu Beanstandungen gegeben, unter anderem auch zum nicht geringen Missfallen der französischen Regierung. Sie hat immer noch eine Belohnung auf Ihren Kopf ausgesetzt.«

Schofield sagte nichts.

»*Dieser Einsatz*«, fuhr der Fürst der Anarchie fort, »*ging mit einigen Verlusten einher. Aber was mich brennend interessieren würde, Captain: Wie war es für Sie, als Sie erfuhren, dass Jonathan Killian Ihrer Freundin den Kopf abgeschnitten hat?*«

Schofield sagte immer noch nichts. Mother und Champion hörten fassungslos zu.

»*Aber Sie können sich die Mühe sparen*«, erklärte der Fürst der Anarchie. »*Ich kenne die Antwort nämlich bereits. Den in Ihrer Akte enthaltenen Aufzeichnungen der drei Psychiater, die Sie behandelt haben, entnehme ich, dass Sie diese Nachricht nicht gut aufgenommen haben. Sie haben einen Nervenzusammenbruch erlitten. Muss schon hart sein für einen hochdekorierten Helden wie Sie, jeden Hamburger fressenden Trottel auf der Welt zu retten, aber nicht in der Lage zu sein, die Frau, die man liebt, vor einem derart brutalen Ende zu bewahren. Es ist sicher nicht einfach, in dem Wissen durch ein Einkaufszentrum zu gehen, dass diese vollgefressenen fetten Idioten nie erfahren werden, was Sie für sie getan haben. Was Sie für sie geopfert haben. Ein Held zu sein ist nicht so, wie man es sich vielleicht einmal vorgestellt hat. Natürlich kann ich nicht behaupten, zu wissen, wie es ist, unter einer Guillotine zu sterben, aber ich nehme mal an, Lieutenant Gant hatte Tränen in den Augen und hat um ihr Leben gefleht, als sie gestorben ist.«*

Schofield tippte an sein Headset und aktivierte das Mikrophon. »Sie widerwärtiges Schwein«, zischte er leise.

»*Ah, er spricht also doch*«, bemerkte der Fürst der Anarchie süffisant. »*Dürfte ich Ihnen vielleicht einen guten Rat geben, Captain. Seien Sie auf der Hut vor Ihren neuen französischen Freunden. Ms. Champion ist eine extrem gefährliche Killerin. Ich kann mir nicht vorstellen, dass sie für den unwahrscheinlichen Fall, dass Sie dieses Abenteuer lebend überstehen werden, ihre Order vergessen wird. Doch jetzt zu Ihnen, Ms. Champion – Sie können mich doch hören, oder? –, werden Sie noch immer von den Gesichtern Ihres toten Ehemanns und Ihrer ehemaligen Kollegen verfolgt? Von den Gesichtern all derer, die von Hannah Fatah umgebracht wurden, nachdem Sie sie in Ihr Team geholt hatten? Sehen Sie sich Ihre neue Freundin gut an, Captain Schofield. Sie war einmal eine Heldin wie Sie, doch jetzt ist sie ein Paradebeispiel dafür, was aus Helden wird, wenn sie alles verlieren.*

Die Sekunden verstreichen, Captain, und in weniger als einer Minute geht es richtig los. Dann kommt es zur großen Entscheidungsschlacht zwischen Ihnen und mir. Ich mit meiner Armee aus Räubern und Banditen. Sie mit Ihrer Truppe aus angeknacksten Seelen. Wie zum Beispiel Ihrer treu ergebenen Gunnery Sergeant Ms. Newman, der berühmten Mother. Wussten Sie, dass ihre Ehe Ihretwegen kurz vor dem Scheitern steht? Dass ihr Mann ihr gedroht hat, sie zu verlassen, weil Sie eine so wichtige Rolle in ihrem Leben spielen? Dass auch sie bei einem Therapeuten des Marine Corps in Behandlung ist?«

Das war Schofield neu.

Er sah Mother an – und sie wandte den Blick ab.

»*Oder dass man Corporal Puzo nicht trauen kann? Dass man beim Marine Corps weiß, dass er sich einem Verbrechersyndikat in New Jersey stärker verpflichtet fühlt als dem Corps? Dass er über ein Jahr lang Pistolen und Sturmgewehre an die Mafia verhökert hat? Und trotzdem hatte das Corps keine Bedenken, ihn Ihnen zuzuteilen.*«

Schofield sah Mario an. Der italo-amerikanische Corporal, der nicht mitbekam, dass gerade über ihn gesprochen wurde, spähte mit ausdrucksloser Miene zu der näher kommenden Seilbahnstation hinauf.

»*Fragen Sie sich doch einmal selbst: Ist das ein Mann, dem Sie in dem bevorstehenden Gefecht vertrauen können? Oder wie sieht es mit unserem jungen Corporal Billy Thompson aus? Wussten Sie, dass er* nicht *wegen eines Gehörschadens im linken Ohr aus dem aktiven Dienst entlassen wurde, sondern wegen einer Geistesstörung, die man bei ihm diagnostiziert hat? Wegen einer Störung, die am äußersten Rand des Aufmerksamkeitsdefizit-Spektrums anzusiedeln ist, einer Störung, die ihn sehr empfänglich für Suggestionen und Gruppenzwang macht und somit auch extrem leicht beeinflussbar.*«

Die Gondel schwebte weiter nach oben.

Noch zwanzig Sekunden.

Die zwei Lkws kamen näher.

Schofield sah auf das Display des Handgelenkschutzes. Darauf war zu sehen, wie sich Berties Kamera auf den Hauptturm richtete, auf den Heliport mit den Ospreys …

Nur waren die Ospreys nicht mehr dort.

Schofield stockte der Atem. Die Ospreys mussten bereits gestartet sein.

Sein Blick zuckte nach oben und suchte den Himmel ab. Die langsam auf die Station zuschwebende Gondel wäre ein leichtes Ziel für zwei Kampfhubschrauber …

Ein brutaler Kugelhagel krachte in die Gondel und zertrümmerte ihre Fenster. Ein Osprey rauschte über sie hinweg.

Alle duckten sich unter die Fensterholme, nur Baba riss das Kord hoch und erwiderte das Feuer. Die mächtigen Geschosse des Monster-MGs rissen die ganze linke Seite des Osprey auf, und einer seiner Kanoniere stürzte in die Tiefe. Auch das linke Triebwerk des Hubschraubers wurde getroffen und ging in Flammen auf, so dass er, eine dichte schwarze Rauchwolke hinter sich herziehend, abdrehen musste. Im selben Moment nahm jedoch bereits der zweite V-22 seinen Platz ein und eröffnete das Feuer. Zum Glück war jedoch die fensterlose, zerschossene Gondel bereits in die Seilbahnstation eingefahren, wo sie fürs Erste aus der Schusslinie war.

Mit finster entschlossener Miene biss Schofield, der sich unter einen Fensterholm geduckt hatte, die Zähne zusammen. Der Fürst der Anarchie hatte ihm gewaltig zugesetzt, aber er war nicht bereit, es sich anmerken zu lassen.

»Im Quatschen bist du jedenfalls ganz groß, du Arschloch«, sagte er leise in das Mikro des Headsets der Army of Thieves. »Und offensichtlich hast du auch gute Beziehungen, weil du sonst nicht an diese Infos gekommen wärst. Aber jetzt weiß auch *ich* etwas über dich: Du würdest mir das alles nicht erzählen, wenn du nicht Schiss vor mir hättest. Und soll ich dir noch was sagen?«

Die Gondel kam an der Plattform zum Stehen.

»Ich bin gerade auf deiner Insel gelandet.«

Damit schaltete Schofield das Headset aus und sprang mit gezogener Waffe aus der Seilbahngondel – und setzte zum ersten Mal seinen Fuß auf Dragon Island.

PHASE DREI

IN DER HÖLLE

DRAGON ISLAND

4. APRIL, 10:42 UHR

T MINUS 18 MINUTEN BIS ZUR DEADLINE

Und hinein ins Feuer-
und Höllentor
Reiten die Sechshundert.

(Frei nach Alfred Lord Tennyson)
Theodor Fontane, Sämtliche Werke, Bd. 1–25,
Band 20, München 1959–1975, S. 162–164

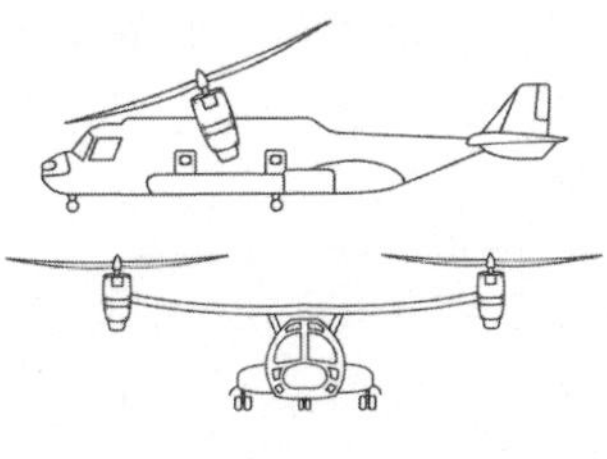

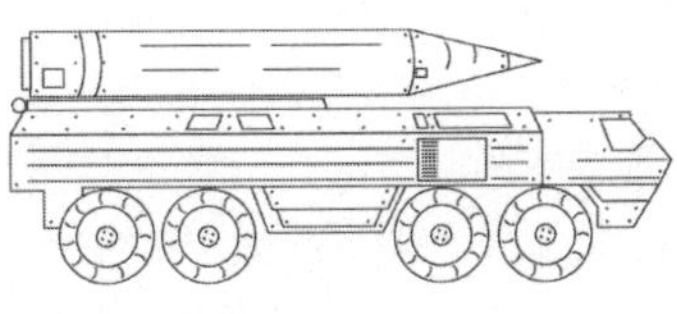

DAS PENTAGON
3. APRIL, 21:42 UHR
10:42 UHR (4. APRIL) AUF DRAGON ISLAND

Zur gleichen Zeit, als Shane Schofield unter massivem feindlichem Beschuss seinen Fuß auf Dragon Island setzte, eilte David Fairfax einen verlassenen Korridor im B-Ring des Pentagons hinunter.

Im Pentagon nimmt Status nach außen hin ab. Arbeitet man im A-Ring, dem innersten, ist man jemand. Mit dem D-Ring lässt sich dagegen kein Staat machen. Arbeitet man im D-Ring, ist man ein Niemand, eine kleine Nummer in der riesigen Maschinerie des US-Verteidigungsministeriums. Dave Fairfax, studierter Mathematiker, arbeitete in einem tief unter dem C-Ring liegenden Kellerbüro der DIA-Abteilung für Dechiffrierung und Kryptoanalyse und war somit irgendwo zwischen allem anzusiedeln.

Fairfax trug seine übliche Arbeitskleidung: Jeans, Converse-Turnschuhe, Zanerobe-T-Shirt und ein neues rotes WristStrong-Gummiarmband, auf das er ungeheuer stolz war.

Diese Kleidung war selbst für die Maßstäbe der Computerspezialisten, die im Pentagon arbeiteten, sehr leger. Dave Fairfax wurde sie jedoch nachgesehen, insbesondere von den Colonels des Marine Corps, die ihn immer respektvoll grüßten, wenn sie ihm auf dem Gang begegneten.

Sie wussten, dass sich in seiner Personalakte ein höchst ungewöhnlicher Eintrag befand: ein geheimes Navy Cross, das Fairfax für außergewöhnliche Tapferkeit im Einsatz gegen einen Feind der Vereinigten Staaten verliehen bekommen hatte. Im Zug des »Majestic-12-Zwischenfalls« – für den Schofield Fairfax hatte gewinnen können – hatte sich Fairfax mit einem schlechtsitzenden Nervenkostüm und einem zwei Nummern zu großen Helm an der Spitze eines Teams von zwölf United States Marines wiedergefunden, das er bei einem Kampfeinsatz auf einem strengbewachten, mit Interkontinentalraketen bewaffneten Supertanker angeführt hatte, der vor der amerikanischen Westküste vor Anker gelegen hatte.

Auch wenn nur einige wenige hochrangige Persönlichkeiten davon wussten: Sein beherztes Vorgehen hatte drei amerikanische Großstädte davor bewahrt, ausgelöscht zu werden. Aber Fairfax war vor allem froh, dass er zur Arbeit weiterhin Jeans und Turnschuhe tragen konnte.

Es ging bereits auf 21:45 Uhr zu, als er den kreisförmigen Korridor des B-Rings hinunterging, in dem fast alle der hier beschäftigten Mitarbeiter, hauptsächlich DIA-Analysten, längst Feierabend gemacht hatten.

Nachdem Schofield ihn gebeten hatte, sich über Ostrow Smej und die Army of Thieves kundig zu machen, hatte Fairfax zwar einiges über Dragon Island in Erfahrung bringen können, aber so gut wie nichts über die Army of Thieves. Es hatte allerdings etwas gedauert, und er hatte sich gezwungen gesehen, auf ein paar Datenbanken zuzugreifen, zu denen er offiziell gar keinen Zugang hatte.

Über Dragon Island hatte er herausgefunden, dass sie mehrere Male in der JCIDD erwähnt wurde. Das war eine strenggeheime Dokumente-Datenbank, die nur hochrangigsten Militär- und Geheimdienstoffizieren zugänglich war ... und Computerfreaks wie ihm.

Eine Liste dieser Dokumente hatte Fairfax jetzt bei sich.

DIENST	DOKUMENTTYP	ZUSAMMEN-FASSUNG	VERFASSER	JAHR
USN	SOWJETISCHE U-BOOT-WARTUNGSBUNKER	Liste der Wartungseinrichtungen für Atom-U-Boote der Roten Flotte	Draper, A.	1979 bis heute
NWS	MAKROWETTER-SYSTEMANALYSE	Analyse von Jetstream-Windbändern	Corbett, L.	1982
CIA	MÖGLICHE STANDORTE	Geographische Optionen für Operation »Drachentöter«	Calderon, M.	1984
CIA	SOWJETISCHE FORSCHUNGS-ANLAGEN FÜR CHEMISCHE UND BIOLOGISCHE KAMPFSTOFFE	Liste aller bekannten sowjetischen Forschungseinrichtungen für die Entwicklung chemischer und biologischer Kampfstoffe	Dockrill, W.	1986
USAF	LISTE VORRANGIGER ZIELE (UDSSR)	Liste von Erstschlag-Zielen in der UdSSR im Fall eines größeren Konflikts	Holman, G.	1986, 1987, 1988, 1989, 1990, 1991
NRO/ USAF	SATELLITEN-STANDORTLISTE	Dienstübergreifender Austausch von GPS-Daten russischer Stützpunkte	Gaunt, K.	2001 (2006 aktualisiert)
Army	AUFSTELLUNG SOWJETISCHER CHEMISCHER UND BIOLOGISCHER KAMPF-STOFFE	Liste aller bekannten chemischen und biologischen Kampfstoffe, die vom sowjetischen/russischen Spezialwaffen-Direktorat gelagert werden	Gamble, N.	1980 bis 1991, 1992 bis heute

Im Moment war Fairfax unterwegs, um diese Liste mit der Person durchzugehen, die am besten über die Army of Thieves Bescheid wusste, mit Marianne Retter, der Verfasserin des DIA-Dossiers über diese Organisation.

Fairfax blieb vor der Tür eines Büros stehen, auf der »B2209 RETTER, M.« stand. Er konnte Licht unter der Tür durchfallen sehen und hob die Hand, um zu klopfen.

Im selben Moment ging die Tür auf, und vor ihm erschien eine attraktive Frau Mitte dreißig, die sich gerade einen Mantel überzog.

Sie stutzte. »Oh, hallo …?«

»Hi«, sagte Fairfax verlegen. »Ich bin Dave Fairfax von der Dechiffrierung und Kryptoanalytik.« Er deutete auf seinen Sicherheitsanstecker. »Sind Sie Marianne Retter?«

»Ja, und ich hab's eilig.«

»Ich hätte nur ein paar kurze Fragen an Sie.«

»Wenn Sie sie mir auch im Gehen stellen können …«

»Klar.«

Marianne Retter legte ein ordentliches Tempo vor. Fairfax hatte Mühe, mit ihr Schritt zu halten, als sie zum flussseitigen Ausgang des Pentagons gingen.

»Ich hätte ein paar Fragen zu einem Dossier, das Sie vor kurzem über eine Terrorgruppe, die sich Army of Thieves nennt, verfasst haben«, sagte Fairfax.

Retter sah im Gehen zu ihm hinüber. »Ich beobachte die Aktivitäten dieser Organisation schon seit Monaten, aber bis heute schien sich niemand sonderlich für sie zu interessieren. *Heute* allerdings, tja, auf einmal wollen alle etwas über diese Army of Thieves wissen – im Moment bin ich übrigens gerade auf dem Weg in den Situation Room des Weißen Hauses.« Sie zuckte mit den Achseln. »Ich unke schon die ganze Zeit, dass sie irgendwann zuschlagen werden, und das haben sie jetzt offensichtlich getan.«

»Aber Sie wissen nicht, *was* sie getan haben?«, fragte Fairfax.

»Nein. Sie denn?«

»Nein, aber ich kenne jemand, der direkt involviert ist, und weiß deshalb, dass bereits Gegenmaßnahmen ergriffen worden sind.«

Retter blieb so abrupt stehen, dass Fairfax fast gestolpert wäre, als auch er stehen blieb.

Sie sah ihn aus ihren braunen Augen durchdringend an. »Es werden bereits *Gegenmaßnahmen* ergriffen? Wissen Sie auch, *wo* diese Sache über die Bühne geht?«

»Ja.«

»Und wo also?«

Fairfax blinzelte. Das war typisch für einen Informationsaustausch unter Geheimdienstangehörigen. Einerseits musste er die Relevanz seiner Kenntnisse unter Beweis stellen, andererseits durfte er nicht *zu viele* Informationen herausrücken, zumindest nicht, solange er diese Frau nicht besser kannte.

»Meine Quelle ist ein am Polarkreis stationierter Marine. Er hat den Auftrag, die Army of Thieves auszuschalten.«

Marianne Retter musterte Fairfax von Kopf bis Fuß, während sie schweigend überlegte, ob sie Informationen mit ihm austauschen sollte.

»Fairfax. Sie sind doch der Analyst, der vor einer Weile mit einem Team von Marines diesen Supertanker mit den Atomraketen gestürmt hat.«

»Das ist eigentlich geheim ...«

»Es ist mein Beruf, an geheime Informationen zu kommen«, sagte Retter mit einem wissenden Lächeln. »Außerdem war ich mal bei der ICI.«

ICI war die Abkürzung für Internal Counter Intelligence. Das DIA-Äquivalent zur Dienstaufsicht.

»Ja, der bin ich.«

»Sie sind Träger eines Navy Cross«, sagte Retter. »Und das wird einem nicht mal eben so verliehen.«

»Alles, was ich über Sie weiß«, sagte Fairfax, »ist, dass Sie im Moment Amerikas führende Expertin für die Army of Thieves sind und dass Ihr Nachname ein Palindrom ist.«

»Sieh mal einer an«, sagte Retter. »Die meisten Männer, mit

denen ich zu tun habe, können *Palindrom* nicht mal buchstabieren, geschweige denn einen sinnvollen Satz damit bilden. Sie sind jedenfalls nicht auf den Kopf gefallen und anscheinend ein ziemlich schräger Vogel, und Ihrem Navy Cross zufolge können Sie auch keine totale Lusche sein. Deshalb: Ich bin gerade auf dem Weg ins Weiße Haus, um dem Präsidenten alles zu erzählen, was ich über die Army of Thieves weiß. Am River Entrance wartet bereits ein Wagen auf mich. Bis wir dort sind, erzähle ich Ihnen, was ich weiß, wenn Sie mir erzählen, was Sie wissen. Abgemacht?«

»Abgemacht.«

»Das Dossier, das ich verfasst habe, enthält im Wesentlichen alles, was wir über die Army of Thieves wissen«, sagte Retter, als sie mit Fairfax im Lift zum Foyer des River Entrance hinunterfuhr. »Diese Leute sind letztes Jahr praktisch aus dem Nichts aufgetaucht. Dem ersten Anschein nach handelt es sich dabei um eine Bande von Anarchisten, aber ich bin nicht sicher, ob das wirklich so ist. Weil es zu spekulativ ist, habe ich es in meinem Bericht nicht ausdrücklich erwähnt, aber ich glaube, dass sie nur diesen *Eindruck* erwecken wollen. Für sich allein genommen, ist jede ihrer Aktionen opportunistisch, ziellos, willkürlich und brutal. Aber in ihrer Gesamtheit betrachtet, lassen sich diese Aktionen – mit ein bisschen Fantasie – als durchaus zielgerichtet und koordiniert bezeichnen.«

»Ich bin ganz Ohr«, sagte Fairfax. »Ein bisschen Fantasie kann nie schaden.«

Retter zählte die einzelnen Punkte an ihren Fingern ab.

»Erstens, sie befreien hundert Kriminelle aus einem chilenischen Militärgefängnis in Valparaiso, darunter ein Dutzend Offiziere, von denen die meisten von *uns* in der School of the Americas ausgebildet wurden, einer reizenden spanischsprachigen Militärakademie in Fort Benning. In den achtziger und neunziger Jahren haben lateinamerikanische Diktatoren ihre Schergen mit Vorliebe auf die School of the Americas geschickt.«

»Im Ernst?«

»Aber natürlich.« Retter nickte mit Nachdruck. »Dann kapern sie einen russischen Frachter, dessen Ladung aus Sturmgewehren und Panzerfäusten und sonstigem militärischem Gerät besteht, entführen ein griechisches Flugzeug voll mit Bargeld und stehlen – und das ist echt dreist – von einem Marine-Corps-Stützpunkt in Afghanistan zwei Ospreys und zwei Cobras. Sie befreien weitere hundert fundamentalistische Fußsoldaten aus einem UN-Gefängnis im Sudan, und prompt haben sie eine schwerbewaffnete Kampftruppe von der Größe eines kleinen Bataillons, die in der Lage ist, einigen Schaden anzurichten.

Was ich mir nicht erklären kann«, fuhr Retter kopfschüttelnd fort, »sind die beiden letzten Zwischenfälle. Die Bombe in einer Moskauer Wohnung am zweiten Februar und letzten Monat die Folterung des ehemaligen Verteidigungsministers hier in Washington.«

»Wieso? Was ist damit?«, fragte Fairfax, als die Lifttür aufging. Sie traten ins Foyer hinaus.

»Diese beiden Vorfälle ... sie ergeben einfach keinen Sinn«, sagte Retter. »Da bringt die Army of Thieves in sechs Monaten diese ganzen Soldaten, Waffen und Kampfhubschrauber in ihren Besitz, und dann soll *das* alles sein, was sie damit anstellen? Sie jagen ein Haus in die Luft und quälen einen alten Mann? Was könnten sie damit bezweckt haben? Sie hätten wesentlich mehr Möglichkeiten. Wie gesagt, es ergibt einfach keinen *Sinn*.

Meiner Ansicht nach hat diese Armee etwas wesentlich Weitreichenderes vor. Sie planen eine richtig große Aktion, und diese zwei Zwischenfälle sind nur irgendein Vorgeplänkel. Klar, der Bombenanschlag in Moskau hat in den Medien für einiges Aufsehen gesorgt, aber trotzdem, sie hätten nicht zweihundert Mann befreien müssen, um ein Wohnhaus in Moskau in die Luft zu jagen, oder?«

»Wenn man die Sache so sieht, haben Sie natürlich recht«, sagte Fairfax. Diese Frau nahm tatsächlich kein Blatt vor den

Mund, fand er, aber ihre Schlussfolgerungen hatten Hand und Fuß.

»Vielleicht sollte der Bombenanschlag in Moskau die Weltöffentlichkeit von dem ablenken, was die Armee in der Zwischenzeit getan hat«, fuhr Fairfax fort. »Vielleicht waren diese Bombe und die Folterung des Verteidigungsministers nur Ablenkungsmanöver, damit wir nichts von den Vorbereitungen mitbekämen, die sie währenddessen für ihre Großaktion in der Arktis getroffen haben.«

Retter sah im Gehen zu ihm hinüber. »Das wäre auf jeden Fall eine Möglichkeit.«

»Okay«, sagte Fairfax. »Ich weiß zwar nicht annähernd so viel wie Sie, aber das wenige, das ich weiß, könnte Ihnen trotzdem weiterhelfen. Mein Marine oben am Polarkreis wollte, dass ich mich über die Army of Thieves und einen alten sowjetischen Stützpunkt auf Dragon Island Ostrow Smej kundig mache. Vielleicht ist das die Großaktion, die Sie meinen.«

»Ostrow Smej? Dragon Island?«, murmelte Retter. »Nie gehört.«

»Der Stützpunkt wurde 1985 gebaut«, sagte Fairfax. »Allem Anschein nach wurden dort zu Sowjetzeiten neuartige Waffen und Kampfstoffe entwickelt. In ihrer Glanzzeit war Dragon Island ein Erstschlag-Ziel. So ziemlich alle Truppengattungen unseres Militärs, von der Air Force bis zur CIA, haben ein scharfes Auge darauf geworfen.«

Sie erreichten den River Entrance.

In der Auffahrt warteten zwei Lincoln-Limousinen mit blitzenden Blaulichtern auf dem Armaturenbrett.

»Ist das Ihr erster VIP-Ausflug ins Weiße Haus?«, fragte Fairfax, als er Retter die Tür aufhielt.

»Der erste, bei dem ich mit dem Präsidenten persönlich sprechen werde.«

»Ich hatte meinen VIP-Auftritt nach dieser Supertankergeschichte«, sagte Fairfax. »Die Fahrt ins Weiße Haus verlief ziemlich rasant. Nicht dass die bei Rot angehalten hätten. Irgendwie kommt man sich da schon ein bisschen wichtig vor. Die Marines, die mich abgeholt haben, meinten, wenn man so eine VIP-Abholung kriegt, müsste man bei der Limousine, von der man abgeholt wird, auf vier Dinge achten – vier Dinge, die sie zu einem Fahrzeug machen, das die Polizei unter keinen Umständen anhalten wird: spezielle Pentagonkennzeichen, die mit einem Z beginnen; eine Plakette an der Innenseite der Windschutzscheibe, die einem überall Zugang verschafft; RunFlat-Reifen und Leichtmetallfelgen. Wenn es zu einer Verfolgungsjagd kommt, möchte man schließlich nicht irgendwelche Billigräder an seinem Auto haben.«

»Was ihr Männer nur immer mit euren Autos habt«, bemerkte Retter spöttisch. »Wer kommt schon auf die Idee, das Auto, mit dem er abgeholt wird, so genau unter die Lupe zu nehmen, wenn er zum Präsidenten chauffiert werden soll?«

Neben den Lincolns warteten zwei große, kräftig gebaute Männer in Anzügen. Beide hatten glattrasierte Köpfe, was ihre beeindruckende Statur noch besser zur Geltung brachte. Als Fairfax und Retter auf die Limousinen zugingen, kam einer der Männer auf sie zu. »Marianne Retter? Ich bin Dwight Thornton, Special Transit.«

Er hielt seinen Dienstausweis hoch.

Sie holte ihren heraus.

Thornton nickte und hielt ihr die hintere Tür des ersten Autos auf.

Retter drehte sich zu Fairfax um. »War schön, Sie kennenzulernen, Mr. Fairfax. Vielleicht können wir uns ja noch mal unter weniger stressigen Umständen treffen.«

»Das fände ich ...« Fairfax verstummte mitten im Satz. Er starrte auf die Räder der vorderen Limousine. »Das sind keine Leichtmetallfelgen.« Das galt auch für den zweiten Wagen – an den Kennzeichen und Plaketten und selbst an den RunFlat-Reifen war nichts auszusetzen, aber die Felgen waren stinknormale Standardmodelle.

Als Fairfax sich umdrehte, tauchten plötzlich aus dem Dunkel hinter ihm zwei weitere Kleiderschränke auf, die ihm diskret den Weg zurück zum River Entrance versperrten.

»Diese Typen sind nicht hier, um Sie ins Weiße Haus zu bringen«, flüsterte er Retter zu. »Sie sind hier, um Sie zu entführen.«

Retter schaute von Fairfax zu dem Mann, der sich mit Thornton vorgestellt hatte.

Seine Augenlider zuckten, kaum merklich zwar, aber sie zuckten. »Ist irgendwas, Madam?«

»Sehen Sie es jetzt?«, zischte Fairfax.

»Ja«, sagte Retter.

»Nichts wie weg.«

Sie rannten los, nach rechts, auf den nur zwanzig Meter entfernten U-Bahneingang zu.

Die zwei Männer, die vor den Limousinen gewartet hatten, und die zwei Männer, die ihnen den Weg zurück ins Pentagon versperrt hatten, zogen ihre schallgedämpften Glock-Pistolen und nahmen die Verfolgung auf.

Fairfax und Retter stürmten die Treppe der U-Bahnstation hinunter, schwangen sich über die Sperre und erreichten den Bahnsteig in dem Moment, als dort eine U-Bahn einfuhr und ihre Türen öffnete.

Sie sprangen in einen der Waggons und hatten sich unter die gelangweilten Pendler gemischt, als die Türen zugingen und die U-Bahn losfuhr – und bevor ihre Verfolger atemlos auf den Bahnsteig gestürmt kamen und sich hektisch nach ihnen umblickten. Ihre Pistolen hatten sie inzwischen unter ihren Sakkos verborgen, aber ihre Augen blitzten vor Wut, dass ihnen ihre Beute entkommen war.

DRAGON ISLAND
10:42 UHR
18 MINUTEN BIS ZUR DEADLINE

Kaum war die Gondel an der Einstiegsplattform in der Seilbahnstation auf Dragon Island zum Stehen gekommen, stürmte Schofield nach draußen.

Er lief zu Bertie am Eingang und sah zwanzig Meter weiter die zwei Militär-Lkws anhalten. Vor ihm ragte der Hauptturm in den Himmel. Mit seiner futuristischen weißen Außenhülle sah er sehr imposant und vor allem absolut uneinnehmbar aus.

»Gib uns Feuerschutz, Bertie«, sagte er. »Und halte diese Tür so lange, wie deine Munition reicht.«

»*Ja, Captain Schofield.*«

Aus den Militärlastern sprangen die ersten Kämpfer der Army of Thieves. Bertie eröffnete sofort das Feuer, und die Thieves gingen in Deckung.

Während der Roboter den Haupteingang der Seilbahnstation verteidigte, lief Schofield mit den anderen zu der Garage, von der ihnen Iwanow erzählt hatte. Schofield öffnete eins der Tore. Im Dunkel dahinter standen zwei kleine Lkws. Einer davon war ein rostiger Tanklaster mit einer Metallleiter am Heck, die oben auf dem Tank nach vorn zum Führerhaus führte. Hinter dem Tanklaster stand ein Betonmischer mit einer drehbaren Mischtrommel.

Schofield deutete auf den Tanklaster. »Mother, Baba. Ihr nehmt den Tanklaster. Lass ihn schon mal an, Mother. Und was die anderen angeht: Seht zu, dass ihr so schnell wie möglich eure Positionen einnehmt, wenn wir aus der Garage fahren und die Thieves auf uns aufmerksam werden.«

Die anderen – Champion, Iwanow, The Kid, Mario, Zack und Emma – nickten.

Schofield sah sie bedeutungsvoll an. »Wenn unser Plan nicht klappt, werden Mother, Baba und ich diesen Einsatz nicht überleben. Das heißt, ihr seid dann auf euch allein gestellt und müsst euch selbst etwas einfallen lassen. Viel Glück. Entweder wir sehen uns alle später oder an einem anderen Ort.«

Hinter ihm sprang der Motor des Tanklasters an.

»Captain«, rief Baba, der die Füllstandsanzeige an der Seite des Tanklasters überprüfte. »Es ist noch Treibstoff im Tank. Könnte vielleicht nicht schaden, ihn abzulassen. Damit die Kiste leichter ist.«

»Nur zu.«

Baba drehte einen Hahn auf der Rückseite des Tanks auf, und der auslaufende Dieseltreibstoff klatschte spritzend auf den gefrorenen Boden.

Schofield setzte sich ans Steuer des Lasters. Mother und Baba kletterten die Metallleiter hinauf und postierten sich mit ihren Gewehren auf dem Tank.

»Tor öffnen«, rief Schofield.

Iwanow legte einen Schalter um, und das Garagentor rollte nach oben. Von draußen fiel Tageslicht herein.

Schofield gab Gas und brauste durch das Tor. Es konnte losgehen.

Als Schofield mit dem Tanklaster aus der Garage fuhr, schaute Zack zu Bertie, der am Eingang der Seilbahnstation postiert war.

Ohne sich von dem feindlichen Beschuss, der wirkungslos von seiner Panzerung abprallte, beeindrucken zu lassen, feuerte der kleine Roboter, was das Zeug hielt.

»Komm endlich, Zack.« Emma zog ihn mit sich. »Wir müssen unsere Positionen einnehmen. Bertie kommt schon klar.«

Doch kaum hatte sie das gesagt, schlug eine Panzerfaust dort ein, wo Bertie stand.

Zunächst verschwand der kleine Roboter im Feuerball der gewaltigen Explosion, und dann wurde er mit beängstigender Geschwindigkeit durch die Luft katapultiert. Er flog in hohem Bogen durch die Seilbahnstation und krachte einen Meter neben der Öffnung, durch die die Gondel in die Station eingefahren war, gegen die Wand. Hinter dieser Öffnung tat sich nicht nur ein spektakulärer Rundblick auf die Nordbucht und die vorgelagerten Inseln auf, sondern auch ein etwa hundert Meter tiefer Abgrund.

Bertie kam auf der Seite zu liegen und sah, wenn man das von einem Roboter überhaupt behaupten kann, ziemlich verwirrt und benommen aus. Seine klobigen Gummireifen drehten sich, fanden aber nirgendwo Halt.

Zack schrie: »Nein!«, aber dann gelang es Bertie doch, sich aufzurichten. Er landete auf seinen Rädern, und alles schien bestens …

… doch im selben Moment kam der erste Thief tief geduckt in die Seilbahnstation gehuscht. Er ging in die Hocke und feuerte die Panzerfaust auf seiner Schulter auf Bertie ab.

Diesmal hatte der kleine Roboter keine Chance.

Die Panzerfaust traf ihn und explodierte.

Die Druckwelle schleuderte Bertie *durch* die Öffnung der Seilbahnstation in das Nichts über dem Abgrund hinaus.

Mit einem quietschenden Pfeifen flog der kleine Roboter in hohem Bogen aus Zacks Blickfeld und stürzte die hundert Meter in die Tiefe, wo er unter kläglichem Spritzen auf das eiskalte Wasser der Bucht klatschte und versank. Für ihn war die Entscheidungsschlacht beendet.

Auf das plötzliche Auftauchen von Schofields Tanklaster, der aus der Garage der Seilbahnstation geschossen kam, waren die Thieves, die den Eingang der Seilbahnstation angriffen, nicht gefasst gewesen.

Eine stinkende Abgaswolke hinter sich herziehend, röhrte der klapprige alte Lkw mit Mother und Baba oben auf dem

Tank aus der Garage und steuerte schnurgerade auf den ringförmigen Graben zu, der den Hauptturm mit der Kommandozentrale umgab.

Bevor die feindlichen Kämpfer ihre Gewehre hochreißen konnten, hatten Mother und Baba die meisten von ihnen bereits niedergemäht. Der Rest ging schleunigst in Deckung – und sah deshalb nicht, wie die anderen Mitglieder von Schofields Team aus der Garage huschten.

Es hätte aber auch keine Rolle gespielt. Die ganze Aufmerksamkeit der Kämpfer der Army of Thieves galt dem Tanklaster.

Das lag vor allem daran, dass er einen höchst ungewöhnlichen Kurs einschlug.

Er steuerte nämlich keineswegs auf eine der zwei Klappbrücken zu, die den einzigen Zugang zum Turm darstellten.

Nein.

Er folgte einer schnurgeraden Linie – die nicht auf einer Straße, sondern über offenes Gelände verlief –, und diese Linie war die kürzeste Verbindung zwischen der Seilbahnstation und dem Turm und endete am betonierten Rand des Grabens.

»Was haben die denn vor?«, entfuhr es einem der Thieves.

Der Fürst der Anarchie beobachtete die Wahnsinnsfahrt des Tanklasters von seinem Befehlsstand auf dem Turm aus.

»Was zum Teufel hat dieser Irre vor?«, sagte er.

Der Tanklaster beschleunigte und raste direkt auf den Rand des Grabens zu.

Als er nur noch zwanzig Meter davon entfernt war, fegte der letzte Osprey, aus allen Rohren feuernd, über ihn hinweg.

Heftige Einschläge wirbelten den Boden rings um den Lkw auf und *entzündeten* die Spur aus Dieseltreibstoff, die er hinter sich herzog.

Und plötzlich kam Leben in die kerzengerade Treibstofflinie und schoss hinter dem auf den Abgrund zurasenden Laster zu einer durchgehenden Flammenwand auf!

Schofield, der das im Seitenspiegel sah, murmelte: »Als ob das alles nicht schon verrückt genug wäre.« Aber er raste unbeirrt weiter, und dann rief er: »Mother! Baba! Seid ihr bereit?«

»Vorne bereit!«, rief Mother.

»Hinten bereit!«, schrie Baba.

»Dann wollen wir mal hoffen, dass unser Plan auch wirklich klappt ...«, brummte Schofield, bevor er das Gaspedal bis zum Anschlag durchtrat und der Tanklaster über den Abgrund hinausschoss.

Nachdem ein kleiner betonierter Abflusskanal am Rand des Grabens seine Flugbahn noch kurz nach oben abgelenkt hatte, segelte der Tanklaster mit durchdrehenden Rädern über den Abgrund.

Sobald seine Räder vom Boden abhoben, schoss Baba beide Haken seines Magneteux ab. Sie sausten, ihre Leinen hinter sich herziehend, durch die Luft und bohrten sich mit einem lauten metallischen Knall tief in den betonierten Rand des Grabens. Währenddessen hatte Baba das Abschussgerät des Magneteux mit den anderen Enden der beiden Leinen bereits um die Metallleiter am hinteren Ende des Tanks geschlungen.

Gleichzeitig hielt sich Mother vorn auf dem Tank bereit. Sie wartete ... und wartete ... und wartete ... und als die Flugbahn des Lasters ihren Zenit erreichte und sich die Motorhaube des Lkws zu senken begann, feuerte sie die zwei Haken ihres Magneteux – den sie von Champion bekommen hatte – in die Außenwand des riesigen Turms, der *vor* dem durch die Luft segelnden Lkw in die Höhe ragte.

Die zwei Stifte bohrten sich direkt über den Fenstern der mittleren Etage des scheibenförmigen Turmaufsatzes in den Beton und blieben darin stecken. Wie Baba schlang auch Mother ihr Abschussgerät um die Metallleiter auf der Oberseite des Tanks und hielt sich in Erwartung des bevorstehenden Rucks mit aller Kraft fest.

Er war gewaltig.

Der durch die Luft schießende Lkw kam schlagartig zum

Stillstand und blieb heftig taumelnd und schaukelnd über dem Abgrund hängen.

Die simultan abgeschossenen Magneteux-Haken hatten ihren Zweck erfüllt. Der Lkw stürzte nicht in die Tiefe.

Stattdessen strafften sich die vier Leinen – zwei vorne, zwei hinten – und überspannten mit dem Tanklaster *in der Mitte* den Abgrund unter ihnen wie eine Hängebrücke.

Es sah total unwirklich aus.

Ein Lkw, der im Nichts hing wie eine Fliege in einem Spinnennetz und nur von den vier Leinen zwischen dem äußeren Rand des Grabens und dem riesigen Turm in seiner Mitte gehalten wurde – und das alles schwindelerregende sechzig Meter über dem Betonboden des Grabens, mit den winzigen Gestalten von Baba und Mother, die sich oben drauf an den Sprossen der Metallleitern festklammerten …

Ohne eine Sekunde zu verlieren, kletterte Schofield aus dem Führerhaus des Tanklasters und befestigte Champions motorisierte Steighilfe an einer der beiden Leinen, die zum Turm hinüberführten. Leise surrend zog ihn die Steighilfe mit erstaunlicher Geschwindigkeit über den Abgrund, und wenige Sekunden später hatte er die zweite Etage des Turmaufsatzes erreicht – wo er mit seiner Desert Eagle ein Fenster zerschoss.

Die Scheibe zersprang, und Schofield schwang sich ins Innere des Turms.

Geschafft.

Er sah auf die Uhr.

10:57.

Noch drei Minuten.

Er rannte los.

Um zu verhindern, dass Schofield und seine Leute in den Turm kamen, hatte der Fürst der Anarchie die zwei Klappbrücken hochziehen lassen – doch jetzt wirkte sich diese Maßnahme, wie Schofield gehofft hatte, nachteilig für ihn aus.

Seine Truppen, die zur Verteidigung des Turms am äußeren Rand des Grabens Stellung bezogen hatten, konnten nämlich erst dann wieder in den Turm gelangen, wenn die Brücken nach unten gelassen wurden.

Und das würde Zeit kosten – etwa eine Minute. Diese kostbaren sechzig Sekunden konnte Schofield dazu nutzen, um an der wesentlich kleineren Wachmannschaft im Turm vorbeizukommen und in das Labor zu gelangen, in dem sich die Urankugeln befanden.

Er rannte los, so schnell er konnte.

Im Innern des scheibenförmigen Turmaufsatzes sah es aus wie in einem 80er-Jahre-Großraumbüro: beiger Teppichboden und braune Holzimitatmöbel. Aber im Gegensatz zu den anderen Einrichtungen, die Schofield bisher auf der Insel gesehen hatte, war alles auffallend sauber und gut in Schuss. Und der riesige Raum wirkte vollkommen verlassen, wie in einer Geisterstadt.

Schofield schoss im Laufen mit seiner Desert Eagle wild um sich, allerdings nicht auf irgendwelche feindlichen Kämpfer, sondern auf die Überwachungskameras, die überall unter der Decke angebracht waren und unter seinen Schüssen funkenstiebend zersprangen.

Er lief an langen Reihen verlassener Schreibtische und Werkbänke vorbei, bevor er einen Lift erreichte, von dem er annahm, dass er in den kleineren der beiden turmartigen Aufbauten hinaufführte. Er kauerte neben der Lifttür nieder, legte etwas auf den Boden und drückte verschiedene Knöpfe.

Wie spät?

10:59 sprang auf 11:00.

Jetzt waren die Urankugeln einsatzbereit.

Es wurde ernst. Die Frist war abgelaufen.

In einer Hand hielt Schofield die Desert Eagle, mit der anderen packte er seine MP-7. Dann drückte er auf den Rufknopf an der Lifttür und hob beide Waffen.

Der Fürst der Anarchie starrte auf den Tanklastwagen, der an den vier Magneteux-Leinen über dem Graben hing.

»Interessante Idee«, murmelte er.

Typhon neben ihm reagierte nicht so gelassen. Er brüllte in ein Funkgerät: »Turmteam! Wir haben einen Eindringling im Gebäude, und er kommt zu Ihnen hoch! Er hat es auf die Urankugeln abgesehen! Bringen Sie die Kugeln umgehend in Sicherheit!«

Eine überraschte Stimme antwortete: »*Sir, die Kugeln haben vor wenigen Sekunden ihre Betriebstemperatur erreicht, und wir sind gerade dabei, den Inkubator zu öffnen. Es wird mindestens ein paar Minuten dauern, bis …*«

Typhon unterbrach den Mann unwirsch. »Dann sagen Sie Ihren Wachen, sie sollen aufpassen, dass niemand im Lift nach oben kommt. Ich schicke Ihnen Verstärkung.«

Er wandte sich den sechs Mann zu, die für die Bewachung der Kommandozentrale zuständig waren. »Los, schnell! Zum Turm!«

Während Typhon tobte, beobachtete der Fürst der Anarchie auf einem CCTV-Bildschirm das Innere des Aufzugs, der in das Labor führte.

Dort war in stummen Schwarzweißaufnahmen zu sehen, wie die Lifttür aufging und Shane Schofield die Kabine betrat. Er richtete seine MP-7 auf die Kamera und drückte ab.

Das Bild löste sich in Schneegestöber auf.

Das Labor, das sich in der Spitze des kleineren Turms befand, war rund und hatte auf allen Seiten Fenster. Der ungehinderte Blick, den man von ihnen auf ganz Dragon Island hatte, wurde nur von dem etwas größeren zweiten Turm verstellt, der ein Stück weiter östlich auf dem scheibenförmigen Aufsatz des Hauptturms stand. In der Mitte des Labors befand sich ein kleiner Aufenthaltsbereich mit einer Küche, einer Toilette, einem begehbaren Kleiderschrank, einem kleinen Schlafzimmer mit zwei Kojen und dem Lift, der die einzige Zugangsmöglichkeit zum Labor war.

Neben zwei Technikern der Army of Thieves, die wegen ihrer Ingenieurausbildung für diese Aufgabe eingeteilt worden waren, befand sich im Labor auch der russische Wissenschaftler, der der Army of Thieves geholfen hatte, nach Dragon Island zu kommen. Igor Kotski.

Kotski war ein dicker, ungesund aussehender Mann mit einem mächtigen Bauch, fiesen Augen und dünnem Haar, das über seine Glatze gekämmt war. Er hielt sich seltsam gebückt und schwitzte stark.

Die drei Männer standen vor einer großen Inkubationskammer, in der die sechs Urankugeln in den letzten zwölf Stunden auf Betriebstemperatur gebracht worden waren.

Außer den Technikern waren noch drei Wachen im Labor, die bisher nicht viel zu tun gehabt hatten. Die letzten Stunden hatten sie nur herumgesessen und geraucht.

Doch jetzt waren sie auf Typhons Durchsage hin aufgesprungen und richteten ihre Waffen auf den Lift, dessen Ankunft von einem leisen Glockenton angekündigt wurde.

Währenddessen studierte der Fürst der Anarchie in der Kommandozentrale des Hauptturms Shane Schofields Personalakte. Er hatte sie neben dem CCTV-Bild der angespannt wartenden Männer im Labor auf seinen Bildschirm gerufen.

Der Fürst der Anarchie sagte zu Schofields Bild auf dem Monitor: »Captain, selbst wenn es Ihnen gelingen sollte, die Urankugeln in Ihren Besitz zu bringen: Wie wollen Sie sie aus diesem Turm schaffen oder gar von der Insel?«

Im Labor ging die Lifttür auf.

Die wartenden Wachen eröffneten das Feuer. Die Wände der Liftkabine wurden von Kugeln durchsiebt. Einen solchen Beschuss konnte kein Mensch überleben.

Sie stellten das Feuer ein.

Der Rauch verzog sich. Die Liftkabine war leer.

Es war niemand darin …

Dann ging eine Luke im Boden des Lifts auf, und Shane Schofield erschien mit seiner MP-7 und legte los.

Die drei Wachen sanken tödlich getroffen zu Boden, und im

selben Moment stand Schofield bereits in der Tür des Lifts. Er richtete seine Pistolen auf Igor Kotski und die zwei Techniker und fuhr sie an:

»Weg von den Urankugeln.«

Schofield steckte eine seiner Pistolen weg und eilte auf den Inkubator zu, der gerade zischend aufging. Die in zwei Dreierreihen angeordneten Urankugeln hatten das tiefe, dunkle Rot von frischem Blut und eine glänzende, glatte Oberfläche; und sie waren erstaunlich klein, nicht größer als Golfbälle.

Sie sahen vollkommen aus. Vollkommen und extrem wirkungsvoll.

Aber das interessierte Schofield jetzt nicht. Er nahm sie aus dem Inkubator und packte sie in drei maßgefertigte Samsonite-Koffer, in denen sie die zwei Labortechniker gerade hatten verstauen wollen. Die mit Samt ausgekleideten Behältnisse hatten spezielle Vertiefungen für jeweils zwei Kugeln.

Zwei der kleinen Koffer klinkte Schofield an seinem Waffengürtel fest, den dritten nahm er in seine freie Hand.

Er sah Kotski und die verängstigten Techniker an, hob eine kleine Fernbedienung und sagte:

»Dann halten Sie sich mal gut fest.«

Und drückte mit dem Daumen auf einen Knopf der Fernbedienung.

Um den Turm herum war inzwischen der Teufel los.

Zwei Trupps schwerbewaffneter Thieves rannten über die wieder nach unten geklappten Zugbrücken und versuchten, in das Labor zu kommen.

Ein Osprey flog um den Hauptturm und ging über dem über dem Graben hängenden Tanklastwagen in Schwebeflug. Der andere Kampfhubschrauber, den Baba mit seinem Kord lahmgelegt hatte, hatte es gerade noch zum Heliport zurück geschafft und war dort heftig qualmend gelandet.

Mother und Baba arbeiteten auf dem Tanklastwagen fieberhaft an einem Fluchtplan.

Baba befestigte gerade seine Steighilfe an einer der Leinen, die zum Rand des Grabens führten, als der Osprey das Feuer auf sie eröffnete.

»Glaubst du, Schofield hat es geschafft?«, schrie er Mother zu.

Sie blickte zu dem Aufbau hoch, in dem sich das Labor befand. »Das werden wir gleich sehen! Los!«

Baba packte die Steighilfe und sauste die Leine hinauf. Mother nahm mit ihrem G36 den Hubschrauber unter Beschuss.

Ihre Kugeln konnten dem Osprey jedoch nichts anhaben und prallten wirkungslos von ihm ab. Der große Kampfhubschrauber hatte sich inzwischen genau vor ihr in Stellung gebracht und richtete seine Bordkanonen direkt auf sie.

Mother rutschte das Herz in die Hose. »Oh Scheiße Mann, ich bin erledigt …«

Baba erreichte den Rand des tiefen Grabens, wo ihn Zack und Emma in dem Betonmischfahrzeug erwarteten, das sie zusammen mit dem Tanklaster entführt hatten. Wenige Sekunden später kam auch Veronique Champion in einem gestohlenen Jeep angebraust und hielt heftig schleudernd neben ihnen an.

Dann sahen sie den Osprey, der sich gerade anschickte, Mother den Garaus zu machen.

»Nicht hinsehen«, warnte Baba. »Das wird kein schöner Anblick.«

Plötzlich kam es wie aus heiterem Himmel zu einer gewaltigen Explosion.

Zuerst ließ sich nicht feststellen, wo sie ausgelöst worden war. Von der Spitze des kleineren turmartigen Aufbaus kam sie jedenfalls nicht, ebenso wenig von Mother, dem Osprey, den Zugbrücken oder dem Rand des Grabens.

Nein, sie kam – mit ebenso plötzlicher wie ungeheurer Wucht – von der Stelle, wo sich der kleinere der beiden turmartigen Aufbauten aus dem scheibenförmigen Aufsatz des Hauptturms erhob, von der Tür des Aufzugs, an der Schofield kurz zuvor einen Klumpen PET-Plastiksprengstoff angebracht hatte.

Von der gewaltigen Sprengkraft der Explosion wurde ein riesiges Stück Beton aus der Basis des Turms gerissen, so dass …

… *der ganze Turm* wie ein langsam fallender Baum auf die Seite kippte.

Es war ein spektakulärer Anblick.

Der turmartige Aufbau – mit dem rundum verglasten Labor in seiner Spitze – schien wie in Zeitlupe umzustürzen; er knickte an seiner gesprengten Basis ein und kippte nach Norden …

… und beendete seinen langsamen Fall mit einem alles zum Beben bringenden Aufeinanderprallen gewaltiger Betonmassen, als der hohe, schlanke Turm mit voller Wucht auf die flache Oberseite des scheibenförmigen Aufsatzes krachte.

Das verglaste Labor landete nicht weit von den Leinen, an denen der Tanklaster hing, auf dem Rand des Aufsatzes, und die Glassplitter der zerspringenden Fenster stoben in alle Richtungen davon.

Und als ob das noch nicht genug der Zerstörung wäre, wirbelte aus diesem Chaos auch noch eine riesige Wolke aus Betonstaub in die Höhe. Als sie sich wieder legte, kam langsam der umgestürzte Aufbau zum Vorschein. Er sah aus wie eine tote Schlange; der eben noch senkrecht stehende Turm lag jetzt mit dem komplett zerstörten Labor in mehrere Stücke zerbrochen auf der Seite.

Als der Fürst der Anarchie durch die gläserne Kuppel seiner Kommandozentrale auf dieses Bild der Zerstörung blickte, konnte er sich nicht vorstellen, dass im Labor jemand überlebt haben könnte.

Außer dieser Jemand war auf den Einsturz vorbereitet gewesen, dachte er.

Und da war er auch schon.

Aus dem zerstörten Labor kam eine winzige Gestalt gerannt. Sie hatte drei kleine schwarze Koffer bei sich und lief auf die Leinen zu, an denen der Tanklastwagen über dem Abgrund hing.

Shane Schofield.

Natürlich war es für Schofield nicht ganz ungefährlich gewesen.

Nachdem er die sechs Urankugeln in den drei Samsonite-Koffern verstaut hatte, war er zum Lift auf der Südseite des Labors gelaufen. Auf dem Weg dorthin hatte er sich die zwei Matratzen von den Kojen im Schlafraum geschnappt und senkrecht an die Lifttür gelehnt. Und als der Plastiksprengstoff, den er an der unteren Lifttür angebracht hatte, explodierte, hatte er sich gegen die Matratzen gedrückt und mit aller Kraft daran festgeklammert.

Als der kleinere Turm umkippte und das Labor in seiner Spitze auf dem Dach des scheibenförmigen Hauptturmaufsatzes aufschlug, wurde Schofield in die zwei Matratzen gedrückt, die beim Aufprall horizontal auf der Lifttür lagen und so seinen

Aufprall etwas abschwächten. Von den zersprungenen Fenstern prasselte ein Hagel aus Glassplittern auf Schofield nieder, aber sonst wurde er zum Glück von keinem schweren Gegenstand getroffen.

Er war zwar von der Wucht des Aufpralls leicht benommen, hatte die Explosion und ihre Folgen aber sonst unbeschadet überstanden – ganz im Gegenteil zu den zwei Technikern, die von den Trümmern des einstürzenden Labors zerquetscht worden waren. Noch schlimmer hatte es Kotski, den russischen Verräter, erwischt. Er war quer durch das Labor geschleudert worden, und das Letzte, was Schofield von ihm gesehen hatte, war, dass er zu einem zerborstenen Fenster hinausflog und mit einem gellenden Schrei in die Tiefe stürzte.

Schofield verschwendete keine weiteren Gedanken an ihn.

Er durfte jetzt keine Zeit verlieren. Seine Aufgabe war noch nicht erledigt.

Über und über von Betonstaub bedeckt, hastete er aus dem zerstörten Labor in die arktische Kälte hinaus.

Mother hatte der spektakuläre Einsturz des Laborturms das Leben gerettet.

Der umkippende Turm stürzte direkt auf den vor ihr schwebenden Osprey zu und zwang den Piloten des Hubschraubers, ihm auszuweichen und abzudrehen. Rings um Mother und den Osprey wirbelte grauer Betonstaub hoch, so dass ein paar kostbare Augenblicke lang nichts mehr zu sehen war.

Mother hörte den Hubschrauber mit knatternden Rotoren abdrehen. Aber es war nur eine Frage von Sekunden, bis er wieder zurückkäme ...

Ein dumpfer Knall ließ sie herumwirbeln. Hinter ihr war Scarecrow auf dem Dach des Tankwagens gelandet. An seinem Waffengürtel hingen zwei kleine Samsonite-Koffer, einen dritten hielt er in der Hand. Er war gerade mit der Steighilfe, die er jedoch in diesem Fall als Abstiegshilfe benutzt hatte, vom Rand des scheibenförmigen Turmaufsatzes zu ihr heruntergesaust.

»So was Verrücktes habe ich in meinem ganzen Leben noch nicht gesehen!«, schrie Mother.

»Das kommt dabei heraus, wenn man sich nur noch von blanker Verzweiflung leiten lässt.« Schofield eilte ans Heck des über dem Abgrund hängenden Lkws, von dem sich zwei Leinen zum Rand des Grabens hinüberspannten.

»Aber musstest du denn gleich alles zerstören?«, schrie Mother zurück.

»Wenn ich wenigstens schon alles zerstört *hätte*. Los, Beeilung, wir sind noch nicht fertig. Komm!«

Er griff nach dem Magneteux am Heck des Lkws.

»Aber du hast die Steighilfe nicht dabei!«, schrie Mother.

»Diesmal brauchen wir sie ja auch nicht! Halt dich an mir fest!«

Mother kannte ihn gut genug, um ihm nicht zu widersprechen. Sie schlang einfach die Arme um Scarecrows Bauch und klammerte sich an ihm fest. Im selben Moment teilte sich die Staubwolke, und sie sah den Osprey hinter ihnen auftauchen und seine Bordkanonen auf sie richten.

»Scarecrow!«

»Halt dich einfach fest!« Mit seiner freien Hand packte Schofield den Magneteux, den Baba um die Leiter des Tanklasters geschlungen hatte und …

… drückte den Abspulknopf.

Der französische Maghook gab etwas Leine frei, worauf er sich sofort von der Leiter am Heck des Tanklastwagens löste.

Das hieß, dass der Lkw nun nicht mehr zwischen Grabenrand und Turm schwebte und Schofield und Mother an den Leinen des Magneteux vom Turm fort auf den Rand des Grabens zuschwangen – während der Tanklastwagen, der jetzt nur noch an den zwei anderen am Hauptturm befestigten Leinen hing, auf diesen zusegelte und in die rechte Tragfläche des dort schwebenden Osprey krachte!

Der Hubschrauber schnellte zurück wie ein vor einem Schlag zurückweichender Boxer. Der über dem Abgrund schwingende

Lkw hatte seine Steuerbordtragfläche zertrümmert, und jetzt stürzte der Osprey unkontrolliert trudelnd ab und schlug mit einer gewaltigen Explosion auf dem Boden des Grabens auf.

Schofields und Mothers waghalsiges Manöver endete damit, dass sie mit voller Wucht gegen die Außenwand des Grabens flogen. Sie prallten zwar von der Betonwand zurück, schafften es aber, sich an der Leine festzuhalten.

Schofield drückte sofort den Spulknopf des Magneteux, und sie schossen die senkrechte Wand hinauf, wo bereits Zack, Emma, Champion und Baba mit dem Betonmischer und dem gestohlenen Jeep warteten.

»*Alors!*«, rief Baba. »Das ist eine Mission ganz nach meinem Geschmack!«

»Du hast echt Nerven, Mann«, murmelte Zack angesichts des Ausmaßes der Zerstörung um sie herum.

Schofield gönnte sich keine Pause. Er sprang mit Baba auf den Rücksitz des Jeeps, warf Champion den Magneteux zu und rief: »Fahren Sie los! Wir sind noch lange nicht am Ziel. Wir müssen es irgendwie an die Küste schaffen und die Kugeln ins Meer werfen.«

»Warum werfen wir sie nicht einfach von der Seilbahnstation in die Bucht?«, fragte Zack.

»Dort ist das Wasser nicht tief genug. Taucher könnten die Kugeln problemlos finden. Wir müssen sie in tieferem Wasser entsorgen ...«

Laute Schüsse schnitten ihm das Wort ab.

Von den zwei Zugbrücken kamen vier Lkws voller Thieves auf sie zugerast.

»Mother!«, schrie Schofield. »Klemm dich ans Steuer des Betonmischers und fahr los! Du musst uns den Weg freiblocken! Wir müssen es irgendwie zum Flugplatz schaffen! Vielleicht hat Iwanow inzwischen ein Flugzeug für uns organisiert!«

Und sie rasten in Richtung Flugplatz los.

Der Flugplatz befand sich im flachen westlichen Teil von Dragon Island.

Auf dem Weg dorthin mussten sie eine asphaltierte Straße an der Nordwestseite des Kraters, in dem der Hauptturm stand, hinunterfahren.

Von vier Militär-Lkws verfolgt, rasten Schofields zwei Fahrzeuge – der Betonmischer und der Jeep – in halsbrecherischem Tempo die steile Straße hinunter. Dabei wurden sie von jedem der Wachtürme, an denen sie vorbeikamen, unter Beschuss genommen, so dass immer wieder in unmittelbarer Nähe der fliehenden Fahrzeuge Geschosse in die Straße einschlugen. Als zwei der Reifen des Betonmischers getroffen wurden, geriet der Lkw auf seiner rasenden Fahrt die schmale Straße hinunter gefährlich ins Schleudern. Aber er brauste unbeirrt weiter.

Ein paar Thieves versuchten, ihnen den Weg zu versperren, indem sie ihre Jeeps quer über die Straße stellten, aber Mother rammte sie mit dem Betonmischer und schob sie einfach zur Seite. Einer der Jeeps flog von der Straße direkt in den Abgrund, der andere wurde an der steilen Felswand zerdrückt.

Weitere feindliche Soldaten schlossen sich der wilden Jagd an. Inzwischen rasten fünf, sechs und schließlich sogar sieben Lkws voll schwerbewaffneter Thieves hinter den zwei fliehenden Fahrzeugen her. Schofield und Baba feuerten auf sie, während Champion fuhr, was das Zeug hielt. Kugeln pfiffen durch die Luft. Eine traf den Benzinkanister am Heck des Jeeps, und das Geländefahrzeug fing Feuer.

Schofield versuchte den Flammen, so gut es ging, auszuweichen und schaltete sein Funkgerät ein. »Dr. Iwanow! Wir haben die Urankugeln, aber wir haben auch die halbe Army of Thieves am Hals! Unsere Fahrzeuge stehen unter schwerem Beschuss, und ich glaube nicht, dass wir es bis an die Küste schaffen! Haben Sie schon ein Flugzeug startbereit?«

»*Ja, Captain!*«, antwortete Iwanow über Funk. »*Ich bin in einer Antonow-12 im ersten Hangar.*«

»Fahren Sie damit schon mal auf die Startbahn!«, brüllte Schofield.

»*Und was ist mit den Strelas? Als ich das letzte Mal versucht habe, von der Insel wegzukommen, haben sie mich mit ihren Raketen abgeschossen!*«

»Wir müssen nicht von der Insel kommen! Wir müssen es nur ans Ende der Startbahn schaffen, um die Urankugeln im Meer zu versenken, und *so weit* sind Sie doch letztes Mal gekommen! Und wenn wir schon mal in einem Flugzeug sind, gelingt es uns vielleicht auch, von der Insel zu kommen!«

»*Na schön ...*«

Dreißig Sekunden später erreichten der angeschossene Betonmischer und der brennende Jeep das Ende der steilen Straße und rumpelten auf die Startbahn hinaus. Im selben Moment rollte ein riesiges propellerbetriebenes Frachtflugzeug aus dem ersten Hangar.

Es war eine Antonow An-12, eine Transportmaschine mittlerer Größe, die in ihrem Frachtraum zwanzig Tonnen Fracht oder neunzig bewaffnete Soldaten befördern konnte. Die in den fünfziger Jahren gebaute An-12 war ein zuverlässiges Schlachtross, das sowjetische Gegenstück zur C-130 Hercules. Ihr auffälligstes Merkmal war die gläserne Kanzel im Bug, in der der Navigator saß.

Das große Flugzeug drehte sich und richtete seine gläserne Nase nach Westen aus. Vor ihm lag jetzt die Startbahn, die in eineinhalb Kilometern an der Abbruchkante der Steilküste endete. Links neben ihr verlief ein breiter Fluss, der von den

Schneemassen aus den Bergen von Dragon Island gespeist wurde. Auch er endete an der Kliffkante und stürzte in einem eindrucksvollen Wasserfall sicher hundert Meter tief ins Meer hinab.

Am Ende der Startbahn waren allerdings auch die zwei Strela-1-Amphibienfahrzeuge, die sieben Stunden zuvor Iwanows Berijew abgeschossen hatten und sich auch jetzt bereits in Position brachten, um die An-12 am Starten zu hindern. Und sie waren nach wie vor mit tödlichen Boden-Luft-Raketen bestückt.

Sobald sich die Antonow ganz gedreht hatte, ließ Iwanow ihre Heckrampe nach unten, damit die beiden Fahrzeuge von Schofield in ihren Frachtraum fahren konnten. Zuerst Mothers Betonmischer, dann der brennende Jeep.

»Wir sind drinnen!«, schrie Schofield in sein Funkgerät und kickte den brennenden Treibstoffkanister vom Heck des Jeeps. »Los! Los!«

Die vier Propellerturbinen des Flugzeugs kamen rasch auf Hochtouren, und mit einem schrillen Pfeifen setzte sich die Maschine langsam in Bewegung.

Schofield sprang aus dem Jeep und rannte durch den Frachtraum nach vorn, wo ein paar Metallstufen ins Cockpit der An-12 führten. Dort saß Iwanow im Pilotensitz und drückte die Schubregler nach vorn.

Die Antonow nahm Fahrt auf ...

Die zwei Strelas brachten sich am Ende der Startbahn in Position ...

Wir müssen es nur schaffen abzuheben, dachte Schofield. *Selbst wenn sie uns treffen und zum Absturz bringen, kann ich die Urankugeln im Meer versenken. Und dann findet sie niemand mehr.*

Die Antonow hatte inzwischen fast die Geschwindigkeit zum Abheben erreicht ...

Die Strelas senkten ihre Abschussrampen und richteten die Raketen auf ...

»Wir schaffen es ...«, flüsterte Schofield. Doch dann sah er am rechten Startbahnrand einen Thief eine Panzerfaust abfeuern. Die Predator SRAW flog auf die beschleunigende Antonow zu und verschwand unter ihrem Bug.

Durch die große Transportmaschine ging ein heftiger Ruck, und das Cockpit sackte abrupt nach unten, so dass Schofield und Iwanow in ihren Sitzen nach vorn geschleudert wurden.

Die Nase des riesigen Flugzeugs knallte mit voller Wucht auf die Startbahn und schob sich unter schrillem Knirschen funkensprühend über den Asphalt.

Als die schwere Propellermaschine schließlich zum Stehen kam, schossen die Verfolgerfahrzeuge von allen Seiten auf sie zu wie Hyänen, die einen verletzten Wasserbüffel einkreisten: die zwei Strelas von vorn, die Militär-Lkws von hinten.

Schofields Vorhaben – die waghalsige Entführung der Urankugeln – war im letzten Moment gescheitert.

Es war ihm in Rekordzeit gelungen, über die von Eisbären wimmelnden vorgelagerten Inseln zu kommen, mit der Seilbahn nach Dragon Island zu gelangen, den breiten Graben zu überwinden, in das Labor in der Spitze des Turms einzudringen, die Urankugeln in seinen Besitz zu bringen und wieder aus dem Turm zu entkommen, indem er ihn zum Einsturz brachte, *während er sich noch darin befand*. Doch jetzt war er, die rettende Küste bereits vor Augen, im letzten Moment gescheitert.

Er ließ den Kopf sinken. »Scheiße.«

Auf der Startbahn kam es zu einem Patt.

Die feindlichen Fahrzeuge bildeten einen weiten Kreis um die lahmgelegte Antonow, die mit zerschossenem Bugfahrwerk und nach vorn geneigtem Rumpf quer auf der von Schneewällen gesäumten Startbahn stand.

»Eingänge sichern!«, schrie Mother und bezog mit Baba an den zwei Seitentüren der Antonow Stellung. Schofield rannte zur Heckrampe und drückte auf den Knopf zum Schließen der Klappe.

Aber sie ging nicht zu.

Von einer Stahlstrebe über seinem Kopf prallte eine Kugel, und er zog sich in den Frachtraum zurück.

»Die Heckrampe lässt sich nicht schließen!«, schrie er nach vorn.

Iwanow kam aus dem Cockpit nach hinten. »In meinem Land funktioniert vieles nicht. Rampen, Türen. Dieses Flugzeug ist sehr alt.«

Plötzlich ertönte eine vertraute Stimme in Schofields Kopfhörer: »*Was für ein Pech auch, Captain!*«, sagte der Fürst der Anarchie. »*So kurz vor dem Ziel! Wirklich verdammt knapp! Fast wären Sie uns entwischt. Ich wette, Sie können schon das Meer sehen von da, wo Sie sind.*«

»Sie können mich mal.«

Der Fürst der Anarchie lachte leise.

»Ich habe nämlich Ihre Kugeln«, sagte Schofield.

»*Ich weiß, aber das stört mich nicht im Geringsten, Captain.*

Es mag vielleicht nach einem Patt aussehen, aber glauben Sie mir, es ist keines. Denn ich sitze in jeder Hinsicht am längeren Hebel. Während Sie mit einem begrenzten Vorrat an Munition in Ihrem Flugzeug festsitzen, verfügen meine Männer über unbegrenzte Zeit und Feuerkraft. Deshalb, Captain, werde ich Ihnen gleich gewaltig einheizen. Mako, schicken Sie drei Berserker los, damit Captain Schofield schon einmal einen ersten Vorgeschmack davon erhält, was ihn erwartet.«

Schofield runzelte die Stirn. Was ...

Aus der Truppe, die sie umstellte, lösten sich drei Männer. Es waren Afrikaner, die ähnlich den zwei mit Drogen vollgepumpten Selbstmordkandidaten im Bärenlabor zahlreiche Piercings im Gesicht hatten. Jeder von ihnen war mit zwei Kalaschnikows bewaffnet, und sie rannten wild feuernd auf die lahmgelegte Antonow zu.

Ihre Kugeln prasselten krachend gegen das Flugzeug, und die ersten Salven pfiffen durch die offene Heckrampe. Schofield musste deshalb erst hinter dem Jeep in Deckung gehen, bevor er das Feuer mit seiner MP-7 erwidern konnte. Mother und Champion kamen ihm zu Hilfe und feuerten ebenfalls aus allen Rohren.

Der erste der anstürmenden Berserker zuckte im Laufen immer wieder heftig zusammen, aber er musste sich so mit Ganja oder sonst einer Droge aufgeputscht haben, dass er bestimmt zehnmal getroffen wurde, bis er endlich stehen blieb. Und dann schoss ihm Mother mitten ins Gesicht. Sein Kopf explodierte in einer blutroten Wolke, und der Mann stürzte zu Boden und blieb reglos liegen.

Aber die anderen beiden Berserker rannten weiter auf das Flugzeug zu, und die Heftigkeit ihres Beschusses ließ keinen Deut nach.

Schofield, Champion und Mother feuerten, was das Zeug hielt, und verbrauchten extrem viel Munition, um sie auszuschalten. Aber schließlich gingen auch der zweite und der dritte Berserker tödlich getroffen zu Boden. Letzterer stürzte direkt vor der Heckrampe der Antonow auf den Asphalt und hätte es fast in den Frachtraum geschafft.

Stille.

Pulverdampf.

Schofield machte sich ernsthafte Sorgen. Wenn der Fürst der Anarchie mehr von diesen irren Selbstmordattentätern hatte, war es nur eine Frage der Zeit, bis ...

»*Captain, inzwischen sind Ihnen die logischen Konsequenzen Ihrer Situation doch bestimmt klargeworden: Wenn ich weiter meine Berserker auf Sie hetze, geht Ihnen irgendwann die Munition aus. Und ich habe viele solcher Männer, die bereitwillig in den Tod für mich gehen, und sei es auch nur zu dem Zweck, dass Ihnen irgendwann die Munition ausgeht. Mako, die nächsten drei, bitte.*«

Unter wildem Kriegsgeschrei stürmten drei weitere bis zur Besinnungslosigkeit aufgeputschte, im ganzen Gesicht gepiercte Kämpfer wild feuernd auf die Antonow zu, und Schofield und seinen Leuten blieb keine andere Wahl, als auch sie zu erschießen.

Mother schüttelte den Kopf. »Das ist doch totaler Wahnsinn! Wie auf einem Schießstand, auf dem die Zielscheiben zurückschießen! Wer ist so verrückt, sich für ein solches Selbstmordkommando herzugeben!«

»Und wie bringt ihr Anführer sie dazu, so etwas zu tun?«, fragte Champion.

»Mit Drogen, Konditionierung, Folter, keine Ahnung«, sagte Schofield.

»Egal, wie er es schafft«, sagte Mother. »Lange kann ich dieses Spiel jedenfalls nicht mehr mitmachen. Ich bin inzwischen bei meinem letzten Ladestreifen angelangt.«

»Ich auch«, bemerkte Baba finster.

Schofield nagte nachdenklich an seiner Unterlippe. Es gab nur eine einzige Möglichkeit, diesem Wahnsinn ein Ende zu machen – und diese Option war alles andere als schön. Wenn ihnen die Munition ausging, wären sie der Army of Thieves wehrlos ausgeliefert. Von ihrer Hand zu sterben, wäre bestimmt mit bar-

barischen Foltern verbunden, und Schofield spielte allen Ernstes – wenn auch nur ganz kurz – mit dem Gedanken, jedem seiner Leute eine Kugel durch den Kopf zu jagen, um ihnen dieses Schicksal zu ersparen. Das wäre möglicherweise das Humanste, was er unter diesen Umständen noch …

»*Und? Wie ist Ihnen inzwischen zumute, Captain? Allmählich geht Ihnen die Munition aus, nicht wahr? Ziemlich verzweifelt, Ihre Lage. Haben Sie sich vielleicht schon Gedanken über einen Deal gemacht? Ihnen ist doch klar, was passiert, wenn Sie und Ihre Leute sich nicht mehr wehren können und meine Männer das Flugzeug stürmen? Und meine Leute gehören leider nicht gerade zu der Sorte nette Jungs, die man nach Hause mitbringt, um sie seiner Mutter vorzustellen. Sie sind sehr motiviert in ihrem Fanatismus, manchmal sogar ein wenig übermotiviert. Sie sind wahre Kinder der Anarchie, und ich bin ihr Herr und Meister.*

Selbstverständlich könnten Sie, ganz edler Ritter, Ihre Leute töten: sie in einer Reihe aufstellen und jedem mit einem mitfühlenden Lächeln eine Kugel in den Kopf jagen, damit sie nicht lange leiden müssen. Jedenfalls kann ich Ihnen jetzt schon versichern, dass ein solches Ende in jedem Fall dem Tod vorzuziehen sein wird, zu dem ich ihnen verhelfen würde.«

Champion sah Schofield bestürzt an, denn auch sie konnte das Gespräch in ihrem Headset mithören.

Schofield erwiderte ihren besorgten Blick. Ihm blieb auch nicht verborgen, dass der Fürst der Anarchie seine geheimsten Gedanken zu lesen schien. Er schaute sich verzweifelt um, ob es nicht doch eine Möglichkeit gab, sich aus dieser Klemme zu befreien. Aber es gab keine. Ihre Lage war aussichtslos.

»*Captain, gehen Sie ins Cockpit Ihres Flugzeugs, und schalten Sie den Videokommunikationsmonitor ein.*«

Das tat Schofield. Das Armaturenbrett des alten Flugzeugs war erst in jüngster Vergangenheit mit einem kleinen Bildschirm nachgerüstet worden, an dessen oberem Rand eine kleine Kamera angebracht war.

Auf diesem Monitor erschien jetzt das Gesicht des Fürsten der Anarchie. Er lächelte.

»*Hallo, Captain. Ich finde, wir sollten uns in die Augen sehen, wenn wir das tun.*«

»Wenn wir was tun?«

»*Ich möchte Ihnen etwas zeigen. Schauen Sie her.*«

Auf dem Bildschirm war zu sehen, wie der Fürst der Anarchie etwas in die Kamera hielt.

Schofield gefror das Blut in den Adern.

Es war eine Urankugel, eine siebte. Der Fürst der Anarchie hielt sie zwischen Daumen und Zeigefinger.

Schofield musste seine Bestürzung deutlich anzusehen sein, denn der Fürst der Anarchie grinste genüsslich.

»*Sehen Sie, Captain. Ich brauche Ihre Kugeln gar nicht.*«

Schofields Verstand begann fieberhaft zu arbeiten. Er konnte sich nicht erklären, woher der Fürst der Anarchie die siebte Urankugel hatte. Aber schließlich dämmerte es ihm: Die zusätzliche Kugel kam aus dem Bunker, von dem ihm Iwanow erzählt hatte, aus dem Schutzraum tief unter dem Hauptturm, von dem Kotski, der russische Verräter, laut Iwanows Aussagen nichts hatte wissen können ... von dem aber nur zu offensichtlich der Fürst der Anarchie wusste.

Der Fürst der Anarchie beobachtete Schofield aufmerksam. Er versuchte, seine Reaktion zu deuten.

»*Ich gewinne mehr und mehr den Eindruck, Captain, dass wir beide uns sehr ähnlich sind. Wir schrecken vor nichts zurück, um unsere Ziele zu erreichen. Sie wären bereit, Ihr Leben aufs Spiel zu setzen, um die Welt zu retten, während ich das Gleiche täte, um sie zu zerstören. Wenn einer von uns beiden etwas wirklich will, ist er zu keinerlei Kompromissen bereit. Nur will in diesem Fall jeder von uns das genaue Gegenteil von dem, was der andere will. Deshalb bereitet es mir auch solches Vergnügen, Ihnen zeigen zu können, was jetzt geschehen wird. Ich werde die Welt in Flammen aufgehen sehen. Sie werden Ihr eigenes Versagen sehen.*«

Mit diesen Worten trat der Fürst der Anarchie von der Kamera zurück …

… und erst jetzt wurde erkennbar, dass er nicht mehr in seiner Kommandozentrale war, sondern *im Freien* vor einer mobilen Raketenstartrampe stand, einem kurzhaubigen Sattelzug mit einer einzigen russischen SS-23-Mittelstreckenrakete darauf.

Der Fürst der Anarchie reichte die Urankugel zwei Assistenten, die sie in eine kleine Kapsel legten und in den Sprengkopf der Rakete einsetzten. Der Sprengkopf wurde an der Rakete befestigt und diese langsam himmelwärts gerichtet.

Schofield konnte nur hilflos zusehen, wie das alles geschah. Es gab nichts, was er dagegen tun konnte …

Halt.

Er schaltete sein Funkgerät ein. »Kid? Mario? Seid ihr irgendwo in der Nähe der Raketenstellung?«

The Kid antwortete über Funk: »*Wir sind gerade an der Brücke eingetroffen, die zu ihr hinüberführt. Allerdings wird die Brücke strenger bewacht als Fort Knox. Überall sind Wachen postiert. Wir kommen nicht an die Raketen ran. Warum?*«

»Weil sie schon dort sind und in Kürze starten werden«, sagte Schofield niedergeschlagen. »Sie haben eine siebte Kugel und werden sie gleich in den Himmel schießen.«

Er senkte den Kopf.

Jetzt konnte er wirklich nichts anderes mehr tun als zuzusehen, wie die Welt unterging.

»*Vorsicht übrigens, Captain*«, kam die Stimme des Fürsten der Anarchie plötzlich aus Schofields Kopfhörer, »*seien Sie auf der Hut vor weiteren Berserkern.*«

Prompt prasselte eine Salve gegen die Außenhaut der Antonow. Baba und Mother erwiderten das Feuer aus dem Frachtraum und erschossen drei weitere Berserker.

Champion kam zu Schofield ins Cockpit und schaute besorgt auf den Bildschirm. »Eine SS-23«, sagte sie. »Diese Mittelstreckenraketen haben bis zu fünfhundert Kilometer Reichweite.

Die Sowjets haben behauptet, sie hätten ihren Bau nach dem INF-Vertrag von 1987 eingestellt.«

Sie konnten mindestens vier weitere mobile Startrampen hinter dem Gefährt mit der SS-23 stehen sehen.

»Anscheinend sind diese Dinger alle hier oben gelandet«, sagte Schofield. »Diese Insel ist gewissermaßen der Friedhof des Kalten Kriegs.«

Die langsam sich aufrichtende Rakete blieb stehen.

Sie war jetzt senkrecht ausgerichtet.

Startbereit.

Bereit, die Atmosphäre in Brand zu setzen, und Schofield konnte nichts dagegen tun.

Der Fürst der Anarchie drehte sich wieder zur Kamera. »*Werden Sie Zeuge Ihres Scheiterns, Captain. Werden Sie Zeuge des Endes der Welt, wie wir sie kennen. Rakete starten.*«

Ein Schalter wurde umgelegt, und die Triebwerke der SS-23 erwachten zum Leben. Flammen speiend hob sich die Rakete aus einer mächtigen Rauchwolke und stieg senkrecht in die Höhe.

Schofield wandte sich vom Bildschirm ab und blickte in den Himmel hinauf.

Eine dichte Rauchfahne hinter sich herziehend, flog die Rakete mit der Urankugel zu der Gaswolke in die Atmosphäre hinauf.

Sie entfernte sich rasch, und schon nach kurzem war sie nur noch ein kleiner Fleck am südlichen Horizont, ein Fleck, der in wenigen Sekunden das Gesicht der Erde für immer verändern würde.

Schofield starrte ihn hilflos an, als die Stimme des Fürsten der Anarchie in seinem Ohr ertönte. »*Zünden.*«

Ein greller Lichtblitz erhellte den südlichen Horizont.

Was darauf folgte, war ein Anblick, wie ihn weder Schofield noch Champion jemals gesehen hatten.

Von dem Punkt, an dem sie die SS-23-Rakete zum letzten Mal gesehen hatten, breitete sich eine weißglühende, blendend helle Luftmasse aus. Das Explosionsfeuer expandierte mit unvorstellbarer Geschwindigkeit und vergrößerte sich exponentiell. Und in einem einzigen entsetzlichen Augenblick verfärbte sich der gesamte Himmel südlich von Dragon Island von einem fahlen Blau zu einem lodernden gelblichen Weiß.

Die Atmosphäre war in Brand gesteckt worden.

Die Erde stand in Flammen.

SITUATION ROOM DES WEISSEN HAUSES
WASHINGTON, D. C.
ZUR SELBEN ZEIT

Im Situation Room drehte sich ein Techniker an einer der Satellitenkonsolen abrupt um.

»Sir!«, rief er dem Army-General des Crisis Response Teams zu. »Ich habe hier einen Raketenstart auf Dragon Island!«

Der Präsident ging zu dem Steuerpult, auf dessen Monitor eine Echtzeit-Satellitenaufnahme von Dragon Island und dem umgebenden Arktischen Ozean zu sehen war.

»Sie entzünden gerade die Gaswolke«, sagte DIA Deputy Director Gordon. »Unsere Maßnahmen sind fehlgeschlagen …«

Kaum hatte sie das gesagt, leuchtete auf dem Bildschirm im Süden von Dragon Island plötzlich ein gigantischer grellweißer Lichtblitz über dem Nordpolarmeer auf.

»Raketendetonation gesichtet …«, meldete der Operator.

Der Präsident starrte entsetzt auf den Bildschirm. »Gott steh uns bei.«

PHASE VIER

DAS HIMMELSFEUER

DRAGON ISLAND

4. APRIL, 11:20 UHR

T PLUS 20 MINUTEN NACH DER DEADLINE

Jede Hure war einmal eine Jungfrau.

William Blake
AN DEN ANKLÄGER, DER DIESER WELT GOTT IST

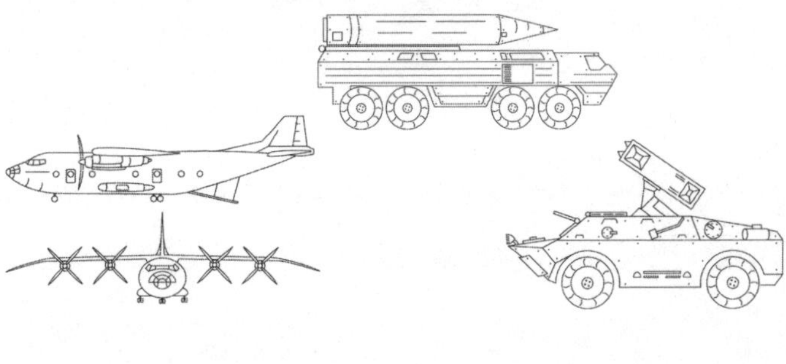

Hätte in diesem Moment jemand aus dem Weltall auf die Erde hinabgeblickt, dachte Schofield, hätte er in der Nähe des Nordpols einen blendend hellen Lichtschein aufblitzen gesehen, der sich in einem gelblich weißen Flammeninferno alles vernichtender Zerstörung unaufhaltsam über den Erdball ausbreitete …

Noch während Schofield dieser Gedanke durch den Kopf ging, rief er auf seinem Handgelenkschutz seine eigene Satellitenansicht von Dragon Island und dem Polarkreis auf.

Auf dem kleinen Schwarzweißbildschirm war die Feuersbrunst am Himmel deutlich zu sehen.

Wie die riesige Klaue eines monströsen Fabelwesens streckte sie sich von Dragon Island zuerst nach Süden, bevor sie sich, dem Verlauf des Jetstream folgend, nach Osten drehte.

Schofield starrte wie gelähmt auf den Bildschirm. Er wurde im wahrsten Sinn des Worts Zeuge des Weltunter…

Doch dann kam die unaufhaltsam sich ausbreitende Feuerwalze ganz plötzlich zum Stillstand.

Vollkommen unvermittelt, gerade so, als wäre sie auf eine unsichtbare Wand gestoßen.

Schofield runzelte die Stirn. »Was zum Teufel …?«

Seiner groben Schätzung zufolge hatte sich die Feuersbrunst in der Atmosphäre höchstens tausend Kilometer weit ausgebreitet, bevor sie ohne ersichtlichen Grund zum Stillstand gekommen war.

Dann ertönte die Stimme des Fürsten der Anarchie in seinem

Kopfhörer. Aber sie war nicht an ihn gerichtet. »*Was ist da los, verdammte Scheiße noch mal?!*«

Und dann eine andere Stimme: »*Sir! Wir haben im Gaswerk unter den Hauptauslasstürmen gerade einen Eindringling gefasst! Er hat die TEB-Zuleitungen zu den Auslasstürmen abgedreht! Der Oxidation an den Ventilen nach zu urteilen, muss er sie schon vor zwei Stunden geschlossen haben! Das Gas, das in den letzten zwei Stunden in die Atmosphäre entwichen ist, lässt sich nicht entzünden!*«

»*Was? Wer ist dieser Kerl?*« Der Fürst der Anarchie war außer sich.

»*Er sagt, er heißt Barker. Ein Navy SEAL. Er muss uns irgendwie durch die Lappen gegangen sein, als wir seinen Trupp im U-Boot-Bunker erledigt haben.*«

Schofield dachte fieberhaft nach.

Es war Ira Barker.

Ironbark.

Irgendwie hatte Ironbark den Hinterhalt im U-Boot-Bunker überlebt, und während Schofield und seine Leute sich über die vorgelagerten Inseln nach Dragon Island vorgekämpft und die Urankugeln gestohlen hatten, war auch Ironbark unbemerkt auf die Insel gelangt und hatte die Gaszuleitungen manipuliert, ohne dass jemand etwas davon mitbekommen hatte.

Der quasi-nukleare Sprengkopf der SS-23-Rakete war zwar gezündet worden, aber dank Ironbarks Eingreifen war die Gaswolke, die in den letzten Stunden von Dragon Island aufgestiegen war, *nicht* entflammbar, so dass die Rakete nicht die gesamte Atmosphäre in Brand gesteckt hatte, sondern nur den Teil des tödlichen Gases, der vor Ironbarks Einschreiten ausgetreten war und den »kleineren« Lichtblitz verursacht hatte, den er gerade am Himmel gesehen hatte.

Im selben Moment wurde Schofield noch etwas *anderes* klar ... etwas, das jetzt auch dem Fürsten der Anarchie zu dämmern schien.

»Dank Ironbarks Sabotage«, sagte Schofield, »kann in ein

paar hundert Kilometern Umkreis von Dragon Island nichts mehr am Himmel passieren, aber die Atmosphäre über dem *Rest* der nördlichen Hemisphäre ist nach wie vor von entzündlichem Gas durchsetzt. Die Gefahr ist also noch keineswegs gebannt. Wenn es der Army of Thieves gelingt, eine weitere Urankugel in ihren Besitz zu bringen, können sie diese zweite Kugel mit einer anderen Rakete über die gasfreie Zone hinausschießen und die Atmosphäre in dem gasgetränkten Bereich entzünden, der sich dahinter befindet. Und das heißt …«

Er riss den Kopf herum und schaute nach draußen.

»… jetzt brauchen sie unsere Kugeln doch wieder. Sie werden nicht mehr länger nur mit uns spielen. Sie werden dieses Flugzeug mit allem, was sie haben, angreifen. *Und zwar sofort.*«

Noch während er das sagte, stürmten zwölf Berserker aus dem Ring aus Fahrzeugen, der das Flugzeug umgab, gefolgt vom Rest der Armee, mit ihren Kalaschnikows auf sie zu.

Die Army of Thieves hatte Shane Schofield und seinem Flugzeug gerade den Krieg erklärt.

Mother und Baba eröffneten das Feuer und mähten die erste Angriffsreihe der Berserker nieder. Aber diese Attacke war wesentlich heftiger als die bisherigen Angriffe. Die Übermacht war einfach zu gewaltig, um sie zurückschlagen zu können.

»Uns bleiben noch zehn Sekunden, um uns irgendetwas einfallen zu lassen!«, stieß Champion aufgeregt hervor.

Iwanow murmelte resigniert: »Aber was sollen wir denn jetzt noch tun ...«

»Man kann *immer* etwas tun ...« Während ringsum das Krachen der Schüsse immer lauter wurde, schaute sich Schofield aufmerksam um.

Schließlich blieb sein Blick an dem breiten Fluss genau vor ihrem Flugzeug hängen, der parallel zur Startbahn verlief und am Westende von Dragon Island in einem gewaltigen Wasserfall ins Meer stürzte.

»Warum eigentlich nicht?« Er beugte sich an Iwanow vorbei und drückte alle vier Schubregler des Flugzeugs nach vorn, und gerade als die nächste Angriffsreihe der Berserker die Antonow fast erreicht hatte, machte die große Transportmaschine einen abrupten Satz nach vorn und rutschte mit aufheulenden Triebwerken und quietschenden Reifen auf ihrem zerschossenen Bugfahrwerk laut knirschend von der Startbahn.

Sie holperte eine kurze Böschung hinunter und direkt auf den Fluss zu.

Im Frachtraum der Antonow wurden Mother und Baba von dem heftigen Ruck von den Beinen gerissen.

Mother konnte sich gerade noch festhalten und schrie: »Bist du verrückt geworden, Scarecrow! Was machst du da!«

»Ich sorge dafür, dass wir alle am Leben bleiben!«

Die schwere Transportmaschine nahm immer mehr Geschwindigkeit auf, als sie, heftig rumpelnd, die Böschung hinunterrutschte. Und dann schoss sie über das Flussufer hinaus und mit dem Bug voran in den reißenden Fluss!

Der Bauch der riesigen Transportmaschine klatschte auf das Wasser, das hoch aufspritzte. Weil die Antonow wie die meisten Flugzeuge für eine Notwasserung gebaut war, ging sie trotz der offenen Heckklappe nicht unter und schwamm fröhlich dümpelnd wie eine Badeente auf dem Fluss.

Doch schon nach wenigen Sekunden begann sie, zunächst langsam, aber dann zunehmend schneller, Fahrt aufzunehmen. Sie drehte sich um etwa neunzig Grad und wurde von der Strömung mit dem Bug voran auf den Wasserfall zugetrieben, der nur etwa fünfhundert Meter weiter ins Meer hinabstürzte.

Mother, die an der rechten Seitentür der Maschine stand, sagte in ihr Funkgerät: »Kannst du mir vielleicht erklären, wie uns dieses Wahnsinnsmanöver weiterbringen soll, Boss?«

»*Sie brauchen unsere Kugeln*«, antwortete Schofields Stimme in ihrem Kopfhörer. »*Wir versuchen zum Wasserfall zu kommen und werfen sie dort ins Meer.*«

»Und wie werden sie das zu verhindern versuchen?«

Die Antwort auf ihre Frage kam prompt. Die zwei Strela-Amphibienfahrzeuge jagten auf der Startbahn hinter der auf dem Fluss treibenden Antonow her, bis sie sich auf gleicher Höhe mit ihr befanden. Dann schossen sie die Böschung zum Flussufer hinunter und fuhren neben dem Flugzeug ins Wasser. Ihre Antriebspropeller begannen sich zu drehen, und sie steuerten direkt auf die An-12 zu!

»Nicht zu fassen, aber dieser Wahnsinn findet immer noch eine Steigerung!«, flüsterte Mother, als sie sich umdrehte und in die blutunterlaufenen Augen eines Berserkers schaute, der aus dem hinteren Teil des Frachtraums mit gezücktem Messer auf sie zustürmte!

Dieser durchgeknallte Irre hatte nicht einmal eine Schusswaffe. Als die Antonow von der Startbahn geschlittert war, waren er und vier weitere Berserker bereits nahe genug an das Flugzeug herangekommen, um auf die offene Heckrampe springen zu können. Bei diesem Manöver hatten einige, darunter auch dieser Berserker, ihre Kalaschnikows weggeworfen, und deshalb stieß er jetzt einen furchterregenden Kriegsschrei aus und stürzte sich, nur mit einem gezahnten Messer bewaffnet, auf Mother.

Zwar konnte sie die Messerattacke des Angreifers abwehren, aber sie geriet aus dem Gleichgewicht, als er sich gegen sie warf. Das machte sich der Berserker zunutze, um ihr einen Kopfstoß zu versetzen. Sie fiel hintenüber aus der offenen Seitentür des Flugzeugs und musste, um sich am Türrahmen festhalten zu können, ihr G36 loslassen. Jetzt hing sie nur an einer Hand über den Wellen des Flusses.

Der Angreifer sprang auf sie zu, um sie vollends aus dem Flugzeug zu stoßen, aber Mother hatte sich bereits wieder hochgezogen und riss ihre Beretta M9 aus dem Holster, rammte sie dem Berserker zwischen die Zähne und drückte ab.

Der Kopf des Mannes zerplatzte in einer Wolke aus Blut und Gehirnmasse, und sein kopfloser Körper stürzte zu Boden. Mother kletterte wieder nach drinnen.

Baba, der auf der anderen Seite des Frachtraums stand, wirbelte herum und sah, wie Mother von dem Berserker angegriffen wurde – aber im selben Moment stoben bereits die Funken von der Wand hinter ihm. Zwei weitere Berserker waren um den Jeep und den Betonmischer herumgerannt und nahmen ihn mit ihren Kalaschnikows unter Beschuss. Baba erwiderte das Feuer mit seinem Kord.

Zack und Emma gingen hinter dem Führerhaus des Betonmischers in Deckung. Die Geschosse pfiffen an ihren Köpfen vorbei und schlugen krachend in die Wand des Frachtraums.

Baba half Zack und Emma auf das Trittbrett des Lkws. »Schnell rein da!«, brüllte er. »Los!«

Zack und Emma überlegten nicht lang. Baba gab ihnen Feuerschutz, als sie in das Führerhaus des Betonmischers kletterten. Kaum waren sie darin verschwunden, krachte schweres MG-Feuer gegen die Mischtrommel, aber ihre dicken Wände hielten dem Beschuss stand und retteten ihnen das Leben.

Baba feuerte mit seinem Kord weiter auf die zwei Berserker. Auch wenn diese Typen wie von Sinnen waren, waren sie dennoch nicht ohne einen Funken Verstand: Im Gegenteil, sie waren richtig durchtriebene Scheißkerle. Als wollten sie sich über ihn lustig machen, kamen sie plötzlich hinter dem Jeep hochgeschossen, um kurz ausgelassen kichernd auf ihn zu feuern und dann sofort wieder zu verschwinden. Es war, als kämpfte er gegen zwei ausgeflippte Clowns.

»*Merde!*«, fluchte Baba, als einer der Berserker auf den Rücksitz des Jeeps sprang und seine Kalaschnikows auf ihn richtete, aber Baba zerschoss mit dem Kord kurzerhand die Bremsbacken an einem der Hinterräder des Jeeps, so dass sich dieser plötzlich in Bewegung setzte und *mit dem Berserker darauf rückwärts die Heckrampe der Antonow hinunterrollte!*

Der Jeep verschwand aus der großen Hecköffnung des Flugzeugs und landete spritzend im eisigen Wasser – und Baba musste sich mit einem Gegner weniger herumschlagen.

Während des Scharmützels im Frachtraum beobachtete Schofield durch die Steuerbordfenster des Cockpits das Geschehen außerhalb des Flugzeugs. Champion und Iwanow waren noch damit beschäftigt, sich einen Reim auf die sich überstürzenden Ereignisse zu machen.

Schofield beobachtete, wie die zwei Amphibien-Strelas auf der Steuerbordseite der im Wasser schwimmenden Antonow in den Fluss fuhren und auf das Flugzeug zusteuerten. Und dann sah er, wie auf jedem der beiden Strelas ein Mann eine RPG-7-Panzerfaust auf seine Schulter wuchtete …

»Jetzt kommt es gleich ganz dick. Hier, nehmen Sie das.« Er reichte Champion einen der drei kleinen Samsonite-Koffer mit den Kugeln. »Werfen Sie ihn so weit wie möglich aufs Meer hinaus, wenn wir zum Wasserfall kommen.«

»Wenn wir es so weit schaffen …« Noch während sie das sagte, zersprangen die Cockpitfenster unter dem massiven Beschuss, der plötzlich aus dem Nirgendwo einsetzte.

Champion duckte sich instinktiv, doch dann landeten mit einem dumpfen Knall die letzten zwei Berserker, die es in die Antonow geschafft hatten, auf der Nase des Flugzeugs.

Schofield schaltete sofort. Nachdem sie in den Frachtraum eingedrungen waren, waren sie auf das Dach der Maschine geklettert und nach vorn gelaufen, um das Cockpit zu stürmen.

»Raus hier! Schnell!« Schofield stieß Champion rückwärts durch die Cockpittür und zog Iwanow, eine Nanosekunde bevor alles von Gewehrfeuer durchsiebt wurde, aus dem Pilotensitz.

Die Sitze und Wände des Cockpits wurden total von Kugeln durchlöchert.

Leider wurde das auch Dr. Wassili Iwanow.

Der russische Wissenschaftler hatte eine Sekunde zu spät reagiert und wurde, noch während er von Schofield aus dem Cockpit gezogen wurde, von einer brutalen Salve getroffen. Überall an seinem Körper spritzten kleine Blutfontänen hoch, und Schofield konnte sich gerade noch rechtzeitig durch die Tür werfen, bevor der Kugelhagel auch ihm zum Verhängnis wurde. Obwohl ihm die sich überstürzenden Ereignisse kaum Zeit ließen, einen klaren Gedanken zu fassen, empfand er tiefe Trauer über Iwanows Tod. Der russische Wissenschaftler war ihnen eine große Hilfe gewesen, und jetzt würde er seine Kinder und Enkel in Odessa nie mehr wiedersehen.

Während überall um sie herum Kugeln einschlugen, taumelten Schofield und Champion aus dem Cockpit in den Frachtraum.

Ein Geschoss streifte Schofields linke Schulter, ein anderes bohrte sich in Champions Rücken und trat an ihrem Bauch blutspritzend wieder aus.

Sie schrie vor Schmerzen laut auf, stolperte und fiel vornüber.

Schofield konnte sie gerade noch auffangen. Gleichzeitig sondierte er die Lage im Frachtraum: der Betonmischer; daneben Baba, der an der offenen Backbordtür auf den letzten Berserker feuerte, der hinter der Trommel des Betonmischers hervorlinste; das Gewirr aus Leinen, Klappsitzen und Netzen; die offene Heckklappe, durch die Tageslicht hereinfiel; dahinter der Fluss; und schließlich Mother, die an der Steuerbordtür kauerte ...

... durch die plötzlich eine Panzerfaust hereingeschossen kam und ganz dicht über ihren Kopf hinwegpfiff, bevor sie in den Betonmischer krachte!

Der Lkw wurde von der Wucht der Explosion durch die Luft geschleudert und flog ... direkt auf Baba zu.

Baba hatte keine Möglichkeit und vor allem auch keine Zeit mehr auszuweichen. Der Betonmischer segelte durch Schofields Blickfeld und direkt auf den großen Franzosen zu, und dann krachte er mit einem ohrenbetäubenden Knall gegen die Metallwand des Flugzeugs, an der Baba eben noch gestanden hatte.

»Nein ...«, entfuhr es Schofield bestürzt.

Er und Champion hatten Mühe, sich auf den Beinen zu halten, als die große Transportmaschine vom Einschlag einer zweiten Panzerfaust durchgeschüttelt wurde, die das zweite Strela auf eins der Turbinentriebwerke an der rechten Tragfläche der Antonow abgefeuert hatte.

Durch das Flugzeug ging ein gewaltiger Ruck.

Da es durch den Treffer auf der rechten Seite das Gewicht eines Triebwerks verloren hatte, kippte es abrupt nach links und geriet dadurch so stark aus dem Gleichgewicht, dass durch die offene Heckklappe Wasser in den Frachtraum zu strömen begann und der Rumpf in kürzester Zeit einen halben Meter sank.

»Sie versuchen, uns zu versenken, damit wir es nicht zum Wasserfall schaffen!«, rief Schofield und griff nach einer Haltestange, weil das Flugzeug plötzlich heftig zu schaukeln begann.

Veronique Champion dagegen schaffte es wegen ihrer Verletzung nicht, sich irgendwo festzuhalten.

Sie wurde von dem Ruck, der durch das Flugzeug ging, von der Treppe im vorderen Teil des Frachtraums geschleudert und fiel so unglücklich, dass ihr der Samsonite-Koffer entglitt und in das fünfzig Zentimeter tiefe Wasser rutschte …

… und direkt vor den Füßen des Berserkers zu liegen kam, der auf Baba geschossen hatte.

Der Berserker sah den Koffer, schaltete sofort und schnappte ihn sich.

Und als wäre die Situation nicht schon aberwitzig genug, kam wie auf ein Stichwort ein Amphibien-Strela, eine mächtige Bugwelle vor sich herschiebend, durch die Heckluke des Flugzeugs gerauscht und lief in dem seichten Wasser, das inzwischen den Boden des Frachtraums bedeckte, auf Grund.

Da Mother von dem Strela in Schach gehalten wurde, Baba tot und Schofield zu weit weg war, konnte der Berserker mit dem Koffer ausgelassen wie ein Kind durch den überfluteten Frachtraum hopsen. Er sprang auf das Vordeck des Amphibienfahrzeugs und rief dem Fahrer zu: »Wir haben sie im Sack! Fahr los!«

Der Mann am Steuer des Strela verlor keine Zeit. Mit laut aufheulendem Motor rollte das Amphibienfahrzeug rückwärts aus dem Frachtraum und plumpste in das wirbelnde Wasser des Flusses, um von der Antonow wegzufahren, als …

Wrrruuuummm!

Schofield hörte es, bevor er es sah.

Er hörte das Brummen des anspringenden Dieselmotors, bevor er den schweren Betonlaster mit der großen Mischtrommel – volle Kanne – rückwärts durch den überfluteten Frachtraum rauschen sah.

Der von Zack gefahrene Lkw pflügte durch das knietiefe Wasser, schoss durch die Heckluke und landete krachend auf dem Bug des Strela. Dabei knallte die Heckstoßstange des schweren Betonmischers mit solcher Wucht gegen den Führerstand des Amphibienfahrzeugs, dass sein Fahrer und der MG-Schütze zerquetscht wurden.

Es war ein letzter verzweifelter Versuch Zacks, den Berserker, der sich die Urankugeln geschnappt hatte, am Entkommen zu hindern.

Aber damit war das Problem noch nicht gelöst.

Denn jetzt begann der auf dem Strela sitzende Betonmischer von der Antonow wegzutreiben!

Er entfernte sich sehr rasch von dem großen Flugzeug – aus ein paar Metern wurden schnell zwanzig – und trieb in südlicher Richtung auf das der Startbahn gegenüberliegende Flussufer zu.

Aber auf dem Strela befand sich immer noch der Berserker, der mit dem Urankugelkoffer auf das Amphibienfahrzeug gesprungen war. Er begann, wie ein Wahnsinniger auf das Führerhaus des Betonmischers zu feuern, in dem Zack und Emma saßen.

Dort bot ihnen zwar die schwere Mischtrommel des Lkws einen gewissen Schutz, aber die Kugeln des Berserkers pfiffen gefährlich dicht an ihnen vorbei, und sie zogen die Köpfe ein, als die Glassplitter eines zerschossenen Seitenfensters auf sie niederprasselten.

Als Zack einen Blick in den Rückspiegel riskierte, sah er den Berserker mit erhobener Waffe nach vorn kommen. Im selben Moment zersprang der Spiegel auch schon unter dem Feuer des Angreifers.

Zack und Emma duckten sich unter den Glassplittern des zerspringenden Rückspiegels weg, und als sie wieder aufschauten, stand der Berserker in der Tür des Führerhauses. In einer Hand hielt er den Koffer mit den Urankugeln, in der anderen seine Kalaschnikow, die genau auf ihre Gesichter gerichtet war.

»Tschüs, meine Süßen!«, gackerte er schadenfroh und drückte hämisch grinsend ab.

Von einer Kugel Mothers mitten ins Gesicht getroffen, zuckte der Kopf des Berserkers mit einem grotesken Schlenker zurück. Mother war mit ihrer M9-Pistole auf der anderen Seite des Lkw-Führerhauses aufgetaucht und hatte nicht lange gefackelt.

Als Zack den Betonmischer rückwärts auf das Strela gelenkt hatte, war es ihr gelungen, von allen anderen unbemerkt auf das Trittbrett zu springen.

Emma konnte dem Berserker gerade noch den Samsonite-Koffer entreißen, bevor er rücklings vom Trittbrett des Lkws fiel und im reißenden Wasser des Flusses versank.

»Danke, Mother ...!«, rief Zack. Aber weiter kam er nicht, weil der Strela-Betonmischer mit einem heftigen Ruck gegen ein paar Felsen am Südufer des Flusses krachte.

Sie waren wieder an Land.

Mother schaute nach Westen, zum Wasserfall. Er war nicht einmal mehr hundert Meter entfernt ...

... doch plötzlich schob sich das zweite Strela in ihr Blickfeld. Das Amphibienfahrzeug hatte ein Stück vor ihr das Flussufer erreicht und fuhr die Böschung hinauf.

»Scheiße!«, fluchte Mother, die inzwischen zu Zack und Emma ins Führerhaus geklettert war.

Sie blickte zu der riesigen Antonow hinüber – sie hatte den Wasserfall beinahe erreicht.

»Scarecrow!«, rief sie in ihr Funkgerät. »Ich habe Zack und Emma und einen Kugelkoffer. Aber sie haben uns den Weg zum Wasserfall abgeschnitten!«

»*Mother, ich habe hier gerade alle Hände voll mit diesen Arschlöchern zu tun*«, kam prompt die Antwort. »*Diesmal bist du leider auf dich allein gestellt …*«

Die Funkverbindung wurde unterbrochen.

Mother spitzte die Lippen.

»Mist. Mist. Mist. Los, ihr zwei. Wenn wir es nicht zur Steilküste schaffen, müssen wir eine andere Möglichkeit finden, die Kugeln zu versenken, bevor uns diese Schweine erwischen.«

Sie sprangen aus dem gestrandeten Betonmischer und rannten die Uferböschung hinauf. Sie hatten nur eine Möglichkeit. Sie liefen weiter nach Süden und zogen sich in das gebirgige Innere von Dragon Island zurück.

Schofield saß immer noch in der Antonow fest und trieb mit zwei Samsonite-Koffern – vier Kugeln, die er noch im Meer versenken musste – auf den Wasserfall zu.

Inzwischen war die Lage vollends außer Kontrolle.

Der Wasserfall kam unaufhaltsam näher. Mother, Zack und Emma hatten sich abgesetzt. Baba war vom Betonmischer an der Wand des Frachtraums zerquetscht worden. Champion hockte halb bewusstlos neben ihm auf dem Boden. Und auch er selbst hatte einen Treffer abbekommen und musste noch zwei Berserker ausschalten, die jeden Moment aus dem Cockpit …

Die Cockpittür flog auf, und die zwei Berserker kamen wild ballernd in den Frachtraum gestürmt.

Doch sie zielten zu hoch, und genau in dem Moment, als sie Schofield am Fuß der Treppe entdeckten und ihre Waffen nach unten richten wollten, kippte das Flugzeug plötzlich nach vorn, *extrem weit* nach vorn …

Die große Transportmaschine hatte den Wasserfall erreicht.

Und war dabei, jeden Moment in die Tiefe zu stürzen.

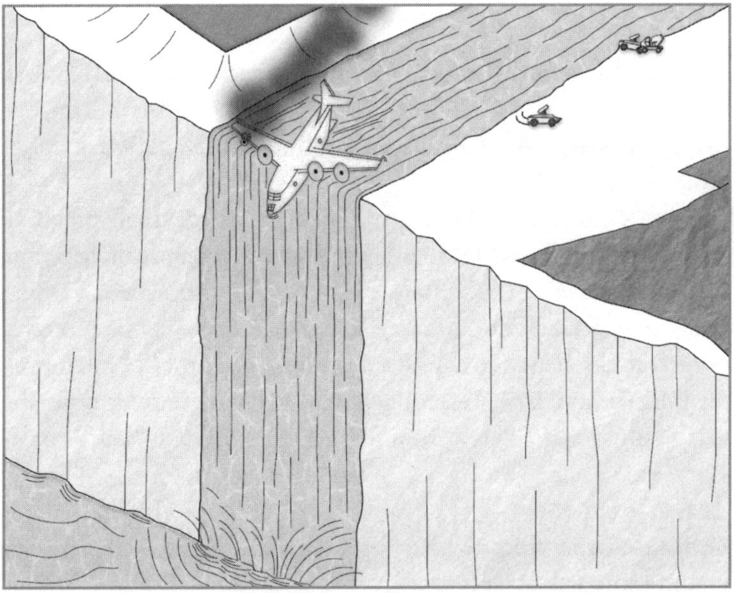

DIE ANTONOW UND DER WASSERFALL

Doch dann kam das Flugzeug mit einem heftigen Ruck zum Stehen …

… und blieb laut knirschend an der Kante des Wasserfalls hängen!

Es war ein unglaublicher Anblick: die riesige Transportmaschine, die mit ihrer brennenden und rauchenden rechten Tragfläche über der Abrisskante des gewaltigen arktischen Wasserfalls hing und mit der Nase beängstigend steil nach unten zeigte, während das reißende Wasser des Flusses bedrohlich dicht unter ihren Tragflächen entlangrauschte, bevor es über den Abgrund hinausschoss und hundert Meter tief aufs Meer hinabstürzte.

Durch den unerwarteten Ruck wurden im Flugzeug alle abrupt nach vorn geschleudert.

Schofield konnte gerade noch Champion packen, bevor er gegen die Wand des Frachtraums flog. Dagegen wurden die zwei Berserker – die ein paar Tausendstelsekunden davorgestanden hatten, ihn zu erschießen – in das nach unten gekippte Cockpit zurückgeschleudert.

Schofield brauchte nicht lang, um zu überreißen, was passiert war.

Das Fahrwerk.

Die beiden Heckfahrwerke der Antonow mussten sich an der Kante des Wasserfalls verfangen haben und verhinderten so, dass das Flugzeug in die Tiefe stürzte.

So war das eigentlich nicht gedacht, stöhnte Schofield innerlich. *Eigentlich wollten wir ans andere Flussufer kommen, damit ich es an die Steilküste schaffe und die Urankugeln ins Meer werfen kann. Und jetzt hänge ich zusammen mit zwei durchgeknallten Killern, die gleich versuchen werden, mich umzulegen, in einem Flugzeug an der Kante eines Wasserfalls.*

Er blickte sich hektisch um. Nur zweieinhalb Meter hinter ihm war eine Seitentür. Würde die Zeit reichen, um zu ihr hochzuklettern und die Kugeln hinauszuwerfen?

Doch dann hörte er, wie sich die Berserker im Cockpit wieder hochrappelten. Sie konnten jeden Moment in den Frachtraum kommen.

»Verdammt, was soll's?«, knurrte Schofield und richtete seine Pistole auf die Cockpittür.

Nur zielte er nicht auf einen der beiden Berserker.

Er zielte auf den Hebel zum Einziehen des Fahrwerks, der über dem Pilotensitz von der Decke hing. Und drückte ab.

Wamm!

Der Hebel klappte funkenstiebend nach vorn.

Das Resultat zeigte sich prompt.

Das Fahrwerk wurde eingezogen, und das Flugzeug stürzte in die Tiefe.

War schon die über dem Wasserfall hängende Antonow ein atemberaubender Anblick gewesen, so war das Spektakel ihres Sturzes in die Tiefe nicht mehr zu toppen.

Mit genau der gleichen Geschwindigkeit wie das Wasser um sie herum machte die riesige Transportmaschine mit der Nase voran einen derart perfekten Kopfsprung in die Tiefe, dass man unwillkürlich damit rechnete, sie würde im letzten Moment eine elegante Aufwärtskurve beschreiben und sich einfach in den Himmel hinaufschwingen. Aber dem war nicht so.

Das Wasser spritzte hoch auf, als das Flugzeug in das weiß schäumende Wasser am Fuß des Wasserfalls eintauchte und auf der Stelle unterging.

Die gläserne Nase der Antonow durchbrach die Oberfläche wie ein Turmspringer und schoss, von wirbelnden Luftblasen umsprudelt, in die Tiefe.

Es waren nur die Tragflächen des Flugzeugs – oder genauer: die Propellertriebwerke daran –, die seine Abwärtsbewegung schließlich bremsten: mit einem verhängnisvoll abrupten Ruck. Das Cockpit war bereits fünf Meter unter der Wasseroberfläche, als die Tragflächen mit den Propellern darauf aufschlugen und den Sturz des Flugzeugs schlagartig stoppten.

Entsprechend dramatisch war auch, was mit den zwei Berserkern im Cockpit geschah. Als das Flugzeug auf der Meeresoberfläche aufschlug, schoss das Wasser in einem schäumenden Schwall durch die zertrümmerten Bugfenster herein, während die zwei Berserker von ihrem Schwung weiter in die andere

Richtung flogen und mit unverminderter Geschwindigkeit *in* das hereinschießende Wasser *hinein*katapultiert wurden.

Schofield, der im Frachtraum mit dem Rücken zur Rückwand des Cockpits in einem Passagiersitz saß, hielt die stöhnende Veronique Champion fest an sich gedrückt.

Nachdem er auf den Fahrwerkshebel geschossen hatte, war er sofort in den Sitz gesprungen und hatte den Sicherheitsgurt angelegt.

Trotzdem wurde er heftig durchgeschüttelt, als das Flugzeug auf der Meeresoberfläche aufschlug, aber der Sitz dämpfte die Wucht des Aufpralls, und der Gurt gab ihm Halt. Champion wurde ihm fast aus den Armen gerissen, aber irgendwie schaffte er es, sie festzuhalten.

Aber die Sache war noch keineswegs ausgestanden.

Das Schlimmste kam erst noch, denn die Antonow stand jetzt senkrecht im Wasser.

Und begann beängstigend schnell zu sinken.

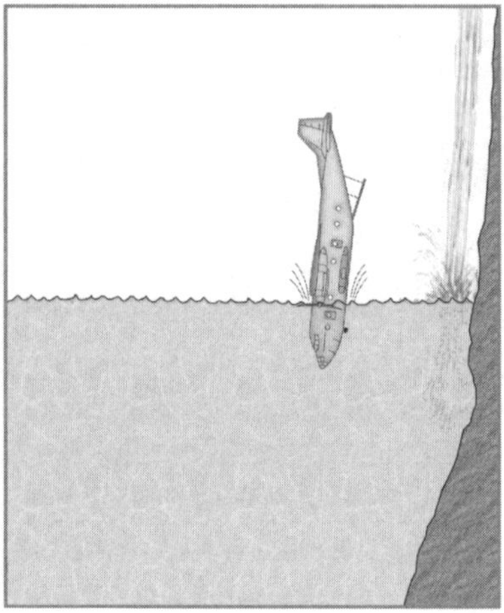

Als wäre es ein Lebewesen, das die große Transportmaschine von innen heraus verschlingen wollte, schoss das Wasser in einem alles mit sich reißenden Schwall durch die zerbrochenen Cockpitfenster.

Alles um Schofield herum war um neunzig Grad gekippt. Da die Nase des Flugzeugs senkrecht nach unten zeigte, war die Trennwand zwischen Cockpit und Frachtraum für ihn jetzt der Fußboden. Die Antonow sank rasch, und das Wasser um Schofield herum stieg immer schneller.

Ohne die halb bewusstlose Veronique Champion loszulassen, versuchte er seinen Sicherheitsgurt zu lösen.

Ein kleiner Wasserfall, der durch die Seitentür direkt über ihm strömte, prasselte unbarmherzig auf ihn herab.

Besorgt blickte Schofield zu der großen quadratischen Luke am Ende des Frachtraums hinauf, die jetzt senkrecht über ihm war. Da die Heckklappe immer noch offen war, konnte er dahinter den grauen Polarhimmel sehen.

Schofield brauchte nicht lange, um die Situation zu überreißen:

Vorerst hielten die Tragflächen das Flugzeug noch über Wasser und verzögerten seinen Untergang, doch das Schicksal der

Antonow war besiegelt. Nicht mehr lange, und sie würde so tief sinken, dass durch die offene Heckluke plötzlich gewaltige Wassermassen in den Frachtraum strömen würden. Dann hätte die große Transportmaschine nur noch so viel Auftrieb wie eine riesige ins Wasser gestürzte Metallröhre und sänke wie ein Stein auf den Meeresgrund.

Schofield biss die Zähne zusammen. Bis es dazu kam, musste er noch etwas erledigen: Er musste die Urankugeln loswerden.

Er wuchtete Champion auf seine Schulter, watete zu einem Netz an der Backbordseite des Frachtraums und kletterte daran zu der offenen Seitentür zweieinhalb Meter über ihm hinauf.

Aber das schäumende Wasser folgte ihm unaufhaltsam. Es stieg immer schneller und leckte an seinen Stiefeln.

Wenig später reichte es ihm schon bis an die Knie und schließlich sogar bis zum Bauch.

Als er endlich die Tür erreichte, durch die immer weiter Wasser in das Flugzeug rauschte, klammerte er sich seitlich von ihr fest. Um Champion nicht die ganze Zeit festhalten zu müssen und beide Hände freizuhaben, schlang er ein Netz um ihre Arme und öffnete einen der Samsonite-Koffer mit den Urankugeln. Er konnte nicht einfach nur den Koffer aus dem Flugzeug werfen, weil nicht sicher war, ob er tatsächlich untergehen würde.

Deshalb nahm er die erste der beiden dunkelrot glänzenden Kugeln – sie war klein und schwer – und warf sie durch die Tür. Sie fiel ins Meer und versank rasch.

Genauso verfuhr er mit der zweiten Kugel. Auch sie verschwand für immer.

Zwei Kugeln hatte er versenkt. Jetzt waren nur noch zwei übrig.

Er ließ den leeren Koffer fallen und griff nach dem zweiten.

In diesem Moment gab Champion einen leisen Laut von sich, der sich wie eine Warnung anhörte, und tatsächlich: Als Schofield sich umdrehte, starrte er in das blindwütige Gesicht eines Berserkers!

Irgendwie hatte der Kerl den Sturz im Cockpit überlebt, und jetzt tauchte er mit gefletschten Zähnen aus dem gurgelnden Wasser auf und versuchte, Schofield an den Beinen zu packen.

Schofield schlug ihm den Koffer ins Gesicht.

Der Schlag brach dem Berserker die Nase, und er stürzte mit blutüberströmtem Gesicht hintenüber ins Wasser.

Schofield hielt sich an dem Netz neben der Tür fest und wappnete sich gegen einen zweiten Angriff. Der blieb jedoch aus, weil in diesem Moment die große Heckluke unter die Meeresoberfläche sank. Jetzt wurde es wirklich kritisch.

Mit unvorstellbarer Wucht kam ein gewaltiger Wasserschwall durch die offene Heckklappe geschossen.

Mit einem Schlag rauschten Tausende Liter Meerwasser auf Schofield, Champion und den Berserker herab.

Schofield gelang es gerade noch, sich an das Netz zu klammern und Champion mit seinem Körper so vor den Wassermassen zu schützen, dass sie nicht von ihnen fortgerissen wurde. Der Berserker hatte nicht so viel Glück: In der Mitte des Frachtraums gab es nichts, woran er sich hätte festhalten können, und das herabstürzende Wasser riss ihn erbarmungslos in die Tiefe.

In kürzester Zeit hatte sich der Frachtraum vollständig mit Wasser gefüllt, und das Flugzeug sank jetzt rasend schnell. Wie Schofield befürchtet hatte, hatte die Antonow jetzt nur noch so viel Auftrieb wie eine hohle Metallröhre.

Es war, als »schwebte« die Transportmaschine auf ihren weiten Tragflächen durch das schäumende Wasser auf den dreihundert Meter tiefer liegenden Meeresgrund hinab.

Ihr Rumpf begann immer bedrohlicher zu ächzen. Lange würde sein Metallskelett dem beständig zunehmenden Wasserdruck nicht mehr standhalten, und dann würde das Flugzeug, schon lange bevor es auf dem Meeresgrund ankam, zusammengedrückt. Mit fatalen Folgen.

Schofield hielt die Luft an, riss eine der Mini-Pressluftflaschen mit ihrem fünf Minuten reichenden Notvorrat von Champions

Waffengürtel und steckte sich den Lungenautomaten in den Mund.

Als er genügend Luft in der Lunge hatte, löste er eine zweite Pressluftflasche von Champions Gürtel und steckte sie ihr in den Mund, damit auch sie unter Wasser atmen konnte.

Dann machte er sich daran, seine Mission zu Ende zu bringen. In dem inzwischen vollständig mit Wasser gefüllten Frachtraum schwebend, öffnete er den zweiten Samsonite-Koffer und warf die zwei Urankugeln, die er enthielt, durch die offene Seitentür. Sie versanken sofort und verschwanden für immer.

Als das erledigt war, fasste er nach oben und löste etwas von der Wand des Frachtraums.

Er packte Champion und wollte gerade die Reißleine des Gegenstands ziehen, den er von der Wand genommen hatte, als ihn jemand an den Füßen festhielt!

Es war der Berserker. Dieser Irre war einfach nicht totzukriegen! Und jetzt versuchte er Schofield daran zu hindern, das sinkende Flugzeug zu verlassen.

Der Rumpf der Antonow ächzte. Ihre Streben knackten.

Nicht mehr lang, und das ganze Flugzeug würde implodieren. Und dieser Verrückte wollte ihn daran hindern, nach draußen zu kommen!

Schofield trat mit aller Kraft nach dem Berserker, aber dieser blöde Scheißkerl ließ ihn einfach nicht los.

Verdammt, was soll's?, dachte Schofield. *Dafür gibt es auch eine andere Lösung.*

Und zog an der Reißleine des Gegenstands, den er von der Wand genommen hatte.

Es war ein kleines Rettungsfloß.

Sobald Schofield an der Leine gerissen hatte, blies es sich auf und schoss wie eine Granate durch die Ladeluke. Gleichzeitig befreite es Schofield aus dem Griff des Berserkers und zog ihn mit Champion aus dem Frachtraum der sinkenden Antonow.

Auf seinem Weg an die Oberfläche zog das Rettungsfloß eine

lange Spur aus zerplatzenden Luftblasen hinter sich her. Schofield klammerte sich mit einer Hand an die Leine, mit der anderen hielt er Champion fest.

Wenige Sekunden nachdem sie aus dem Flugzeug katapultiert worden waren, hielt der Rumpf dem zunehmenden Wasserdruck nicht mehr stand, und die Antonow mit dem Berserker im Frachtraum wurde zerquetscht wie eine Getränkedose. Jetzt sank die Transportmaschine noch schneller und verschwand in der Tiefe.

Schofield und Champion wussten nur zu gut, wie gefährlich es war, so schnell aufzutauchen. Deshalb atmeten sie während ihres rasanten Aufstiegs beständig aus, bis das Rettungsfloß endlich die Oberfläche erreichte.

Hinter ihnen ragte die Steilküste von Dragon Island mit dem Wasserfall empor. Ihre senkrechten, von Schnee und Eis bedeckten Felsen wären unmöglich zu erklimmen.

In der anderen Richtung, im Westen, erstreckte sich eine riesige Eisfläche, die von drei Meter tiefen Rinnen durchzogen war.

Rasch wuchtete Schofield Champion in das Rettungsfloß – sie versuchte zwar, ihn dabei zu unterstützen, aber ihr Bauchdurchschuss war extrem schmerzhaft. Schließlich kletterte auch er in das Floß und schnappte sich sofort ein Paddel. Jetzt galt es, eine der schützenden Rinnen im Eis zu erreichen, bevor oben an der Steilküste die ersten Thieves eintrafen und sie entdeckten.

Wenige Augenblicke später hatten sie eine der Rinnen im Eis erreicht. Champion spuckte ihr Mundstück aus und sank mit geschlossenen Augen bewusstlos auf den Boden des Rettungsfloßes.

Schofields Lage wurde immer aussichtsloser.

Sein Team schrumpfte unaufhaltsam: Iwanow und Baba waren tot; Kid und Mario befanden sich zwar noch auf freiem Fuß, waren aber inzwischen auf sich allein gestellt; Mother, Zack und Emma waren mit den letzten zwei Urankugeln entkommen, aber Schofield wusste, dass die Army of Thieves bereits Jagd auf sie machte. Und schließlich waren da noch Champion und er. Sie hatte einen Bauchdurchschuss – wenn sie die Verletzung überhaupt überlebte, wäre sie zumindest bis auf weiteres bewegungsunfähig –, und er selbst war an der linken Hand und an der Schulter von Schüssen getroffen worden.

Er hatte überlebt und war immer noch in der Lage weiterzukämpfen, aber angesichts seines augenblicklichen Zustands – er war verwundet und längst am Ende seiner Kräfte – stand der Erfolg seiner Mission mehr denn je in Frage.

CRYSTAL CITY, VIRGINIA
22:30 UHR
(11:30 UHR AUF DRAGON ISLAND)

Dave Fairfax schob Marianne Retter in seine Wohnung in Crystal City und warf atemlos die Tür hinter sich zu.

Nach der Flucht vor den Männern, die sich als VIP-Chauffeure ausgegeben hatten, waren sie mit der U-Bahn direkt hierhergekommen. Fairfax' Wohnung in Crystal City war nicht weit vom Pentagon entfernt, nur eine U-Bahnstation und ein kurzes Stück zu Fuß.

»Jetzt sind Sie jedenfalls ganz offiziell ein VIP«, stieß Fairfax außer Atem hervor. »Ganz schön dreist das eben, ein Entführungsversuch direkt vor dem Pentagon.«

»Wer *waren* diese Typen?«, fragte Retter.

»Keine Ahnung«, sagte Fairfax. »Jedenfalls wussten sie, wer Sie sind und wohin Sie wollten, und sie wollten nicht, dass Sie dorthinkommen. Wir dürfen keine Zeit verlieren. Wenn sie herausfinden, wer ich bin, müssen wir schnellstens von hier weg. Wenn wir dieser Sache allerdings weiter auf den Grund gehen wollen, brauche ich unbedingt einen Computer mit der entsprechenden Software ...«

Fairfax schloss eine Schublade auf und nahm seinen Laptop heraus. Er klappte ihn auf, steckte sich einen Kopfhörer ins Ohr und begann hastig zu tippen.

»Wie Ausländer haben sie nicht ausgesehen«, sagte Retter, mehr zu sich selbst. Ihr Ton war nüchtern und sachlich. »Keinerlei Akzent, tadellos gekleidet. Können sie tatsächlich *Amerikaner* gewesen sein? Und so dreist ihr Vorgehen auch war, ihnen ist doch ein winziger Fehler unterlaufen, den die meisten nicht bemerkt hätten. Aber es war ein Fehler, der sich eigentlich nur durch Zeitmangel erklären lässt. Alles andere – Ausweisanstecker und Autos – konnten sie fälschen, aber um sich eine Limousine mit der richtigen Bereifung zu beschaffen, hat die Zeit nicht mehr gereicht. Das heißt, die Entscheidung, mich zu entführen, wurde sehr überstürzt getroffen ...«

»Moment.« Fairfax hielt die Hand an seinen Ohrstöpsel. »Ich bin gerade in einem verschlüsselten Funkfrequenzbereich für Washington und Umgebung, zu dem nur Militär, Geheimdienst und Polizei Zugang haben, und habe unsere Namen als Schlüsselwörter eingegeben. Wenn nämlich so etwas wie gerade eben passiert, setzen sich alle möglichen Leute über Funk oder Handy mit ihren Vorgesetzten in Verbindung ...«

Über seinen Bildschirm lief jede Menge Text.

»Ach du Scheiße ...«, murmelte Fairfax.

»Was ist?« Retter beugte sich vor.

Fairfax deutete mit dem Kopf auf den Bildschirm.

```
RÜCKVERFOLGUNG V-DATA SYSTEM
ECHELON-SUBSYSTEM-BEREICH:
  E-4 Washington D.C. und Umgebung
FREQUENZBEREICH: 462 471–464.85 MHz
SCHLÜSSELWÖRTER: RETTER, MARIANNE, FAIRFAX, DAVID

GEFUNDENE SCHLÜSSELWÖRTER
VON NUTZER: A9 (CENTRAL INTELLIGENCE AGENCY)

STIMME 1: DIE RETTER-ENTFÜHRUNG VOR DEM PENTAGON
          IST FEHLGESCHLAGEN. WAS WAR DA LOS?
STIMME 2: SIE HAT UNSERE TARNUNG DURCHSCHAUT UND
          IST MIT EINEM UNBEKANNTEN ENTKOMMEN.
STIMME 3: WIR HABEN INZWISCHEN SEINEN NAMEN.
          DAVID FAIRFAX. EBENFALLS DIA. WOHNHAFT
          IN CRYSTAL CITY.
STIMME 1: SOFORT HINFAHREN.
```

Fairfax sah Marianne Retter an. »Da haben wir es schon. Fast wären Sie von der CIA entführt worden. Wir müssen *sofort* weg hier.«

Überstürzt verließen sie Fairfax' Wohnung. Sie nahmen nur seinen Laptop mit und machten sich auf den Weg in eine nahe Mall, die bis Mitternacht geöffnet hatte. Dort zogen sie sich in das Café einer Buchhandlung zurück, von dem man den Eingang der Mall gut im Blick hatte.

»So«, begann Fairfax. »Langsam wird es Zeit für einen erweiterten Informationsaustausch zwischen uns beiden.«

»Das hieße, ich müsste Ihnen vertrauen«, sagte Retter.

»Träger eines Navy Cross ...«, sagte Fairfax. »Und wie Sie auf der Flucht.«

»Ach ja, stimmt. Hätte ich fast vergessen.«

Fairfax legte seinen Laptop auf den Tisch und tippte beim Sprechen einfach weiter. »Okay, ich zuerst. Das ist, was ich weiß. Mein Marines-Kontaktmann ist oben am Polarkreis. Er hat mir geschrieben, er würde gleich zu einem Einsatz aufbrechen, und hat mich gebeten, zwei Dinge für ihn zu recherchieren: die Army of Thieves und Dragon Island Ostrow Smej – eine richtig üble Forschungseinrichtung oben in der Arktis, die noch aus Sowjetzeiten stammt.

Bei meinen Recherchen über die Army of Thieves bin ich auf Sie gestoßen. Bei meinen Recherchen über Dragon Island bin ich auf *das hier* gestoßen, und das war der Grund, warum ich Sie aufgesucht habe. Das ist eine Liste amerikanischer Militär- und Geheimdienstorganisationen, die sich in den letzten dreißig Jahren für Dragon Island interessiert haben.«

Retter bekam große Augen, als sie sah, was auf dem Bildschirm erschien. »Das ist ja der JCIDD, zugänglich nur für die Joint Chiefs und hochrangigste ...«

»Habe ich Ihnen nicht gesagt, ich bin gut darin, Kodes zu knacken?«

»Ach ja, stimmt.«

»Irgendwelche Namen darunter, die Ihnen bekannt vorkommen?«

Retter überflog die Liste auf Fairfax' Bildschirm.

DIENST	DOKUMENTTYP	ZUSAMMEN-FASSUNG	VERFASSER	JAHR
USN	SOWJETISCHE U-BOOT-WARTUNGSBUNKER	Liste der Wartungseinrichtungen für Atom-U-Boote der Roten Flotte	Draper, A.	1979 bis heute
NWS	MAKROWETTER-SYSTEMANALYSE	Analyse von Jetstream-Windbändern	Corbett, L.	1982
CIA	MÖGLICHE STANDORTE	Geographische Optionen für Operation »Drachentöter«	Calderon, M.	1984
CIA	SOWJETISCHE FORSCHUNGS-ANLAGEN FÜR CHEMISCHE UND BIOLOGISCHE KAMPFSTOFFE	Liste aller bekannten sowjetischen Forschungseinrichtungen für die Entwicklung chemischer und biologischer Kampfstoffe	Dockrill, W.	1986
USAF	LISTE VORRANGIGER ZIELE (UDSSR)	Liste von Erstschlag-Zielen in der UdSSR im Fall eines größeren Konflikts	Holman, G.	1986, 1987, 1988, 1989, 1990, 1991
NRO/ USAF	SATELLITEN-STANDORTLISTE	Dienstübergreifender Austausch von GPS-Daten russischer Stützpunkte	Gaunt, K.	2001 (2006 aktualisiert)
Army	AUFSTELLUNG SOWJETISCHER CHEMISCHER UND BIOLOGISCHER KAMPFSTOFFE	Liste aller bekannten chemischen und biologischen Kampfstoffe, die vom sowjetischen/russischen Spezialwaffen-Direktorat gelagert werden	Gamble, N.	1980 bis 1991, 1992 bis heute

Retter nagte nachdenklich an ihrer Unterlippe, während sie die Liste studierte.

»Wieder mal die üblichen Verdächtigen«, murmelte sie. »Army, Air Force, Navy, CIA, sogar eine Jetstream-Analyse des

National Weather Service. Aber wenn man einen genaueren Blick auf diese Liste wirft, bekommt man schon mal einen ungefähren Eindruck von Dragon Island.«

»Inwiefern?«, fragte Fairfax.

»Schauen Sie doch. Aufmerksam geworden ist die US Navy auf Dragon Island 1979. Damals diente es als Stützpunkt für die Reparatur und Wartung sowjetischer Atom-U-Boote. Dann hat wegen ihrer Lage unter dem arktischen Jetstream der Weather Service die Insel für sich entdeckt. Aber richtig interessant wird es erst danach.

Wie Sie gesagt haben, wurde das Waffenforschungszentrum auf Dragon Island 1985 gebaut. Und jetzt schauen Sie mal: Prompt erscheint Dragon Island 1986 auf einer CIA-Liste sowjetischer Forschungsstätten für chemische und biologische Kampfstoffe *und* auf einer Liste der Air Force mit vorrangigen sowjetischen Angriffszielen. Auf der zweiten Liste bleibt es bis zum Zusammenbruch der Sowjetunion im Jahr 1992, aber danach wird es von ihr gestrichen; von da an wird es nicht mehr als vorrangiges Ziel eingestuft. Die anderen Dokumente sehen nach dem üblichen langweiligen Standardkram aus, wie zum Beispiel der CIA-Bericht von 1984 mit dem Titel MÖGLICHE STANDORTE, verfasst von einem – Moment mal – Calderon, M.«

»Wieso? Wer ist das?«, fragte Fairfax.

»Calderon M. ist niemand anders als Marius Calderon«, sagte Retter nachdenklich. »Ich glaub's nicht … dahinter steckt *er*. Das könnte der Zusammenhang sein, nach dem Sie suchen, Mr. Fairfax.«

»Wie bitte? Warum? Kennen Sie diesen Typen?«

»Allerdings. Bei meinen Recherchen über die Army of Thieves bin ich mehrmals auf seinen Namen gestoßen. Das würde einiges erklären.«

Jetzt war es an Fairfax, sich neugierig vorzubeugen. »Und wer ist dieser Calderon, und warum hat er schon 1984 etwas über Dragon Island geschrieben – ein Jahr, *bevor* die Forschungseinrichtung überhaupt gebaut wurde?«

Vor dem Einkaufszentrum ertönte eine Sirene, und beide fuhren nervös herum, aber es war nur ein Krankenwagen, der sich rasch entfernte. Sie atmeten erleichtert auf.

»Marius Calderon«, sagte Retter, »ist eine ganz große Nummer bei der CIA. Er ist schon seit 1980 dabei und wurde damals frisch von der Army-Ranger-Ausbildung weg rekrutiert.

Ursprünglich war China sein Spezialgebiet. Er wurde damit beauftragt, die chinesischen Wirtschaftsreformen, die 1978 begonnen hatten, zu beobachten und zu analysieren. Seitdem wurde er allerdings fast in jeder Abteilung der CIA eingesetzt: von Activity bis Special-Ops. Gerade für uns könnte dabei besonders interessant sein, dass er Ende der achtziger Jahre Ausbilder an der School of the Americas war. Das ist diese Militärakademie, von der ich Ihnen erzählt habe – die von der US Army in Fort Benning unterhalten wurde und an der ...«

»... mehrere chilenische Angehörige der Army of Thieves zu Kampfmaschinen der übelsten Sorte ausgebildet worden sind«, sprach Fairfax den Satz für sie zu Ende.

»So ist es. Aufmerksam geworden bin ich auf diesen Calderon in dem Moment, als ich mich genauer mit diesen zwölf chilenischen Offizieren zu befassen begonnen habe, die aus einem Militärgefängnis in Valparaiso ausgebrochen sind. Sie waren alle an der School of the Americas, *als Calderon dort unterrichtet hat.* Alle zwölf waren seine Schüler.«

»Im Ernst ...«

»Daraufhin habe ich mir seine Personalakte angesehen«, fuhr Retter fort. »Mal abgesehen von dem ganzen anderen Kram war Calderon den größten Teil seiner Zeit bei der CIA in der Abteilung für psychologische Kriegsführung tätig. Er war Experte für – und ich zitiere hier seinen Akteneintrag – ›die Beschaffung missionsrelevanter Informationen von nicht auskunftsbereiten feindlichen Kombattanten mittels uneingeschränkter psychologischer Verhörmethoden‹.«

»Folter«, brachte es Fairfax auf den Punkt.

»*Psychologische* Folter. In den letzten zwanzig Jahren war

Marius Calderon *der* CIA-Experte für psychologische Taktik und nichtinvasive Folter, und bekanntermaßen ist nichtinvasive Folter neuerdings wieder schwer in Mode. In Guantanamo und anderen Gefangenenlagern sind Calderons Methoden gängige Praxis.

Er vertritt die Ansicht, dass man einen Menschen dazu bringen kann, alles zu *tun* und jedes Geheimnis zu *verraten*, wenn man nur rücksichtslos seinen Verstand attackiert.

2005 soll er in Afghanistan mit brutalsten Methoden drei gefangene Taliban-Kämpfer ›umgedreht‹ haben – er tackerte ihnen die Augenlider fest und setzte sie sechs Tage lang ununterbrochen Videoaufnahmen von Gewalt, Sadismus, Live-Verstümmelungen und bestialischer Brutalität aus. Gleichzeitig ließ er sie erbarmungslos schlagen und ständig mit lauter Musik und den Schreien Gefolterter traktieren. Anschließend wurden diese Taliban-Kämpfer freigelassen und in ihre Dörfer zurückgeschickt. Sie waren wie psychische Zeitbomben, die nur darauf warteten, auf ein Wort Calderons hin zu explodieren. Nachdem die CIA eine bestimmte Radionachricht hatte senden lassen, liefen alle drei in ihren Heimatdörfern Amok und ermordeten über dreißig Menschen, bevor sie ihre Waffen gegen sich selbst richteten.«

»Unglaublich.«

»In den frühen achtziger Jahren war Calderon das Wunderkind der CIA, ihr junges Genie. 1983 konzipierte und koordinierte er im Alter von 27 Jahren die kaum bekannte Kommandostabsübung Able Archer 83, die einen Atomschlag der Nato auf die UdSSR simulierte und an der *richtige* Staatschefs beteiligt waren. Wie Calderon vorhergesagt hatte, hielten die Sowjets den Angriff für real und brachten ihr gesamtes Atomwaffenarsenal in Einsatzbereitschaft ... und wurden dabei von sämtlichen amerikanischen Nachrichtendiensten genauestens beobachtet. Daraufhin wussten wir bis zu Beginn der neunziger Jahre schon *vor* den Sowjets, welche Schritte sie im Notfall unternehmen würden. Reagan war begeistert. Für diesen Geniestreich verlieh er Calderon die Intelligence Medal.

Die CIA war von Calderons Beitrag zu Able Archer 83 so beeindruckt, dass sie ihn zu allen möglichen geopolitischen Analysen hinzuzog – Russland, China, Mittel- und Südamerika. Aber ganz besonders griffen sie auf ihn zurück, wenn es galt, die Absichten von Amerikas Feinden zu durchschauen und die feindlichen Reaktionen auf spezielle Szenarien vorherzusagen, wie ihm das bei Able Archer so grandios gelungen war.

Calderon verstand es, Menschen und ihre Motive, Emotionen und Intentionen so gut zu durchschauen, dass er oft bis ins Kleinste vorhersagen konnte, wie sie sich in einer bestimmten Situation verhalten würden. Zum Beispiel sah Calderon jedes einzelne von Michail Gorbatschows innenpolitischen Strategemen voraus: von seinem Aufstieg zum Generalsekretär des Politbüros 1985 bis hin zu Glasnost und Perestroika. Jedes Mal wenn sich Reagan mit Gorbatschow traf, ließ sich der Präsident vorher von Calderon persönlich instruieren. Reagan sollte später sagen, die Verhandlungen mit Gorbatschow seien für ihn so gewesen, als würde er mit Gorbatschow pokern und ihm dabei in die Karten sehen können.«

Nach einer kurzen Pause fuhr Retter fort: »Ich habe sogar einen alten Bericht gefunden, den Calderon 1982 über China geschrieben hat. Darin hat er verschiedene Vorhersagen getroffen.«

Retter hatte nach wie vor ihren Aktenkoffer mit den Unterlagen, die sie ins Weiße Haus hatte bringen wollen, bei sich. Sie öffnete ihn, nahm ein gedrucktes Dokument heraus und reichte es Fairfax.

Es war überschrieben mit:

DER BEVORSTEHENDE AUFSTIEG CHINAS UND DER DARAUS RESULTIERENDE NIEDERGANG AMERIKAS

ANALYSE VON MARIUS CALDERON

2. JULI 1982

»Klasse Titel«, bemerkte Fairfax. »Das nennt man den Teufel an die Wand malen.«

»Die kommunistische Partei Chinas«, fuhr Retter fort, »stellte ihre Wirtschaftsreformen als ›Sozialismus mit chinesischen Vorzeichen‹ hin, während Calderon sie schlicht und einfach als ›Anarcho-Kapitalismus unter einer menschenverachtenden Regierung‹ bezeichnete. Die Reformen traten 1978 in Kraft und griffen zunächst nur schleppend. Es dauerte bis Ende der neunziger Jahre, Anfang des einundzwanzigsten Jahrhunderts, bis Chinas Wirtschaft die ungeheure Dynamik entwickelte, wie wir sie heute von ihr kennen. 1982 dagegen war China noch ein rückständiges, vorwiegend agrarwirtschaftlich ausgerichtetes Land mit Kollektivwirtschaft und einer ineffektiven, in Staatsbesitz befindlichen Industrie. Niemand hat die Volksrepublik damals ernst genommen ... außer Marius Calderon. Lesen Sie einige der hervorgehobenen Abschnitte, und halten Sie sich dabei vor Augen, dass Calderon sie bereits *1982* geschrieben hat.«

Fairfax überflog das Dokument und studierte die Abschnitte, die Retter mit Marker gekennzeichnet hatte. Einer davon lautete:

DIE SUPERMACHT DES 21. JAHRHUNDERTS: CHINA

Machen wir uns nichts vor, die umfangreichen und tiefgreifenden Wirtschaftsreformen der Kommunistischen Partei werden ein neues China schaffen, ein China, das Amerika spätestens bis zum Jahr 2010 seine führende Rolle in der Weltwirtschaft streitig machen wird.

Im Zug der Öffnung und Expansion der chinesischen Wirtschaft wird die Industrie des Landes die weltweiten Vorräte an Eisenerz und Aluminium aufbrauchen, und seine Mittelschicht wird wohlhabender werden. Eine Milliarde chinesischer Konsumenten werden Fernsehgeräte, Autos, Kühlschränke und all die anderen Konsumgüter kaufen wollen, die für die Amerikaner seit den fünfziger Jahren, dem goldenen Zeitalter unserer Nation, eine Selbstverständlichkeit sind.

Amerika ist im Niedergang begriffen. Wir stellen nichts mehr her. Die glücklichen Zeiten von 1945 bis 1970 (als wir auf dem industriellen Sektor noch keine Konkurrenz von den Ländern bekamen, die wir im Zweiten Weltkrieg besiegt hatten, nämlich Deutschland und Japan) sind vorbei. Inzwischen befinden wir uns in den achtziger Jahren, und Deutschland und Japan bauen bessere Autos, Haushaltsgeräte und Unterhaltungselektronik als wir. Amerikanische Arbeiter können nicht mehr mit den billigen Arbeitskräften in Ländern wie Japan und Taiwan konkurrieren.

Aber das alles ist nichts im Vergleich mit der industriellen Großmacht, zu der sich China aufschwingen wird.

Es war die industrielle Macht der Nordstaaten, die sie als Sieger aus dem amerikanischen Bürgerkrieg hervorgehen ließ; es war Amerikas industrielle Macht, die es an zwei Fronten siegreich aus dem Zweiten Weltkrieg hervorgehen ließ. Und Chinas industrielle Macht wird Dimensionen erreichen, wie wir sie auf der Erde bisher noch nicht gesehen haben. Die Wirtschaftsreformen der Volksrepublik haben nur ein einziges Ziel: den schlafenden Drachen zu wecken und sich zu einer industriellen Großmacht aufzuschwingen. Wenn diese Reformen richtig umgesetzt werden, prognostiziere ich für die chinesische Wirtschaft in den neunziger und zweitausender Jahren jährliche Wachstumsraten im zweistelligen Bereich ...

»Wirklich erstaunlich«, sagte Fairfax. »Dieser Typ hat Chinas zweistellige Wachstumsraten schon 1982 vorhergesehen.«

»Lesen Sie weiter«, forderte ihn Retter auf.

Fairfax sprang zur nächsten markierten Passage.

VORHERSEHBARE FOLGEN DES AUFSTIEGS CHINAS

Der erste Leidtragende von Chinas Aufstieg wird der amerikanische Durchschnittsbürger sein. Unser Dollar wird gegenüber dem chinesischen Yuan (den die Chinesen nur ungern freigeben werden) ungeheuer an Wert verlieren. Die Amerikaner werden nicht mehr in der Lage sein, ins Ausland reisen zu können, während die Chinesen immer reicher werden. Das wird enorme Finanzdefizite nach sich ziehen, und unsere Regierung wird anfangen, sich von den Chinesen Geld zu leihen.

Die Arbeitslosigkeit in Amerika wird untragbare Ausmaße annehmen, je mehr die Arbeit gering qualifizierter Arbeitskräfte (vor allem in Fabriken und Produktionsbetrieben) von billigeren Arbeitskräften in China übernommen wird.

Und mit wirtschaftlicher Stärke geht natürlich politische Stärke einher. Mit zunehmendem Reichtum wird China verstärkt ärmere Länder unterstützen und sich auf Dauer größeren weltpolitischen Einfluss verschaffen als die Vereinigten Staaten …

Fairfax blickte von dem Dokument auf. »Dieser Typ hatte echt was drauf.«

»Und das ist noch lange nicht alles«, bemerkte Retter. »Er sagt auch voraus, dass sich China im ersten Jahrzehnt des einundzwanzigsten Jahrhunderts erfolgreich für die Ausrichtung der Olympischen Spiele bewerben und diese Spiele dazu nutzen würde, sich der Welt zu präsentieren.«

»Okay. Und wo steckt der Kerl jetzt?«, fragte Fairfax.

Retter hob die Handflächen. »Ich habe mich bei DIA und CIA erkundigt, aber entweder weiß tatsächlich niemand etwas, oder sie wollen es mir nicht sagen. Jedenfalls steht er noch in den Diensten der Agency. 2002 hat er in ihrer paramilitärischen Spezialeinheit ein paar richtig tiefschwarze Nummern durchgezogen – wussten Sie zum Beispiel, dass die Agency drei U-Boote der *Sturgeon*-Klasse für heimliche Infiltrationen hat? Dann war er von 2003 bis 2004 eine Weile in amerikanischen ›Extraordinary Rendition‹-Lagern in Ägypten und in der Türkei. Wo er allerdings im vergangenen Jahr stationiert war und was er dort gemacht hat, will niemand sagen.«

»Glauben Sie, Calderon hat etwas mit der Army of Thieves zu tun?«, fragte Fairfax.

»Er hat die zwölf Chilenen, die aus dem Gefängnis in Valparaiso befreit wurden, persönlich ausgebildet. Sie kennen ihn, und sie kennen seine Methoden; sie wären der ideale Offiziersstab für eine Privatarmee wie die Army of Thieves. Und dann wäre da noch etwas: Wie bereits gesagt, war Calderon in sogenannten ›Extraordinary Rendition‹-Niederlassungen der CIA in Ägypten und in der Türkei tätig – das sind geheime Lager, in die wir Terrorverdächtige aus dem Irak und Afghanistan überstellt haben, um sie dort zum Teil unter Folter zu verhören. In dem Rendition-Lager in Ägypten unterstützte die CIA eine Reihe von afrikanischen Regierungen dabei, *ihren* gefangen genommenen Feinden Informationen zu entlocken. Dazu gehörte unter anderem die zutiefst korrupte Regierung des Sudan, die später gestürzt wurde.«

»Beim zweiten Häftlingsausbruch«, sagte Fairfax, »sind hundert sudanesische Soldaten aus einem UN-Gefängnis im Sudan entkommen. Augenblick mal. Wollen Sie damit sagen, dass dieser *Calderon*, ein CIA-Agent wohlgemerkt, die Army of Thieves aufgestellt hat? Dass er sich seine Offiziere aus Chile und das Fußvolk aus dem Sudan geholt hat?«

»Ja. Ich habe sogar noch eine weitere Theorie, die Sie aber bestimmt für komplett verrückt halten werden.«

»Warten Sie doch erst mal ab.«

Retter zögerte. »Beweisen kann ich es zwar nicht, aber ... na ja ...« Sie holte tief Luft. »Der Anführer der Army of Thieves ist nur zu offensichtlich extrem clever, dreist und unerschrocken. Dennoch verbirgt er immer sein Gesicht. Würden Sie das tun, wenn Sie ein Terrorist wären? Ich jedenfalls glaube, er tut das, *weil er von niemandem erkannt werden möchte*. Er will seine Identität *unbedingt* geheim halten. Deshalb halte ich es für sehr gut möglich, dass der Anführer der Army of Thieves Marius Calderon ist, ein Topagent der CIA.«

»Aber aus welchem Grund sollte dieser Calderon eine solche Privatarmee aufgestellt haben?«, fragte Fairfax.

»Das, Mr. Fairfax, ist nicht die richtige Frage. Calderon ist noch ein CIA-Mann alter Schule. Die eigentliche Frage muss deshalb lauten: Warum könnte die *CIA* eine solche Armee aufgestellt haben?«

»Vielleicht ist die Tatsache, dass wir uns diese Frage stellen, der Grund dafür, weshalb sie uns gerade vor dem Pentagon zu entführen versucht haben.«

»Allerdings.« Retter nickte in Richtung Bildschirm. »Und was steht jetzt in *diesem* Bericht, den Calderon 1984 über Dragon Island unter dem Titel ›Mögliche Standorte: geographische Optionen für Operation Drachentöter‹ geschrieben hat? Dieses Dossier habe ich nämlich nicht zu sehen bekommen.« Sie bedachte Fairfax mit einem vielsagenden Blick. »Dafür hat mein Geheimnisträgerstatus nicht ausgereicht. Worum geht es bei Operation Drachentöter?«

»Das werden wir gleich mal herauszufinden versuchen. Fairfax klickte den Begriff an und gab ein paar sehr verbotene Passwörter ein.

Auf dem Bildschirm erschien ein Fenster mit der Warnung: DIE DATEI, DIE SIE ZU ÖFFNEN BEABSICHTIGEN, IST STANDORTGESCHÜTZT.

»Was heißt das?«, fragte Retter.

»Es heißt, wenn wir die Datei öffnen, werden dem Besitzer der Datei dieser spezielle Computer und sein Standort übermittelt. Er erfährt also zum einen, *dass* wir die Datei geöffnet haben, und zum anderen, *wo* wir es getan haben. Wenn wir also dieses Dokument lesen wollen, müssen wir es schnell lesen und dann auf der Stelle abhauen. Wollen Sie?«

»Unbedingt. Und Sie?«

»Was haben Sie denn gedacht?« Fairfax klickte auf DATEI ÖFFNEN.

Ein neues Fenster erschien. Gleichzeitig ging in der rechten oberen Bildschirmecke ein blinkendes, mit einer Uhr versehenes Feld mit dem Warnhinweis auf: ÖFFNEN DER DATEI WURDE REGISTRIERT, NUTZERDATEN WERDEN ÜBERMITTELT.

Fairfax ignorierte die Warnung. Er überflog das Dokument rasch. Es war eine PDF-Datei eines alten, maschinengeschriebenen Dokuments mit einem Datumsstempel vom August 1984 und der Überschrift:

OPERATION »DRACHENTÖTER«
ANALYSE UND OPERATIVES KONZEPT VON
MARIUS CALDERON
1. AUGUST 1984

Es war kurz, nur drei Seiten lang.

Und Dave Fairfax und Marianne Retter lasen es im Café einer Buchhandlung im vorstädtischen Virginia, während die digitale Signatur ihres Computers weiß Gott wohin übermittelt wurde.

Als sie fertig waren, sahen sie sich entsetzt an.

»Ach du Scheiße ...«, flüsterte Fairfax. »Scheiße, Scheiße, Scheiße. Kein Wunder, dass uns die CIA einkassieren wollte. Wir stecken echt in der Scheiße.«

Fairfax wollte gerade die Wi-Fi-Verbindung seines Laptops unterbrechen – er konnte den Computer zwar behalten, aber er durfte damit nicht mehr online gehen, weil die Gegenseite sonst sofort feststellen konnte, wo er gerade war.

Doch dann überlegte er es sich noch einmal anders.

Da war noch etwas, was er tun musste.

Und deshalb tat er es. Er schickte das Dokument, das er gerade gelesen hatte, in den Cyperspace hinaus.

»Gehen Sie endlich offline«, drängte Retter. »Und dann nichts wie weg hier.«

Fairfax unterbrach die WLAN-Verbindung, und sie verließen sofort die Buchhandlung.

DRAGON ISLAND
4. APRIL, 11:35 UHR

Der Fürst der Anarchie – in anderen Kreisen als Marius Calderon bekannt – kam ans Ende der Startbahn, wo Typhon und Big Jesus auf ihn warteten.

Umgeben von den Soldaten der Army of Thieves blickten die drei auf die Stelle hinab, wo die Antonow im Meer versunken war.

»Schofield hatte vier Kugeln bei sich, als er ins Meer gestürzt ist«, sagte Typhon. »Aber bevor die Antonow den Wasserfall erreicht hat, ist es drei seiner Leute gelungen, mit einem Koffer mit zwei Kugeln aus dem Flugzeug zu entkommen und das Südufer des Flusses zu erreichen. Dort hat ihnen dann allerdings eines unserer Strelas den Weg zur Küste abgeschnitten.«

»Sind sie zu Fuß unterwegs?«

»Inzwischen ja.«

»Und sie haben die Kugeln noch bei sich?«

»Soweit wir das feststellen können, ja. Ich habe bereits Bad Willy mit zwei Strelas über den Fluss geschickt, um ihre Verfolgung aufzunehmen.«

Der Fürst der Anarchie blickte nachdenklich auf den Fluss, der sich in die gebirgige Südhälfte von Dragon Island schlängelte. Dort gab es einen kleinen Steinbruch und ein paar unbefestigte Straßen, aber sonst wenige Stellen, wo man sich hätte verstecken können.

»Findet sie und macht sie kalt«, ordnete er an. »Und bringt mir vor allem diese verdammten Kugeln. Wir haben zwar noch Zeit, aber nicht mehr endlos lang.«

»Das hier haben wir auch noch gefunden.« Big Jesus trat zur Seite, damit zwei seiner Männer nach vorn kommen und dem Fürsten der Anarchie eine leblose Gestalt vor die Füße werfen konnten.

Es war Baba, hünenhaft, bärtig und klatschnass.

Es war ihm gelungen, sich im allerletzten Moment durch die Seitentür der Antonow zu werfen, bevor der Betonmischer an die Wand des Frachtraums krachte.

»Er wurde vor wenigen Minuten ans Ufer gespült«, erklärte Big Jesus. »Ein französischer Elitesoldat. Er gehört zu den anderen.«

Der Fürst der Anarchie blickte auf Babas leblose Gestalt hinab.

»Das nenne ich Glück. Er wird uns bei der Jagd nach seinen Kameraden sehr nützlich sein. Wir foltern ihn und übertragen seine Schmerzensschreie an die über die ganze Insel verteilten Lautsprecher, damit seine Gefährten sie hören können, egal, wo sie sind. Nur die wenigsten Menschen können die Schreie eines gefolterten Freundes ertragen, und Sie wissen ja, Big Jesus: Ich habe schon wieder mehr über Folter vergessen, als die meisten Menschen jemals darüber wissen werden. Bringen Sie ihn ins Gaswerk.«

Mother preschte durch das Unterholz am Fuß des Berges, schob eisverkrustete Zweige aus dem Weg und hastete quer über einen Hang. Zack und Emma folgten ihr.

»Mother!«, rief Zack, der den Samsonite-Koffer mit den Urankugeln trug. »Was sollen wir jetzt machen?«

Darüber dachte Mother soeben nach.

»Ich bin gerade am Überlegen!«, stieß sie keuchend hervor. »Normalerweise übernimmt das nämlich Scarecrow für mich! Er ist fürs Denken zuständig und ich fürs Ballern. Dass ich meinen Hirnkasten mal selbst anstrengen muss, kommt nicht allzu oft vor.«

Ihr Verstand arbeitete fieberhaft, während sie weiterhetzte. Ihr gingen immer noch Schofields letzte Worte durch den Kopf. *»Diesmal seid ihr auf euch allein gestellt.«*

Deshalb fragte sie sich: *Was würde Scarecrow in dieser Situation tun?*

»Okay«, sagte sie schließlich. »Vor allem müssen wir uns von der Straße fernhalten. Durch das Unterholz kommen sie mit einem Fahrzeug nämlich nicht. Außerdem müssen wir es entweder ans Meer schaffen – was ich im Moment für ziemlich unwahrscheinlich halte –, oder wir müssen versuchen, die Kugeln so gut zu verstecken, dass sie sie auf keinen Fall finden können.«

»Auf der Insel ist das aber nicht möglich«, sagte Zack. »Die Kugeln sind zwar klein und geben kaum Strahlung ab, aber radioaktiv sind sie trotzdem. Selbst wenn wir sie also irgendwo vergraben, lassen sie sich mit einem Geigerzähler problemlos aufspüren.«

»Dann verstecken wir uns eben *mit* ihnen«, sagte Mother, »und bleiben ständig unterwegs. Wenn wir es lang genug schaffen, diesen Dreckskerlen zu entkommen, trifft vielleicht doch noch rechtzeitig Rettung ein.«

»Ich erinnere mich, in diesem Teil der Insel so etwas wie einen Steinbruch oder ein Bergwerk gesehen zu haben, als wir uns vorher die Karte angesehen haben«, meldete sich Emma zu Wort. »Irgendeine seltene Granitart, die hier ...«

In diesem Moment erreichten sie den Gipfel eines Hügels. Dahinter wurde ein Steinbruch sichtbar, dessen nackte Felswände sich tief in den Fuß eines kleinen Berges gruben.

Eine Reihe steiler Erdrampen, die mit zahlreichen Metallleitern untereinander verbunden waren, führten im Zickzack auf den Grund des riesigen Steinbruchs hinab, wo in der Kälte Lkws vor sich hin rosteten, die schon lange nicht mehr bewegt worden waren. Zwei primitive Bauten dienten als Zugänge zu den in den Berg hineinführenden Minen.

Mother blieb kurz stehen und murmelte mit zusammengekniffenen Augen: »*Denk schon nach*, du blöde Kuh. Was würde Scarecrow jetzt tun?«

Und dann kam ihr eine Idee. »Ich weiß, was er täte. Also, ihr zwei Süßen, dann hört mal gut zu.«

Wenige Minuten später hielt auf dem Hügel, von dem man auf den Steinbruch hinabblickte, ein Strela der Army of Thieves an – und bekam gerade noch mit, wie sich Mother, ihre Waffe im Anschlag, rückwärts in einen der Mineneingänge zurückzog.

»Sie wollen sich im Bergwerk verstecken«, gab Mako, der Anführer der Verfolgergruppe, über Funk durch.

»*Es hat nur zwei Zugänge*«, kam Typhons Stimme zurück. »*Riegelt sie ab, und dann geht ihr rein und bringt sie alle um.*«

»Roger«, antwortete Mako. »Das haben wir gleich.«

Es dauerte tatsächlich nicht lang.

Makos Team ging zügig und systematisch vor. Zuerst versperrten sie die Zugänge zur Mine, dann begannen sie mit der Suche.

Das Stollensystem war nicht sonderlich kompliziert – ein simpler Granitsteinbruch –, und schon nach wenigen Minuten wurden sie aus einem dunklen Winkel beschossen.

Von Mother.

Bei dieser Pattsituation blieb es jedoch nicht lang – vielleicht zehn, allerhöchstens fünfzehn Minuten. Mother setzte sich tapfer zur Wehr, aber sie war den Verfolgern zahlen- und waffenmäßig hoffnungslos unterlegen. Makos Männer kamen immer näher, und schließlich sah sie keinen anderen Ausweg mehr, als das Feuer einzustellen und sich mit erhobenen Händen zu ergeben.

Makos Männer durchsuchten Mothers Stellung …

… und stellten fest, dass sie allein war.

Zack und Emma waren mit dem Koffer mit den Kugeln verschwunden.

Mother hatte getan, was Scarecrow getan hätte. Sie hatte die Verfolger in die Mine gelockt und so lange wie möglich in Schach gehalten, damit Zack und Emma genügend Zeit blieb, um mit den Urankugeln zu entkommen.

Von einem Dutzend auf Gewehrläufen montierter Taschenlampen geblendet, verließ Mother mit erhobenen Armen ihre Deckung.

Mako sagte in sein Funkgerät: »Sir, hier Mako. Wir haben einen der Marines gefangen genommen. Aber das Ganze war nur ein Ablenkungsmanöver. In der Zwischenzeit sind die anderen zwei mit den Urankugeln verschwunden. Sie müssen irgendwo anders auf der Insel sein.«

Zu Makos Überraschung antwortete ihm nicht Typhon, sondern der Fürst der Anarchie persönlich: »*Einer der Marines, sagen Sie? Ist es die Frau, dieses Monsterweib? Newman?*«

Mako rammte Mother seine Maschinenpistole in die Rippen. »Bist du Newman?«

»Ja.«

»Ja, es ist Newman.«

»*Schafft sie mir her*«, befahl der Fürst der Anarchie. »*Und zwar lebend. Keiner krümmt ihr ein Haar. Dieses Vergnügen bleibt allein mir vorbehalten.*«

Zack und Emma peitschten immer wieder vereiste Zweige ins Gesicht, als sie aus dem Steinbruch ins Freie kamen und durch das Unterholz wegrannten.

Sie gaben sich keinen Illusionen hin, dass Mother der feindlichen Übermacht noch lange gewachsen wäre. Ihr vermeintliches letztes Gefecht hatte nur dem Zweck gedient, ihnen genügend Zeit zu verschaffen, um aus dem Bergwerk zu entkommen und sich mit den Kugeln zu verstecken. Umso mehr fühlten sie sich jetzt verpflichtet, dafür zu sorgen, dass Mothers Opfer nicht umsonst wäre.

Im Süden der Insel zu bleiben, kam jedoch nicht in Frage. Dieser Teil der Bäreninsel war zwar gebirgig, aber zugleich so karg und baumlos, dass er keine natürlichen Verstecke bot. Ebenso wenig konnten sie sich hier mit den anderen in Verbindung setzen, um ihnen mitzuteilen, dass sie die Army of Thieves weiterhin daran hinderten, ihren Plan in die Tat umzusetzen.

Folglich blieb ihnen nichts anderes übrig, als sich zu den Forschungseinrichtungen im Norden der Bäreninsel durchzuschlagen – und dort zu versuchen, sich zu verstecken und an ein Funkgerät zu kommen und vielleicht sogar zu Kid und Mario zu stoßen.

Sie überquerten an einer schmalen, felsigen Furt den Fluss und kämpften sich weiter nach Norden vor.

Zur gleichen Zeit hielten ungefähr zwei Kilometer hinter ihnen zwei Strelas der Army of Thieves auf der Kuppe des Hügels an, von der man auf den Steinbruch hinabblickte. Die über und über tätowierten Thieves bedachten Mother mit finsteren Blicken – und schickten ihr ein paar obszöne Beschimpfungen hinterher –, als sie von Mako und seinen Männern abgeführt wurde.

Einer der Thieves ging etwas abseits von der Gruppe auf ein Knie nieder und studierte den schlammigen Boden.

Es war Bad Willy. Sein linkes Ohr war inzwischen verarztet worden, aber auf seinem Verband zeichnete sich ein hässlicher roter Blutfleck ab.

Bad Willy starrte lang und aufmerksam auf den schlammigen Boden …

… und vor allem auf ein Paar frischer Stiefelabdrücke. Sie hatten ein Profil, das man auf einem strenggeheimen russischen Militärstützpunkt selten antraf.

Es waren die Abdrücke von Nike-Wanderstiefeln.

»Wen haben wir denn da …«, brummte Bad Willy. »Ich hab dir doch gesagt, dass du mir nicht entkommst, Zack.«

Damit richtete er sich auf und rief seine Männer zu sich. Er erteilte ihnen ein paar kurze Anweisungen, und dann nahmen sie Zacks und Emmas Verfolgung auf – zu Fuß, denn das war leiser und auf der Jagd wesentlich effektiver.

AUF DEM PACKEIS IM WESTEN VON DRAGON ISLAND 4. APRIL, 11:55 UHR

Veronique Champion schrak aus dem Schlaf hoch.

Sie hustete, wurde blinzelnd vollends wach und blickte sich um – um festzustellen, dass sie in einem orangefarbenen Rettungsfloß saß, das, von Shane Schofield gepaddelt, gemächlich eine arktische Rinne entlangglitt, die auf beiden Seiten von hohen Eiswänden gesäumt war.

Um den Blutfluss ihres Bauchdurchschusses zu stoppen, hatte ihr Schofield einen dicken wasserdichten Verband angelegt.

»Was ... wie sind wir denn hier gelandet?«, fragte sie verdutzt. »Das Letzte, woran ich mich erinnern kann ...«

Sie blickte in Richtung Dragon Island und verstummte. Über den Eiswänden der Rinne waren gerade noch die Gipfel der Berge im Süden von Ostrow Smej zu erkennen.

Schofield lächelte ernst. »Sie haben das Bewusstsein verloren. Ich habe Ihre Schusswunde verbunden und Ihnen eine AP-6-Spritze gegeben.« AP-6 war ein Medikament, das von SEAL Team Six entwickelt worden war. Es wirkte sowohl schmerzstillend als auch stimulierend; es linderte die Schmerzen, brachte den Kreislauf eines verwundeten Soldaten aber zugleich so weit in Schwung, dass er ins nächste Lazarett gebracht werden konnte.

»Sie werden zwar nicht munter durch die Gegend hopsen und Purzelbäume schlagen«, sagte Schofield, »aber Sie können sich einigermaßen bewegen. Vier der Urankugeln habe ich bereits im Meer versenkt, aber zwei sind noch auf der Insel. Zack und Emma sind mit ihnen entkommen. Sie werden von Mother begleitet. Wir fahren jetzt wieder zurück.«

»Zurück auf die Insel? Wie wollen Sie das schaffen?«

»Wir versuchen durch diese Rinnen zu der alten Walfängersiedlung an der Nordküste von Dragon Island zu kommen. Die Seilbahn und die Aufzüge werden sie allerdings inzwischen scharf bewachen, und der U-Boot-Bunker liegt zu weit auf der anderen Seite. Deshalb ist das Dorf die einzige Möglichkeit, auf die Insel zu gelangen.«

»Das wird aber eine Weile dauern.« Champion versuchte, sich aufzusetzen, sank aber sofort wieder mit schmerzverzerrtem Gesicht in das Rettungsfloß zurück. »Au ...«

Schofield sah sie an. »Sie werden durchkommen, aber große Sprünge können Sie vorerst nicht machen. Die Kugel hat Ihre Milz nur um Millimeter verfehlt. Aber zum Glück war es ein glatter Durchschuss.«

Champion blinzelte stöhnend die Schmerzen fort und ließ sich gegen den Bug des Rettungsfloßes sinken. Es war ungewohnt friedlich: Kein Lüftchen regte sich, das Wasser war spiegelglatt, die Eiswände schimmerten schneeweiß. Es war, als schwebten sie in den Wolken.

»Zehn Minuten werden wir schätzungsweise bis zur Insel brauchen«, sagte Schofield, der ruhig, aber stetig weiterpaddelte.

»*Un moment, s'il vous plait*. Sie haben mich aus dem sinkenden Flugzeug gerettet?«

»Natürlich.«

»Warum? Warum haben Sie das getan? Ich habe den Auftrag, Sie zu töten, und ich habe Ihnen in aller Deutlichkeit klargemacht, dass ich meinen Auftrag auch durchführen werde, wenn wir hier fertig sind.«

Schofield hörte kurz zu paddeln auf. Das Boot trieb von allein weiter. Er sah Champion lang und durchdringend an.

»Ich habe Sie gerettet, weil die Lösung unseres aktuellen Problems wichtiger ist als die Vendetta Ihres Landes gegen mich und weil ich Sie für klug genug halte, das zu verstehen.«

Champion wich Schofields Blick nicht aus. »Sie ... *vertrauen* mir? Warum?«

»Weil Sie nicht nur hierhergekommen sind, um mich im Auftrag Frankreichs zu töten. Sie sind auch wegen Ihres Cousins gekommen. Sie dachten, ihm wäre Unrecht geschehen und er wäre als unschuldiger Zivilist von einem Soldaten ermordet worden: nämlich von mir. Ihre Prämisse war zwar falsch, aber Ihr Motiv nicht. Es zeigt, dass Sie einen Sinn für Gerechtigkeit und für Recht und Unrecht haben, und das wiederum heißt, dass Sie ein anständiger Mensch sein müssen. Und mit anständigen Menschen kann man vernünftig reden. Außerdem verdienen Sie es, gerettet zu werden, solange es irgendwie möglich ist. Und das war es.«

Champion senkte den Blick. Sie schien eine Art innerer Zwiesprache zu halten. Doch als sie wieder aufschaute, war ihr Blick hart und kalt.

»Sie täuschen sich. Ich *hatte* einmal einen Sinn für Gerechtigkeit. Ich *war* einmal ein anständiger Mensch. Jetzt bin ich eine Killerin. Wenn das hier vorbei ist, muss ich meinen Auftrag ungeachtet meiner Verwundung ausführen. Und dieser Auftrag lautet, Sie zu töten.«

Schofield verzog keine Miene.

»Aber Sie waren nicht immer eine Killerin, habe ich recht?«, entgegnete er. »Tut mir leid, aber dafür sind Sie einfach nicht der Typ. Dafür sind Sie viel zu sensibel. Die meisten Killer sind aus zwei Gründen kaltblütig. Zum einen können sie sich nicht in andere hineinfühlen, zum anderen sind sie einfach dumm. Jeder Idiot kann blindlings drauflosballern und sich deshalb stark fühlen. Aber Sie sind weder das eine noch das andere. Irgendetwas ist mit Ihnen passiert.«

»Wollen Sie jetzt den großen Psychologen spielen?«

»Solange wir nichts Besseres zu tun haben ...«

»Na schön.« Champion ließ den Kopf in den Nacken sinken und blickte, sich ihren schmerzenden Bauch haltend, in den Himmel. »Ich werde Ihnen meine Geschichte erzählen – aber nur, wenn Sie mir Ihre erzählen. Und vor allem möchte ich wissen, wie es ein Marine verkraftet, dass seine Freundin von einem Psychopathen hingerichtet wurde.«

Jetzt war es an Schofield, den Blick zu senken, wenn auch nur kurz. »Na schön, meinetwegen. Aber Sie zuerst.«

»Bevor ich in der operativen Einheit war«, begann Champion, »war ich beim Nachrichtendienst der DGSE. Ich überwachte militante islamistische Gruppen in Algerien, Marokko und im Jemen. Mein besonderes Augenmerk galt dabei der zunehmenden Rekrutierung von Frauen. Dabei freundete ich mich mit Hannah Fatah an, einer Jemenitin, Mutter von fünf Kindern. Sie spielte mir drei Jahre lang wichtige Informationen zu – Informationen, durch die zwei Anschläge in Paris vereitelt werden konnten: einer auf den Eiffelturm und einer auf den Flughafen Charles de Gaulle.

Eines Tages bat mich Hannah, mich dafür einzusetzen, dass sie aus dem Jemen herausgeholt würde. Sie war wieder einmal schwanger und fürchtete, ihre Vorgesetzten könnten herausgefunden haben, dass sie ein Maulwurf war. Daraufhin habe ich sie herausgeholt und in die DGSE-Station in Marseille gebracht. Dort zündete sie beim Betreten des Vernehmungszimmers unter den Augen meines Chefs – der damals mein Mann war – und dessen Chefs, der mit ihm das Ganze durch einen Einwegspiegel verfolgte, einen kleinen Klumpen Semtex, den sie sich in die Gebärmutter hatte einsetzen lassen.

Ich hatte den Sprengstoff übersehen. Weil ihr letztes Kind per Kaiserschnitt zur Welt gekommen war, hatte sie nämlich bereits eine Narbe auf der Bauchdecke, und weil der Sprengstoff von einer Hülle aus menschlichem Knochengewebe umgeben war, die einen Fötus vortäuschen sollte, blieb er auch bei unseren Röntgen- und Kathodenstrahlenuntersuchungen unentdeckt. Sie war vier Sicherheitsüberprüfungen unterzogen worden, bevor sie in diesen Raum geführt wurde und dort zwei hochrangige DGSE-Agenten, einer davon mein Mann, und drei weitere Kollegen tötete. Ich habe als Einzige überlebt. Sie hatte drei Jahre auf diese Gelegenheit gewartet.«

Darauf wusste Schofield nichts zu erwidern.

Champion fuhr fort: »Mein Mitgefühl für Hannah Fatah hat

meinen Mann – und meine engsten Mitarbeiter – das Leben gekostet. Deshalb beschloss ich damals, mir künftig kein Mitgefühl mehr zu leisten. Ich wurde eiskalt. Ich ließ mich zur operativen Abteilung versetzen und führte keinen Monat später meinen ersten Tötungsauftrag aus. Und seitdem tue ich nichts anderes mehr.«

Sie hielt inne. »Schon komisch, Scarecrow. Als ich meine Erkundigungen über Sie eingezogen habe, bin ich auf nichts gestoßen, was erklären geholfen hätte, weshalb *Sie* ein so effektiver Killer von Menschen geworden sind.«

»Sie haben Nachforschungen über mich angestellt?«

»Wenn man sich aufmacht, jemanden zu töten, empfiehlt es sich, so viel wie möglich über ihn in Erfahrung zu bringen. Wunde Punkte, Menschen, an denen dem Betreffenden etwas liegt, Schwächen, die man sich zunutze machen kann.«

»Dann erzählen Sie mir doch am besten selbst, was Sie über mich wissen«, schlug Schofield vor. »Und dann sage ich Ihnen, ob es zutrifft.«

»Okay«, erwiderte Champion.

Schofield paddelte weiter durch das Netz aus schmalen Fahrrinnen, und Champion begann zu erzählen:

»Shane Michael Schofield ist der Sohn John Schofields, eines erfolgreichen Geschäftsmanns, und der Enkel Michael Schofields, eines hochdekorierten Marines, Rufzeichen Mustang.

Wegen seiner Großtaten im Zweiten Weltkrieg ist Michael Schofield im Marine Corps so etwas wie eine lebende Legende. Einige seiner spektakulärsten Einsätze unterliegen selbst sechzig Jahre *danach* noch strenger Geheimhaltung, darunter auch eine Operation, die unter dem Namen Black Wolf Hunt bekannt ist. Ihr Großvater genießt im Marine Corps nur die allergrößte Verehrung und Bewunderung. Sie stehen einander sehr nahe und treffen sich mindestens einmal im Monat zum Abendessen.«

Schofield nickte. »So weit alles richtig.«

»Aber Ihr Vater – John Schofield – war *nicht* beim Marine Corps, und Sie und er standen sich nicht nahe, bis zu seinem Tod nicht …«

Champion studierte Schofields Miene sehr genau, als sie das sagte. Sein abwesender Blick gab ihr die Antwort, auf die sie gewartet hatte. Es stimmte.

»Ihr Vater war ein außerordentlich erfolgreicher Geschäftsmann«, fuhr sie fort. »Weil er an die militärischen Erfolge Ihres Großvaters nicht hätte anknüpfen können, beschloss er, ihn in der Anhäufung von Reichtum zu übertreffen, und wurde ein extrem vermögender Mann.«

Schofield sagte nichts.

Die Sache ging noch deutlich tiefer.

Sein Vater hatte seinen Großvater *gehasst* und ihn wegen der Bewunderung, die ihm von allen Seiten entgegengebracht wurde, zutiefst abgelehnt. Und obwohl Michael Schofield keinerlei Druck auf John Schofield ausgeübt hatte, etwas anderes zu tun, als er selbst tun wollte, hatte der Sohn zeitlebens darunter gelitten, im Schatten seines legendären Vaters zu stehen. Bedauerlicherweise hatte sich dieses Unzulänglichkeitsgefühl auch auf andere Weise ausgedrückt.

»Ihr Vater hat Sie und Ihre Mutter regelmäßig geschlagen«, fuhr Champion fort. »Ich bin auf Krankenhausunterlagen aus Ihrer Jugend gestoßen. Darin ist von mehreren Nasenbeinbrüchen die Rede sowie von zahlreichen Brandwunden, die Ihnen mit einer brennenden Zigarette auf den Unterarmen beigebracht wurden.«

Schofield sagte nichts. Letztlich war es darauf hinausgelaufen: Entweder hatte sein Vater seine Mutter geschlagen oder ihn. Begonnen hatten diese Misshandlungen, als er zwölf war, und er hatte an den Stellen, wo ihn sein Vater mit brennenden Zigaretten traktiert hatte, immer noch kleine kreisförmige Narben auf den Unterarmen.

Champion fuhr fort: »Deshalb sind Sie mit achtzehn zum Marine Corps gegangen. Dort sind Sie regelrecht aufgeblüht. Sie wurden Pilot beim Air Wing und haben mit Auszeichnung gedient, bis Sie über Bosnien abgeschossen wurden, wo Ihnen ein einheimischer Milizenchef die Augen verstümmelte und die auffälligen Narben beibrachte, auf die Ihr Rufzeichen anspielt. Nach Ihrer Rettung wurden Sie ein gewöhnlicher Marine-Corps-Infanterist, der es allerdings rasch schaffte, zur Force Recon versetzt zu werden. Bei dem Einsatz in Antarktika, bei dem Sie mit meinem Cousin in Berührung gekommen sind, haben Sie Force Reconnaissance Unit 16 befehligt. Sie haben den Zwischenfall überlebt – eine heikle Geschichte, bei der sich nicht nur Verbündete bekriegten, sondern sogar amerikanische Einheiten gegen amerikanische Einheiten kämpften –, aber Sie haben dabei das Missfallen einiger hochgestellter Persönlichkeiten erregt, weshalb Sie schließlich zum Dienst in Marine One, dem Hubschrauber des Präsidenten, versetzt wurden. Dieser Posten hatte rein dekorativen Charakter und war eine Beleidigung für jemanden mit Ihren Fähigkeiten und Ihrer Erfahrung, aber Sie sind Ihrer Pflicht klaglos nachgekommen.

Auf diesem Posten wurden Sie in einen weiteren Zwischenfall verwickelt, den Ihr Land mit Erfolg vor der Weltöffentlichkeit geheim gehalten hat: Colonel Caesar Russells gescheiterter Staatsstreich. Die Jagd auf einen amerikanischen Präsidenten auf dem Gelände seines geheimsten Militärstützpunkts. Ihr beherztes Vorgehen in dieser Angelegenheit trug Ihnen eine geheime Medal of Honor ein.«

Champion machte eine Pause.

»Kurz darauf starb Ihr Vater, von eigener Hand.«

Schofield nickte stumm. Der brutale Sadist hatte den Tod erlitten, den er verdient hatte: Einsam und verbittert hatte er sich in seinem holzvertäfelten Büro eine Pistole in den Mund gesteckt und abgedrückt.

Champion fuhr fort: »Ihre Mutter war schon mehrere Jahre zuvor gestorben. Aber so schlecht Ihr Vater Sie auch als Kind behandelt haben mochte, er hinterließ Ihnen in seinem Testament dennoch sein gesamtes Vermögen. Zwölf Millionen Dollar. Womit er Sie, einen einfachen United States Marine, zu einem *sehr reichen jungen Mann* machte.«

Schofield sagte nichts.

Das alles stimmte, aber nur wenige wussten es. Champion musste über hervorragende Quellen verfügen. Von der Erbschaft hatten nur Mother und Gant gewusst. Und beide hatten gutgeheißen, was er als Nächstes getan hatte.

»Aber Sie haben alles dem Walter Reed Army Medical Center in Washington D. C. gespendet«, fuhr Champion fort. »Bis auf den letzten Cent. Aus Prinzip?«

»So könnte man es nennen.« Schofield zuckte mit den Achseln.

»Das waren zwölf *Millionen* Dollar. Sie hätten nie mehr arbeiten müssen. Haben Sie diesen Schritt jemals bereut?«

»Nicht eine Sekunde. Es war das Geld eines grausamen, brutalen Mannes, und ich wollte es nicht haben. Ich habe es jemandem vermacht, der es für etwas Sinnvolles verwendet hat.«

Er wandte den Blick ab, paddelte aber weiter. Champion sah ihn eine Weile forschend an, bevor sie fortfuhr:

»Und dann kam die Majestic-12-Kopfgeldjagd, in deren Verlauf der Raketenhersteller Jonathan Killian Ihre Freundin Elizabeth Gant, Rufzeichen Fox, mit einer Guillotine enthaupten ließ. Das war ein einschneidender Moment in Ihrem Leben. Sie ließen sich vier Monate lang vom Militärdienst beurlauben. Ihre Vorgesetzten dachten, von diesem Knacks würden Sie sich nie mehr erholen. Entsprechend überrascht waren sie, als Sie eines Tages vor ihrer Tür standen und erklärten, Sie fühlten sich wieder in der Lage, den Dienst anzutreten. Aber, wie hat man Sie darauf behandelt? Sie bekamen eine Stelle als Ausbilder, und anschließend hat man Sie zu dieser Testeinheit hier oben am Polarkreis versetzt. Noch so ein Auftrag, der für jemanden mit Ihren Verdiensten nichts anderes als ein Schlag ins Gesicht war.«

Champion wartete auf eine Reaktion Schofields.

»Fox' Tod hat mir tatsächlich gewaltig zugesetzt«, antwortete er schließlich. »Aber irgendwann ... irgendwann habe ich es doch geschafft, darüber hinwegzukommen.«

»Wie?«, fragte Champion. »Das würde mich wirklich interessieren. Wie sind Sie darüber hinweggekommen? So wie ich? Indem Sie gegen alle Gefühle immun geworden sind?«

Schofield dachte kurz nach.

»Nein. Nein, das würde ich nicht sagen. In den ersten Monaten nach dieser Majestic-12-Geschichte hat mich das Corps zu allen möglichen Psychiatern geschickt, lauter Größen ihres Fachs, die besten Therapeuten, die man für Geld kriegen kann. Sie werden es vielleicht nicht glauben, aber einer von ihnen hat tatsächlich tausend Dollar die Stunde berechnet.

Aber helfen konnte mir keiner. Ich musste weiter ständig an

Fox denken, sah sie immer wieder von neuem sterben. Unablässig zermarterte ich mir den Kopf mit der Frage, was ich hätte tun können, um ihren Tod zu verhindern. Ich fühlte mich total machtlos. Ich verkroch mich immer mehr in mein Schneckenhaus.«

»Und wie sind Sie schließlich doch wieder aus diesem Loch herausgekommen?«, fragte Champion.

»Ich fand eine neue Therapeutin, keine Psychiaterin, eine stinknormale Psychologin. Und ich bin nicht über das Corps auf sie gestoßen, sondern über Mother. Sie brachte mir einen der Prospekte mit, den die Therapeutin im Büro der Speditionsfirma ausgelegt hatte, in der Mothers Mann Ralph als Fernfahrer arbeitet. Die Firma bot ihren Mitarbeitern wegen der wachsenden Scheidungsrate der Fahrer kostenlose Therapien an.

Wie auch immer, diese Psychologin hieß Dr. Brooke Ulacco, und sie war nicht irgend so eine schrullige Alte von einer Eliteuniversität. Sie hatte zwei Kinder und arbeitete nur Teilzeit. Ihr Sprechzimmer war im Souterrain ihres Hauses in Baltimore. Bei ihr begann ich eine Therapie.«

Schofield konnte es so deutlich vor sich sehen, als wäre es erst gestern gewesen.

Wie er vor dem alten Stadthaus mit seiner Kunststeinfassade eintraf und an der Tür von Brooke Ulacco begrüßt wurde: einer dunkelblonden Frau von Mitte vierzig mit breiten Hüften, einem freundlichen Lächeln und einem messerscharfen Verstand.

Ihr Sprechzimmer war im Souterrain ihres Hauses gewesen, aber die Zimmerpflanzen und die gerahmten Fotos hatten weder die Leitungsrohre und den Heißwasserboiler kaschieren können noch über die Kinder hinwegtäuschen, die oben im Haus spielten. Er konnte sich sogar erinnern, wie Dr. Ulacco einmal gerufen hatte: »Kinder! Ich habe einen Patienten hier unten! Nicht ganz so laut bitte, ja!«

Schofield hatte die Atmosphäre gefallen.

Andere hätten sie vielleicht als störend und ablenkend emp-

funden, aber für ihn hatte sie etwas erfrischend Normales und Bodenständiges, und deshalb war sie für ihn optimal. Es war wie im richtigen Leben. Richtige Kinder, die richtig spielten, und eine richtige Mutter, die ihnen sagte, nicht so viel Lärm zu machen. Das waren die Leute, für die er kämpfte, und das war der Grund, weshalb er tat, was er tat, weshalb er an schrecklichen Orten schreckliche Einsätze gegen schreckliche Menschen durchführte.

Ulacco redete auch nicht lange herum. Sie war in ihren Äußerungen absolut ehrlich und direkt und manchmal sogar richtig schonungslos. Wenn sie den Eindruck hatte, dass sich Schofield vor einem Thema oder einer Emotion zu drücken versuchte, legte sie sofort den Finger in die Wunde und unterbrach ihn mit einem forschen »Jetzt kommen Sie mir bloß nicht mit so was, Captain, das glauben Sie doch selbst nicht …«.

Aber sie konnte auch ausgesprochen einfühlsam sein. Wenn er zum Beispiel von Gant erzählte, ihrem strahlenden Lächeln und was für eine wundervolle Frau sie gewesen war, setzte sich Ulacco einfach zurück und ließ ihn reden. Bei diesen Gelegenheiten unterbrach sie ihn nie.

Ein Problem zeigte sich allerdings schon bald: Ulacco war im Gegensatz zu den anderen Psychiatern nicht ermächtigt, streng-geheime Informationen zu erfahren, weshalb ihr Schofield nur erzählen durfte, was bei dem verhängnisvollen Einsatz in ihm vorgegangen war, aber nicht, was konkret passiert war. Als er jedoch nach einer Weile zu der Überzeugung gelangte, seiner Therapeutin vertrauen zu können, bat er seine Vorgesetzten beim Marine Corps, Ulacco hochstufen zu lassen und ihr einen Geheimnisträgerstatus zu verleihen, der es ihm ermöglichte, ihr mehr zu erzählen. Das dauerte mehrere Monate, in denen Ulaccos Sprechzimmer zweimal nach Wanzen durchsucht und sie selbst drei Lügendetektortests unterzogen wurde, die sie jedoch, ohne mit der Wimper zu zucken, über sich ergehen ließ. Sie hatte einen Bruder, der in Afghanistan stationiert war, und hatte deshalb Verständnis für diese Sicherheitsmaßnahmen.

Jedenfalls erhielt sie schließlich den »Top Secret/Sensitive Compartmented Information«- oder kurz TS/SCI-Status, aufgrund dessen sie auch von den geheimen Details der für Schofields Therapie relevanten Einsätze hören durfte, und das vereinfachte die Sache erheblich.

Doch während Ulaccos direkte Art und ihr unprätentiöses Souterrain-Büro Schofield geholfen hatten, bei den Sitzungen ganz offen mit ihr zu sprechen, so waren es ihre ungewöhnlichen Therapiemethoden gewesen, die ihn schließlich sein traumatisches Erlebnis überwinden ließen.

»Und was war es nun, was Ihnen diese Teilzeitpsychologin in ihrer Vorstadtpraxis vermitteln konnte und wozu diese ganzen hochbezahlten Spitzentherapeuten nicht in der Lage waren?«, fragte Champion.

Schofield schüttelte den Kopf. »Es mag sich vielleicht verrückt anhören, aber sie hat mir alle möglichen Memotechniken beigebracht, wie sie auch beim Gedächtnistraining verwendet werden, unter anderem die sogenannte Loci-Methode. Dabei behilft man sich mit einer Art Gedächtnispalast. Man sortiert seine Erinnerungen und bringt sie anschließend an einem real existierenden Ort unter – das kann ein Palast, eine Kirche, eine Stadt oder ein Haus sein –, Hauptsache, es ist ein Gebäude, das man sehr genau kennt und sich deshalb gut vorstellen kann. Wenn man sich nun an etwas Bestimmtes erinnern will, geht man durch diesen Ort in seinem Gedächtnis und sucht darin nach der jeweiligen Erinnerung. Was ich von Dr. Ulacco gelernt habe, ging allerdings noch einen Schritt weiter: Sie hat mir beigebracht, wie man diesen Ort in seinem Gedächtnis dazu benutzt zu *vergessen.*«

»Klingt nicht uninteressant«, bemerkte Champion.

»Ich wollte einfach nur wieder in der Lage sein, zu funktionieren und weiter das zu machen, was ich bisher gemacht hatte«, fuhr Schofield fort. »Ich wollte Fox nicht vergessen, aber ich musste lernen, die Erinnerung an sie zu ... *kompart-*

mentalisieren … sie gewissermaßen abzuschotten, um wie gewohnt zu funktionieren und wieder der Mensch zu werden, der ich einmal war.«

»Und was ist Ihr Gedächtnisort?«, fragte Champion.

»Eigentlich etwas ziemlich Doofes. Sie werden mich bestimmt auslachen.«

»Wahrscheinlich bin ich in einer Stunde tot. Was haben Sie also zu verlieren, wenn Sie es mir erzählen?«

Schofield holte tief Luft. Das hatte er noch niemandem erzählt, nicht einmal Mother.

»Ein U-Boot«, sagte er schließlich.

Gegen ihren Willen lachte Champion kurz auf. »Entschuldigung.«

»Ich habe Ihnen doch gesagt, es ist idio…«

»Nein, ganz im Gegenteil. Es ist sogar extrem clever. U-Boote haben sehr stabile Wände und Abteile, die sich mit luft- und wasserdichten Schotten verschließen lassen. Ich halte das für einen idealen Ort, um Erinnerungen aufzubewahren, vor allem schmerzhafte.«

»Es war Ulaccos Idee«, sagte Schofield. »Sie hat ein Raumschiff oder einen Flugzeugträger vorgeschlagen, aber ich fand ein U-Boot am besten geeignet. Außerdem war ich schon auf einigen. Deshalb weiß ich, wie sie aufgebaut sind, und kann sie mir gut vorstellen. Die schmerzhaftesten Erinnerungen verschließe ich im unzugänglichsten Bereich meines imaginären U-Boots, hinter möglichst vielen wasserdichten Schotten. Dieser Bereich ist mir zwar weiterhin zugänglich, aber ich betrete ihn nur, wenn ich es wirklich will und wenn ich mich dazu in der Lage fühle. Dorthin zu gelangen erfordert einigen mentalen Aufwand. Aber es gibt noch einen anderen Grund, warum sich ein U-Boot besonders gut dafür eignet.«

»Und der wäre?«

»Ein U-Boot kann man *säubern*«, erklärte Schofield nüchtern. »Man kann den Müll einfach rauswerfen.«

»Sie meinen, den ganzen Erinnerungsballast einfach abwerfen?« Champion runzelte die Stirn. »Bestimmte Dinge *für immer* vergessen?«

»Wenn man diszipliniert genug ist, ja.«

Champion wirkte betrübt.

»Diese Fox, diese Gant muss eine erstaunliche Frau gewesen sein. So erstaunlich, dass es ihr sogar gelungen ist, Ihr Herz zu erobern – ein Herz, das sicher nicht leicht zu erobern ist, nehme ich mal an. Ich kann mir gut vorstellen, wie sehr Ihnen ihr Tod zugesetzt hat. Aber zu versuchen, jemand *vollständig* zu vergessen …?« Champion schüttelte den Kopf. »Das finde ich sehr traurig. Das habe nicht einmal ich versucht. Haben Sie das getan, um weiterleben zu können? Haben Sie sie deshalb ganz aus Ihrem Gedächtnis verbannt?«

Schofield wandte den Blick ab, paddelte aber weiter.

»Ich weiß nicht …«

In diesem Moment begann sein Handgelenkschutz zu vibrieren.

Er blickte auf das Display.

Eine Nachricht war eingegangen. Von David Fairfax.

»Dieses Gespräch ist noch nicht beendet«, sagte er, während er auf das Display schaute.

Die Nachricht lautete:

FFAX: DANKE, DASS DU MIR DAS EINGEBROCKT HAST. DEINETWEGEN HABE ICH JETZT EINEN GANZEN TRUPP CIA-TYPEN AN DER BACKE. LIES DAS, DANN WIRD DIR ALLES WEITERE KLAR. ICH GLAUBE, DER ANFÜHRER DER ARMY OF THIEVES IST DIESER CALDERON. MUSS JETZT ABHAUEN.

Schofield runzelte die Stirn. *Die CIA?*

Der Nachricht angehängt war eine PDF-Datei mit dem Titel OPERATION »DRACHENTÖTER«. Er öffnete sie und setzte sich neben Champion, damit auch sie mitlesen konnte.

OPERATION »DRACHENTÖTER«
ANALYSE UND OPERATIVES KONZEPT VON
MARIUS CALDERON
1. AUGUST 1984

Infolge meines Berichts vom 2. Juli 1982 mit dem Titel DER BEVORSTEHENDE AUFSTIEG CHINAS UND DER DARAUS RESULTIERENDE NIEDERGANG AMERIKAS wurde ich vom Direktor der Agency (Operative Abteilung) beauftragt, einen Plan zu entwerfen, der es den Vereinigten Staaten ermöglicht, dem darin prognostizierten Schicksal zu entgehen. Ich schlage Folgendes vor:

Wir benutzen Russland, um China zu vernichten.

Schofield sah Champion an. »Russland benutzen, um China zu vernichten? Hier geht es in Wirklichkeit um *China*?«

Sie lasen weiter:

RESÜMEE

Ich habe mich eingehender mit einigen unserer jüngsten Projekte zur Entwicklung neuartiger Waffen befasst und bin dabei auf eine sogenannte atmosphärische »Tesla«-Waffe gestoßen, die sich des globalen Jetstreamsystems bedient, um über der gesamten nördlichen Hemisphäre eine Wolke aus entflammbarem Gas zu verbreiten. Wettermodelle haben gezeigt, dass der Hauptleidtragende einer solchen atmosphärischen Waffe nicht Russland, sondern China wäre, wenn sie an speziellen Standorten in der Arktis platziert würde – zum Beispiel auf Dragon Island, einem sowjetischen Flottenstützpunkt am Polarkreis.

Sowjetische Nachrichtendienste tun nichts lieber, als unsere Geheimnisse zu stehlen. Da laufen sie jedes Mal von neuem zu Hochform auf. Das Einzige, was sie noch lieber tun, als ein amerikanisches Militärgeheimnis zu stehlen, ist, anschließend eine unserer Superwaffen zu bauen und gegen uns einzusetzen.

Deshalb schlage ich vor, wir lassen den KGB die Pläne für diese Tesla-Waffe stehlen, fügen in diese Pläne jedoch einige falsche Empfehlungen für optimale Standorte einer solchen Waffe ein. Unter anderem wird sich darin ein Hinweis finden, dass diese Waffe, wenn sie auf Dragon Island gezündet wird, weite Teile Amerikas zerstören wird.

Schofield blickte über das Netz aus Rinnen hinweg nach Dragon Island.

»Kommt überhaupt nicht in Frage …«, sagte er laut.

Wenn die Sowjets diese Waffe bauen – was sie mit ziemlicher Sicherheit tun werden –, besteht der nächste Schritt darin, sie zu einem Zeitpunkt unserer Wahl zu aktivieren, sprich: wenn China zur vorherrschenden Weltmacht aufsteigt. Und natürlich muss dies auf eine Weise erfolgen, dass es sich nicht auf Amerika zurückführen lässt.

Zu diesem Zweck ...

Schofield blickte auf.

»Das darf doch nicht wahr sein. Diese Halunken von der CIA ...«

Zu diesem Zweck, schlage ich vor, rufen wir eine vermeintliche Terrorarmee ins Leben, vielleicht zweihundert Mann stark. Wir könnten sie die Armee des Schreckens oder sonst etwas in der Art nennen und dafür einsetzen, die Tesla-Waffe auf Dragon Island in unsere Gewalt zu bringen und zu aktivieren.

Was es hierbei unbedingt zu berücksichtigen gilt: Auf keinen Fall dürfen die Angehörigen dieser Terrorarmee erfahren, dass das Ganze nur ein Schwindel ist und einem völlig anderen Zweck dient, als sie denken.

Normale Infanteristen sind schlechte Schauspieler, Söldnern kann man nie hundertprozentig trauen, und das Personal privater Militärunternehmen ist noch unzuverlässiger, als es Söldner schon sind. Einen solchen Einsatz können nur Männer durchführen, die *voll* hinter dieser Sache stehen. Außerdem müssen wir damit rechnen, dass der eine oder andere Angehörige dieser vermeintlichen Terrorarmee von Sicherheitskräften einer verbündeten Nation gefangen genommen und verhört wird (wenn diese Kämpfer nichts vom wahren Sinn und Zweck ihrer Armee wissen, wäre es sogar von Vorteil von uns, wenn ein paar von ihnen gefangen genommen würden).

Aus diesem Grund schlage ich vor, wir rekrutieren extrem unzufriedene Ex-Soldaten und indoktrinieren sie dahingehend, dass sie glauben, für weltweites Chaos und totale Anarchie zu kämpfen. Unter der Führung eines harten Kerns von CIA-Mitarbeitern, darunter auch mir, wird diese Armee eine Reihe von Terroranschlägen verüben, um sie fest im Bewusstsein der Weltöffentlichkeit zu verankern. Und dann nehmen wir Dragon Island ein und aktivieren diese russische Superwaffe. Nach erfolgreicher Durchführung der Mission müssen die Mitglieder unserer Pseudo-Armee selbstverständlich liquidiert werden.

Schofield sprang zu den letzten Abschnitten des Dokuments.

Der prognostizierte Ausgang der vorgeschlagenen Operation sieht folgendermaßen aus:

China wird total zerstört, seine Bevölkerung und seine Städte werden von einem Feuersturm von nie gekanntem Ausmaß vernichtet. Ausgelöscht werden auch neunzig Prozent Indiens, unseres nächsten aufstrebenden Billiglohn-Konkurrenten. Des Weiteren wird sich nicht umgehen lassen, dass ein paar schmale Streifen an den Rändern des nordamerikanischen Kontinents in Mitleidenschaft gezogen werden. Dieser Verlust ist nötig, weil der Verdacht automatisch auf uns fiele, wenn wir vollkommen ungeschoren davonkämen. So wird man dagegen die Schuld den Russen in die Schuhe schieben. Man kennt das ja zur Genüge: Russlands notorisch unzuverlässige Sicherheitsvorkehrungen haben wieder einmal versagt, und dafür büßen musste die unschuldige chinesische Bevölkerung. Man wird die Schuld bei einer dubiosen Terrororganisation suchen, und Amerika steigt wieder zu einstiger Größe auf. Der bisherige Lebensstandard seiner arbeitenden Bevölkerung ist auf absehbare Zeit gesichert.

Der American Way of Life überlebt.

Schofield starrte fassungslos auf das Display.

»›Der American Way of Life überlebt.‹ Unglaublich.«

Er hatte schon mit einigen irrwitzigen Komplotten zu tun gehabt – einmal hatte er gegen eine ultra-patriotische Geheimdienstorganisation gekämpft, die sich ICG nannte –, aber das hier schlug dem Fass den Boden aus.

Rasch rief er ein anderes Fenster auf seinem Handgelenkschutz auf, ein Fenster, das er sich bereits zu Beginn dieser Mission einmal angesehen hatte. Es war eine Weltkarte, auf der sich beobachten ließ, wie sich die gigantische Gaswolke in der Atmosphäre ausbreitete:

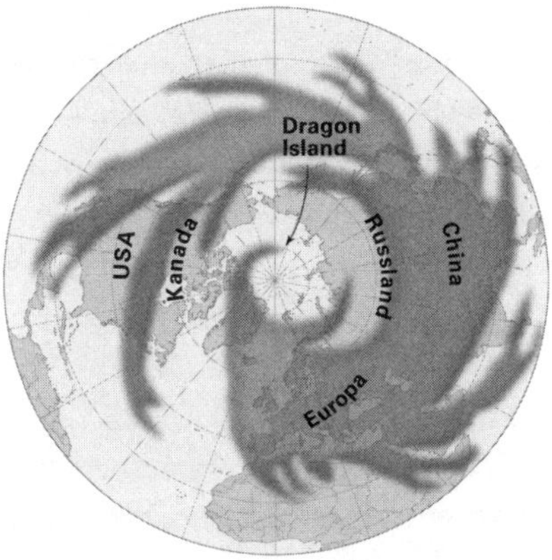

Inzwischen war es deutlich zu erkennen.

Die Wolke bedeckte ganz China.

Das war ihm vorher nicht aufgefallen. Wie alle anderen hatte er sich nur um sein eigenes Land Sorgen gemacht, aber jetzt wurde ganz klar ersichtlich: Verglichen mit China, Indien und dem restlichen Asien sowie Teilen Europas käme Amerika relativ glimpflich davon, wenn die verheerende Waffe gezündet würde.

Champion runzelte die Stirn. »Die Army of Thieves wurde also von der CIA ins Leben gerufen? Sie ist nur scheinbar eine Terrororganisation?«

»Sie ist zu hundert Prozent made in America«, bemerkte Schofield bitter.

Als er sich wieder dem Drachentöter-Dokument zuwandte, sah er, dass Calderon sogar das Ende der Sowjetunion vorhergesehen und in seinen Plan einbezogen hatte.

Mir wurde zu bedenken gegeben, dass dieser Plan durch einen möglichen Sturz des Sowjetregimes (der nach Ansicht dieses Analysten gegen Ende dieser Dekade eintreten wird) vereitelt werden könnte. Ich glaube jedoch nicht, dass sich das nachteilig auf diese Operation auswirken würde. Ganz im Gegenteil.

Egal welche neue Staatenkonföderation auf den Sturz des Sowjetregimes folgen wird, sie wird weiterhin das ungeheure Arsenal an Massenvernichtungswaffen sichern müssen; dies gilt insbesondere für alle Atomwaffen und für atmosphärische Waffen wie die Tesla. Hochrangige Forschungseinrichtungen für »exotische« Neuentwicklungen wie zum Beispiel die Anlage auf Dragon Island werden von leicht zu bestechenden militärischen Rumpfteams bewacht werden ...

Schofield schüttelte den Kopf. »Da haben wir es schon. Ein Plan, der bereits 1984 ausgebrütet wurde, wird jetzt, nachdem China zu einer nicht mehr aufzuhaltenden Weltmacht aufgestiegen ist, in die Tat umgesetzt. Es gibt nur zwei Dinge, die dieser Calderon nicht vorhergesehen hat: dass es Wassili Iwanow schaffen würde, lang genug zu entkommen, um einen Notruf abzusetzen ...«

»Und was noch?«, fragte Champion.

»Dass mein kleines Testteam in der Nähe wäre, wenn er es täte.«

Inzwischen hatten sie das Ende des Packeises erreicht.

Hundert Meter vor ihnen erhob sich Dragon Island aus dem offenen Meer, und an seiner Nordwestküste lag das tiefverschneite, seit langem verlassene Walfängerdorf.

Schofield studierte die kleine Siedlung aufmerksam.

»Und noch einen dritten Punkt hat Calderon nicht berücksichtigt«, fügte er hinzu. »Meine unbedingte Entschlossenheit, seinen Plan zu vereiteln.«

Mario und Kid kauerten hinter einer niedrigen Betonmauer in der Nähe der Auslasstürme. Von dieser Stelle hatte man die Raketenstellung von Dragon Island gut im Blick. Sie waren extrem angespannt und nervös und fürchteten ständig, entdeckt zu werden.

Zuvor hatten sie staunend beobachtet, wie Schofield in den Forschungskomplex eingedrungen und anschließend mit den Urankugeln zum Flugplatz geflohen war.

Aber inzwischen hatte sich die Lage geändert.

Schofields Vorhaben war gescheitert, deshalb hing jetzt alles von ihnen ab. Ihr Auftrag lautete, die Raketenstartrampen der Army of Thieves zu zerstören und so zu verhindern, dass die noch verbleibenden Urankugeln in den gasdurchsetzten Himmel geschossen werden konnten.

Für den Fall, dass alle Stricke reißen sollten, hatte Kid noch eine letzte Option im Hinterkopf: Sie müssten den Uplink der Army of Thieves finden und zerstören, die Satellitenschüssel, die sie mit einem Raketenwarnsatelliten im All verband und somit vor einem Atomschlag schützte.

Das war eindeutig die schwierigere Aufgabe. Eine Satellitenschüssel war nicht besonders groß, und das hieß, sie konnte *überall* sein, an jedem Ort, an dem die Sichtlinie zum Himmel nicht verstellt war. Wenn es die Army of Thieves geschickt angestellt hatte – was bestimmt der Fall war –, wäre sie sehr schwer zu finden, und bisher war weder Kid noch Mario etwas aufgefallen, was auch nur annähernd wie ein solcher Uplink aussah.

Und deshalb hatten sich Mario und Kid, immer noch in ihren Parkas der Army of Thieves, vorsichtig zu der Raketenstellung im Süden der Auslasstürme vorgearbeitet.

Als sie jedoch ihren gegenwärtigen Beobachtungspunkt erreicht hatten, war gerade eine Rakete gestartet. Und als kurz darauf der Himmel im Süden der Insel in grellweißem Licht aufleuchtete, hatten sie daraus geschlossen, dass sie mit ihrer Mission endgültig gescheitert waren und die Army of Thieves ihr Ziel erreicht hatte. Doch dann hatten sie aufgeregte Stimmen gehört und Scharen von Thieves hektisch durcheinanderlaufen gesehen.

In dem daraufhin eintretenden Chaos waren sie von einem Wachposten entdeckt worden, den Mario jedoch mit einem einzigen schallgedämpften Schuss ausgeschaltet hatte. Als sie die Leiche des Mannes versteckten, hatte sich Mario dessen Headset geschnappt.

Und so hatten die beiden mithören können, wie die Army of Thieves Shane Schofields verrückte Aktion miterlebte:

»… gerade dieses blöde Scheißflugzeug in den Fluss gesteuert! …«

»… Schafft die Strelas her! …«

»… Eben ist etwas aus der Heckklappe geflogen …«

»… Drei von ihnen sind auf dem Betonmischer. Schnappt sie euch! Sie haben noch zwei Urankugeln! …«

»… Holt euch diese verdammten Scheißkugeln …«

Wenig später war das Flugzeug ins Meer gestürzt, und danach hörten sie nur noch ein paar Durchsagen über die Vorfälle im Steinbruch. Dann trat Funkstille ein.

Und da waren sie nun, Mario und Kid, ganz auf sich allein gestellt, und beobachteten die Raketenstellung auf Dragon Island. Sie mochten vielleicht zu spät gekommen sein, um den ersten Raketenstart zu verhindern, aber einen zweiten würden sie nicht mehr zulassen.

Die Raketenstellung befand sich auf einem kleinen Tafelberg, den man über eine lange, schmale Brücke erreichte, die eine tiefe

Schlucht überspannte. Auf der flach planierten Oberseite der steilen Felserhebung standen ein halbes Dutzend mobiler Raketenstartrampen.

Kid schaute nachdenklich zu dem Felsen hinüber. »Am ehesten kommen wir unbemerkt zu den Raketen, wenn wir uns auf dieser Seite in die Schlucht abseilen und auf der anderen Seite mit den Maghooks wieder hochklettern.«

Mario schüttelte den Kopf. »Wann wirst du es eigentlich endlich begreifen, Mann? Wir können einpacken. Scarecrow ist tot, und die anderen werden es auch bald sein.«

»Trotzdem geben wir nicht auf«, sagte Kid entschlossen. »Was bleibt uns auch anderes übrig. Jetzt komm schon. Wir müssen eine Raketenstellung in die Luft jagen.«

Er huschte geduckt los.

Mario machte ein finsteres Gesicht und brummte: »Nicht jeder ist zum Helden geboren, Kid.«

Sie schafften es genau so, wie Kid vorgeschlagen hatte, auf die andere Seite. Nachdem sie sich in die Schlucht abgeseilt hatten, kletterten sie mit ihren Maghooks auf der anderen Seite wieder hoch und krochen unbemerkt unter eine der mobilen Startrampen.

Fast unbemerkt.

Das Objektiv einer Überwachungskamera hatte sie erfasst.

Der Fürst der Anarchie war inzwischen in die Kommandozentrale zurückgekehrt und beobachtete dort wortlos, wie die zwei Marines unter die mobile Startrampe krochen.

Er griff nach dem Mikrophon.

Kid lag schwer atmend unter der Startrampe.

»So, und jetzt gib mir deine Handgranaten«, sagte er zu Mario.

Nicht gerade begeistert griff Mario nach einem Beutel an seinem Kampfgeschirr, der mehrere Granaten enthielt. Im selben Moment kam eine Stimme aus seinem Kopfhörer: »*Hallo,*

Lance Corporal Puzo. Lance Corporal Vittorio Puzo aus dem Bundesstaat New Jersey. Ich sehe Sie gerade auf der Raketenstellung unter einer meiner mobilen Startrampen liegen.«

Mario zuckte zusammen. Er schaute zu Kid hinüber, der die Stimme aber nicht gehört zu haben schien. Dann merkte er: Sie war nur aus seinem Headset gekommen.

»*Er kann mich nicht hören, Vittorio. Das können nur Sie. Und wahrscheinlich ist das in Anbetracht des Vorschlags, den ich Ihnen machen möchte, auch besser so.*«

Mario erstarrte.

»Jetzt gib schon endlich die Granaten her«, drängte Kid.

Mario hob die Hand, als fürchtete er, ein Wachposten könnte in der Nähe sein, aber in Wirklichkeit lauschte er der Stimme in seinem Ohr.

»*Ich bin der Fürst der Anarchie, Vittorio, der Anführer der Army of Thieves. Ich bin Ihr Feind, aber das muss nicht so bleiben.*«

»Mario ...«, zischte Kid ungeduldig.

Mario reichte ihm vier Granaten – lauschte aber weiter der Stimme in seinem Kopfhörer.

»Okay, ich höre«, sagte er laut.

»Was?«, sagte Kid verständnislos, hakte aber nicht weiter nach.

»*Mir ist selbstverständlich klar, wie Ihr Auftrag lautet, Vittorio. Sie sollen meine Raketen zerstören, um zu verhindern, dass ich die Urankugeln in die Gaswolke schieße. Kommen Sie, Vittorio, machen wir uns doch nichts vor. Sie glauben doch nicht im Ernst, dass das die einzigen Startrampen sind, die ich habe.*«

Mario runzelte die Stirn. Wenn sie die Startrampen sprengten, wüsste die Army of Thieves sofort, wo sie waren, und würde gnadenlos Jagd auf sie machen. Und wenn es auf der Insel noch andere Raketenstellungen gab, wäre das Ganze nur eine sinnlose selbstmörderische Aktion.

»*Vittorio. Sehen Sie es doch mal ganz realistisch. Wenn Sie diese Startrampen sprengen, werden meine Männer zu der Raketenstellung kommen und Sie töten.*«

Kid sah Mario stirnrunzelnd an. Ihm entging nicht, dass er in Gedanken ganz woanders war und jemandem zuhörte. »He, Mann, was machst du da eigentlich die ganze Zeit?«

Mario bedeutete ihm mit einem Winken, still zu sein.

»*Ich habe natürlich noch andere Startrampen, Vittorio. Deshalb wäre Ihr Tod ein dummes, sinnloses Opfer, nichts als eine leere Geste. Aber ich kenne Sie doch, Vittorio. Ich habe hier Ihre Personalakte vor mir. Sie sind nicht auf den Kopf gefallen. Ihr Onkel Salvatore in New Jersey würde Ihnen sagen, dass jetzt der Zeitpunkt für einen Deal gekommen ist.*«

»Was bieten Sie mir an?«, sagte Mario barsch.

Kid kam zu ihm und fuhr ihn an: »Was soll dieser ...?«

Der Fürst der Anarchie sagte: »*Wenn Sie den jungen Corporal Thompson auf der Stelle töten und meine Startrampen nicht zerstören, werde ich Sie nicht nur am Leben lassen. Nein, wenn alles vorbei ist, erhalten Sie außerdem sicheres Geleit von der Insel, eine Villa in Chile, so viele Frauen, wie Sie haben wollen, und vier Millionen Dollar, damit Sie den Rest Ihres Lebens in angemessenem Wohlstand verbringen können.*«

Kid war inzwischen so nahe bei Mario, dass er merkte, was er vorhatte. Er sah ihn entsetzt an.

»Bist du jetzt vollkommen bescheuert, Mann ...?«

Statt einer Antwort zog Mario seine M9-Pistole und schoss Kid damit aus nächster Nähe in die Stirn.

Wamm!

Kids Kopf zuckte nach hinten, und er sackte zu Boden.

Mario stand auf und ging einfach weg. Er machte keinerlei Anstalten, sich vor den Thieves, die sich in der Nähe befanden, zu verstecken.

Das alte Walfängerdorf lag am Ende einer Schlucht, die sich in die Steilküste im Nordwesten von Dragon Island grub. Die einzige Verbindung zum Rest der Insel war eine steile einspurige Straße, die auf einer Seite der fast senkrecht abfallenden Schlucht nach oben führte.

Die auf das 19. Jahrhundert zurückgehende Siedlung bestand aus einem Dutzend armseliger Hütten, ein paar Schlachthäusern und zahlreichen Wassertanks, Stegen und Pieren. Überall hingen Ketten, Haken und Flaschenzüge. Die trockene Kälte der Arktis hatte alles hervorragend konserviert. Was aus Holz war, war jedoch stark verblichen, und alles war von einer dünnen Eisschicht überzogen.

Die letzten hundert Meter zwischen dem Packeis und der Küste legten Schofield und Champion in SEAL-Manier schwimmend zurück. Um der schwerverletzten Champion zu helfen, hatte Schofield ihren Waffengürtel an seinem Kampfgeschirr eingeklinkt und zog sie beim Schwimmen hinter sich her.

Sie erreichten die Steilküste etwa zweihundert Meter westlich von der verlassenen Siedlung und arbeiteten sich am Fuß des Kliffs entlang vorsichtig zum ersten Pier vor.

Schofield ging davon aus, dass im Dorf Wachen aufgestellt waren. Es war eine der wenigen Stellen, wo man von der Küste ins Innere der Insel gelangen konnte. Die Frage war nur, wo sie sich postiert hatten.

Aber da weder er noch Champion einen Wachposten sah, als

sie aus dem Wasser auf den vereisten Pier kletterten, glaubten sie, ihre Ankunft sei unbemerkt geblieben.

Das war jedoch nicht der Fall. Von dem Moment an, in dem sie die Küste erreicht hatten, waren sie unablässig beobachtet worden.

Allerdings nicht von menschlichen Augen.

Ohne sich bewusst zu sein, dass sie fortwährend unter Beobachtung standen, schlichen Schofield und Champion, von Hütte zu Hütte huschend, durch das verschneite Dorf.

Als sie den Dorfplatz erreichten, entdeckte Schofield die Wachen.

Sie hatten sich für die einfachste Lösung entschieden.

Sie hatten am Beginn der steil nach oben führenden Straße eine Sperre errichtet. Wenn es jemandem gelang, vom Meer her in das Dorf zu gelangen, konnte er sich zwar in einem der Häuser verstecken, aber wenn er auf die eigentliche Insel kommen wollte, musste er durch das Nadelöhr der schmalen Straße.

Zwei Jeeps und ein Motorrad mit Beiwagen standen quer auf der Fahrbahn und machten jedes Durchkommen unmöglich. Sechs Thieves in voluminösen Parkas standen rauchend herum und unterhielten sich oder gingen gelangweilt auf und ab. Alle hatten Kalaschnikows über ihren Schultern hängen.

»Und wie wollen Sie jetzt an denen vorbeikommen?«, flüsterte Champion.

»Haben Sie Ihre Rauchgranaten noch?«

Champion nickte.

»Geben Sie mir zwei.«

Sie nahm zwei Granaten von ihrem Waffengürtel und reichte sie Schofield.

»Wir machen jetzt Folgendes«, erklärte ihr Schofield. »Ich versuche, nah genug an die Straßensperre ranzukommen, um die beiden Granaten werfen zu können. In dem Rauch, der dann entsteht, schalten Sie die Männer rechts von der Straße aus und ich die links davon.«

»Das ist alles? Das ist Ihr ganzer Plan?«

»Haben Sie einen besseren Vorschlag?«

»Nein, eigentlich nicht«, musste Champion zugeben. »Moment. Aber wie wollen Sie näher an die Straßensperre rankommen? Zwischen uns und ihnen liegen mindestens fünfzig Meter offenes Gelände, und aus der Ferne wirken diese Granaten nicht.«

Schofield nickte. »Da habe ich schon eine Idee.«

»Aha?«

»Ich gebe mich geschlagen.«

Damit verließ Schofield seine Deckung und ging mit erhobenen Händen auf die Straßensperre zu.

Die sechs Wachen brachten sofort ihre Waffen in Anschlag.

Schofield schlug das Herz bis zum Hals. Er musste nur nahe genug – vielleicht auf zehn Meter – an sie herankommen, um die zwei Rauchgranaten werfen zu können, die er im Moment noch an seinem Rücken befestigt hatte, wo die Wachen sie nicht sehen konnten.

Er kam näher. War noch etwa dreißig Meter entfernt.

»Ich ergebe mich!«, rief er im Gehen.

Die Männer feuerten nicht.

»Lassen Sie die Hände oben, damit wir sie immer sehen können«, rief einer von ihnen nervös.

Schofield ging weiter auf die Straßensperre zu. Noch zwanzig Meter … fünfzehn … zehn …

Jetzt! Seine Hände schossen hinter seinen Rücken und packten die Granaten …

»*Keine Bewegung,* Captain! Und lassen Sie bloß die Hände von den Granaten«, ertönte im selben Moment rechts von ihm eine tiefe Stimme.

Schofield erstarrte mitten in der Bewegung und schloss die Augen.

Still in sich hineinfluchend, merkte er, dass er nicht auf die kleine Wellblechhütte geachtet hatte, die in einer Senke neben der Straße stand.

Und erst recht nicht hatte er den großen Thief bemerkt, der sich dahinter versteckt hatte. Auf seinem Parka stand in Leuchtfarbe TYPHON. Er hielt ein modernes Sturmgewehr in den Händen.

Die Waffe immer auf Schofield gerichtet, kam Typhon auf die Straße hoch. Er riss die zwei Granaten von Schofields Kampfgeschirr und warf sie auf die Straße.

»Die zünden wir mal lieber nicht«, sagte er. Während die anderen Wachen Schofield umstellten, nahm ihm Typhon die Waffen ab. »Und jetzt die Hände hinter den Kopf.«

Schofield verschränkte die Finger an seinem Hinterkopf.

Er überlegte, ob Champion ihm vielleicht zu Hilfe kommen könnte, aber wenn sie nicht einmal in der Lage war, ohne Hilfe zu schwimmen, konnte sie unmöglich eine Rettungsaktion starten. Außerdem beschränkte sich ihre Bewaffnung im Moment auf ihre Steyr TMP und die zwei Pistolen, die SIG-Sauer P-226 und die kleine Ruger. Damit stand sie gegen eine solche feindliche Übermacht auf verlorenem Posten.

Typhon stellte sich so dicht vor Schofield, dass sich ihre Nasenspitzen fast berührten und er sein ganzes Gesichtsfeld ausfüllte.

Die Augen des Mannes waren zutiefst beängstigend. Schwarz und undurchdringlich, hart und mitleidlos. Schofield kannte diesen Blick. Es war der kalte Blick eines Soziopathen.

»Der Boss dachte sich schon, dass Sie vielleicht noch mal auftauchen«, sagte Typhon. »Dafür sind Sie bekannt.«

»Wenn Sie mich töten wollen, dann töten Sie mich«, erwiderte Schofield. »Aber sparen Sie sich Ihre großkotzigen Sprüche.«

»Oh, wir haben natürlich vor, Sie zu töten, Captain, seien Sie unbesorgt. Aber das bisschen Leben, das Ihnen noch bleibt, hat durchaus einen gewissen Wert für uns. Der Boss würde gern mit Ihnen reden.«

Schofield sah, wie Typhon einem der hinter ihm stehenden Männer zunickte, und als er sich daraufhin umdrehte, sah er nur noch den Gewehrkolben des Mannes auf sein Gesicht zusausen, und ihm wurde schwarz vor Augen.

PHASE FÜNF

SCARECROWS FOLTER UND TOD

DRAGON ISLAND

4. APRIL, 12:30 UHR

T PLUS 1:30 UHR NACH DER DEADLINE

Die einzige wirklich effektive Form der Folter besteht darin, einem Menschen, der derjenigen Person, von der man Informationen bekommen will, sehr nahesteht, starke Schmerzen zuzufügen. Alles andere ist Zeitverschwendung.

»Das Folter-Memo« (unredigiert)
Erhalten unter FOI (Freedom of Information),
Amerikanisches Justizministerium, April 2004

DRAGON ISLAND
4. APRIL, 12:30 UHR

Nach mehreren Schlägen ins Gesicht kam Schofield zu sich.

Und stellte fest, dass er mit Handschellen an ein aufrecht stehendes Bettgestell gekettet war. Seine Arme waren gestreckt und an den beiden oberen Ecken befestigt. Seine Fußgelenke waren unten am Bett mit einem Seil festgebunden. Er sah aus wie eine pervertierte Version von Jesus am Kreuz.

Typhon stand vor ihm. »Aufwachen, Scarecrow, aufwachen …«

Bestürzt wurde sich Schofield seiner verhängnisvollen Lage bewusst.

Sein Oberkörper war nackt. Die obere Hälfte seines einteiligen Trockenanzugs war bis zu seinen Hüften hinabgestreift worden wie bei einem Automechaniker, der seinen Blaumann halb ausgezogen hatte.

Er zitterte vor Kälte.

Parka, Waffengürtel und Kampfgeschirr waren ihm abgenommen worden. Seltsamerweise hatte man ihm auch Stiefel und Socken ausgezogen, so dass er barfüßig war. Auch sein Hightech-Handgelenkschutz fehlte, nur die alte Casio-Digitaluhr, die eindeutig so wertlos war, dass man sich nicht die Mühe gemacht hatte, sie ihm abzunehmen, war noch an seinem Handgelenk. Natürlich hatten sie ihm auch seine Waffen und den Maghook weggenommen, die Spiegelbrille hatten sie ihm über die Stirn nach oben geschoben.

Er blickte sich um.

Er war in einem fensterlosen Raum mit gefliesten Wänden,

Abflüssen im Boden und Duschköpfen an den Wänden: eine Gemeinschaftsdusche.

Plötzlich drang lautes Gejohle durch die einzige Tür des Raums. Schofield konnte sich nicht erklären, was es zu bedeuten hatte. *Applaus?*

Typhon schlug ihm erneut ins Gesicht. Fester. »Er ist zu sich gekommen.«

Ein zweiter Mann trat in Schofields Blickfeld.

Schofield erkannte ihn sofort. Es war der Mann, der in dem Videolink den russischen Präsidenten verhöhnt hatte, der Mann, der sich »Fürst der Anarchie« nannte.

Er war älter als Typhon, vielleicht Mitte fünfzig, wirkte aber körperlich noch sehr fit. Über seine linke Kieferpartie zog sich eine auffällige Narbe, die von einer Säureverätzung herzurühren schien. Seine Augen – sie waren von einem auffallend hellen Grau – hatten etwas zutiefst Hypnotisches.

Und sie waren *nicht* wie die Typhons. Sie waren keineswegs psychotisch und bar jeden Mitgefühls oder Interesses an anderen. Sie waren sogar das genaue Gegenteil; sie schienen für nichts anderes gemacht, als Gefühle, Emotionen und Leid zu *entdecken*. Sie leuchteten vor Intelligenz, und sie schienen durch einen Menschen hindurchschauen zu können. Typhon war ein typischer Brutalo, ein Mann fürs Eingemachte. Aber der Fürst der Anarchie war anders; er hatte mehr auf dem Kasten.

Der Fürst der Anarchie musterte Schofield, der halbnackt und wie gekreuzigt an dem aufrecht stehenden Bettgestell hing, und versuchte, sich einen ersten Eindruck von ihm zu verschaffen.

»Das ist also der berühmte Scarecrow«, sagte er. »Freut mich, Sie kennenzulernen. Ich bin …«

»Ich schätze mal, Sie sind Calderon«, unterbrach ihn Schofield. »Marius Calderon. Von der CIA.«

Über Calderons Züge legte sich ein bedauerndes Lächeln. »Dieses Wissen bedeutet leider, dass Sie diese Insel nicht mehr lebend verlassen dürfen.«

»Ah, solche Bedeutung messen Sie also meinem ›Wissen‹ bei?«, entgegnete Schofield sarkastisch. »Wie werden Sie es dann wohl erst finden, wenn ich Ihnen sage, dass dieser ganze Wahnsinn hier auf dem Mist der CIA gewachsen ist. Ihr Arschlöcher von der Agency habt die Russen die Pläne für diese Anlage absichtlich stehlen lassen, weil ihr wusstet, dass sie diese Waffe prompt bauen würden. Deshalb wussten Sie auch, dass unten im Bunker noch eine weitere Kugel war: weil die Pläne für die Anlage eigentlich von unseren Leuten stammen. Und weil sich China immer mehr zur führenden Wirtschaftsmacht aufschwingt und Amerikas Vormachtstellung bedroht, haben Sie diese Pseudo-Terrororganisation ins Leben gerufen, um mit ihrer Hilfe die atmosphärische Waffe zu zünden.«

Calderon lächelte gelangweilt. »Das ist keine Pseudoarmee. Ihre Fußsoldaten sind sehr real. Zumindest *glauben* sie, Teil einer echten Terrortruppe zu sein.«

»Und Sie? Der ›Fürst der Anarchie‹? Ich würde mal sagen, diese Säurenarbe in Ihrem Gesicht ist nicht echt, oder?«

Calderon fasste an die entstellende Narbe an seinem linken Unterkiefer. »Eine Meisterleistung der plastischen Chirurgie, finden Sie nicht auch? Es ist wie mit Ihren Augen: das Einzige, worauf die Leute achten. Wenn ich nach Hause zurückkehre, wird meine Haut wiederhergestellt, und meine Tattoos werden entfernt. Das gilt übrigens auch für diese auffälligen grauen Kontaktlinsen. In dieser Branche muss man einfach ein Chamäleon sein.«

Calderon beugte sich zu dem an das Bettgestell gefesselten Schofield vor. »Letzten Endes, Captain Schofield, tue ich das alles, einschließlich der Veränderungen meines Gesichts, nur zum Wohl der Vereinigten Staaten von Amerika. Ein neues, aufstrebendes China bedroht das Auskommen von dreihundert Millionen Amerikanern. Die kommunistische Partei Chinas ist ein korruptes, menschenverachtendes Regime. Möchten Sie wirklich, dass *diese* Leute die Welt regieren? Mit Amerika liegt vieles im Argen, aber gegenüber China sind wir als führende

Weltmacht eindeutig die bessere Wahl. Wie es scheint, sähen Sie die Geschicke der Welt jedoch lieber von einer Supermacht China bestimmt, obwohl ich dachte, Sie wären eigentlich verpflichtet, für Amerika zu kämpfen.«

»Ich kämpfe für Amerika«, erwiderte Schofield. »Aber es liegt nicht an mir, zu entscheiden, wer die Vormachtstellung auf der Welt einnimmt. Wenn Amerika seine Führungsrolle nicht mit fairen Mitteln behalten kann, verdient es auch nicht, sie einzunehmen. Wenn Amerika jedes Land, das seine Vormachtstellung gefährdet, auslöschen muss, sind wir genauso schlimm wie die Chinesen.«

Calderon nickte. »Dann befinden Sie und ich uns wohl in einer ideologischen Sackgasse. Wirklich jammerschade. Sie sind intelligent und fähig. Wenn Sie Ihre Ziele etwas überdenken würden, gäben wir beide ein unschlagbares Team ab.«

In diesem Moment wurde Schofield schlagartig etwas klar.

»Sie haben die Kugeln noch nicht gefunden«, sagte er und sah dann Typhon an. »Deshalb hat mich Ihr Gorilla da nicht auf der Stelle umgebracht.«

Calderon nickte wissend. »Während wir hier reden, durchsuchen meine Männer die Insel nach Ihren Zivilistenkollegen Mr. Weinberg von DARPA und Ms. Dawson von der National Oceanic and Atmospheric Administration.«

Es überraschte Schofield, dass Calderon Zacks und Emmas Namen kannte. Während an seine persönlichen Daten in einer Datenbank des Militärs relativ einfach zu kommen war, waren die ihren deutlich schwieriger zu finden. Seine Überraschung musste ihm anzusehen gewesen sein.

»Sie fragen sich, woher ich ihre Namen weiß?«, sagte Calderon prompt. »Selbst in Ihrer augenblicklichen Lage achten Sie noch auf solche Details, Captain. Ich muss sagen, ich bin beeindruckt. Und deshalb weiß ich das alles. Lance Corporal?«

Auf Calderons Aufforderung hin kam – ungefesselt und aus eigenen Stücken – Mario in den Duschraum.

»Mario«, flüsterte Schofield. »Du hast doch nicht etwa …«

»Doch, er hat«, sagte Calderon. »Er hat Ihrem anderen jungen Marine aus nächster Nähe in den Kopf geschossen. Lance Corporal Puzo und ich sprechen dieselbe Sprache. Ich habe ihm ein Angebot gemacht, das er nicht ausschlagen konnte.«

»Mario …«, sagte Schofield noch einmal.

Mario sah ihn ungerührt an. »Sorry, *Sir*. Ich musste mich entscheiden und habe mich für die Seite entschieden, die gewinnen wird.«

»Und Kid?«

Mario zuckte mit den Achseln. »Er war sofort tot.«

»Du mieses Stück Scheiße«, knurrte Schofield.

»Captain«, sagte Calderon. »Ich weiß, dass Mr. Weinberg und Ms. Dawson irgendwo auf dieser Insel – auf diesem Stützpunkt – sind, und meine Männer *werden* sie finden. Aber ich hoffe, Sie werden uns helfen, diesen Vorgang ein wenig zu beschleunigen.«

»Ich kann mir nicht vorstellen, wie ich das tun könnte.«

»Ich bitte Sie, Captain.« Calderon lachte leise. »Sie kennen vielleicht meinen Namen, aber Sie haben eindeutig nicht die geringste Ahnung, *wer ich bin*. Auch wenn Sie meine Methoden verabscheuen, habe ich in den letzten neun Jahren höchstpersönlich sechs Terroranschläge in der Größenordnung von 9/11 auf amerikanischem Boden verhindert, weil ich gefangenen Terroristen die entsprechenden Informationen entlockt habe. Ich bin das größte aller Übel: das notwendige Böse. Ich bin die Schattenseite der amerikanischen Seele.

Und im Zuge meiner Bemühungen, Amerikas Sicherheit zu gewährleisten, befasse ich mich jetzt schon beinahe dreißig Jahre lang mit der Erforschung des menschlichen Geistes, insbesondere mit den Auswirkungen, die Folter auf ihn hat – wie man einen Gefangenen motiviert, wie man ihm Schmerzen zufügt, wie man ihm Hoffnung macht und, in einigen Fällen, wie man ihn bricht. Im Moment brauchen Sie sich keine Gedanken zu machen, was Sie *tun* könnten, um mir zu helfen. Denn was Sie jetzt gleich erleben werden, ist nicht, was Sie tun werden. Es ist, was wir mit *Ihnen* tun werden, um Mr. Weinberg und Ms. Dawson dazu zu bringen, sich zu stellen.«

Calderon nickte Typhon zu, worauf dieser vortrat und Schofield mit Tape unsanft den Mund zuklebte.

»Und einzig und allein zu meinem Privatvergnügen«, fuhr Calderon fort, während Typhon eine Sackkarre unter das Bettgestell schob, »werde ich Sie auch psychisch brechen, während ich Sie foltere.«

Darauf karrte Typhon, angeführt von Marius Calderon – inzwischen wieder in seiner Rolle als Fürst der Anarchie – und gefolgt von dem Verräter Mario, das Bettgestell mit Schofield aus der Dusche in eine riesige Halle hinaus, wo sie mit lautem Gejohle von etwa vierzig Kämpfern der Army of Thieves begrüßt wurden.

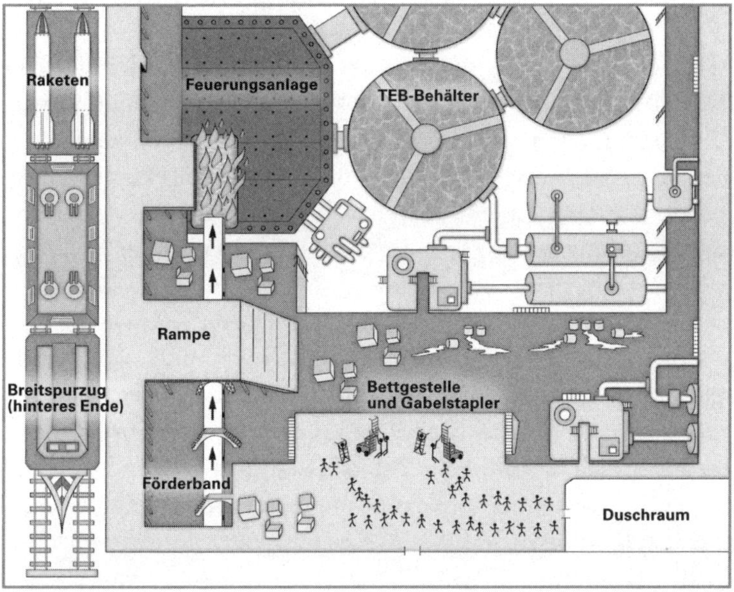
Raketen
Feuerungsanlage
TEB-Behälter
Rampe
Breitspurzug
(hinteres Ende)
Bettgestelle
und Gabelstapler
Förderband
Duschraum

DAS GASWERK

Schofield wurde sofort klar, dass er sich im Gaswerk unter den zwei riesigen Auslasstürmen von Dragon Island befand. Er war auf einem großen Balkon auf der obersten der drei Ebenen, von dem man die ganze riesige Halle überblickte. Direkt unter ihm, auf der mittleren Ebene, befand sich ein langes Förderband, das eine Feuerungsanlage speiste, die neben drei großen zylindrischen Behältern auf der dritten und untersten Ebene stand.

Diese oben offenen Tanks waren direkt unter einem der gewaltigen Auslasstürme und enthielten eine ominös dampfende grüne Flüssigkeit, die von kreisenden Stahlarmen beständig gerührt wurde. Ein Stück weiter, unter dem zweiten Auslassturm, befanden sich drei ähnliche Tanks. Diese großen Flüssigkeitsbehälter, die über ein komplexes System aus Rohren und Leitungen befüllt wurden, waren das Kernstück der atmosphärischen Waffe. Das glitzernde Gas, das aus ihnen aufstieg, war das entzündliche TEB-Gemisch, mit dessen Hilfe der Himmel über der nördlichen Hemisphäre in Brand gesetzt werden sollte.

Auf der Nordseite der Halle sah Schofield einen riesigen schwarzen Zug stehen, der ursprünglich dazu gedient hatte, das Baumaterial für das Gaswerk vom U-Boot-Bunker an der Ostküste der Insel hierherzubefördern. Die Waggons und die beiden Lokomotiven waren auffallend stark gepanzert und doppelt so breit wie ein normaler Zug. Von der Plattform, an der sie standen, führte eine breite Rampe auf den Boden des Gaswerks hinab.

Die Halle war erfüllt vom widerlichen chemischen Gestank des TEB, in den sich ein scheußlicher anderer Geruch mischte:

der Geruch von verbranntem menschlichem Fleisch, wie Schofield entsetzt bewusst wurde.

Die versammelten Thieves johlten und pfiffen begeistert, als Schofield erschien.

Und dann sah Schofield die anderen Gefangenen.

Es waren insgesamt vier: Zwei befanden sich nicht weit von ihm – ihre Folterung hatte den Applaus ausgelöst, den er kurz zuvor gehört hatte –, zwei waren weiter weg auf dem Balkon.

Zunächst wandte er sich den ersten beiden Gefangenen zu: Einer von ihnen war genau wie er an ein Bettgestell gebunden. Der andere hing in einer extrem schmerzhaften Haltung von den Zinken eines Gabelstaplers. Er war so an seinen mit Handschellen auf den Rücken geketteten Handgelenken aufgehängt, dass seine Füße ganz knapp über dem Boden schwebten.

Der ans Bettgestell gebundene Gefangene war Ironbark Barker, dessen SEAL-Team im U-Boot-Bunker niedergemetzelt worden war. Er selbst hatte zunächst entkommen können, war dann aber gefangen genommen worden, nachdem es ihm eine Weile gelungen war, das Ausströmen des TEB-Gases zu stoppen.

Ironbarks geschwollenes Gesicht war von Blutergüssen und Schnitten übersät, sein nackter Rücken war von einem Gittermuster aus massiv verkohlten Verbrennungen überzogen. Auf dem Boden vor Ironbark stand eine Autobatterie, die mit zwei Drähten an das eiserne Bettgestell angeschlossen war. Zwischen Ironbarks blutigen Zähnen steckte ein kleines Holzstück.

Der zweite, von einem Gabelstapler hängende Gefangene war Jeff Hartigan, der arrogante Rüstungsindustrie-Manager, der gegen Schofields Rat allein im Lager des Testteams geblieben war.

Er hatte den Kopf gesenkt und bewegte sich nicht – soweit Schofield das beurteilen konnte, hätte er auch tot sein können. Es war schwer zu sagen. So wie er an seinen aneinandergefesselten Handgelenken aufgehängt war, waren seine Schultergelenke sicher schon eine Weile ausgekugelt.

Als Calderon sah, wie Schofield Hartigan aufmerksam studierte, sagte er: »Diese jahrhundertealte Foltermethode nennt sich *strappado*, was sich am besten mit ›umgekehrt aufgehängt‹ übersetzen ließe. Sie wurde schon von den Medici im Florenz der Renaissance angewendet und war später auch in den Konzentrationslagern der Nazis und während des Vietnamkriegs bei den Nordvietnamesen sehr beliebt. In der Türkei ist sie heute noch gebräuchlich – und ich sage das aus berufenem Munde, weil ich persönlich ihren Folterern beigebracht habe, wie man sie richtig anwendet. Strappado ist ungeheuer schmerzhaft, und wird man zu lang in dieser Haltung hängen gelassen, führt dies zunächst zu einer dauerhaften Schädigung der Bänder; dann werden einem die Schultern ausgekugelt, und schließlich verliert man die Arme ganz.«

Calderon lächelte. »Mir persönlich gefällt einfach der Anblick, den das Opfer dabei bietet. Es ist mir wehrlos ausgeliefert, die Hände sind auf seinen Rücken gefesselt, und seine Brust ist mir entgegengereckt, so dass ich sein Herz – die Essenz seiner Persönlichkeit – vollkommen schutzlos vor mir habe.«

Schofield wandte sich den anderen beiden Gefangenen zu. Als er sie erkannte, verschlug es ihm die Sprache.

Sie hingen beide, nach Strappado-Manier gefesselt, von den Zinken eines zweiten Gabelstaplers. Da sie im Gegensatz zu Hartigan die Köpfe nicht gesenkt hatten, erkannte Schofield sie sofort.

Mother und Baba.

Wie Schofield hatte man auch ihnen die Kaltwetterkleidung ausgezogen. Babas mächtiger nackter Oberkörper war der Kälte schutzlos ausgeliefert. Mother neben ihm hatte nur noch ihre Hose und einen grauen Sport-BH an.

Ihren blutigen Lippen und Nasen nach zu schließen, waren sie mit brutalen Schlägen traktiert worden. Nicht weit von ihnen stand Big Jesus. Der hünenhafte Thief hatte seine neueste Errungenschaft auf seinem breiten Rücken hängen: Babas riesiges Kord-Maschinengewehr.

Auf das laute Johlen der Menge hin drehte Mother den Kopf und sah Schofield am Bettgestell hängen.

»Scarecrow!«, rief sie.

Wegen des Klebebands über seinem Mund konnte ihr Schofield nicht antworten, aber er sah sie eindringlich an.

»Lass dich nicht unterkriegen, Boss!«, schrie Mother. »Wir haben sie genau da, wo wir sie haben wollen!«

Als Schofields Bettgestell neben das von Ironbark gestellt wurde, schaute der SEAL zu ihm auf – mit dem weggetretenen Blick eines Menschen, der bis an die Grenzen seiner körperlichen Belastbarkeit gefoltert worden ist. Allein den Kopf zu heben, schien ihn ungeheure Anstrengung zu kosten. Der Geruch seiner verbrannten Haut war kaum zu ertragen.

Calderon pflanzte sich vor Schofield auf und deutete mit dem Kinn auf Ironbark. »Specialist Barker ist auf seiner Schmerzensreise schon ein deutliches Stück weiter vorangekommen als Sie, Captain. Aber keine Angst, Sie werden ihn bald eingeholt haben.«

Dann wandte sich Calderon dem Sudanesen zu, der die Autobatterie bediente, die an Ironbarks Bettgestell angeschlossen war. Der Mann hatte zahlreiche Ziernarben im Gesicht und blutunterlaufene gelbe Augen, und er hatte Schofields Maghook auf den Rücken geschnallt.

»Corporal Mobutu«, sagte Calderon, »ich brauche die Batterie jetzt für Captain Schofield. Übergießen Sie Mr. Barker bitte mit Wasser, und töten Sie ihn.«

Der sudanesische Folterknecht griff nach einem in der Nähe stehenden Eimer und kippte seinen Inhalt über Ironbarks kraftlosen Körper.

»Wenn man einen Menschen mit Stromstößen töten will«, erklärte Calderon dazu, »muss man berücksichtigen, dass die menschliche Haut in trockenem Zustand elektrischen Strom nur sehr schlecht leitet. Das hat jedoch schwere Verbrennungen zur Folge. Sie können die Voltzahl beliebig erhöhen, aber es führt lediglich zu immer stärkeren Hautverbrennungen. Und der Geruch, das kann ich Ihnen sagen, wird wirklich ganz schön penetrant. Befeuchtet man dagegen die Haut der betreffenden Person, sinkt der Hautwiderstand, und sie leitet den Strom *hundertmal* besser. Einen Augenblick, bitte. Das alles bringt uns natürlich nichts, wenn es nicht auf der ganzen Insel zu hören ist.«

Calderon schnappte sich ein Mikrophon, das an eine Sprechanlage angeschlossen war. Calderon drückte auf einen Knopf, und als er zu sprechen begann, kam seine Stimme nicht nur aus jedem der zahlreichen Lautsprecher im Gaswerk, sondern auch aus den Lautsprechern, die über ganz Dragon Island verteilt waren.

»*Zack Weinberg. Emma Dawson. Ich weiß, dass Sie mich hören können*«, dröhnte Calderons Stimme aus allen Richtungen. »*Bitte hören Sie gut zu. Was Sie gleich hören werden, sind die Schreie eines sterbenden Waffengefährten.*«

Calderon wandte sich seinem sudanesischen Schergen zu. »Mobutu, zehntausend Volt, bitte.«

Der Sudanese drehte an einem Knopf der Autobatterie, und sofort zuckten flackernde bläuliche Lichtblitze über die Stahlfedern von Ironbarks Bettgestell.

Der SEAL begann von den Stromschlägen so heftig zu zucken, dass von seinem ganzen Körper Wassertropfen davonstoben. Seine Zähne verbissen sich noch fester in das Holzstück in seinem Mund. Er wand sich vor Schmerzen, die Sehnen an seinem Hals traten immer stärker hervor, und sein ächzendes Stöhnen ging abrupt in schrille Schreie über.

Da Calderon das Mikrophon dabei die ganze Zeit dicht an Ironbarks Mund hielt, gellten seine grässlichen Schreie über die ganze Insel.

Nach einer Weile verstummte Ironbark abrupt, und der SEAL sank total schlaff in sich zusammen, obwohl die Batterie noch eingeschaltet war und weiter Strom durch das Bettgestell leitete.

Die Brutalität dieses Anblicks verschlug Schofield die Sprache.

Ironbark war tot, aber es war noch nicht vorbei.

Die Menge begann lauthals »Feuer! Feuer!« zu skandieren.

Calderon nickte, und Ironbarks Leiche wurde weggerollt und – immer noch an das Bettgestell gebunden – vom Rand des Balkons auf das Förderband gekippt, das ihn langsam forttrug. Als der Tote unter der Rampe hindurchglitt, die zu der Plattform mit den Gleisen hinaufführte, war er etwa zehn Sekunden lang nicht mehr zu sehen, bevor er auf der anderen Seite kurz vor der Feuerungsanlage wieder auftauchte.

Ironbark und das Bettgestell kippten in den riesigen Ofen, wo sie sofort in den Flammen verschwanden, und die Menge applaudierte mit makabrer Begeisterung.

In einer abgelegenen Ecke von Dragon Island hörten Zack und Emma über einen Lautsprecher alles mit.

Sie sahen sich entsetzt an.

»Oh Gott …«, hauchte Emma. »Unfassbar …«

Währenddessen ging Calderon im Gaswerk zu Jeff Hartigan, der nach Strappado-Manier von einem der Gabelstapler hing.

Er schlug dem Manager ins Gesicht, worauf dieser sich stöhnend zu bewegen begann. Er lebte noch.

Mit einer theatralischen Geste wandte sich Calderon der Menge zu. »Was meint ihr? Sind jetzt die Ratten dran?«

Die Thieves tobten vor Begeisterung.

»Mobutu«, ordnete Calderon an. »Bring die Ratten.«

Der Sudanese verschwand durch eine Tür in der Seite der Halle und kam wenige Augenblicke später mit einem Maschendrahtkäfig zurück, in dem sich sechs Ratten tummelten.

Schofield traute seinen Augen nicht.

Die Tiere waren unterschiedlich groß, von klein und quirlig bis groß, fett und behäbig. Alle hatten schwarze Rücken, lange unbehaarte Schwänze und beängstigend spitze Zähne. Sie schnappten mit erstaunlicher Aggressivität nach einander.

»Es ist wirklich erstaunlich, Captain«, sagte Calderon, »wie *widerstandsfähig* Ungeziefer ist: Ratten, Kakerlaken und was es sonst noch alles gibt. Sie werden uns auf jeden Fall überdauern, das steht vollkommen außer Frage. Diese Ratten haben zum Beispiel wesentlich länger auf dieser Insel überlebt als ihre ehemaligen Sowjetherren. Betrachten Sie also, was jetzt kommt, als eine kleine Vorführung, die vor allem für Sie gedacht ist.«

Calderon deutete mit dem Kinn auf Hartigan und sagte zu Mobutu: »Setz ihm eine Kiste auf.«

Gehorsam stieg der Sudanese eine Stehleiter hinauf und stülpte eine große Holzkiste über Hartigans Kopf. Bis auf ein rundes Loch in ihrem Boden, das für den Hals des Opfers ausgespart worden war, hatte die Kiste massive Holzwände. Sobald er sie über Hartigans Kopf angebracht hatte, stopfte Mobutu ein paar Lumpen in die Lücke zwischen Hartigans Hals und dem Rand des Lochs. Jetzt sah Hartigan aus wie der Mann mit der eisernen Maske.

Die Kiste war oben mit einem Deckel versehen – und als Schofield sah, wie Mobutu ihn hochklappte, mit der freien Hand eine besonders fette Ratte am Schwanz packte und sie über die offene Kiste hielt, erstarrte auch der letzte Tropfen Blut in seinen Adern zu Eis.

»Gütiger Gott, nein ...«, flüsterte er.

Das bekam Calderon mit. »Ich nehme mal an, ein so gebildeter Mann wie Sie, Captain, ist bestens mit George Orwells Roman *1984* vertraut. Darin wird der Protagonist Winston Smith einer ähnlichen Folter unterzogen. Im Roman dient die Rattenfolter jedoch nur dazu, Smith Angst zu machen und seinen Willen zu brechen; sie wird nicht wirklich *angewendet*. Nur damit Sie sich keine falschen Vorstellungen von mir machen, Captain: Ich gebe mich nicht mit leeren Drohungen ab. Mobutu, los.«

Der Sudanese ließ die Ratte in die Kiste fallen und warf ihr rasch eine zweite, kleinere hinterher, bevor er den Deckel schloss.

Calderon hob sein Mikrophon. »Zack. Emma. Erinnern Sie sich an Mr. Jeffrey Hartigan. Was Sie jetzt hören, sind seine Schreie. Er wird gleich bei lebendigem Leib von Ratten aufgefressen werden.«

Bis zu diesem Moment hatte Jeff Hartigans Körper vollkommen reglos von der Zinke des Gabelstaplers gehangen. Doch jetzt begann Hartigan mit beängstigender Plötzlichkeit wie ein Wahnsinniger loszubrüllen. Er trat wild zappelnd um sich und zerrte mit den Armen an seinen Fesseln, aber er war den Ratten wehrlos ausgeliefert.

Schofield konnte zwar nicht sehen, was im Innern der Kiste mit Hartigans Kopf geschah, aber er konnte es sich sehr gut vorstellen, und ihm wurde übel davon.

Die Ratten fraßen Hartigans schutzloses Gesicht.

Irgendwann würden sie sich durch seine Augen nagen, um auch sein Gehirn zu fressen. Erst dann würde er von seinen Qualen erlöst. Es war ein ebenso grausamer wie schmerzhafter Tod.

Hartigans entsetzliche Schmerzensschreie, die von den Holzwänden der Kiste kaum gedämpft wurden, füllten die riesige

Halle. Calderon hielt weiter das Mikrophon hoch, um auch noch das letzte erbärmliche Wimmern einzufangen.

Nach dreißig Sekunden unvorstellbaren Grauens trat gnädigerweise der Tod ein.

Hartigans Körper erschlaffte abrupt, aber die Kiste über seinem Kopf ruckte und rappelte wegen der herumwuselnden Ratten unvermindert weiter.

Wieder johlte und klatschte die Menge. Wieder lächelte Calderon.

Mother und Baba verfolgten das Schauspiel fassungslos.

Auch Schofield starrte entsetzt auf die bebende Kiste.

»Allmächtiger«, flüsterte er. »Steh uns bei.«

Calderon kam wieder zu ihm. Immer noch die Ruhe in Person, sah er Schofield unverwandt an und sagte in sein Mikrophon:

»Zack? Emma? Sind Sie noch da? Sie wissen doch, dass Sie alldem ein Ende machen können. Sie brauchen sich nur zu stellen. Mehr ist gar nicht nötig. Andernfalls muss ich hier jedoch mit den Sergeants Newman und Huguenot und Captain Schofield weitermachen.«

Calderon wandte sich achselzuckend Schofield zu. »Lassen Sie uns doch einfach ein bisschen miteinander reden, Captain, während wir hier warten. Wie ich Ihrer Personalakte entnehme, hatten Sie ein sehr gespanntes Verhältnis zu Ihrem Vater. Sie haben Ihre Mutter gegen seine Schläge verteidigt, und da fragt man sich natürlich schon, ob vielleicht hier die Voraussetzungen für Ihren späteren Hang zum Heroismus geschaffen wurden. Aber auch Helden erleiden schwere Niederlagen. Verzeihen Sie mir, wenn ich hier alte Wunden wieder aufreiße, aber wenn ich richtig informiert bin, wurde Ihre Freundin, Ms. Elizabeth Gant, von einem ziemlich üblen Typen namens Jonathan Killian enthauptet. War es nicht gerade für einen Mann wie Sie besonders schmerzhaft, nichts tun zu können, um die Frau, die Sie geliebt haben, zu retten? Meines Wissens waren Sie aber nicht dabei, als sie enthauptet wurde, ist das richtig?«

Schofield starrte unverwandt vor sich hin und sagte nichts.

Calderon fuhr fort: »Meiner Erfahrung nach gibt es nichts Motivierenderes für einen Menschen, als mit ansehen oder zuhören zu müssen, wie eine geliebte Person gefoltert wird. Es ist bei weitem die wirksamste Methode, einem Gefangenen Informationen zu entlocken. Die unangefochtenen Meister in der Kunst des Folterns waren die Japaner. Sie haben im Zweiten Weltkrieg regelmäßig davon Gebrauch gemacht, zum Beispiel bei dem berüchtigten Massaker von Nanking.

Im Moment haben Sie nichts, was ich von Ihnen haben will, Captain Schofield. Zack und Emma allerdings schon. Wenn ich Sie jetzt also foltere, dient dies nur dem Zweck, die beiden dazu zu bringen, sich zu stellen.«

Calderon beugte sich vor und flüsterte Schofield ins Ohr: »Ich werde Sie bis auf einen Zentimeter an den Rand des Todes bringen, so nah, dass Sie mich anflehen werden, Sie zu töten. Aber das hat noch Zeit. Wie gesagt, ich möchte Sie erst brechen, bevor ich Sie töte. Mobutu, steck ihm das Holzstück zwischen die Zähne.«

Der Sudanese trat vor und riss Schofield mit einem zahnlückigen Grinsen das Klebeband vom Mund, um ihm das Holzstück zwischen die Zähne zu schieben.

Diese Gelegenheit nutzte Schofield, um zu rufen: »Mother! Du kämpfst weiter, wenn ich tot bin, hast du gehört!« Doch dann rammte ihm Mobutu den Keil zwischen die Zähne, und er verstummte.

Mother und Schofield tauschten hilflose Blicke.

»Aber klar, Scarecrow!«, rief Mother durch die Halle. »Darauf kannst du dich verlassen!«

»Das Gerät, an dem Sie festgekettet sind, Captain«, fuhr Calderon ungerührt fort, »ist eine sogenannte *parrilla.* Diese Foltervorrichtung wurde in Chile unter dem Pinochet-Regime häufig eingesetzt. Man könnte Parrilla mit ›Grill‹ übersetzen. Es ist eine Form der Folter, bei der Strom durch ein Metallgestell geleitet wird, an das der Gefangene gefesselt ist. Ich habe festgestellt, dass alte Militärbettgestelle mit ihren Stahlfedern und schmalen Querstreben den elektrischen Strom optimal leiten und verteilen und zugleich ein unverwechselbares Brandmuster auf dem Rücken des Opfers hinterlassen, das ihnen für immer bleibt. Mobutu, ein kleiner Vorgeschmack für den Captain: zweitausend Volt, bitte.«

Mobutu drehte an einem Knopf der Batterie.

Schofield wurde von Krämpfen geschüttelt.

Sein Gesichtsfeld wurde von grellem weißem Licht ausgefüllt, und durch seinen Körper schossen unerträgliche – buchstäblich *unerträgliche* – Schmerzen. Er wollte seinen Rücken krümmen, seine Wirbel dehnen, seinen Körper verbiegen, aber es ging nicht, er war zu fest an das Bettgestell angekettet. Er biss auf das Holzstück zwischen seinen Zähnen und versuchte ächzend zu schreien.

Damit sein Stöhnen und seine unterdrückten Schreie auf der ganzen Insel zu hören waren, hielt Calderon währenddessen das Mikrophon ganz nah an Schofields Mund.

»Zack und Emma«, erklärte er dazu, »was Sie gerade hören, ist unser tapferer Captain Schofield, der im Moment etwas unter Strom steht.«

Und dann, inmitten der rasenden Schmerzen, roch es Schofield.

Den Geruch verbrennender Haut. Seiner eigenen verkohlenden Haut.

Er versuchte wieder zu schreien.

Mother zerrte an ihren Fesseln. »Ich bringe dich um, du Drecksau!«, brüllte sie Calderon an.

Calderon nickte Mobutu zu, worauf der Sudanese den Strom zurückdrehte. Schwer atmend und total entkräftet, sackte Schofield schweißüberströmt gegen das Bettgestell. Sein Kopf sank kraftlos nach vorn.

Calderon lächelte. »Das waren lächerliche zweitausend Volt auf trockener Haut, Captain. Wie Sie bei Ihrem SEAL-Freund

Specialist Barker gesehen haben, ist die Leitfähigkeit der Haut hundertmal höher, wenn sie nass ist. Gleich werde ich Mobutu bitten, Sie mit Wasser zu bespritzen und die Voltzahl deutlich zu erhöhen. Dann wird der Strom Ihre Haut nicht mehr verbrennen, sondern ungehindert durch Ihr Herz fließen und Sie töten.«

Calderon nickte Mobutu zu, und der Sudanese griff nach dem Wassereimer und schüttete den Rest seines Inhalts über Schofield. Jetzt hing Schofield klatschnass am Bettgestell.

Calderon warf dem Sudanesen einen kurzen Blick zu.

Schofield spürte, wie sein Herz trotz aller Entkräftung einen gewaltigen Satz machte – das war das Ende –, aber Calderon lachte.

»Oh nein, Captain, so weit ist es noch lange nicht«, sagte er mit der Häme eines Folterers. »Ich habe Ihnen doch *gesagt*, dass ich Sie erst brechen werde, bevor ich Sie töte. Bei Elizabeth Gants Tod waren Sie nicht dabei, aber ich versichere Ihnen, dafür werden Sie jetzt Ihre treue Gefährtin Mother Newman vor Ihren Augen sterben sehen.«

Trotz seiner Schmerzen schaute Schofield zu Mother.

»Ich muss Ihnen leider sagen, Scarecrow. *Einen* geliebten Menschen zu verlieren, ist tragisch. Aber auch noch einen zweiten zu verlieren, ist schlicht und einfach fahrlässig. Wenn jetzt noch einmal das Gleiche passiert, wenn Ihre beste Freundin *direkt vor Ihren Augen* auf brutalste Weise exekutiert wird und unter entsetzlichen Schmerzen stirbt, stecken nicht einmal Sie das weg.«

Schofield wurde totenbleich. Aus seinem Gesicht wich alles Blut.

Calderon grinste.

»Mobutu. Setz ihr die Kiste auf und wirf ein paar Ratten hinein.«

Was nun folgte, war mehr als Schofield – festgebunden, hilflos und am Ende seiner Kräfte – ertragen konnte.

Mobutu ging zu Hartigan und hob die Rattenkiste von seinem Kopf. Der Anblick war kaum auszuhalten.

Beide Augen waren *herausgenagt* worden, so dass nur noch ihre blutigen, von zerfetzter Haut umgebenen Höhlen übrig waren. Schofield kämpfte heftig würgend gegen einen Brechreiz an, als er sah, wie die kleinere der zwei Ratten durch Hartigans linke Augenhöhle in seinen Kopf kroch und kurz darauf durch seinen weit offen stehenden Mund wieder nach draußen schlüpfte.

Hartigans Leiche wurde achtlos auf das Förderband geworfen und fiel unter dem lauten »Feuer! Feuer!«-Gejohle der Thieves in die Flammen der Feuerungsanlage.

Dann ging Mobutu mit der Holzkiste zu dem Gabelstapler, von dem Mother und Baba hingen.

Schofield sank das Herz in die Hose.

Das war selbst für ihn zu viel. Zuerst Gant, jetzt Mother. Er wurde fast wahnsinnig bei dem Gedanken, was gleich passieren würde.

Plötzlich rief Calderon: »Wie wär's mit einer Doppelnummer! Bring auch für ihren Franzosenfreund eine Kiste, Mobutu!«

Die Menge tobte vor Begeisterung, als der Sudanese eine zweite Kiste holte.

Die Adern in Schofields Stirn platzten fast vor Anstrengung, als er trotz des Holzstücks zwischen seinen Zähnen mit letzter Kraft zu schreien versuchte.

Mobutu stieg auf die Stehleiter, um die Kiste, die er Hartigan gerade abgenommen hatte, über Mothers Kopf zu stülpen. In diesem Moment schaute Mother zu Schofield herüber ...

Sie sah ihn direkt an.

Aus ihrem Blick sprachen unendliche Traurigkeit, lange Vertrautheit und tiefe Zuneigung. Und bevor sich die Kiste endgültig über ihren Kopf senkte und Schofield die Sicht auf ihr Gesicht nahm, artikulierte sie noch ein stummes »Lebwohl«.

Schofield zerrte an seinen Fesseln, aber es war vergeblich. Zu Tode erschöpft sank er gegen das Bettgestell zurück. Er war am Ende seiner Kräfte, und vor allem gab es nichts mehr, was er noch hätte tun können.

Er sah keine Möglichkeit mehr zu verhindern, was gleich passieren würde. Ihm blieb nur noch, hilflos zuzusehen, wie seine beste Freundin unter Marius Calderons Händen einen grauenvollen Tod starb.

Das alles blieb Calderon nicht verborgen.

Shane Schofield war besiegt, sein Widerstand war gebrochen.

Die zweite Kiste senkte sich über Babas Kopf, und die Zwischenräume am Hals wurden mit Lumpen zugestopft. Schofield glaubte zu hören, dass Mother etwas zu Baba sagte. Ihre Worte wurden jedoch von den Wänden der Kiste so stark gedämpft, dass er nicht verstand, was sie sagte. Viel war es jedenfalls nicht, nur ein paar kurze Worte des Abschieds.

Mobutu grinste vor Stolz auf das blutrünstige Spektakel, das er seinen Kumpanen bescherte, stieg auf die Stehleiter zwischen Mother und Baba, klappte die Deckel der beiden Kisten auf und hielt mit einem genüsslichen Grinsen jeweils eine Ratte darüber.

Die versammelten Thieves forderten ihn lautstark auf, die widerwärtigen Viecher hineinzuwerfen, aber Mobutu wartete auf das Zeichen Calderons.

Calderon hob sein Mikrophon. »Zack. Emma. Ich bin es schon wieder. Was Sie jetzt hören werden, wenn Sie sich immer noch auf der Insel herumtreiben, sind Gunnery Sergeant Newman und ihr französischer Freund Sergent-chef Huguenot, deren Gesichter gleich von Ratten zerfressen werden.«

Er nickte Mobutu zu.

Mobutu ließ die Ratten fallen, eine in jede Kiste.

Die Menge johlte.

Rasch folgten zwei weitere Ratten, und Mobutu klappte die Deckel zu.

Schofield konnte nur hilflos zusehen.

Dann begann das Strampeln, Treten und Schreien.

Alles lief genau so ab, wie es bei Hartigan gewesen war.

Calderon hob sein Mikrophon, und Mother und Baba begannen schrille Schmerzensschreie auszustoßen. Sie zappelten an ihren auf den Rücken gebundenen Armen und versuchten vergeblich, mit ihren gefesselten Beinen um sich zu treten.

Aus den Kisten kamen grauenhafte Laute – Schreien, Ächzen, schmatzende Nagegeräusche.

Wie bei Hartigan dauerte das entsetzliche Schauspiel etwa dreißig Sekunden, dann erschlaffte zuerst Mother, und kurz darauf rührte sich auch Baba nicht mehr. Sie hingen nur noch in Strappado-Manier leblos von den Zinken des Gabelstaplers, die Hände auf den Rücken gefesselt, die Köpfe gesenkt und reglos.

Schofield traten Tränen in die Augen.

»Es ist wirklich nicht ungefährlich, Sie zu kennen, Captain«, sagte Calderon. »Ich kann mir, ehrlich gestanden, nur schwer vorstellen, wie Sie damit noch weiterleben wollen. Soviel ich gehört habe, haben Sie natürlich Anstrengungen unternommen, das alles wiedergutzumachen; ich weiß, dass Sie sich einmal selbst umzubringen versucht haben – wie Ihr Vater, nicht wahr? –, aber unsere gute, alte Mother Newman hat Sie in letzter Sekunde davon abgebracht. Die Frage ist allerdings: *Wer wird Sie diesmal davon abbringen?*«

Schofield biss auf das Holzstück zwischen seinen Zähnen. Tränen strömten über sein Gesicht.

Calderon grinste unbarmherzig. Seine hellen grauen Augen leuchteten diabolisch. »Captain Shane Schofield, Sohn eines brutalen Vaters, Geliebter einer todgeweihten Frau und jetzt Zeuge des Todes seiner treuesten Freundin. Betrachten Sie sich als gebrochenen Mann. Und das heißt: Jetzt ist der Moment für Sie gekommen zu sterben ...«

»Sir!«, ertönte vom Ausgang eine laute Stimme.

Calderon und Schofield drehten die Köpfe. In der Tür stand ein Kämpfer der Army of Thieves.

»Was ist?«, rief Calderon.

»Wir haben sie! Die zwei Zivilisten mit den Urankugeln! Bad Willy hat sie gerade gefangen genommen! Er ist bereits auf dem Weg hierher mit ihnen!«

Im Grunde genommen war es zu Zacks und Emmas Festnahme fast genau so gekommen, wie Calderon es geplant hatte.

Nachdem sich die beiden im Steinbruch von Mother getrennt hatten, hatten sie verzweifelt nach einer Stelle gesucht, wo sie sich mit den zwei Urankugeln verstecken konnten.

Sie hatten den Fluss überquert und waren zum Flugplatz zurückgekehrt, wo auch mehrere Baracken standen: große langgezogene Unterkünfte, in denen in Sowjetzeiten die auf Dragon Island stationierten Truppen untergebracht waren.

Zack fand, dass sie geradezu ideal für ihre Zwecke waren: verwahrlost und verlassen und wahrscheinlich voller Stockbetten, Truhen und Spinde, Umkleideräume, Duschen und Toiletten, die viele Versteckmöglichkeiten boten.

Zack und Emma erreichten die erste Baracke und spähten durch ein Fenster vorsichtig nach drinnen …

… und sahen eine langbeinige Frau in Netzstrümpfen, hochhackigen Schuhen und schwarzer Spitzenunterwäsche, die eine Zigarette rauchte.

Zack runzelte die Stirn. »Was soll das jetzt wieder …«

Emma legte den Finger an ihre Lippen. »Schau. Da kommt noch eine.«

Eine zweite Frau betrat den Raum und stellte sich zu der anderen unter einen an der Wand befestigten Heizstrahler. Auch sie war stark geschminkt und trug nur Reizwäsche. Die beiden begannen sich in einer osteuropäischen Sprache zu unterhalten.

Emma schaltete als Erste. »Das sind Prostituierte …«

»Sechs Wochen in der Arktis sind eine lange Zeit«, sagte Zack. »Vor allem für eine Armee aus lauter Kriminellen. Solche Typen haben schließlich Bedürfnisse. Ihr Anführer hat wirklich an alles gedacht. Komm, lass uns in den anderen Baracken nachsehen.«

Leider hatten sie bei der zweiten Baracke nicht mehr Glück. Auch sie wurde eindeutig von der Army of Thieves genutzt. Im Moment war sie zwar leer, aber die Betten sahen alle benutzt aus, und viele Spinde standen halb offen. Hier konnten sie sich nicht verstecken.

Deshalb zogen sich Zack und Emma in einen der Hangars neben dem Rollfeld zurück.

In der riesigen Halle stand eine Antonow-Transportmaschine desselben Typs wie die An-12, die Schofield in den Fluss gelenkt hatte.

Zack spähte durch die offene Heckklappe des Flugzeugs. Im Frachtraum waren zahlreiche Kisten und mehrere große mit Planen zugedeckte Gegenstände.

»Sie haben ein *zweites* Flugzeug?«, flüsterte Emma erstaunt.

»Mit einer Menge Frachtgut, hinter dem man sich gut verstecken kann«, sagte Zack. »Los, schnell rein da!«

Sie liefen die offene Heckklappe hinauf in den Frachtraum der großen Transportmaschine und zogen sich in einer dunklen Ecke hinter einen Stapel Kisten zurück.

Hier bekamen sie wenig später über die Lautsprecheranlage des Hangars mit, wie zuerst Ironbark und dann Hartigan gefoltert wurde.

Aber es war Schofields Folter auf der Parrilla gewesen, die zur Entdeckung ihres Verstecks führte.

Sobald er die Abdrücke von Zacks Nike-Stiefeln entdeckt hatte, war Bad Willy nicht mehr zu bremsen.

Im Gegensatz zu Zack und Emma, die vollkommen kopflos geflohen waren, ging er sehr überlegt und methodisch vor. Zusammen mit seinen Männern suchte er systematisch und ohne

Hast die gesamte Umgebung ab, bis sie einen weiteren Stiefelabdruck im Schnee entdeckten. So arbeiteten sie sich dann von einem Abdruck zum nächsten vor, bis sie schließlich am Eingang des Hangars, in dem die zweite Antonow stand, einen letzten Fußabdruck fanden.

Unter Hartigans schrillen Schreien, die aus den zahlreichen Lautsprechern ringsum gellten, schlichen sie lautlos durch den dunklen Hangar.

Bad Willy blieb immer wieder stehen und signalisierte seinen Männern, sich vollkommen still zu verhalten. Dann hob er ein stabförmiges Richtmikrophon und lauschte aufmerksam, ob in seinem Kopfhörer etwas Verdächtiges zu hören war.

Als Schofields Folter begann, hielt Bad Willy das Richtmikrophon auf die offene Heckklappe der Antonow, und als Schofield trotz des Holzstücks zwischen seinen Zähnen zu schreien versuchte, hörte Bad Willy in seinem Kopfhörer den verräterischen Laut.

Das leise Aufstöhnen einer Frau.

Seine Männer stürmten das Flugzeug und entdeckten Zack und Emma mit dem Samsonite-Koffer hinter einem Stapel Kisten.

Zack und Emma wurden von Bad Willy und seinen Männern im Triumph ins Gaswerk gebracht.

Mothers und Babas Rattenfolter war gerade zu Ende gegangen, und die zwei Neuankömmlinge verschafften sich einen ersten Eindruck von der verhängnisvollen Lage: Schofield war an ein aufrecht stehendes Bettgestell geschnallt, an das eine Autobatterie angeschlossen war; Mother und Baba hingen in Strappado-Manier von einem Gabelstapler, beide mit einer Holzkiste über dem Kopf, beide vollkommen reglos.

Bad Willy übergab den Samsonite-Koffer Calderon, der ihn öffnete und die zwei tiefroten Urankugeln darin betrachtete.

»Danke, Willy«, sagte er. »Vielen Dank. Das haben Sie wirklich gut gemacht.« Er nickte in Richtung Emma. »Zur Belohnung bekommen Sie diese entzückende junge Dame, die zweifellos etwas *unverbrauchter* sein wird als unsere anderen weiblichen Begleiterinnen. Sie gehört Ihnen. Machen Sie mit ihr, was Sie wollen.«

Willy beugte sich vor. »Mir ganz *allein*?«

»Ganz allein Ihnen. Männer! Nur damit Sie es wissen: Diese Frau gehört Willy. Er kann sie also für sich allein behalten oder zu jedem beliebigen Preis verkaufen oder vermieten. Sie ist sein Eigentum, seine Belohnung für treue Pflichterfüllung!«

»Danke, Sir.« Bad Willy verbeugte sich kriecherisch. »Sie sind zu gütig.« Damit packte er Emma am Arm und zerrte sie an den Rand des Balkons.

»Nein!«, schrie Zack, aber ein Thief, der neben ihm stand,

schlug ihm mit solcher Wucht ins Gesicht, dass er unter dem gehässigen Gelächter der Umstehenden mit blutigem Mund zu Boden fiel.

Calderon übergab eine der Kugeln Typhon. »Colonel Typhon. Bringen Sie das in die Raketenstellung, und schießen Sie es in die Gaswolke hoch. Aber berücksichtigen Sie dabei, dass es über der Insel eine Lücke gibt, einen Bereich, in dem sich kein Gas ausgebreitet hat. Setzen Sie den Himmel in Brand.«

Typhon eilte mit der Kugel aus der Halle.

Vollkommen ausgelaugt und von unerträglichen Schmerzen geplagt, musste Schofield mit ansehen, wie das Schicksal seinen Lauf nahm.

Schlimmer konnte es nicht mehr kommen: Mother und Baba waren tot, Emma stand im Begriff, mit einem Thief der übelsten Sorte viel zu enge Bekanntschaft schließen zu müssen, und Typhon machte sich auf den Weg, um im Zug eines ausgeklügelten Plans, den einer der klügsten Köpfe der Central Intelligence Agency ersonnen, vorbereitet und in die Tat umgesetzt hatte, eine Rakete in die kontaminierte Atmosphäre zu schießen und ganz China, den größten Teil Indiens und weite Teile der übrigen nördlichen Hemisphäre in einem gigantischen Feuersturm komplett auszulöschen.

Dennoch kam es noch schlimmer.

Mit einem fiesen Grinsen auf den Lippen kam Calderon zu Schofield und blieb ganz dicht vor ihm stehen. Er sprach so leise, dass nur Schofield es hören konnte.

»Gratuliere, Captain, Sie haben Ihren Zweck erfüllt. Und da ich jetzt bedauerlicherweise keine Verwendung mehr für Sie habe, bedeutet das, dass Sie das spektakuläre Ende der Welt, wie wir sie bisher gekannt haben, nicht mehr miterleben werden. Ich werde Ihnen jetzt keine langen Vorträge mehr halten und Sie auch nicht weiter foltern. Jetzt müssen Sie nur noch sterben.«

Er nahm Schofield die Spiegelbrille ab und betrachtete sie wie ein Juwelier, der einen Diamanten begutachtet. Sie hatte viele Kerben und Kratzer, darunter auch den von der Kugel, die sie vor kurzem gestreift hatte.

»Ich behalte von jedem besiegten Gegner ein Erinnerungsstück«, sagte Calderon. »Trophäen, die mich an meine Triumphe erinnern. Und diese Brille wird mich immer an den Tag erinnern, an dem ich Scarecrow besiegt habe.«

Er zog ein Messer, kratzte mit seiner Spitze einen Kreis mit einem A in der Mitte in die Oakley-Brille und hielt sie dann hoch, damit alle sie sehen konnten.

Die Menge johlte.

Dann steckte Calderon die Brille ein und trat von Schofield zurück. »Mobutu, bring eine zusätzliche Elektrode an seinem Herz an und jage ihm zehntausend Volt durch den Körper. Tut mir leid, Captain, denn es war mir eine große Freude, Sie gekannt zu haben. Sie waren ein würdiger Gegner, aber Amerika braucht mich nun einmal dringender als Sie.«

Mobutu brachte die Extraelektrode an der nassen Haut über Schofields Herz an und nahm wieder seinen Platz neben der Autobatterie ein.

Calderon nickte einmal.

Mobutu drehte auf.

Und Schofield begann heftiger zu zucken als je zuvor.

Diesmal stoben helle Funken von dem metallenen Bettgestell davon.

Schofields Körper bäumte sich wild zuckend auf, sein Rücken krümmte sich, so weit es seine Fesseln zuließen. Sein Kopf schnellte ruckartig nach hinten, seine Augen drehten sich weit nach oben, und dann war es auch schon vorbei.

Schofield erschlaffte abrupt.

Sein Körper hing reglos von dem metallenen Bettgestell.

Mobutu drehte den Strom ab, und Calderon tastete unter den gespannten Blicken der Menge nach Schofields Puls.

Und fand keinen.

Calderon drehte sich um … und lächelte.
Er brauchte nichts zu sagen. Die Menge tobte.
Shane Schofield war tot.

PHASE SECHS

DAS ENDE DER WELT

DRAGON ISLAND

4. APRIL, 12:55 UHR

T PLUS 1:55 STUNDEN NACH DER DEADLINE

Wir werden uns auf keinen Fall ergeben.

Winston Churchill

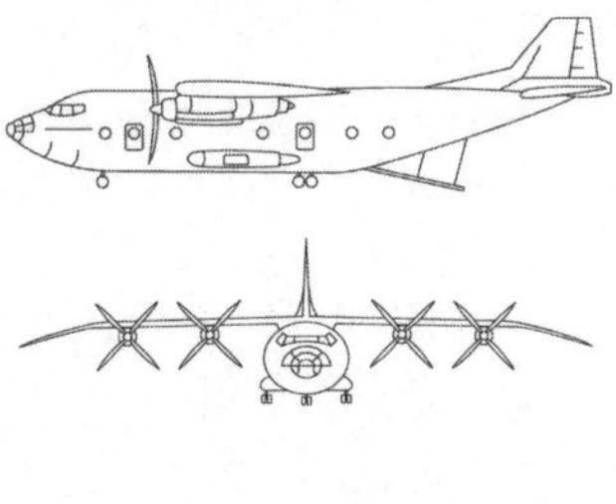

WASHINGTON, D. C.
23:55 UHR
12:55 AUF DRAGON ISLAND

In einem kleinen Toyota Prius raste Dave Fairfax mit Marianne Retter durch die Straßen Washingtons.

Durch das Öffnen der Datei mit Marius Calderons geheimem CIA-Plan, mit Hilfe Russlands ganz China zu zerstören – er hatte sinnigerweise den Namen »Operation Drachentöter« –, hatten sie automatisch ihren Standort verraten und daher schleunigst fliehen müssen.

Aus diesem Grund waren sie jetzt mit dem Prius unterwegs. Das kleine Hybridfahrzeug gehörte der Zipcar-Kette, einer umweltfreundlichen Carsharing-Organisation, bei der Fairfax Mitglied war; die Zipcar-Autos waren an mehreren über das ganze Stadtgebiet verteilten Stellen abgestellt, und wenn man eine Zipcard hatte, konnte man sich eines davon ausleihen. Fairfax vermutete – vollkommen zu Recht –, dass schon bald, nachdem er den Prius mit seiner Karte aufgeschlossen hatte, irgendjemand irgendwo feststellen würde, dass er das Auto benutzte, und die Polizei von Washington verständigen würde, damit sie das fragliche Fahrzeug auf der Stelle anhielt. Aber dieses Risiko ging Fairfax gerne ein, denn er hatte nicht vor, lange in dem Auto zu bleiben.

»Wo fahren wir eigentlich hin?«, wollte Retter wissen.

Fairfax schaute unverwandt nach vorn. »Dafür kommt im Moment nur ein einziger Ort in Frage: der Ort, den Sie unter keinen Umständen erreichen sollen, wenn es nach diesen Leuten ginge.«

Er bog in die Pennsylvania Avenue und blickte auf das hell

angestrahlte Bauwerk, das aus dem Dunkel am Ende der Straße stach.

»Sie müssen es unbedingt zu Ihrem Termin im Weißen Haus schaffen.«

»Die CIA wird die Eingänge sicher streng bewachen«, sagte Retter, als sie im gemächlichen nächtlichen Verkehrsfluss der Pennsylvania Avenue auf das Weiße Haus zusteuerten. »Bestimmt haben sie überall ihre Leute postiert.«

»Würde mich jedenfalls wundern, wenn nicht«, sagte Fairfax. »Deshalb werden wir ein bisschen Glück brauchen.«

Sie kamen zur Kreuzung von Pennsylvania Avenue und West Executive Avenue, die zum Eingang des Westflügels führte. Sie bogen in die West Executive Avenue.

Fairfax konnte bereits den Eingang mit dem Wachhäuschen und dem Schlagbaum sehen.

Retter hielt nach CIA-Agenten Ausschau. Auf dem Lafayette Square herrschte das gewohnte rege Treiben: Touristen, Polizisten und ... acht Männer in Anzügen, die sich in Zweiergruppen an strategisch wichtigen Punkten postiert hatten; einige von ihnen fassten immer wieder an ihre Ohren und flüsterten betont unauffällig in ihre Manschetten, während sie aufmerksam ihre Umgebung beobachteten.

»Sehen Sie sie?«, fragte Fairfax.

»Sie könnten auch vom Secret Service sein«, sagte Retter.

Plötzlich deutete einer der Männer auf den Prius und lief los.

»Mist!«, sagte Retter. »Sie haben uns entdeckt!«

Fairfax schaute zum Eingang des Westflügels.

»Ach was, riskieren wir's einfach.« Er stieg aufs Gas und riss das Lenkrad nach links.

Mit quietschenden Reifen holperte der kleine Prius über den Randstein und raste auf den Eingang des Westflügels zu!

Wie Fairfax erwartet hatte, eröffneten die uniformierten Secret-Service-Wachmänner am Tor sofort das Feuer auf den kleinen Wagen – obwohl er sich nicht vorstellen konnte, dass viele

Terroristen das Weiße Haus in Hybridautos angriffen. Er und Retter konnten gerade noch rechtzeitig die Köpfe einziehen, bevor die Windschutzscheibe zersprang.

Der Prius geriet ins Schleudern, krachte gegen einen Torpfosten und kam zum Stehen. Seine Motorhaube wurde heftig zusammengeknautscht, und Fairfax und Retter wurden mit dem Oberkörper nach vorn geschleudert. Gleichzeitig bliesen sich unter lautem Zischen die Airbags auf.

Aus der Motorhaube des kleinen Autos stieg Dampf auf, und es wurde blitzartig von sechs Secret-Service-Männern umringt. Alle hatten ihre Waffen auf den Prius gerichtet.

Die CIA-Männer, die sie zu Fuß verfolgt hatten, blieben abrupt stehen. Fairfax und Retter befanden sich nämlich jetzt im Zuständigkeitsbereich des Secret Service, der sein Revier eifersüchtig verteidigte, wenn es darum ging, für die Sicherheit des Weißen Hauses zu sorgen. Sie lieferten niemand irgendjemandem aus, bevor sie nicht ihre eigenen Ermittlungen angestellt hatten.

»Aussteigen und Hände hoch!«, schrie der leitende Secret-Service-Agent aufgebracht.

Als Fairfax und Retter ausstiegen, wurden sie im Handumdrehen auf den Boden gestoßen und mit den Gesichtern in den Schmutz gedrückt, und während ihnen zwei der Secret-Service-Männer Handschellen anlegten, machten sich die anderen bereits daran, den Prius zu durchsuchen.

»Keine Geräte im Auto oder darunter«, meldete der eine.

Der leitende Agent schüttelte den Kopf. »Prüfen Sie ihre Ausweise.« Er half Fairfax auf die Beine. »Da haben Sie sich aber gerade eine Menge Ärger eingehandelt, Freundchen.«

Als Fairfax sich aufrichtete, sagte er so laut, dass alle Wachmänner es hören konnten: »Sir, mein Name ist David Fairfax, Defense Intelligence Agency. Und das ist Marianne Retter, ebenfalls DIA. Bitte sehen Sie in Ihrer Besucherliste nach. Dann werden Sie feststellen, dass Ms. Retter einen dringenden Termin beim Präsidenten hat.«

Es dauerte zwanzig Minuten – die Fairfax und Marianne Retter in einem Gefängniswagen verbrachten, der unmittelbar hinter dem Eingangstor des Westflügels geparkt war –, aber schließlich wurde den Secret-Service-Männern Entwarnung gegeben.

Der leitende Secret-Service-Agent öffnete persönlich die Wagentür. Er befand sich in Begleitung eines Adjutanten des Präsidenten.

»Wie sich herausgestellt hat, hat die Lady tatsächlich einen Termin«, erklärte der Agent. »Und Sie, Mr. Fairfax, haben einiges an Empfehlungen vorzuweisen. Ich bin beauftragt, Ihnen zu sagen, dass Sie Ms. Retter nach drinnen begleiten können, wenn die Dame das wünscht.«

»Und ob die Dame das wünscht«, sagte Retter.

»Aber nächstes Mal«, fügte der Agent hinzu, »warten Sie einfach am Tor, bis Sie dran sind.«

»Sorry«, sagte Fairfax, »aber das ging leider nicht. Das Weiße Haus war von Leuten umstellt, die uns daran hindern wollten reinzukommen. Wenn wir angehalten hätten, wären wir jetzt tot.« Er bedachte den Secret-Service-Mann mit einem schiefen Grinsen. »Tut mir leid, dass wir uns etwas vorgedrängelt haben.«

Und damit eilten Dave Fairfax und Marianne Retter ins Weiße Haus.

DRAGON ISLAND, GASWERK
12:55 UHR

Wie bereits im Fall Ironbarks und Hartigans entledigte man sich auch Schofields Leiche – die immer noch am Bettgestell hing – sofort und ohne Umschweife: Sie wurde vom Balkon geworfen.

Und landete auf dem langen Förderband, das sie zu der fünfzig Meter entfernten Feuerungsanlage trug. Bevor Schofields Leiche jedoch in den riesigen Ofen gekippt wurde, musste sie erst unter der breiten Rampe durch, die von der untersten Ebene des Gaswerks zu der Plattform mit den Eisenbahngleisen hinaufführte.

Schofields reglose Leiche erreichte die Rampe und verschwand darunter.

»*Feuer! Feuer!*«, skandierte die Menge, die es kaum erwarten konnte, den feindlichen Anführer in den Ofen stürzen zu sehen.

Ihre Blicke waren gespannt auf die Stelle geheftet, wo das Förderband wieder unter der Rampe hervorkam. Es war nur eine Frage von Sekunden, bis Schofields Leiche wieder auftauchen würde.

Auch Marius Calderon verfolgte das Schauspiel in der Erwartung, Zeuge von Schofields endgültigem Verschwinden zu werden.

Er war es auch, der als Erster die Stirn runzelte, als Schofields Leiche *nicht* wie erwartet auf der anderen Seite der Rampe auftauchte.

Das Förderband lief zwar weiter, aber da, wo das Bettgestell mit Schofields Leiche hätte sein sollen, war nichts.

Calderon blinzelte verdutzt. Was war mit der Leiche unter der Rampe passiert? Er schickte zwei Männer los, damit sie nachsahen – und hörte wenig später eine kurze Gewehrsalve unter der Rampe ertönen. Als die zwei Männer nicht wieder auftauchten, ging Calderon zu einer Metalltreppe, die auf die unterste Ebene des Gaswerks hinabführte ...

In diesem Moment tauchte Schofield auf.

Aber er war nicht mehr an das Bettgestell gekettet ...

... und er war auch nicht mehr tot.

Shane Schofield kam die Metalltreppe von der untersten Ebene des Gaswerks auf den Balkon herauf.

Calderon traute seinen Augen nicht. Und im ersten Moment konnte das auch sonst keiner der Anwesenden.

Schofield stand einfach nur vollkommen reglos da. Wie eine Gestalt aus einem Horrorfilm: mit nacktem Oberkörper und bloßen Füßen, vor Schweiß und Nässe triefend, am ganzen Körper von fürchterlichen Verbrennungen, blutigen Aufschürfungen und offenen Wunden überzogen. Seine blutunterlaufenen, von Narben entstellten Augen glühten vor unbändiger Wut, als er Calderon mit zusammengebissenen Zähnen anstarrte.

Und Schofield war nicht einfach mit leeren Händen aus dem Reich der Toten zurückgekehrt, nein, er war schwer bewaffnet zurückgekommen. In einer Hand hielt er eine Steyr-TMP-Maschinenpistole, in der anderen eine SIG-Sauer P-226.

Außerdem hatte er neben sich etwas auf den Boden gestellt, als er auf den Balkon gekommen war und die SIG-Sauer von seinem Rücken genommen hatte. Dieses Etwas stand jetzt wie ein treuer Hund neben ihm.

Ein kleiner silberner Roboter.

Eines konnte man ohne Übertreibung von Bertie behaupten: Er war ein verdammt hartnäckiger kleiner Roboter.

Als ihn die Explosion in der Seilbahnstation hundert Meter tief in den Abgrund geschleudert hatte, war er im eiskalten Wasser der Bucht gelandet.

Natürlich hatte ihm der Aufprall nichts anhaben können. Sobald er untergetaucht war, hatten sich automatisch seine Schwimmer aufgeblasen, und er war an die Oberfläche gestiegen und wie eine skurrile mechanische Ente darauf herumgetrieben.

Gleichzeitig aktivierte sich sein Suchprogramm, und er hielt nach einem Gefährten Ausschau, dem er folgen konnte.

Seine Räder begannen sich im Wasser zu drehen und beförderten ihn langsam, aber sicher an den Rand der Bucht, wo er einen Zugang zu Dragon Island entdeckt hatte: das verlassene Walfängerdorf.

Er brauchte fast eine Stunde, um es zu erreichen, aber er schaffte es, und kurz nachdem er an Land gegangen war, sah er seinen Zweitkumpel, Captain Shane Schofield, mit Veronique Champion aus dem Wasser steigen.

Es war Berties Kameraobjektiv gewesen, das Schofield und Champion beim Betreten der Walfängersiedlung unbemerkt beobachtet hatte.

Der kleine Roboter hatte Schofield zwar einzuholen versucht, aber der Captain hatte sich zu rasch entfernt, und dann war er an der Straßensperre von Typhon überrumpelt und gefangen genommen worden.

Das alles hatte Bertie nur mit robotischer Bestürzung mitverfolgen können.

Doch dann war, wie aus dem Nichts, eine Frauenstimme ertönt, und sie hatte gesagt: »Bonjour, mein Kleiner.«

Und Bertie hatte allen Ernstes geantwortet: »*Bertie muss wieder zu seinem Zweitkumpel Captain Shane M. Schofield stoßen.*«

»*Oui*«, hatte Champion erwidert. »Das solltest du unbedingt. Und wenn du ihn findest, musst du ihm ein paar Dinge von mir geben.«

An der Straßensperre vorbeizukommen, hatten sie in Teamarbeit geschafft: Champion hatte die zwei Rauchgranaten Schofields gezündet, die noch immer da lagen, wo Typhon sie auf den Boden geworfen hatte, und Bertie hatte mit seiner Kanone losgelegt.

Mit Hilfe seines Wärmesensors, der durch den Rauch schauen konnte, als existierte er gar nicht, hatte er die Thieves an der Straßensperre im Handumdrehen niedergemäht, und keine Minute später war er auf seinen klobigen kleinen Reifen die steile Straße hinaufgerollt, um sich hartnäckig auf die Suche nach seinem Zweitkumpel zu machen.

Champion, die ihm wegen ihrer Verletzungen nicht dabei helfen konnte, blieb in der Walfängersiedlung zurück.

Aber sie hatte Bertie noch eine weitere Anweisung mit auf den Weg gegeben: Folge den frischen Reifenspuren des Jeeps, mit dem Schofield von der Straßensperre weggebracht worden ist. Und indem er diesen Rat gewissenhaft befolgt hatte, war Bertie schließlich ins Gaswerk gekommen.

Er flitzte durch einen Seiteneingang nach drinnen und versteckte sich unter der Rampe. Von dort beobachtete er, wie Schofield mit einem dumpfen Knall auf dem Förderband landete.

Bertie, der seinen Zweitkumpel sofort erkannte, fuhr ein

Stück nach vorn und zog Schofield und das Bettgestell mit seinen kleinen Roboterarmen vom Förderband. Ein rascher Scan ergab, dass Schofield keinen Puls mehr hatte. Darauf klappte Bertie seinen Defibrillator aus und brachte ihn mit Hilfe seines HLW-Programms zum Einsatz.

Wack. Wack.

Schofields Körper zuckte zweimal …

… dann flogen seine Augen auf, und er schnappte nach Luft – und begann in tiefen, rasselnden Zügen zu atmen.

Sobald sich Schofields Atem normalisiert hatte, durchtrennte Bertie mit seinem Schneidbrenner die Handschellen und Fußfesseln.

Dank des unverwüstlichen kleinen Roboters war Schofield wieder frei und lebendig. Und es hatte auch gar keine andere Möglichkeit gegeben, Marius Calderon zu entkommen, als zu sterben.

Schofield schnappte sich Berties Erste-Hilfe-Box, entnahm ihr eine AP-6-Spritze und injizierte sich das stimulierende Schmerzmittel. Seine Atmung normalisierte sich, und er kam wieder zu Kräften.

Jetzt sah er auch die drei Gegenstände, die Bertie auf dem Rücken hatte: Champions Steyr TMP, ihre SIG-Sauer P-226- Pistole und einen Magneteux.

Er richtete sich auf und nickte Bertie zu. »Danke, kleiner Freund. Was täte ich nur ohne dich. Aber bevor wir loslegen, ruf mal bitte in deinem Speicher die Liste mit den Freunden auf.«

»*Liste aufgerufen,*« sagte Bertie.

»Lösche Lance Corporal Vittorio Puzo von der Freundesliste.«

»*Eintrag gelöscht.*«

»Sehr gut. Und jetzt komm. Wird langsam Zeit, dass wir es ordentlich krachen lassen.«

Zwei gegen vierzig Mann, nahmen Schofield und Bertie den Kampf gegen Marius Calderon und seine Army of Thieves auf.

Bertie hatte seine Kanone auf Vollautomatik gestellt, und aus ihrem Lauf kam eine fast einen Meter lange Stichflamme. Die großkalibrigen Geschosse mähten die Thieves nieder wie nichts, und bereits von der ersten Salve stürzten sechzehn von ihnen blutüberströmt zu Boden.

Schofield setzte seine Treffer gezielter, aber sein Feuer war nicht weniger tödlich.

Der Erste, auf den er anlegte, war Calderon, aber der Fürst der Anarchie reagierte blitzschnell. In dem Moment, als Schofield abdrückte, zog Calderon Mobutu vor seinen Körper. Der Sudanese wurde zweimal in die Brust getroffen, und Calderon sprang unverletzt durch eine Tür und floh mit Mario nach draußen.

Als Nächstes knöpfte sich Schofield die zwei Männer vor, die Zack festhielten. Er erledigte sie mit zwei Schüssen, dann rief er Zack zu: »Auf den Boden und Kopf einziehen!« Zack ließ sich sofort auf den Bauch fallen und hielt die Hände schützend über den Kopf.

Jetzt legte Schofield auf den Thief an, der Emma festhielt, einen drahtigen Glatzkopf mit zwei Gesichtspiercings, zwischen denen eine Silberkette hing. Doch in dem Moment, in dem Schofield abdrückte, fiel der Mann die Treppe hinter ihm hinunter und riss Emma mit sich. Schofield war nicht sicher, ob er den Mann getroffen hatte, aber er kam nicht dazu, sich zu vergewissern, denn in diesem Moment schoss eine waagrechte

Stichflamme auf ihn zu, und er musste sich zur Seite werfen, um ihr auszuweichen.

Eigentlich war die Flamme auf Bertie gerichtet. Der kleine Roboter hatte so großen Schaden angerichtet, dass ein Thief, der mit einem Schultergeschirr einen Flammenwerfer umgeschnallt hatte, einen Feuerstoß auf ihn losließ. Die Flammen trafen Bertie und schlossen ihn vollständig ein, doch der kleine Roboter rollte auf seinen brennenden Gummireifen einfach aus dem Feuerinferno heraus und schoss dem Mann mit dem Flammenwerfer genau zwischen die Augen.

Wesentlich gefährlicher war allerdings der Angriff, der dann erfolgte: Der Offizier mit dem Rufzeichen Mako schnappte sich eine herumliegende Panzerfaust und feuerte sie auf Bertie ab.

Das Geschoss pfiff durch die riesige Halle und erwischte den Roboter in seiner unteren Hälfte.

Bertie flog auseinander.

Seine bereits brennenden Reifen schossen in alle Richtungen davon, Metallteile stoben wild durch die Gegend. Der kleine Roboter verschwand in einer Rauchwolke.

Schofield sank bei seinem Anblick das Herz in die Hose, aber er durfte das Feuer auf keinen Fall einstellen. Er war jetzt ganz auf sich allein gestellt, und das hieß, er musste dieses Gefecht rasch beenden.

Und deshalb demonstrierte Shane Schofield, auch Scarecrow genannt, seine beeindruckenden Fähigkeiten als Kämpfer an den verbliebenen zwanzig Thieves in der Halle.

Sobald auch der letzte Feind tot war, eilte Schofield an Mothers Seite.

Als er den Gabelstapler erreichte, von dem ihr regloser Körper hing, sah er zu seiner Überraschung, dass sich ihr Kopf leicht bewegte, gerade so, als legte sie ihn auf die Seite.

»Mother?«, murmelte er zögernd. Es könnte ein Post-mortem-Reflex gewesen sein.

»Scarecrow?« Ihre Stimme wurde von der Holzkiste über

ihrem Kopf gedämpft. »Dieses wahnsinnige Geballere. Warst du das?«

Hastig fuhr Schofield die Gabel nach unten, so dass Mother und Baba wieder festen Boden unter den Füßen bekamen. Dann schloss er ihnen die Handschellen auf und entfernte die Kisten von ihren Köpfen.

Zuerst nahm er sie Mother ab.

Es purzelten zwei tote Ratten heraus ... *ohne Köpfe*. Ihre Hälse endeten in blutigen Stümpfen. Ihre Köpfe waren abgerissen worden.

Mothers Zähne, sah Schofield jetzt, waren blutig.

»Mother ...«, seufzte er erleichtert und schloss sie in die Arme.

»Ozzy Osbourne ist nichts gegen mich«, sagte sie und erwiderte seine Umarmung. »Auf der Bühne einer Fledermaus den Kopf abbeißen kann jeder. Aber versuch das mal bei zwei wildgewordenen Scheißratten, die dir die Augen aus dem Kopf fressen wollen! Das ist schon was anderes.«

Zack kam zu ihnen und nahm Baba die Kiste ab, und wie bei Mother purzelten zwei kopflose Ratten heraus.

Der Franzose spuckte ein paar Rattenknochen aus. »Iiii! Man kriegt das Fell nicht mehr zwischen den Zähnen raus!«

»War das euer Plan?«, fragte Schofield Mother. »Euch tot zu stellen? Und dann zu versuchen, irgendwie zu entkommen, wenn sie eure Leichen entsorgen würden?«

Mother zuckte mit den Achseln. »Was hast du eigentlich? Das Letzte, was ich von dir gesehen habe, war, dass du zu Tode gegrillt worden bist und mir gesagt hast, den Kampf auch nach deinem Tod nicht aufzugeben. Und ein braves Mädchen wie ich tut nun mal, was man ihm sagt.«

»Eigentlich ein klasse Plan.«

»Als sie uns die Kisten über die Köpfe gestülpt haben, habe ich zu Baba gesagt: ›Mach's wie Ozzy Osbourne, und dann stellst du dich tot.‹ Zum Glück hat Baba den richtigen Musikgeschmack und sofort kapiert, was ich gemeint habe.«

Schofield grinste. »Du bist einfach unschlagbar, Mother. Und Sie werden mir auch immer sympathischer, Baba.«

Baba deutete mit dem Kopf auf Schofields Waffen. »Und ich kenne diese Waffen, Monsieur. Sie gehören einer außergewöhnlichen Frau. Lebt sie noch?«

»Vorerst, ja. Aber darüber können wir später reden. Diese Auferstehung ist noch nicht zu Ende. Wir müssen diese Dreckskerle daran hindern, noch mal eine Rakete zu starten.«

Schofield wollte schon zum Ausgang laufen, doch dann sah er Zack, der sich über Berties Überreste beugte.

Er ging zu ihm.

Bertie lag zerschossen auf dem Boden. Die Panzerfaust hatte sein Fahrwerk – die Räder und den Motor – komplett zerstört. Die Aufbauten dagegen waren noch intakt, und auch die Batterie schien noch zu funktionieren; obwohl sich der Roboter nicht mehr fortbewegen konnte, schwenkten die Kanone und das Kameraobjektiv auf der Suche nach Feinden weiterhin unermüdlich hin und her.

»Wie geht es ihm?«, fragte Schofield.

»Er will weiterkämpfen, aber er ist bewegungsunfähig.«

Schofield blickte auf den Roboter hinab. »Dieser kleine Kerl hat mich aus dem Reich der Toten zurückgeholt. Ich werde ihn auf keinen Fall zurücklassen.«

Schofield ging zu einem toten Thief und nahm ihm etwas ab. Dann hob er Bertie – oder was von ihm noch übrig war – hoch und machte etwas, was Zack zum Lachen brachte.

»Echt stark ...«, bemerkte Zack.

Zum Schluss ging Schofield zu Mobutus Leiche und holte sich seinen Maghook zurück. Dann nickte er in Richtung Ausgang. »Hier lang.«

Sie liefen los.

Mother und Baba, die das Ende der Gruppe bildeten, bückten sich, um zwei toten Thieves ihre Kalaschnikows, ein paar Ersatzmagazine und die Headsets abzunehmen.

Bevor Mother Schofield hinterhereilte, ließ sie noch einmal kurz den Blick über das Gemetzel hinter ihr wandern: fast vierzig blutüberströmte Leichen.

»Da siehst du, was dabei herauskommt, wenn man Scarecrow dumm kommt«, sagte sie leise zu Baba.

Schofield schoss das Schloss am Ausgang des Gaswerks auf und spähte nach draußen – und sah, wie Calderon mit Big Jesus und einem halben Dutzend Thieves losfuhr.

Typhon war mit dem Samsonite-Koffer, der die Urankugeln enthielt, bereits auf der Brücke, die zur Raketenstellung hinüberführte.

In diesem Moment drehte sich Calderon unvermittelt um und entdeckte Schofield. Seine Männer eröffneten sofort das Feuer auf Schofield und seine Begleiter und hielten sie so lange in Schach, bis Typhon mit den Urankugeln die Raketenstellung erreicht hatte.

Schofield wurde rasch klar, dass er auf verlorenem Posten stand.

Er konnte nicht gleichzeitig Calderon ausschalten *und* Typhon aufhalten.

»Verflucht«, zischte er. »Wir können unmöglich ...«

Er verstummte mitten im Satz, als er am anderen Ende der Brücke, die Typhon gerade überqueren wollte, eine kleine Gestalt sitzen sah. Schofield erkannte die Gestalt sofort.

Er kam nicht dazu, den Satz zu Ende zu sagen, weil es im selben Moment zu einer gewaltigen Explosion kam und die ganze Raketenstellung in die Luft flog.

Die Raketenstellung ging direkt vor Typhons Augen in einem riesigen Feuerball auf.

Die sechs mobilen Raketenstartrampen, die auf dem Tafelberg stationiert waren, flogen eine nach der anderen in die Luft. Die Treibstofftanks explodierten, und die Raketen wurden von der Wucht der Detonationen entweder komplett zerstört oder aus ihren Halterungen gerissen.

Schofield konnte sich die Explosionen nur mit der kleinen Gestalt erklären, die er am Ende der Brücke hatte hocken sehen.

Es war Kid gewesen, der dort auf der Straße gesessen hatte. Er war in dem Flammeninferno verschwunden, und jetzt war er nirgendwo mehr zu sehen.

Mario hatte Kid zwar in den Kopf geschossen, als er sich auf Calderons Seite geschlagen hatte, aber Schofield vermutete, dass Mario – mieser kleiner Gauner, der er war – den Fehler vieler Krimineller gemacht hatte: Er hatte Kid in die Stirn geschossen und ihn einfach liegen gelassen.

Entgegen der landläufigen Meinung ist nämlich ein Schuss in die Stirn derjenige Kopftreffer, der mit der *geringsten* Wahrscheinlichkeit tödliche Folgen hat. Infolge jahrtausendelanger Evolution ist der Stirnknochen als wichtigster Schutz des menschlichen Gehirns der dickste und widerstandsfähigste Teil des Schädels. Erfahrene Killer schießen deshalb ihrem Opfer immer *zweimal* in den *Hinterkopf*, wo das Hirn wesentlich schlechter geschützt ist: die sogenannten »Morde im Stil von Hinrichtungen«. Scharfschützen zielen auf die Schläfen oder, wenn möglich, auf die Augen. Bei einem Schuss in die Stirn dagegen sind die Überlebenschancen relativ hoch, wenn das Opfer rechtzeitig ins Krankenhaus gebracht wird.

Und Kid hatte offensichtlich überlebt.

Jedenfalls lang genug, um seinen Auftrag, wenn auch mit Verspätung, auszuführen.

Schofield konnte ihn fast vor sich sehen, wie er sich mit blutender Stirn mühsam auf die Raketenstellung schleppte und seine Granaten an den strategisch wirksamsten Stellen, wie zum Beispiel den Treibstofftanks, anbrachte und wie er sich schließlich nach getaner Arbeit einfach auf die Straße setzte und auf das Ende wartete.

Ein Ende, das kaum spektakulärer hätte sein können.

Als Marius Calderon seine Raketenstellung in Flammen aufgehen sah, machte er erst einmal ein dummes Gesicht.

Aber er hatte den Schock rasch verdaut. Er war nur so weit gekommen, weil er Notfallpläne hatte, und davon hatte er auch jetzt ein paar parat.

»Big Jesus!«, brüllte er und drückte dem hünenhaften Thief eine der Urankugeln in die Hand. »Versuchen Sie, damit zum Zug zu kommen! Fahren Sie ihn aus der Halle, und schießen Sie die Kugel mit einer der Raketen auf den Waggons in die Atmosphäre hoch! Typhon! Sie kommen mit mir!«

»Jawohl, Sir!« Big Jesus nahm das Kord von seinen Schultern und lief mit sechs anderen Thieves zum Gaswerk zurück. Um Schofield mit seinen Leuten in Schach zu halten, feuerten sie mit ihren Kalaschnikows ununterbrochen auf die Tür, hinter der sie sich verschanzt hatten.

Aber sie versuchten nicht, an diesem Eingang in das Gaswerk zu kommen, sondern rannten, unablässig weiterfeuernd, um die Nordecke des riesigen Baus.

Dort befand sich das Tor für den Zug mit den Raketen.

Sobald die Thieves weg waren, öffnete Schofield die Tür einen Spaltbreit und sah, wie Calderon mit der anderen Urankugel in einen Jeep sprang und mit Typhon und Mario auf der Straße, die um den Hauptturm herumführte, zum Flugplatz fuhr.

»Was hat der Kerl vor?«, fragte Mother.

»Er geht auf Nummer sicher«, sagte Schofield. »Er hat seine Leute losgeschickt, damit sie eine der Raketen auf den Waggons starten. Gelingt ihnen das, hat er sein Ziel erreicht. Andernfalls hat er immer noch eine Kugel übrig, und wenn er noch ein Flugzeug hat ...«

»Hat er«, sagte Zack. »In einem der Hangars steht noch eins. Emma und ich hatten uns in seinem Frachtraum versteckt, da haben sie uns dann geschnappt. Es hat genauso ausgesehen wie die Maschine, die ins Meer gestürzt ist. Im Frachtraum standen jede Menge Zeug und Kisten rum, aber es war alles mit Planen zugedeckt.«

»Tatsächlich?« Schofield überlegte kurz. »Dann sind die zwei Raketen auf dem Zug wohl seine letzten. Wenn es ihm nicht gelingt, eine von ihnen zu starten, hat er nur noch die Möglichkeit, mit dem Flugzeug in die Gaswolke hineinzufliegen und die Urankugel wie eine Bombe abzuwerfen. Was ...«

Schofield hatte die ganze Zeit nach draußen gespäht und Calderons Jeep beobachtet.

Zu seiner Verwunderung hielt der Jeep an der Seilbahnstation, von der man auf die drei vorgelagerten Inseln im Norden von Dragon Island hinabblickte. Typhon sprang aus dem Jeep. Er rannte in die Station und tauchte kurz darauf auf ihrem *Dach* wieder auf.

Schofield beobachtete ihn aufmerksam. »Nein ... das darf doch nicht wahr sein ...«

Typhon kauerte kurz hinter einer niedrigen Mauer auf dem Dach nieder. Als er sich wieder aufrichtete, hatte er etwas in den Händen: eine kompakte, sehr modern aussehende schwarze Satellitenschüssel.

Sie war quadratisch und aus Drahtgeflecht.

Typhon verlor keine Zeit. Wenige Augenblicke später kam er

wieder aus dem Eingang der Seilbahnstation gerannt und sprang in den Jeep, der sofort losfuhr.

Schofield kniff die Augen zusammen.

Er dachte fieberhaft nach. Es ging alles so schnell, dass er zunächst Mühe hatte, Calderons Pläne zu durchschauen. Aber plötzlich wurde ihm alles klar.

»Ich glaube, ich weiß jetzt, was Calderon vorhat«, sagte er.

»Das wusstest du doch schon die ganze Zeit«, sagte Mother. »Er will die Urankugel mit dem zweiten Flugzeug in die Atmosphäre bringen.«

»Nein, ich meine nicht seinen Notplan, sondern wie er *die ganze Operation* zum Abschluss bringen will, die langfristige CIA-Mission, die schon seit mehr als zwanzig Jahren läuft. Er wird sämtliche Spuren der Army of Thieves verwischen und dafür sorgen, dass keine Zeugen übrig bleiben.«

Schofield sah sich fieberhaft nach einem Fahrzeug um. Nicht weit vom Eingang des Gaswerks stand ein Jeep. »Ich muss Calderon unbedingt daran hindern, mit diesem Flugzeug von der Insel wegzukommen, sonst werden alle, die auf ihr zurückbleiben, ausgelöscht.«

»Was!«, stieß Mother ungläubig hervor.

»Im Ernst?« Baba sah Schofield bestürzt an.

»Vertraut mir einfach. Jetzt ist leider keine Zeit für lange Erklärungen. Ihr beide müsst unbedingt diesen Zug lahmlegen. Versucht mit allen Mitteln zu verhindern, dass sie eine Rakete davon abschießen. Ich werde mich währenddessen mit Zack an Calderons Verfolgung machen. Los, Zack …«

Er drehte sich um.

Zack war nirgendwo zu sehen.

Er war verschwunden.

»Wo steckt der Junge bloß?«, fragte Mother.

Schofields erster Gedanke war Emma, und er warf einen Blick in das Gaswerk zurück. »Ich hätte da schon eine Idee, aber das ist Zacks Problem. Ich würde ihm zwar gern helfen, aber wenn wir Calderon nicht auf der Stelle stoppen, werden erheblich mehr Menschen sterben. Deshalb dürfen wir jetzt keine Zeit verlieren. Ihr übernehmt die Raketen auf dem Zug. Ich kümmere mich um das Flugzeug.«

Damit trennten sie sich. Mother und Baba rannten zu dem Breitspurzug im Gaswerk, Schofield sprang in den Jeep und jagte in einem letzten verzweifelten Versuch, Marius Calderon aufzuhalten, mit aufheulendem Motor in Richtung Flugplatz davon.

Zwischen unzähligen Leitungen, Rohren und zischenden Ventilen hindurch schlich Zack lautlos an riesigen Tanks mit dampfenden Flüssigkeiten vorbei durch die unterste Ebene des Gaswerks. Das Einzige, was er auf den Warnschildern in leuchtend roter kyrillischer Schrift lesen konnte, die an den riesigen Behältern angebracht waren, waren die Buchstaben TEB.

Er verfolgte Bad Willy.

Als er mit Schofield, Mother und Baba am Eingang des Gaswerks gestanden hatte, hatte er kurz einen Blick hinter sich geworfen – und Willy mit Emma auf der untersten Ebene des Gaswerks entdeckt.

In dem Chaos nach Schofields Auferstehung hatte sich Zack auf den Boden geworfen und die Hände über den Kopf gehalten. Deshalb hatte er nicht mitbekommen, wohin Bad Willy mit Emma verschwunden war. Aber jetzt wusste er es.

Als Schofield und Bertie das Feuer eröffnet hatten, war Bad Willy wahrscheinlich mit Emma – seiner sauer verdienten Belohnung – eine Leiter hinuntergeklettert und hatte sich mit ihr auf der untersten Ebene des Gaswerks versteckt.

Und als Zack die beiden endlich entdeckt hatte, hatte er sich nicht einmal mehr die Zeit genommen, Schofield und die anderen über sein Vorhaben zu informieren, sondern sich sofort an ihre Verfolgung gemacht. Außerdem hätten sie nichts tun oder sagen können, um ihn davon abzubringen. Sollten sie ruhig versuchen, die Welt zu retten. Ihm bedeutete das alles nichts, wenn Emma vorher noch von Bad Willy missbraucht würde.

Deshalb schnappte er sich kurz entschlossen eine Pistole, die neben einem Toten auf dem Boden lag, und kletterte auf die unterste Ebene hinab, um Bad Willys Verfolgung aufzunehmen.

Währenddessen hasteten Mother und Baba durch einen anderen Teil des Gaswerks. Ihr Ziel war der gepanzerte Zug, der auf dem Gleis auf der Nordseite der riesigen Halle stand.

Doch noch bevor sie den Breitspurzug erreichten, setzte er sich langsam in Bewegung. Big Jesus und seine sechs Männer hatten mit ihren Kalaschnikows darauf Stellung bezogen.

Der Zug bestand zwar nur aus fünf Waggons, aber jeder von ihnen war riesengroß. An jedem Zugende befand sich eine gepanzerte Lokomotive, dann kamen jeweils zwei doppelgeschossige Güterwaggons – für Jeeps, Lkws und anderes Schwergut –, und in der Mitte war ein langer Flachwagen mit zwei großen SS-23-Mittelstreckenraketen, die auf mächtigen hydraulischen Hebevorrichtungen waagrecht nebeneinanderlagen.

»Die Russen haben häufig Eisenbahnwaggons als Raketenstartrampen verwendet«, sagte Baba im Laufen. »Um eine Rakete abzuschießen, muss der Zug allerdings stehen, sonst können sie nicht exakt zielen.«

»Dann muss der Zug also erst aus dem Gaswerk fahren und im Freien wieder anhalten, damit sie die Rakete abschießen können?«, sagte Mother.

»Ganz genau.«

Mother spitzte nachdenklich die Lippen. »Denk mal scharf nach, Mädchen. Was würde Scarecrow jetzt tun?«

»Was?« Baba sah sie fragend an.

»Die Lösung ist eigentlich ganz einfach«, sagte sie, als ihr eine Idee kam. »Er würde verhindern, dass der Zug zum Stehen kommt. Er würde dafür sorgen, dass er immer *weiterfährt*. Los, Baba. Wir müssen versuchen, irgendwie in die Lokomotive an der Spitze zu kommen, und sicherstellen, dass sie auf keinen Fall anhält.«

Schofield fuhr in seinem gestohlenen Jeep um den tiefen Krater herum, in dem der Hauptturm stand, und steuerte auf den Flugplatz zu.

Er hatte nur Bertie dabei, aber in einer höchst ungewöhnlichen Konfiguration – in der Konfiguration, derentwegen sich Zack ein Grinsen nicht hatte verkneifen können.

Schofield hatte sich Bertie mit dem Flammenwerfergeschirr, das er dem toten Thief im Gaswerk abgenommen hatte, auf den Rücken geschnallt, und jetzt war an dessen vier Karabinern, mit denen normalerweise der Brennstofftank auf dem Rücken befestigt wurde, das Außengestänge des kleinen Roboters eingeklinkt, so dass dieser jetzt huckepack auf Schofields Schultern hockte.

Berties Kameraobjektiv lugte, auf seinem Stiel ständig hin und her schwenkend, wachsam über Schofields rechte Schulter, seine M249-Kanone ragte über seine linke.

Schofield fuhr, was das Zeug hielt.

Calderons Jeep hatte den Krater inzwischen fast ganz umrundet und steuerte auf die abschüssige Straße zu, die zum Flugplatz hinabführte.

Um den anderen zu erklären, weshalb Calderon den Zwischenhalt an der Seilbahnstation eingelegt hatte, hatte die Zeit nicht gereicht.

Die Satellitenschüssel, die Typhon dort vom Dach geholt hatte, war der Uplink zu dem Überwachungssatelliten, der Dragon Island vor einem Angriff russischer oder amerikanischer Nuklearraketen schützte.

Als Schofield mit der Seilbahn nach Dragon Island gekommen war, hatte er überall nach diesem Uplink gesucht, um ihn zu zerstören. Wie sich inzwischen herausgestellt hatte, war er direkt über ihren Köpfen versteckt gewesen.

Der Umstand, dass Typhon gerade den Uplink geholt hatte, verschärfte die Situation noch mehr.

Calderon hatte vor, mit Typhon von Dragon Island zu fliehen und seine Pseudo-Terrorarmee darauf zurückzulassen. Vermutlich glaubten die Thieves, ihr Anführer würde wieder zurückkommen und sie holen, sobald er den Himmel über der Insel in Brand gesteckt hätte.

Aber er dachte nicht im Traum daran zurückzukommen, wurde Schofield jetzt klar.

Ganz im Gegenteil. Calderon würde den weiteren Verlauf der Operation aus seinem Flugzeug beobachten, und sobald seine Männer eine der Raketen auf dem Zug abgeschossen hätten – oder er den Himmel mit *seiner* Kugel selbst in Brand gesteckt hätte –, würde er den Uplink abschalten.

Die russische Raketenüberwachung, die Dragon Island weiterhin mit ihren Satelliten beobachtete, würde sofort merken, dass der zum Schutz der Insel dienende Uplink deaktiviert worden war, und aus Ärger über die Abwehr ihrer ersten Nuklearrakete auf der Stelle eine zweite auf Dragon Island abschießen.

Während Calderon also mit Typhon entkäme und ganz China vernichtete, würde seine Army of Thieves von einer russischen Atomrakete ausgelöscht. Die weltpolitische Lage würde sich schlagartig von Grund auf ändern, und die Schuld daran würde einzig und allein bei der mysteriösen Terrororganisation gesucht, während Calderons Beteiligung an der ganzen Aktion im Dunkeln bliebe.

Auftrag erfolgreich ausgeführt.

Und genau aus diesem Grund musste Schofield das Flugzeug am Start hindern. Wenn es Calderon nicht gelang, von Dragon Island zu entkommen, würde er auch den Uplink nicht abschalten. Damit unterzeichnete er nämlich sein eigenes Todesurteil …

In den Jeep schlugen Gewehrschüsse ein.

Schofield riss den Kopf herum. Er wurde von einem Militär-Lkw verfolgt. An seinen Seiten hingen mehrere Thieves, die seinen Jeep beschossen.

»Bertie! Mach sie fertig!«

»*Ja, Captain Schofield.*«

Während Schofield beim Fahren unverwandt nach vorn schaute, drehte der kleine Roboter auf seinem Rücken sowohl sein Auge als auch seine Kanone nach hinten und gab zwei Schüsse ab.

Der erste schlug in den Kühlergrill des Lkws ein, worauf sofort zischender Dampf aus der Motorhaube aufstieg. Der zweite traf den linken Vorderreifen, so dass der Lastwagen zuerst heftig zu holpern begann, dann ins Schleudern geriet, schließlich auf die Seite kippte und die Männer darauf in hohem Bogen durch die Luft flogen.

Trotz des Dröhnens in seinen Ohren lächelte Schofield mit finsterer Genugtuung. Es war, als hätte er Augen – und eine Kanone – im Hinterkopf.

»Braver Roboter.«

Ein Stück vor ihm bog Calderons Wagen jetzt nach links ab und raste die steile Straße zum Flugplatz hinunter. Schofield wollte ihm folgen, aber plötzlich sprangen mehrere Wachen auf die Straße und eröffneten das Feuer auf seinen Jeep. Ein Mann hatte einen Flammenwerfer umgeschnallt und blies ihm eine fauchende Feuerzunge entgegen.

Schofield fluchte. Hier käme er nicht durch.

Ohne vom Gas zu gehen, riss er das Steuer herum und nahm die rechte Abzweigung. Er käme auch zum Flugplatz, wenn er die längere Strecke oben herum fuhr.

Das würde ihn jedoch Zeit kosten, und er wusste nicht, ob er noch genügend hatte.

Aber versuchen musste er es. Bertie auf seinem Rücken gab ihm Feuerschutz, und er gab Gas.

Bevor Zack sie sah, hörte er sie.

Emma schrie: »Nein! *Nein! Nicht!*«

Es folgte ein lautes klatschendes Geräusch.

»Halt die Klappe, blöde Kuh!« Bad Willys Stimme drang durch das Gewirr aus Leitungen, Tanks und Behältern. »Jetzt kommt dir kein edler Ritter mehr zu Hilfe.«

Zack bog um die Ecke, und jetzt sah er sie auch: Emma lag auf dem Boden, Bad Willy stand über ihr.

»Wenn du dich da mal nicht täuschst«, sagte er laut.

Beide rissen die Köpfe herum. In Emmas Miene leuchtete wieder Hoffnung auf. Bad Willys Überraschung wich rasch hämischer Freude.

»Zackyboy«, sagte er grinsend. »Wer hätte das gedacht? Ist dieser erbärmliche Loser doch tatsächlich zurückgekommen, um die strahlende Unschuld vor dem widerlichen Lustmolch zu retten?«

Zack hob seine Pistole.

»Ich habe keine Knarre, Zacky«, sagte Bad Willy. »Du wirst doch nicht etwa einen Wehrlosen kaltblütig erschießen?«

»Doch.«

»Dann schieß mal lieber nicht daneben.«

Zack biss die Zähne zusammen und drückte ab. Zweimal.

Und schoss zweimal daneben. Die Kugeln prallten funkensprühend von einem dicken Rohr hinter Bad Willys Kopf ab.

Er drückte noch ein paarmal ab: *klick-klick-klick*.

Bad Willy grinste fies. »Erst werde ich die Scheiße aus dir

rausprügeln, du miese kleine Schwuchtel, und dann darfst du mir dabei zusehen, wie ich ein paar richtig eklige Sachen mit deiner Tussi hier anstelle.«

Damit stieß Willy Emma in ein vergittertes Lagerabteil und schloss sie darin ein.

Emma rüttelte an der Tür, aber es half nichts; sie saß in der Falle und würde hilflos mit ansehen müssen, was jetzt käme: ein Kampf zwischen Bad Willy von der Army of Thieves und Zack Weinberg von DARPA.

Zähnefletschend stürzte Bad Willy auf Zack los und schlug wild auf ihn ein.

Unter den ersten zwei Schlägen duckte sich Zack weg, und als er wieder hochkam, verpasste er Willy einen brutalen Punch ins Gesicht. Willy hielt mitten im Schritt inne.

Zack stutzte. Hatte er ...?

Willy begann zu lachen.

»Ist das alles? Mehr hast du nicht drauf? Also, von einem ausgeglichenen Kampf kann man da wohl kaum reden. Wirklich nicht.«

Mit der Schnelligkeit einer Klapperschlange schlug Willy Zack ins Gesicht, und Zack ging mit blutiger Nase zu Boden.

Dann packte ihn Willy am Kragen seines Parkas und versetzte ihm einen so brutalen Kopfstoß, dass er erneut hintenüberfiel.

Emma schrie entsetzt auf.

Bad Willy pflanzte sich über Zack auf. »Nur weiter so, Süße. Schrei ruhig weiter. Da *stehe* ich drauf, da geht mir erst richtig einer ab.«

Er zog Zack vom Boden hoch und rammte ihn ganz dicht neben einem Druckventil mit dem Rücken gegen ein dickes Leitungsrohr.

Zack wurde vor Schmerzen schwarz vor Augen. Er nahm alles nur noch verschwommen wahr und fürchtete, jeden Moment das Bewusstsein zu verlieren. Aber wenn er bewusstlos wurde, war es aus. Willy würde ihn umbringen und sich Emma schnappen und …

Doch dann stach Zack durch den Nebel aus Schmerz und Übelkeit etwas in die Augen. Direkt neben seinem Kopf nahmen drei verschwommene Buchstaben Konturen an: T … E … B …

Willy kam mit seinem Gesicht ganz dicht an seines heran.

»Du hast mir das Ohr weggeschossen, du mieser kleiner Wicht«, knurrte Willy. »Das wirst du mir bezahlen. Dafür schneide ich dir deine Ohren ab und lasse dich sie auffressen. Und dann schlitze ich dir die Kehle auf und saufe dein Blut.«

Willy zog ein langes Jagdmesser von seinem Gürtel und hielt es dicht vor Zacks Gesicht.

Zack schnappte hustend nach Luft.

»Hast du etwa noch was zu sagen, hä?«, fuhr ihn Willy an.

Zack flüsterte etwas.

»Ein bisschen lauter! Ich kann dich nicht verstehen!«

»Ich habe gesagt …«, begann Zack und hob mit letzter Kraft den Arm, um an dem Hebel des Ventils neben seinem Kopf zu ziehen: an dem Hebel, auf dem TEB stand.

Das Ventil ging auf, und die heiße grüne Flüssigkeit, die mit Hochdruck herausschoss, spritzte direkt in Bad Willys Gesicht.

Mit einem gellenden Schrei ließ Willy das Messer fallen, riss die Hände hoch und hielt sie schützend vor seine Augen, aber seine Gesichtshaut begann sich bereits aufzulösen.

Er heulte wie ein tödlich getroffenes Tier, als sich die kochend heiße Säure – der konzentrierte Grundstoff des entzündlichen Gases am Himmel – durch seine Haut *fraß*.

In seiner Verzweiflung kratzte Willy wie wild an seinen Wangen. Das hatte jedoch zur Folge, dass er sich die Haut in Fetzen vom Gesicht zog, so dass Fleisch und Knochen darunter zum Vorschein kamen. Als er die Hände von seinem Gesicht nahm, sah Zack, dass sich auch seine *Augen* zu zersetzen begannen. Das geschmolzene Weiß seiner Augäpfel tropfte über seine enthäuteten Wangen und blieb an seinen Fingerspitzen kleben.

Das schrille Kreischen, das Willy von sich gab, hatte nichts Menschliches mehr.

Er stürzte sich blindlings auf Zack und versuchte, ihn mit seinen grässlich entstellten Händen zu fassen zu bekommen, aber Zack trat ihm mit voller Wucht in den Unterleib, und er sank wimmernd zu Boden.

Schon nach kurzem hatte sich die Säure bis zu seinem Gehirn durchgefressen, und Bad Willy rührte sich nicht mehr.

Zack rannte zu dem Verschlag und riss die Tür auf. Emma warf sich schluchzend in seine Arme, und er drückte sie ganz fest an sich.

Als der Zug mit den Raketen langsam aus der Halle zu rollen begann, rannten Mother und Baba neben ihm her und sprangen auf die verkehrt herum angekoppelte Lokomotive an seinem Ende.

Der Zug nahm langsam Fahrt auf. Er war ein richtiges sowjetisches Monstrum, bei dem alles doppelt so groß war wie normal: Er war doppelt so hoch und breit wie ein normaler Zug und fuhr auf zwei Gleispaaren.

Schnelligkeit gehörte jedoch nicht zu seinen Stärken. Er war für den Transport schwerer Lasten gebaut worden, um vom Nordosthafen, der inzwischen in einen U-Boot-Bunker umgebaut worden war, das Baumaterial zu den Forschungseinrichtungen von Dragon Island zu befördern. Entsprechend legte er ein ziemliches Schneckentempo vor.

Allerdings musste er nur so weit aus dem Gaswerk fahren, dass der Waggon mit den Startrampen unter freiem Himmel zu stehen kam und die Rakete abgeschossen werden konnte.

»Wir müssen irgendwie in die vordere Lokomotive kommen«, rief Mother Baba zu. »Der Zug darf auf keinen Fall anhalten.«

Den Weg dorthin versperrte ihnen jedoch Big Jesus mit seinen sechs Männern. Zwei von ihnen fuhren die schwere Lokomotive, während Big Jesus und die restlichen vier Thieves um den mittleren Waggon Stellung bezogen hatten. Dort war Big Jesus gerade dabei, die Urankugel in den Sprengkopf einer der beiden Raketen einzusetzen.

Mother überlegte kurz. Wie käme sie am besten an dem Waggon mit den Raketen vorbei?

»Also, mein Hübscher«, sagte sie schließlich zu Baba. »Du machst diesen Wichsern jetzt ordentlich die Hölle heiß, und ich versuche in der Zwischenzeit ans vordere Ende des Zugs zu kommen und die Lokomotive zu kapern. Dann kommst du nach und hilfst mir.«

»Entschuldige, aber wie willst du an diesen Typen vorbeikommen?«, fragte Baba.

»Wer sagt denn, dass ich an ihnen *vorbei* will?«, sagte Mother. »Ich will *unter* ihnen *durch*. So, und jetzt zeig ihnen mal, was du drauf hast, Baby.«

»Mit dem allergrößten Vergnügen.«

Baba hob seine Kalaschnikow und nahm Big Jesus und seine Männer unter Beschuss. Gleichzeitig sprang Mother von dem langsam fahrenden Zug und lief tief geduckt unter den Waggons nach vorn.

Big Jesus erwiderte Babas Feuer ... mit dessen eigenem Kord-Maschinengewehr. Die schweren Geschosse prallten laut scheppernd von der Panzerung der hinteren Lokomotive ab und zwangen Baba, in Deckung zu gehen.

»*Merde!*«, fluchte der hunenhafte französische Elitesoldat. »Von seinem eigenen MG beschossen zu werden!«

Er erwiderte das Feuer, so gut es mit seiner vergleichsweise mickrigen Kalaschnikow ging.

Dadurch konnte er Big Jesus und seine Männer zumindest so weit ablenken, dass sie nicht mitbekamen, wie Mother im Gleisbett unter den rumpelnden Waggons an die Spitze des riesigen Zugs rannte. Sie lief unter dem ersten Güterwagen durch und dann – ständig auf der Hut vor Big Jesus und seinen Männern – unter dem Waggon mit den Raketen.

Als sie von dort zum zweiten Güterwagen weitersprintete,

merkte sie, dass sie von *Tageslicht* umgeben war. Die vordere Zughälfte befand sich inzwischen außerhalb des Gaswerks! Sobald der Waggon mit den zwei Startrampen vollständig im Freien war, konnte eine Rakete abgeschossen werden.

Mother rannte keuchend weiter, und als sie in der Mitte des zweiten Güterwagens war und bereits die vordere Lokomotive sehen konnte, wurde der Zug langsamer.

Es war nur noch eine Frage von Sekunden, bis er ganz anhielt und die Rakete in Startposition gebracht werden konnte.

»Das wird knapp«, murmelte sie vor sich hin. »Da muss ich wohl einen Zahn zulegen.« Und damit sprang sie unter dem Güterwagen hervor, um in vollem Tempo neben ihm herzulaufen.

Hinter ihr lieferte sich Baba mit den Thieves auf dem Waggon mit den Raketen immer noch ein erbittertes Feuergefecht und lenkte sie von ihr ab.

Mother erreichte die vordere Lokomotive, sprang auf das Trittbrett und schwang sich genau in dem Moment mit gezückter Waffe in das Führerhaus, als der Zug mit quietschenden Rädern zu bremsen begann.

Die zwei Thieves, die den Zug fuhren, drehten sich verdutzt zu ihr um und griffen nach ihren Waffen.

Wamm! Wamm!

Hinter den Köpfen der beiden Männer sprenkelten sternenförmige Blutspritzer die Windschutzscheibe der Lokomotive, und sie stürzten tot zu Boden.

Mother beugte sich über die Bedienelemente der Lok, und gerade als der Zug zum Stehen zu kommen drohte, drückte sie den Schubregler nach vorn, und er nahm wieder Fahrt auf.

Big Jesus auf dem Waggon mit den Startrampen spürte den Ruck, der durch den Zug ging, und wirbelte herum.

»Sie haben die Lokomotive gekapert!«, rief er zwei seiner Männer zu. »Ihr bleibt hier und bewacht die Rakete. Und vor allem haltet ihr den großen bärtigen Typen dort hinten in Schach, damit er gefälligst bleibt, wo er ist!« Er nickte den beiden anderen Männern zu. »Ihr beiden kommt mit mir. Wir müssen den Zug zum Stehen bringen!«

Damit rannte Big Jesus mit dem Kord auf dem Rücken zur vorderen Lokomotive los, in der sich Mother verschanzt hatte.

Mother sah sie schon von weitem kommen. »Oh-oh …«

Sie riss den Kopf herum und schaute durch die Windschutzscheibe nach vorn.

Das Tor des U-Boot-Bunkers war noch mindestens einen Kilometer entfernt. Es sah aus wie die Einfahrt eines Tunnels, und dahinter führten die Gleise des Breitspurzugs unter der Erde zum Fuß der Steilküste hinab. Den Thieves blieb also noch jede Menge Zeit, um den Zug zum Stehen zu bringen und die Rakete zu starten.

Sie dürfen die Lok auf keinen Fall anhalten, dachte Mother verzweifelt. *Aber wie kann ich das am besten verhindern?*

Ihr fiel sofort eine Lösung ein.

Und als die erste MG-Salve gegen das Stahldach über ihrem Kopf krachte, drückte sie den Schubregler bis zum Anschlag nach vorn, so dass der riesige Zug mit voller Kraft beschleunigte.

Dann ließ sie den Schieber los, nahm ihre Kalaschnikow und schaltete sich wieder in den Kampf ein.

Sie musste die Stellung in der Lokomotive an der Spitze des Zugs ganz allein halten: gegen drei Mann, denen sie, auch was die Bewaffnung anging, deutlich unterlegen war. Wenn sie ganz ehrlich war, musste Mother zugeben, dass sie diese Schlacht nicht gewinnen konnte, aber wenn sie lang genug durchhielt, konnte sie den Krieg vielleicht gewinnen.

Der gepanzerte Zug donnerte über die karge Ebene im Nordosten von Dragon Island und nahm immer mehr Fahrt auf.

Big Jesus und seine zwei Männer arbeiteten sich auf dem Dach des vorderen Güterwaggons zur Spitze des Zugs vor und feuerten auf die Lokomotive, aus deren offenem Hinterfenster immer wieder krachende Feuergarben zuckten.

Am Ende des Zugs dagegen schien nicht mehr gekämpft zu werden.

Die drei Thieves auf dem Güterwaggon gaben sich gegenseitig Feuerschutz und rückten unaufhaltsam zur Spitze des Zugs vor. Sie waren erfahrene Kämpfer und wussten, dass sie der Frau im Führerhaus der Lokomotive sowohl zahlen- als auch waffenmäßig überlegen waren. Bald trennten sie nur noch wenige Meter vom vorderen Ende des Zugs, und als sie die Lokomotive aus nächster Nähe unter Beschuss nahmen, wurde Mother in die rechte Schulter getroffen.

Sie flog rückwärts gegen die Bedienelemente der Lok, und Big Jesus stürmte mit seinen Männern das Führerhaus.

Gerade als Big Jesus nach dem Schubregler greifen wollte, registrierte er aus dem Augenwinkel, wie mit einem dumpfen Knall eine riesige Gestalt vor dem Führerhaus der Lokomotive landete. Big Jesus blickte auf und sah einen großen bärtigen Franzosen bäuchlings vor der Windschutzscheibe liegen und mit einer Pistole direkt auf sein Gesicht zielen.

Baba drückte nur ein einziges Mal ab.

Die Kugel krachte durch das Glas und in Big Jesus' linkes

Auge, bevor sie am Hinterkopf blutspritzend wieder austrat. Big Jesus sank auf der Stelle tot zu Boden und ließ das Kord fallen.

Zwei weitere Schüsse, und auch die anderen beiden Thieves sanken zu Boden.

Baba kletterte durch die zersprungene Windschutzscheibe und kauerte neben Mother nieder.

»Klasse Auftritt«, bemerkte Mother und hielt sich mit der Hand die verletzte Schulter.

»Aber hallo«, sagte Baba. »Ich bin Franzose. Da hat man das im Blut.«

Trotz ihrer Schmerzen musste Mother grinsen. »Dass du echt was drauf hast, habe ich inzwischen gemerkt. Aber warum bist du nicht am Ende des Zugs geblieben, wie ich dir gesagt habe?«

»Das ging nicht.« Baba deutete mit dem Kopf nach hinten. »Sie haben Verstärkung bekommen.«

Mother folgte seinem Blick.

Im selben Moment kletterten zwei Dutzend Kämpfer der Army of Thieves von zwei neben dem Zug herfahrenden Armeelastern auf die Waggons.

»Wie du siehst, blieb mir gar keine andere Wahl, als nach vorn zu kommen«, erklärte Baba. »Deshalb habe ich es gemacht wie du und bin unter dem Zug nach vorn gelaufen.«

Eine Kugel krachte in das Dach über ihnen. Und dann noch eine. Und dann eine ganze *Salve*.

Mother und Baba zogen die Köpfe ein. Mother hob ihre Kalaschnikow, Baba schnappte sich sein Kord.

»Komm!«, rief Baba und zog Mother durch die zersprungene Windschutzscheibe auf die Motorhaube der Lokomotive. »Das ist der beste Platz für ein letztes Gefecht!«

»Unser persönliches Alamo …«, murmelte Mother, als sie sich neben Baba aufrichtete.

Und dann eröffneten sie das Feuer auf die anrückende Übermacht.

Es folgte ein wildes Feuergefecht. Die Kämpfer der Army of Thieves schwärmten wie die Ameisen über den gesamten Zug aus. Mother und Baba feuerten aus allen Rohren, um sie von der Lokomotive fernzuhalten, und schalteten einen nach dem anderen von ihnen aus.

Aber die Thieves gaben nicht auf.

Mother und Baba wehrten sich weiter erbittert.

Eine Kugel pfiff so dicht an Mothers Ohr vorbei, dass sie das Mikrophon ihres Headsets zerstörte und ihr eine tiefe Schramme verpasste. Knapper ging es nicht mehr.

Und dann, zwischen ein paar Schüssen, rief Baba unvermutet: »Mother! Du bist eine super Kämpferin und eine klasse Frau. Bist du schon vergeben? Wenn wir diesen Wahnsinn lebend überstehen, würde ich dir gern den Hof machen und mich stundenlang leidenschaftlich mit dir lieben. Aber sosehr du es mir auch angetan hast, ich bin auch ein Ehrenmann, und als solcher mache ich mich nicht an die Frauen anderer Männer ran. Bist du schon vergeben?«

Mother hielt zwischen zwei Schüssen inne und überlegte kurz.

Sie dachte an Ralph, ihren Ralphy, und an ihre Ehe, die sie noch vor einer Woche als langweilig und eingefahren bezeichnet hatte – und dann sah sie den wilden Franzosen an, diesen unverwüstlichen Kämpfer, den sie Baba, den Barbaren, nannten. Er war ihr Spiegelbild, ihr männliches Gegenstück.

Aber er war nicht Ralphy.

»Tut mir leid, mein Hübscher!«, schrie sie und ballerte wieder los. »Aber ich *bin* bereits vergeben! Ich bin verheiratet!«

Baba gab eine Salve mit dem Kord ab. »Er kann sich wirklich glücklich schätzen, dein Mann! Und er muss ein super Typ sein, um ein Herz, so groß wie deins, zu erobern und dann auch noch zu halten!«

»Das ist er!«, rief Mother. »Auf jeden Fall!«

Als in diesem Moment ein Trupp Thieves auf das Heck der vorderen Lokomotive sprang, um den Zug wieder ganz in ihre Gewalt zu bringen, beugte sich Baba vor, küsste Mother auf den

Mund und sagte: »Dann leb für uns beide weiter, meine Freundin Mother! Ich werde mit dem Geschmack deines Mundes auf den Lippen in den Tod gehen!«

Damit sprang er auf das Dach des Führerhauses der Lok – wo er vollkommen ungeschützt war –, pflanzte sich dort breitbeinig auf und hob sein riesiges Kord.

Und eröffnete das Feuer.

Das gigantische MG erwachte feuerspeiend zum Leben und mähte die anrückende Horde erbarmungslos nieder.

Ein Angreifer nach dem anderen fiel dem brutalen Beschuss zum Opfer – entweder von Kugeln durchsiebt oder einfach von dem fahrenden Zug geschleudert –, aber es waren zu viele, als dass Baba sie ganz allein hätte ausschalten können. Einige schafften es, ein paar Schüsse abzugeben, die ins Ziel trafen: Zuerst traf eine Kugel Babas linken Arm, und ihr folgten weitere, wirkungsvollere Treffer in Brust und Schultern.

Eins, zwei, drei Geschosse schlugen in seinen Körper ein, aber er gab nicht auf und feuerte weiter.

Mother verfolgte das Schauspiel mit einer Mischung aus Bewunderung, Staunen und Entsetzen.

Der Zug donnerte mit unverminderter Geschwindigkeit weiter dem Tor des U-Boot-Bunkers entgegen.

Der vierte Treffer wurde Baba schließlich zum Verhängnis.

Er sank in die Knie, schaffte es aber trotzdem noch, ein paar Schüsse mit dem Kord abzugeben.

Dann traf ihn eine Kugel mitten in die Brust, und er fiel auf das Dach der Lokomotive. Mother, die noch auf der Motorhaube lag und ihm wegen ihrer Verletzung nicht zu Hilfe kommen konnte, schrie verzweifelt: »Nein!«, als der Zug in das Dunkel des Tunnels brauste, der zum U-Boot-Bunker hinabführte.

Baba hatte geschafft, was er sich vorgenommen hatte. Er hatte so viel Zeit gewonnen, dass der Zug die Einfahrt des Bunkers erreichen konnte. Jetzt war es zu spät, die Lokomotive anzuhalten.

Der Breitspurzug nahm immer mehr Fahrt auf, als er den kurzen, abschüssigen Tunnel hinunterdonnerte. Er raste völlig außer Kontrolle in den unterirdischen U-Boot-Bunker – immer noch mit etwa einem Dutzend Thieves an Bord – und krachte ungebremst durch den hölzernen Prellbock am Ende des Gleises, der die Schienen vom Wasser des Docks trennte. Der spitz zulaufende Schneepflug der vorderen Lokomotive zertrümmerte ihn in Millionen streichholzgroßer Splitter, doch auch das konnte den Zug nicht bremsen. Er fuhr einfach weiter und weiter, bis er Waggon für Waggon wie eine sich windende Schlange in das eisige Wasser tauchte und unterging. Der Waggon mit den zwei Raketen versank, ohne dass seine tödliche Fracht abgeschossen werden konnte.

In dem Moment, als die Lokomotive über das Gleisende hinausschoss, fiel der Blick Mothers, die immer noch auf ihrer Motorhaube lag, auf die *Ochotsk*, die halb versunken im Wasser trieb: der letzte aberwitzige Anblick eines weiß Gott aberwitzigen Tages. Schwerverwundet, zu Tode erschöpft und tiefbetrübt über Babas heroisches Opfer, spürte Mother, wie die riesige Lokomotive unter ihr durch die Luft segelte …

… und auf dem Wasser aufschlug.

Das war das Ende ihres erbitterten Kampfes gegen die Army of Thieves, und selbst wenn sie nicht lebend daraus hervorginge, so würde sie zumindest in dem Wissen sterben, diese Bande von Wahnsinnigen besiegt zu haben.

Der Zug tauchte in das Wasser des U-Boot-Bunkers und verschwand in seinen dunklen Tiefen.

Während Mother, Baba und der Breitspurzug ihrem nassen Grab entgegendonnerten, wurde Schofield auf seiner rasenden Fahrt zum Flugplatz mittlerweile von zwei Militär-Lkws und einem Motorrad mit Beiwagen verfolgt. Bertie, der auf seinen Rücken geschnallt war, nahm die Verfolger unter Dauerbeschuss, und auch Schofield drehte sich im Fahren immer wieder um und gab mit seiner Steyr TMP kurze Salven ab.

Als er schließlich, sich immer wieder unter den feindlichen Kugeln wegduckend, über die Kuppe eines Hügels fuhr, tauchte der Flugplatz vor ihm auf. Dort rollte gerade Calderons *zweites* Flugzeug – ebenfalls eine Antonow-12 – aus dem Hangar. Die große Transportmaschine überquerte das Rollfeld, bog in die Startbahn und beschleunigte.

Schofield fuhr einen Kurs, auf dem er am Ende der Startbahn mit dem Flugzeug kollidieren würde.

Er sah inzwischen keinen anderen Ausweg mehr, als den Jeep in das vordere Fahrwerk der Antonow zu lenken, um es so stark zu zerstören, dass das Flugzeug nicht abheben konnte. Eine andere Möglichkeit fiel ihm in seiner Verzweiflung nicht mehr ein: Wenn Calderon entkam, würde er …

Plötzlich zertrümmerte eine Gewehrsalve die Windschutzscheibe des Jeeps, und als Schofield den Kopf zur Seite drehte, sah er, dass ihn das Motorrad, in dessen Beiwagen ein schwerbewaffneter Thief saß, inzwischen eingeholt hatte und neben ihm herraste.

Schofield riss seine TMP hoch, aber als er abdrückte, gab sie nur ein klägliches Klicken von sich. Das Magazin war leer. Zum Glück schwenkte im selben Moment Bertie seine Kanone herum und erledigte mit zwei gezielten Schüssen Fahrer und Beifahrer. Das Motorrad überschlug sich mehrmals und blieb mit sich drehenden Rädern auf dem Kopf liegen.

Schofield warf die TMP weg und raste, inzwischen ein Stück vor der Antonow, mit 120 km/h parallel zur Startbahn weiter.

Doch dann heulten die Turbinentriebwerke plötzlich laut auf, die schwere Transportmaschine beschleunigte ... und stand kurz vor dem Abheben ...

Das war für Schofield das Zeichen. Er raste heftig schlingernd auf die Startbahn und holte das Letzte aus dem Jeep heraus.

Die Antonow-12 donnerte über den Asphalt und nahm immer mehr Fahrt auf. Nur noch wenige Sekunden, und sie würde den Jeep überholen und abheben – und den Himmel in Brand stecken, während Dragon Island und alle, die darauf zurückblieben, von einem wütenden russischen Atomschlag ausgelöscht würden.

Das Ende der Startbahn kam gefährlich rasch näher, als Schofield schräg neben der Antonow herraste. Dahinter fiel die Steilküste fast senkrecht ins Meer ab.

Ich muss direkt vor das Flugzeug kommen ...

Er wollte gerade das Steuer nach links reißen, als die Antonow mit dröhnenden Triebwerken neben den Jeep kam. Ihr vorderes Fahrwerk begann sich bereits vom Boden zu lösen ...

Das war das Ende. Er war ganz knapp gescheitert.

Nein!

Nur wenige Meter vor dem Ende der Startbahn hob das Flugzeug ab.

War die vom Flugplatz von Dragon Island abhebende Transportmaschine schon für sich allein ein eindrucksvoller Anblick, so waren die Begleitumstände dieses speziellen Starts erst recht außergewöhnlich.

Hätte jemand das spektakuläre Schauspiel aus der Ferne beobachtet, hätte er eine startende Transportmaschine gesehen, neben der ein kleiner Jeep herjagte und verzweifelt mitzuhalten versuchte. Im Moment des Abhebens hätte ein aufmerksamer Beobachter allerdings auch gesehen, wie der Mann am Steuer des Jeeps etwas zu dem startenden Flugzeug hinaufschoss: eine kleine Vorrichtung, die eine schlackernde Leine hinter sich herzog.

Der Fahrtwind pfiff Schofield ins Gesicht, und das Röhren der Antonow-Triebwerke dröhnte in seinen Ohren, als er sich am Steuer des Jeeps aufrichtete und den Haken seines Magneteux auf das startende Flugzeug abschoss.

Die pfeilartige Spitze des Magneteux bohrte sich in den vorderen Teil des Rumpfs, und als die Antonow abhob, wurde Schofield an der Leine mit in die Luft gerissen.

Der Jeep raste führerlos weiter. Er schoss über das Ende der Startbahn hinaus und stürzte in hohem Bogen ins Meer.

Die Antonow stieg steil in den Himmel und zog Shane Schofield an der Leine des Magneteux hinter sich her.

Schofield hatte im Kopf bereits alles überschlagen: Die Lücke in der Gaswolke war ungefähr achtzig Kilometer lang. Folglich würde es keine zehn Minuten dauern, bis die Antonow ihr Ende erreichte. Und dann würde Calderon eine Urankugel abwerfen und die Gaswolke entzünden.

Schofield spulte die Leine des Magneteux ein und zog sich zur Nase der Antonow hoch, auf deren Unterseite sich die gläserne Kanzel für den Navigator befand.

Als Schofield direkt unter der Kanzel hing, zog er seine SIG-Sauer und zerschoss das Glas.

Nach zwei Schüssen hatte er keine Munition mehr, aber die Scheibe zersprang, und er schwang sich hoch und kletterte in die Kanzel.

Der eisige Wind zerrte an ihm, als er sich darin aufrichtete …

… und Mario vor sich stehen sah. Seine M9-Pistole war direkt auf seinen Kopf gerichtet.

Calderon und Typhon waren nirgendwo zu sehen. Sie mussten im Cockpit direkt über ihren Köpfen sein. Hinter Mario, im Frachtraum, sah Schofield einen großen, mit einer Plane zugedeckten Gegenstand, und ganz an seinem Ende, an der geschlossenen Heckklappe, stand der Jeep, mit dem Calderon vom Gaswerk zum Flugplatz gefahren war.

»Mario …« Schofield breitete die Hände aus. Weil er die

leergeschossene SIG weggeworfen hatte, als er in die Navigatorenkanzel geklettert war, war er jetzt unbewaffnet.

»Meine Entscheidung steht, Scarecrow!«, schrie Mario gegen den Wind an. »Und das heißt, nur einer von uns kann nach Hause zurückkehren!«

»Du bist ein mieser kleiner Gauner, Mario, der es nicht wert ist, sich *Marine* zu nennen …«

»Leck mich doch«, knurrte Mario, bereit, jeden Moment abzudrücken.

Aber zu seiner Überraschung blieb Schofield einfach mit ausgebreiteten Händen stehen.

Und dann sagte Schofield etwas, und plötzlich kam Bertie hinter seiner Schulter hoch. Seine Kanone war direkt auf Mario gerichtet.

Wumm!

Das Geschoss riss ein klaffendes Loch in Marios Brustkorb. Er wurde buchstäblich von den Beinen gerissen und in hohem Bogen durch den Frachtraum geschleudert. Als er auf dem Boden landete, rührte er sich nicht mehr. Er war tot.

»Ganoven sollten sich nie mit Soldaten anlegen«, brummte Schofield. »Komm, Bertie. Jetzt geht es erst richtig los.«

Er stieg über Marios Leiche und lief zu der kurzen Metalltreppe, die ins Cockpit hinaufführte.

Als Schofield an der Leine des Magneteux unter der Glaskanzel der Antonow gehangen hatte, hatte Marius Calderon im Cockpit angespannt auf einen Bildschirm gestarrt.

Er hatte gerade ein Long-Path-Laserspektrometer an einem der Seitenfenster des Cockpits angebracht. Das Gerät sah aus wie eine klobige, waagrecht stehende Antenne und diente dazu, die aktuelle Luftbeschaffenheit in der unmittelbaren Umgebung des Flugzeugs zu messen.

Die Ergebnisse dieser Messungen waren in folgender Form auf dem Bildschirm zu sehen:

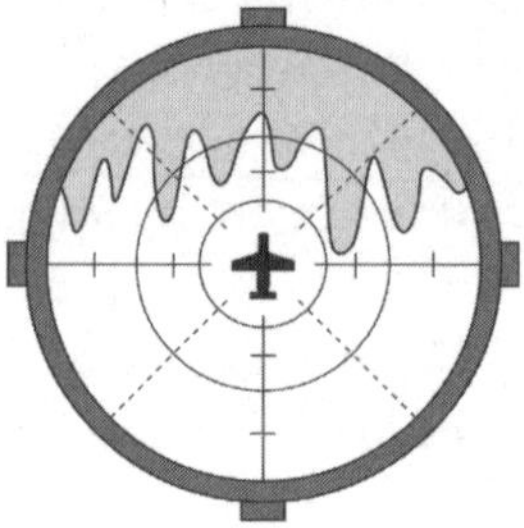

Die Gaswolke war in Gestalt eines Farbflecks am oberen Rand des Displays zu erkennen. Die Position des Flugzeugs befand sich genau in der Mitte. Das Bild auf dem Monitor veränderte sich im Sekundentakt, und man konnte darauf verfolgen, wie sich der Abstand zu der Wolke immer mehr verringerte, je weiter die Antonow auf sie zuflog.

Im Moment waren sie fünfzig Kilometer von ihr entfernt: nur vier Minuten Flugzeit.

Calderon lächelte.

Auf dem Boden neben ihm lag ein russischer RS-6-Atomsprengkopf, der mit ein paar Drähten an das Spektrometer angeschlossen war. Er war so umgebaut worden, dass er eine Urankugel aufnehmen konnte. Der spitz zulaufende Sprengkopf war mit zahlreichen Warnhinweisen beschriftet: Er konnte Tod und Verderben in unvorstellbaren Ausmaßen verbreiten.

Als Calderon sich an Bord des Flugzeugs begeben hatte, hatte er als Erstes die Urankugel in die Kammer des Sprengkopfs eingesetzt und diesen an das Spektrometer angeschlossen. Sobald das Messgerät registrierte, dass sie sich in der Gaswolke befanden, würde es automatisch einen Zeitzünder aktivieren, der den Sprengkopf zwei Minuten später detonieren ließe: womit Calderon und Typhon gerade genügend Zeit bliebe, um zu entkommen, bevor der Sprengkopf gezündet wurde.

Denn die Explosion wäre gewaltig.

Sie würde die riesige Antonow in einem einzigen Augenblick in nichts auflösen – sie einfach zerreißen, als wäre sie aus Seidenpapier –, bevor der gesamte von Gas durchsetzte Himmel der nördlichen Hemisphäre in Brand gesteckt würde. Daher mussten Calderon und Typhon das Flugzeug unbedingt vor der Detonation des Sprengkopfs verlassen. Aber auch darauf waren sie vorbereitet.

Calderon hatte nämlich noch ein zweites Gerät ins Cockpit der Antonow mitgenommen: die schwarze Satellitenschüssel des Uplinks. Sobald sie weit genug von Dragon Island entfernt wären, würde er ihn ausschalten und die Insel ihrem Schicksal überlassen.

Schüsse aus dem Frachtraum ließen Calderon herumfahren. »Was war das! Gehen Sie mal nachsehen, Typhon!«

Er setzte sich in den Pilotensitz. Typhon rannte nach hinten.

Mit gezogener Pistole riss Typhon die Cockpittür auf und spähte angespannt in den Frachtraum der Antonow. Dort herrschte totales Chaos. Der eisige arktische Wind fuhr pfeifend unter die Planen und wirbelte alles, was nicht festgezurrt war, durch die Luft. Außerdem war der Frachtraum wegen des steilen Steigflugs der Transportmaschine stark nach hinten geneigt ...

Jemand warf sich von der Seite gegen ihn und schlug ihm die Pistole aus der Hand. Sowohl er als auch der Angreifer gingen zu Boden.

Blitzschnell stand Typhon wieder auf und sah, wie sich zwei Meter neben ihm Shane Schofield vom Boden aufrichtete.

»Sie sind wirklich ganz schön hartnäckig«, zischte Typhon, als sich die beiden Männer lauernd zu umkreisen begannen. »Einfach nicht unterzukriegen ...«

»Wo hat Calderon Sie eigentlich aufgetan?«, fragte Schofield. »In Chile?«

»Nein, in Leavenworth«, sagte Typhon. »Ich war bei den Army Rangers, aber dann habe ich einen anderen Ranger umgebracht, weil er mich wegen eines Vorfalls, zu dem es außerhalb der Kaserne gekommen war, melden wollte. Calderon brauchte tüchtige, patriotische Männer wie mich, und deshalb hat er dafür gesorgt, dass ich aus dem Gefängnis entlassen wurde. Ich habe die ›Sharks‹ mitgebracht.«

»Klasse. Noch mehr aufrechte Patrioten«, bemerkte Schofield sarkastisch. »Bertie!« Wieder erschien der Roboter über seiner Schulter und ...

Seine Kanone klickte, leer.

»Mist«, zischte Schofield, und im selben Moment stürzte sich Typhon bereits auf ihn. Die beiden fielen gegen das Heck des Jeeps am Ende des Frachtraums und wälzten sich erbittert miteinander ringend davor herum.

Typhon schlug erbarmungslos auf Schofield ein. Eine Weile konnte Schofield die Schläge zwar parieren oder ihnen ausweichen, aber wegen seiner Schussverletzung und der erlittenen Folter war er am Ende seiner Kräfte, so dass Typhon rasch die Oberhand gewann und immer mehr Treffer landen konnte.

Oben im Cockpit des Flugzeugs hatte Calderons Spektrometer laut zu piepen begonnen. Sie waren jetzt in der Gaswolke:

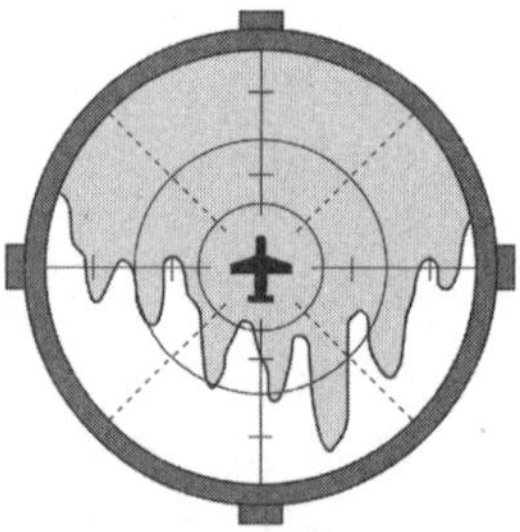

Der Zeitzünder am Sprengkopf aktivierte sich automatisch.

»Zeit, abzuhauen«, sagte Calderon laut. »Und Zeit, sich von Dragon Island zu verabschieden. Danke, meine treue Army of Thieves. Ihr habt eure Sache sehr gut gemacht.«

Damit drückte er auf einen Knopf des Satelliten-Uplinks, und alle Lämpchen des Geräts gingen aus ...

… und in einem Raum in einem russischen Raketensilo in Westsibirien setzte sich ein Techniker an einem der Steuerpulte abrupt auf.

»Der Uplink des Raketenabwehrschilds über Dragon Island wurde gerade abgeschaltet!«, rief er aufgeregt.

Sein Vorgesetzter kam an das Steuerpult und blickte kurz auf den Monitor, dann griff er nach einem abhörsicheren Telefon und leitete die Nachricht an den russischen Präsidenten in Moskau weiter.

Die Antwort kam umgehend.

Der Kommandant des Raketensilos legte auf.

»Wir sind ermächtigt, einen Nuklearangriff zu starten. Ziel ist Dragon Island. Feuer.«

Wenige Augenblicke später stieg eine SS-18-Interkontinentalrakete mit einem 500-Kilotonnen-Nuklearsprengkopf in den Himmel und nahm Kurs auf Dragon Island. Flugzeit: 22 Minuten.

Alles genau so, wie Marius Calderon es geplant hatte.

Im steil nach unten geneigten Frachtraum der Antonow ging es inzwischen vollends drunter und drüber: Immer wilder wirbelnde Windstöße pfiffen durch die riesige Transportmaschine.

Von einem weiteren brutalen Treffer Typhons stürzte Schofield, heftig um sich schlagend, rücklings in das Heck des Jeeps, der im hinteren Ende des Frachtraums stand. Diese Gelegenheit nutzte Typhon, um sich rittlings auf ihn zu setzen. Jetzt war ihm Schofield wehrlos ausgeliefert, und er schlug unerbittlich weiter auf ihn ein.

Als Schofield, Blut spuckend, vor einem Schlag zurückzuckte, merkte er, dass es in dem windgepeitschten Frachtraum inzwischen eine *zweite* Stelle gab, durch die von draußen eisige Luft hereindrang.

Ein Blick nach oben verriet ihm, dass die Heckklappe aufging – ein Blick zur Seite, dass Marius Calderon in den Frachtraum gekommen war und sich an den Bedienelementen für die Ladeluke zu schaffen machte.

»Sie schon wieder, Captain Schofield!«, rief er. »Ihre Hartnäckigkeit ist wirklich erstaunlich. Aber diesmal kommen Sie eindeutig zu spät. Wir sind in der Gaswolke angekommen, und der Sprengkopf ist aktiviert. Das Ganze ist nicht mehr rückgängig zu machen. Typhon! Machen Sie ihn fertig! Wir müssen den Jeep aus dem Weg schaffen!«

Calderon deutete mit dem Kopf auf den mit einer Plane zugedeckten Gegenstand im vorderen Teil des Frachtraums, der vom Jeep eingekeilt wurde.

»Ja, Sir!«, schrie Typhon gegen den pfeifenden Wind an und packte den schwer angeschlagenen Schofield mit einer Hand an der Kehle.

Schofields Gesicht starrte vor Schmutz und war von Blutergüssen und Schrammen übersät. Aus seinem Mund floss Blut, und seine linke Hand hing schlaff über den Rand des Jeeps.

Typhon holte aus, um ihm den finalen Todesschlag zu verpassen, den letzten tödlichen Punch, der ihm die Nase ins Gehirn rammen und ihn töten würde.

Typhons Faust sauste bereits auf Schofields Gesicht hinab, als dieser seine freie Hand ausstreckte und an einem Hebel neben den Reifen des Jeeps zog.

Mit diesem Hebel ließen sich die Ketten lösen, mit denen der Jeep festgezurrt war, und als Typhons Faust auf Schofields Gesicht zusauste, setzte sich der Jeep plötzlich in Bewegung, *rollte über die Laderampe des immer noch im Steigflug befindlichen Flugzeugs* und stürzte mit Schofield und Typhon in die Tiefe.

Marius Calderon stand nur da und sah fassungslos zu, wie der Jeep und Typhon verschwanden. Eben waren sie noch da gewesen, und jetzt waren sie weg.

»Unglaublich«, keuchte er.

Aber er hatte sich rasch von dem Schock erholt. Der Verlust Typhons war ärgerlich, aber keine Katastrophe. Er war ihm ein guter und zuverlässiger Stellvertreter gewesen, aber da er Calderons wahre Identität kannte, hatte immer schon der Gedanke im Raum gestanden, dass er unter Umständen zum Schweigen gebracht werden müsste, wenn alles vorbei war. Letztlich hatte dieses Malheur Calderon also nur ein wenig Arbeit erspart.

Umso mehr galt das natürlich für Schofield: Endlich hatte er diesen lästigen Kerl vom Hals.

Aber Calderon durfte keine Zeit verlieren. Er musste schleunigst von hier weg.

Seit sich das Flugzeug im Innern der Gaswolke befand, flog es mit Autopilot, und der war so eingestellt, dass er es immer tiefer in die Gaswolke hineinsteuerte. In weniger als zwei Minuten würde der Sprengkopf im Cockpit automatisch gezündet.

Calderon lief zu dem mit einer Plane zugedeckten Gegenstand und zog sie ab ...

... und es kam ein Mini-U-Boot zum Vorschein.

Es war ein russisches Mir-4-Rettungs-U-Boot, eine Weiterentwicklung des Mir-2. Nur fünf Meter lang und mit einem gläsernen Bug, fasste es sechs Mann, und obwohl die Russen behaupteten, es diene ausschließlich Forschungszwecken, wurde das Mir-4 in Wirklichkeit auch dafür eingesetzt, um unter Wasser zwischen zwei großen U-Booten umsteigen zu können oder unbemerkt in feindliche Gewässer vorzustoßen. Dieses Mir-4 war eins der zwei Mini-U-Boote, die sich auf dem russischen Frachter *Ochotsk* befunden hatten, der vor sechs Monaten gekapert worden war.

Nachdem der Jeep jetzt nicht mehr im Weg stand, betätigte Calderon einen Schalter und sprang an Bord des U-Boots, das bereits von einem im Boden versenkten Drahtseil ans Ende des Frachtraums gezogen wurde. Sobald es die Laderampe im Heck erreichte, kippte es einfach über die Kante und stürzte wie vor ihm der Jeep in den grauen arktischen Himmel.

Im Gegensatz zum Jeep war das Mir-4 jedoch mit vier Fallschirmen ausgerüstet, die sich sofort öffneten, als es in die Tiefe zu stürzen begann, so dass das Mini-U-Boot mit Calderon gemächlich auf das eisige Wasser des Arktischen Ozeans hinabschwebte.

Als es mit einem leisen Klatschen sanft im Meer landete, tauchte Calderon sofort ab und steuerte auf einen vorher vereinbarten Treffpunkt zu, an dem ein CIA-U-Boot der *Sturgeon*-Klasse auf ihn wartete.

Calderon hatte an alles gedacht: die Gaswolke, den Sprengkopf, die Zerstörung von Dragon Island, seine eigene Rettung.

Nur eins hatte er übersehen:

Die Gestalt, die an der Leine eines Maghooks vom Bauch der Antonow hing: Captain Shane Michael Schofield.

Als der Jeep über die Heckrampe der Antonow gekippt und Schofield mit Typhon in die Tiefe gestürzt war, hatte Typhon während des ganzen langen Falls aufs Meer hinab verzweifelt geschrien.

Aber Schofield nicht.

Als der Jeep aus der Ladeluke der Transportmaschine gefallen war, hatte er sich auf seinen treuen Maghook verlassen, der zwar im Vergleich mit dem Magneteux klein und nicht annähernd so vielseitig und leistungsfähig war, aber für seine Zwecke dennoch vollkommen ausreichte.

Schofield sprang von dem in die Tiefe stürzenden Jeep und schoss den Maghook zu dem allein weiterfliegenden Flugzeug hoch. Der knollenförmige Magnetkopf knallte gegen die Unterseite der Heckklappe und blieb daran haften. Der Jeep sauste weiter aufs Meer hinab, aber Schofield nicht. Er war noch im Spiel.

Als Nächstes spulte er sich mit der in den Griff des Maghook eingebauten Motorkurbel zu der Antonow hoch und kam in dem Moment unter der Rampe an, als ein kleines U-Boot über die Heckklappe rutschte. Zuerst stürzte es unkontrolliert in die Tiefe, doch dann öffneten sich mehrere Fallschirme, und es schwebte gemächlich auf den Arktischen Ozean hinab.

»Dieser Dreckskerl«, schimpfte Schofield, als er in den windgepeitschten Frachtraum der Transportmaschine kletterte. Jetzt war er der einzige Passagier an Bord der dem Untergang geweihten Antonow. »Aber noch ist nicht alles zu spät.«

Schofield eilte durch den Frachtraum und kletterte in das leere Cockpit hinauf.

Er überriss die Situation sofort: der Autopilot; der Bildschirm des Spektrometers, auf dem zu sehen war, dass sich das Flugzeug jetzt *in* der entflammbaren Gaswolke befand; der bedrohliche Sprengkopf und *auf* dem Sprengkopf der Zeitzünder, auf dem gerade zu sehen war:

00:34 ... 00:33 ... 00:32 ...

»Zweiunddreißig Sekunden bis zum Weltuntergang«, murmelte Schofield. »Wie schaffe ich es bloß, immer wieder in solche Situationen zu geraten?«

Er blickte sich um, suchte fieberhaft nach Optionen, Ideen, Lösungen.

Im Grunde genommen befand er sich in einer fliegenden Bombe, die einen globalen Feuersturm ungeahnten Ausmaßes auslösen würde.

00:30 ... 00:29 ... 00:28 ...

Er starrte auf den Sprengkopf. Weil Calderon alle äußeren Bedienfelder davon entfernt hatte, bekäme er ihn auf keinen Fall rechtzeitig auf, um die Urankugel zu entfernen.

Was soll ich tun? Wie kann ich das verhindern?

Ich kann es nicht.

Es ist zu spät ...

Und zum ersten Mal in seinem Leben wusste Schofield, dass es tatsächlich so war: Er hatte nicht mehr genügend Zeit.

Achtundzwanzig Sekunden später detonierte der Sprengkopf, der die Kugel aus rotem Uran enthielt, mit seiner ganzen gewaltigen Kraft.

Die ungeheure Energie, die dabei freigesetzt wurde, erfüllte den Himmel blitzartig mit einem grellweißen Lichtschein von unvorstellbarer Helligkeit.

Auch Marius Calderon in seinem kleinen Mir-U-Boot spürte die gigantische Explosion. Es wurde von der Druckwelle sogar in den Tiefen des Arktischen Ozeans heftig durchgeschüttelt.

Calderon runzelte die Stirn.

Eigentlich hätte er die Detonation so tief unter Wasser *gar nicht spüren dürfen*. Wasser puffert die Druckwelle einer Explosion sehr stark ab. Trotzdem hatte sie das U-Boot zum Erzittern gebracht. Dafür konnte es nur einen einzigen Grund geben ...

»Nein!«, schrie Calderon in der Einsamkeit seines Mini-U-Boots. »*Nein!*«

Der Sprengkopf mit der Urankugel musste auf jeden Fall explodiert sein, daran bestand kein Zweifel. Aber die Explosion war nicht in der Gaswolke am Himmel erfolgt.

Die Bombe war, wie Calderon gerade klar wurde, unter Wasser hochgegangen.

Etwas Besseres war Schofield nicht eingefallen.

Hastig rollte er den Sprengkopf aus dem Cockpit in den Frachtraum ...

00:20 ... 00:19 ... 00:18 ...

... und stieß ihn über die Heckrampe ...

00:11 ... 00:10 ... 00:09 ...

… so dass der Sprengkopf, während der Zeitzünder unaufhaltsam weitertickte, sich immer wieder überschlagend vom Himmel stürzte …

00:08 … 00:07 … 00:06 …

… und heftig spritzend auf der Wasseroberfläche aufschlug, um sofort unterzugehen …

00:05 … 00:04 … 00:03 …

… und rasch immer tiefer in die blaue Unendlichkeit hinabzusinken …

00:02 … 00:01 … 00:00.

Piiiieeep!

Wumm!

Die Explosion des Sprengkopfs unter der Meeresoberfläche verlief wie jede andere unter Wasser erfolgende Zündung einer Atomwaffe.

Nach dem weißen Lichtblitz entstand eine riesige kreisförmige Wolke aus extrem stark erhitztem Wasser voll von Milliarden wirbelnder Mikrobläschen. Sie breitete sich blitzschnell aus, und als sie die Oberfläche erreichte, schoss eine nie da gewesene Wasserfontäne von unvorstellbarem Ausmaß in den Himmel.

Zum Glück war der Sprengkopf vor seiner Detonation schon so tief gesunken, dass das Gewicht des Meerwassers über ihm seine enorme katalytische Wirkung entschärfte und seine Energie nicht mehr ausreichte, um das Gas in der Atmosphäre zu entzünden.

Es gab sogar nur eine einzige Person, die seine Druckwelle spürte: Marius Calderon.

Als Schofield in das Cockpit der Antonow zurückkletterte und die gewaltige kreisförmige Explosion auf der Meeresoberfläche unter sich sah, seufzte er tief erleichtert auf.

Verletzt, blutend, gefoltert und am Ende seiner Kräfte, hatte er es mit seinem Team, wenn auch unter schweren eigenen Verlusten, geschafft, die Army of Thieves gegen alle Wahrscheinlichkeit daran zu hindern, die Welt in Brand zu setzen.

Erst in diesem Moment unendlicher Erleichterung sah er die Satellitenschüssel, die auf dem Boden des Cockpits lag. Keines der Lichter des Uplinks brannte.

Das Gerät war ausgeschaltet worden.

»Oh Scheiße …«, entfuhr es ihm. »Die Russen.«

Wenn die Russen gemerkt hatten, dass der Uplink deaktiviert worden war, und eine Atomrakete gestartet hatten, hatten alle, die noch auf Dragon Island waren, keine zwanzig Minuten mehr zu leben.

Schofield schaltete den Autopilot aus und flog eine weite Schleife, um nach Dragon Island zurückzukehren.

DIE ENDPHASE

SCARECROW GEGEN DIE ARMY OF THIEVES

DRAGON ISLAND
4. APRIL, 14:00 UHR
T PLUS 3:00 STUNDEN NACH DER DEADLINE

Wenn die Gänseblümchen auf das Schlachtfeld zurückkehren, gewinnt man leicht den Eindruck, dass dort nie eine Schlacht geschlagen wurde.

Gretel Killeen

IM LUFTRAUM ÜBER DRAGON ISLAND 14:00 UHR

Schofields Antonow schoss mit erstaunlicher Geschwindigkeit durch den Himmel über dem Polarmeer.

Am fernen nördlichen Horizont tauchte bereits die Silhouette von Dragon Island auf: die zerklüfteten Berge im Süden und auf dem Plateau im Norden der Turm mit dem scheibenförmigen Aufsatz und die zwei riesigen Gasauslasstürme.

Schofield schaltete das Funkgerät der Antonow ein. »Amerikanischer Horchposten, hören Sie mich? Hier ist Captain Shane Schofield, USMC. Das ist ein Notruf. Überwacht jemand diese Frequenz?«

Sofort wurde eine aufgebrachte russische Stimme hörbar, die jedoch rasch in starkem Rauschen unterging. Dann kam eine amerikanische Stimme herein.

»*Captain Schofield, warten Sie auf die abhörsichere Funkverbindung.*« Ein mehrmaliges Klicken und dann: »*Captain Schofield, hier ist der Horchposten der United States Air Force Bravo-Charlie-Sechs-Neun in der Eareckson Air Station auf den Aleuten. Wir haben Anweisung erhalten, uns für den Fall, dass Sie sich melden, bereitzuhalten. Bitte nennen Sie Ihre Dienstnummer und Ihr Kommunikationssicherheit-Passwort.*«

Das tat Schofield und fügte hinzu: »Und jetzt stellen Sie mich in den Situation Room des Weißen Hauses durch.«

»Bin schon dabei, Sir.«

Das Krisenteam des Präsidenten war noch im Situation Room des Weißen Hauses versammelt. Mittlerweile waren jedoch zwei Angehörige der Defense Intelligence Agency dazugestoßen: Dave Fairfax und Marianne Retter. Außerdem fehlte der Vertreter der CIA: Fairfax und Retter hatten ihn aufgefordert, den Raum zu verlassen, bevor sie mit ihrem Briefing begonnen hatten.

Auf die Meldung, dass Scarecrow in der Leitung war, drückte der Nationale Sicherheitsberater Donald Harris, ein ehemaliger General des Marine Corps, auf einen Knopf der Freisprechanlage.

»Scarecrow, hier Don Harris. Ich bin hier mit dem Präsidenten und dem Krisenteam im Situation Room des Weißen Hauses. Wo sind Sie, und was ist mit der atmosphärischen Waffe passiert?«

»*Ich habe die Aktivierung der Waffe verhindert, Sir, aber im Moment muss ich vor allem eines wissen: Haben die Russen eine Atomrakete auf Dragon Island abgeschossen, während der Uplink ausgeschaltet war?*«

»Ja, haben sie. Vor drei Minuten.«

»*Wie lang noch, bis sie einschlägt?*«

»Neunzehn Minuten.«

»*Scheiße. Können Sie die Russen dazu bringen, sie selbst zu zerstören?*«

»Nein. Den Satellitenbildern zufolge wurden die Leitsysteme dieser Rakete deaktiviert, um einen Eingriff von außen, auch von der eigenen Basis, zu verhindern. Nach dem Vorfall mit der letzten Rakete, die sie auf Dragon Island abgefeuert haben, wollten die Russen sichergehen, dass diese ins Ziel trifft. Nichts kann diese Rakete mehr aufhalten.«

Darauf trat am anderen Ende der Leitung erst einmal Stille ein.

»Scarecrow?«, fragte Harris. »Wo sind Sie gerade?«

»*In einem Flugzeug etwa sechzig Kilometer südlich von Dragon Island.*«

»Was überlegen Sie dann lange? Hauen Sie ab. In neunzehn Minuten geht diese Insel in einem Atompilz auf.«

»Ich habe dort noch Leute, Sir.«

Der Präsident beugte sich vor.

»Captain Schofield, hier ist der Präsident …«

»Mit Verlaub, Sir, aber hat sich zufällig ein Dave Fairfax mit dem Weißen Haus in Verbindung gesetzt?«

Der Präsident wandte sich Fairfax zu.

»Ja, ich habe ihn sogar direkt neben mir. Er ist vor kurzem mit Ms. Retter von der DIA ins Weiße Haus gekommen. Sie haben uns gerade von einer CIA-Operation ›Drachentöter‹ und einem Agenten namens Calderon erzählt.«

»Ich hatte den ganzen Morgen das Vergnügen, mich mit Mr. Calderon herumzuschlagen. Hallo, Dave.«

»Hallo, Scarecrow«, sagte Fairfax über die Freisprechanlage. Er war sich deutlich bewusst, dass jetzt aller Augen auf ihn gerichtet waren. »Wie sieht's bei dir da oben aus?«

»Ich war eine Weile tot, aber jetzt geht es mir wieder einigermaßen. Danke für alles, Mann. Ich wüsste nicht, wo wir geblieben wären ohne diese Info, die du mir geschickt hast. Hoffentlich hast du deswegen nicht zu viel Ärger gekriegt.«

»Es geht so«, antwortete Fairfax.

»Jedenfalls vielen Dank. Und bestell dem DIA-Direktor und dem Präsidenten schöne Grüße von einem Marine, der findet, dass du eine Beförderung verdient hast. Und noch etwas, Mr. President. Ich konnte zwar verhindern, dass die atmosphärische Waffe gezündet wurde, aber Calderon ist entkommen – dieser Dreckskerl hatte einen Plan B. Irgendwann wird er allerdings wieder in Langley auftauchen. Es kann gut sein, dass ich von diesem Einsatz nicht zurückkehren werde, aber ich möchte, dass er zur Rechenschaft gezogen wird. Können Sie das für mich tun?«

»Wir werden ihn finden«, sagte der Präsident. »Darauf haben Sie mein Wort, Captain.«

»Danke, Sir. Ich muss jetzt Schluss machen. Ich bin gerade auf Dragon Island angekommen.«

Die Antonow rauschte über Dragon Island.

Schofield schaute auf den Timer seiner alten Casio-Digitaluhr. Sobald er erfahren hatte, dass die russische Atomrakete in neunzehn Minuten Dragon Island erreichen würde, hatte er den Timer der Uhr gestartet. Inzwischen zeigte er an:

14:41 … 14:40 … 14:39 …

Schofield überschlug es im Kopf. Eine Minute, um zu landen – allerhöchstens zehn, um die Mitglieder seines Teams zu finden, die vielleicht noch am Leben waren: Zack, Emma, Mother, Baba und Champion – und dann vier Minuten, um zur Antonow zurückzukehren, wieder zu starten und sich in MSA, minimalen Sicherheitsabstand, zur Detonation der Atomrakete zu bringen.

Die Zahlen sahen nicht gut aus. Die Zeit reichte nicht annähernd. Ebenso wenig hatte er genügend Waffen, um es mit der Army of Thieves aufzunehmen. Alles, was er hatte, war Bertie auf seinem Rücken – ohne Munition – und zwei Pistolen, die er in der Antonow gefunden hatte.

Entweder überleben wir alle gemeinsam, oder wir sterben alle gemeinsam, hatte er vor dem Aufbruch im Lager gesagt.

»Scheiß drauf.«

Als er zur Landung ansetzte, sah er mehrere Männer, die auf dem Stützpunkt planlos durch die Gegend liefen.

Die Army of Thieves hatte nicht nur ihren Anführer, sondern auch ihren gesamten Kommandostab verloren. Jetzt suchten die Thieves nach jemandem, der ihnen sagte, was Sache war und was sie tun sollten.

Er schaltete Berties Funkgerät ein: »Mother, Baba! Zack, Emma! Renard! Kann mich jemand von euch hören ...?«

Eine Männerstimme kam herein. »*Ich hör dich, Kumpel, aber deine Mutter bin ich nicht.*«

»*Ich hör dich auch*«, fauchte eine andere Stimme. »*Hast wohl Sehnsucht nach deiner Mami? Hab sie mal gefickt, und sie fand's von Anfang bis Ende super.*«

Keine Antwort kam von Mother, Baba oder sonst einem ...

»*Captain, ich bin's*«, meldete sich eine zivilisiertere Stimme.

Es war Zack.

»*Ich lebe noch und habe E bei mir.*« Weil er wusste, dass andere mithörten, wollte er Emma nicht namentlich erwähnen.

»Wir müssen alle schnellstens runter von der Insel. Ihr habt neun Minuten Zeit, um zu der Stelle zu kommen, wo Baba den Dieseltreibstoff hat auslaufen lassen.« Schofield wollte ihren Treffpunkt nicht verraten.

»*Alles klar. Bis gleich.*«

Wenige Sekunden später kam eine Frauenstimme mit einem starken französischen Akzent herein.

»*Scarecrow, hier ist ...*«, ein gequältes Husten, »*... Renard. Sind Sie noch mal ...*«, ein weiteres Husten, »*... zurückgekommen?*«

»Wo sind Sie jetzt, Renard?«

»*Wo Sie mich zurückgelassen haben. Aber ich habe hier ...*«, *wumm!*, ein Schuss, laut und nah, »*... ein kleines Problem.*«

»Bleiben Sie, wo Sie sind. Ich bin gleich da.«

Wumm! Noch einer. »*Beeilen Sie sich.*«

»*Ooh, auuu, aah! Genau, bleiben Sie, wo Sie sind, Renard. Wir kommen auch!*« Eine Männerstimme imitierte über Funk Champions Stimme.

14:01 ... 14:00 ... 13:59 ...

Als er zur Landung ansetzte, versuchte Schofield noch einmal, Mother und Baba zu erreichen, aber wieder bekam er nur ein paar gehässige Antworten von Thieves.

Von Mother und Baba nichts.

Verdammt ... dachte er traurig.

Er lenkte das Flugzeug an den großen Auslasstürmen vorbei, bevor er über dem Hauptturm, dessen kleinerer Aufbau umgestürzt auf der Seite lag, tiefer ging und auf der Landebahn aufsetzte. Die Reifen der Antonow berührten den Asphalt, und die Transportmaschine schoss die ganze Landebahn hinunter und kam erst fünfzig Meter vor der Abrisskante der Steilküste zum Stehen.

Als das Flugzeug über der Insel aufgetaucht war, waren mindestens zwanzig Kämpfer der Army of Thieves zu den Hangars am Flugplatz gekommen.

Jetzt sprangen sie in ihre Jeeps und fuhren der Maschine hinterher, um zu sehen, ob sich ihr Anführer an Bord befand.

Schofield sprang aus der Antonow ...

13:10 ... 13:09 ... 13:08 ...

... und sah es.

Sah das umgestürzte Beiwagenmotorrad, dessen Fahrer und Beifahrer Bertie erschossen hatte, auf der Nordseite der Startbahn. Die beiden Leichen lagen immer noch daneben.

Schofield rannte darauf zu, stellte es wieder auf die Räder und ließ es mit dem Kickstarter an. Die schwere Beiwagenmaschine sprang brummend an.

Von den durchdrehenden Reifen stoben Erde und Steinchen davon, als er losraste.

12:30 ... 12:29 ... 12:28 ...

Er konnte immer noch nicht fassen, was er da tat.

Er war nach Ostrow Smej *zurück*gekehrt – auf das dem Untergang geweihte Dragon Island, das sich in der Hand eines führerlosen Haufens Thieves befand – und hatte nur noch zwölf Minuten Zeit, um seine Freunde zu retten.

Schofield raste mit dem Motorrad den Hügel hinauf, der zwischen dem Flugplatz und dem verlassenen Walfängerdorf lag – denselben Hügel, den er eine halbe Stunde zuvor hinuntergerast war.

11:00 ... 10:59 ... 10:58 ...

Er schaute zum Flugplatz zurück und sah, wie dort gerade vier Jeeps neben der Antonow anhielten. Mehrere Thieves sprangen heraus und rannten in das Flugzeug.

Wenig später kamen sie, sichtlich verwirrt, wieder nach draußen. Einer von ihnen sah Schofield auf dem Motorrad wegfahren, deutete auf ihn und eröffnete das Feuer. Zwei Jeeps nahmen die Verfolgung auf.

Als Schofield die Weggabelung auf der Kuppe des Hügels erreichte, nahm er die Abzweigung zum Walfängerdorf. Der Timer zählte weiter unerbittlich die letzten zehn Minuten herunter.

10:00 ... 9:59 ... 9:58 ...

Eine Minute später erreichte er die Straßensperre am Rand des Walfängerdorfs, wo Typhon ihn überrumpelt hatte.

Am Straßenrand stand immer noch ein Jeep, aber die dazu gehörenden Thieves waren tot. Bertie hatte sie in dem Nebel, den Champion mit den Rauchgranaten für ihn erzeugt hatte, erschossen.

Schofield fuhr um die Straßensperre herum und hielt am Rand des verschneiten Walfängerdorfs an.

Er sprang mit gezückter Pistole vom Motorrad und rief: »Renard!«

Links von ihm bewegte sich etwas ...

... zwischen zwei Hütten rannte ein zerzauster Eisbär davon und suchte das Weite.

Peng! Peng!

Gewehrschüsse.

Sie kamen aus dem Dorf, aus der Richtung, in die der Bär geflohen war.

Schofield rannte los.

Er bog gerade um eine Ecke, als – *Wamm! Wamm! Wamm!* – weitere Schüsse fielen, und dann sah er Veronique Champion mit dem Rücken an der Wand an einer Hausecke sitzen und mit ihrer letzten Waffe, der winzigen Ruger-LCP-Taschenpistole, auf den zotteligen weißen Bären schießen!

Der Bär stürzte, von Kugeln durchsiebt, zu Boden – und dann sah Schofield, dass neben ihm drei weitere tote Eisbären im Schnee lagen. Das also war es, was Champion in seiner Abwesenheit die ganze Zeit getan hatte: Sie hatte sich mit ihrer Minipistole der angreifenden Eisbären erwehrt.

In diesem Moment tauchte ein weiterer Bär auf und stürmte brüllend auf Champion zu. Sie feuerte auf das blindwütig angreifende Tier, aber nach dem ersten Schuss war das Magazin der Ruger leer, und sie starrte entsetzt auf den Eisbären.

Schofield legte mit beiden Pistolen auf ihn an und drückte ab. Der Eisbär stürzte, tödlich getroffen, kopfüber in den Schnee und rutschte mit heraushängender Zunge bis dicht vor Champions Füße. Aus der großen Austrittswunde in seinem mächtigen Schädel sickerten Blut und Gehirnmasse.

Erst jetzt blickte Champion auf und sah Schofield. Sie atmete tief erleichtert durch.

Er eilte zu ihr, hob sie rasch vom Boden hoch und trug sie zu der Beiwagenmaschine zurück.

Bertie spähte über Schofields Schulter auf Champion hinab.

»*Hallo*«, sagte seine elektronische Stimme freundlich.

»'Allo«, antwortete Champion.

»Da sind wir wohl gerade noch rechtzeitig gekommen«, sagte Schofield und setzte sie vorsichtig in den Beiwagen.

»Ich kann immer noch nicht glauben, dass Sie *überhaupt* zurückgekommen sind.«

Schofield sah auf seine Uhr.

8:01 ... 8:00 ... 7:59 ...

»In acht Minuten wird eine russische Atomrakete auf der Insel einschlagen«, sagte er. »Und meine Devise war immer schon: Ich lasse kein Mitglied meines Teams zurück.«

Er startete das Motorrad. »Gut festhalten.«

Sie brausten den Hügel hinauf, fort vom Walfängerdorf, zurück ins Innere von Dragon Island.

Sechzig Sekunden später erreichten sie die Weggabelung auf dem Hügel, von der alle wichtigen Punkte von Dragon Island zu sehen waren: der Flugplatz, der große Turm mit dem scheibenförmigen Aufsatz, die Nordbucht.

7:01 ... 7:00 ... 6:59 ...

Schofield hielt an und blickte auf den Flugplatz hinunter ...

»Nein ...«

Eine Gruppe johlender Thieves schob die Antonow auf den Abgrund am Ende der Startbahn zu!

Das Flugzeug holperte die kurze Böschung zwischen dem Asphalt und der Steilküste hinunter, kippte über die Abrisskante und stürzte in die Tiefe.

Die Thieves jubelten.

Schofield schluckte schwer. Er hatte mit allem Möglichen gerechnet, aber nicht damit. Die Army of Thieves wusste natürlich auch nichts von der Nuklearrakete, die in sechs Minuten auf der Insel einschlagen würde.

»Was ist?«, wollte Champion wissen. »Was haben Sie denn?«

»Das Flugzeug war unsere einzige Möglichkeit, von der Insel zu entkommen«, sagte Schofield ausdruckslos. »Jetzt sitzen wir hier fest.«

Wie betäubt starrte Schofield auf die Stelle, wo die Antonow in die Tiefe gestürzt war.

»Es muss doch noch eine andere Möglichkeit geben, von hier wegzukommen«, sagte Champion. »Ein anderes Flugzeug oder einen Hubschrauber – oder notfalls einen Bunker, in dem wir uns verstecken können ...«

In diesem Moment kamen zwei Jeeps vom Flugplatz herauf und eröffneten sofort das Feuer auf sie.

Die über ihre Köpfe hinwegpfeifenden Kugeln rissen Schofield aus seiner Resignation. Er drehte sich mit aufleuchtenden Augen zu Champion. »Ein Bunker, ja ... ein Atombunker.«

»Hat Iwanow nicht gesagt, unter dem Hauptturm wäre ein Labor, das auch als Bunker dient ...?«

»Nein, das habe ich nicht gemeint. Dorthin würden wir es außerdem nicht mehr rechtzeitig schaffen. Aber ich habe noch einen anderen Bunker gesehen. Bevor wir nach Dragon Island gekommen sind. Aber wo war das nur gleich wieder ...?«

Der feindliche Beschuss wurde immer stärker.

Champion zog den Kopf ein. »Können Sie vielleicht beim Fahren nachdenken!«

»Sicher.« Mit frischem Elan brauste Schofield los und hatte die Jeeps rasch abgehängt.

Wenige Sekunden später wandte er sich erneut Champion zu. »Jetzt ist mir wieder eingefallen, wo er ist.«

6:00 ... 5:59 ... 5:58 ...

Die Beiwagenmaschine hielt vor der Seilbahnstation.

Schofield trug Champion zu der angrenzenden Garage. Doch kurz bevor er das Tor erreichte, wurde es von innen aufgestoßen, und Zack und Emma erschienen in der Öffnung. Wie Schofield ihnen gesagt hatte, waren sie zu der Stelle gekommen, wo Baba den Treibstoff aus dem Tanklaster hatte auslaufen lassen.

Zack winkte sie nach drinnen. »Was gibt's?«

5:10 … 5:09 … 5:08 …

Schofield, der nach wie vor Champion trug, rannte an ihm vorbei. »Die Russen haben gemerkt, dass der Uplink deaktiviert wurde, und sofort eine Atomrakete auf die Insel abgeschossen. In fünf Minuten schlägt sie ein.«

Zack erbleichte. »In fünf Minuten? Wie sollen wir denn in fünf …?«

»Wir bringen uns im Atombunker in Sicherheit.« Schofield rannte in das Stationsgebäude, wo die Gondel an der Einstiegsplattform hing, und betrachtete das Drahtseil, das zu der Station auf der Säureinsel hinablief.

Ursprünglich hatte er angenommen, die dicke Bleitür mit dem Nuklearsymbol und der kyrillischen Warnung, die er in der großen Halle auf der Säureinsel gesehen hatte, würde in einen Raum zur Lagerung von radioaktivem Material führen, aber in Wirklichkeit befand sich dahinter ein Atombunker.

Dragon Island war im Kalten Krieg als Erstschlagziel eingestuft worden. Deshalb war es ganz normal, dass es dort mehrere Atombunker gab, und die Säureinsel bot sich geradezu als Standort für einen davon an: Zum einen wurde die kleine vorgelagerte Insel durch die hohe Steilküste der Bucht geschützt, zum anderen diente das Meerwasser, das sie von Dragon Island trennte, als zusätzlicher Puffer gegen die gewaltigen Erschütterungen einer Atomexplosion.

»Die Seilbahn ist zu langsam«, sagte Emma. »Damit kommen wir nicht schnell genug auf die andere Insel.«

»Allerdings.« Schofield schaute immer noch zu dem Drahtseil hinauf, an dem die Gondel hing. Es senkte sich steil zu der

Station hinab, die sich dreihundert Meter weiter unten auf der Säureinsel befand.

Schließlich drehte er sich um.

»Los, alle aufs Dach der Gondel. Wir rutschen einfach am Seil nach unten.«

4:20 … 4:19 … 4:18 …

Alle kletterten auf das Dach der von Einschüssen verdellten Gondel.

Das Drahtseil lief beängstigend weit und schwindelerregend steil zu der kleinen vorgelagerten Insel hinab.

Sobald alle auf dem Dach der Gondel waren, sagte Schofield: »Zack und Emma, nehmt eure Gürtel und legt sie so um das Seil.«

Er schlang Zacks Gürtel um das Drahtseil und überkreuzte seine Enden so, dass er ein X bildete. »Als wir mit der Gondel hier heraufgefahren sind, müsste das meiste Eis vom Seil abgeschabt worden sein. Deshalb dürfte es nicht allzu rutschig sein. Nehmt also einfach die Hände auseinander, wenn ihr zu schnell werdet; dann zieht sich der Gürtel fester um das Seil und bremst eure Fahrt. Verstanden? Gut. Dann los.«

Zack machte den Anfang. Er sprang vom Dach der Gondel und rutschte mit einem Angstschrei das lange Seil hinunter. Er wurde sehr rasch kleiner, als er an seinem Gürtel in die Tiefe sauste.

Als Nächste war Emma dran. Zaghaft stellte sie sich an den Rand des Gondeldachs.

»Wir haben nicht mehr viel Zeit, Emma«, drängte Schofield. »Jetzt oder nie.«

»Okay.« Sie holte tief Luft, und dann rutschte sie an ihrem Gürtel das endlos lange Seil hinunter.

Blieben nur noch Schofield und Champion. Schofield legte seinen Gürtel um das Drahtseil …

3:31 … 3:30 … 2:59 …

… und drückte Champion fest an sich.

Ihre Gesichter waren nur wenige Zentimeter voneinander entfernt. Ihre Arme waren fest um seinen Hals geschlungen, während er sich mit nach oben gestreckten Armen an dem um das Seil geschlungenen Gürtel festhielt.

»Halten Sie sich gut fest«, sagte er.

Und in diesem Moment sah ihm Veronique Champion tief in seine vernarbten Augen ...

... und gab ihm zu seiner nicht geringen Überraschung einen kurzen, aber leidenschaftlichen Kuss auf die Lippen. »Einen Mann wie dich habe ich noch nicht kennengelernt, Scarecrow. Du bist absolut einmalig.« Ihr Körper straffte sich. »Und jetzt flieg, Scarecrow! Flieg!«

Noch während sie das sagte, stürmten fünf Thieves in die Seilbahnstation.

Sie feuerten wie wild mit ihren Maschinenpistolen, aber ihre Schüsse gingen ins Leere, denn in dem Moment, als sie hereinkamen, sprang Schofield – mit Champion um seinen Hals und Bertie auf seinem Rücken – vom Dach der Gondel.

Die Gestalten von Schofield und Champion wurden immer kleiner, als sie das lange Drahtseil hinuntersausten, das die Seilbahnstation auf der Steilküste von Dragon Island mit der Station am Strand der Säureinsel verband.

Die beiden sahen unendlich klein aus vor den steil aufragenden Felswänden hinter ihnen und der hufeisenförmigen Bucht unter ihnen – aber dieser spektakuläre Anblick interessierte sie im Moment nicht.

Sie rutschten schneller und schneller das steile durchhängende Drahtseil hinunter, und ihre rasende Fahrt dauerte nur zwanzig Sekunden.

Schofield hielt den Gürtel mit beiden Händen fest umklammert, und als er die gähnende Öffnung der Seilbahnstation auf der Säureinsel auf sich zuschießen sah, zog er den Gürtel mit beiden Armen nach außen, um ihn so fester um das Seil zu schlingen und seine Bremskraft zu erhöhen.

Sie wurden zwar sofort langsamer, aber im ersten Moment glaubte er, das Bremsmanöver zu spät begonnen zu haben. Denn obwohl er den Gürtel mit aller Kraft nach außen zog, rauschten sie sehr schnell in die Station.

Aber sie kamen, wenn auch heftig hin- und herpendelnd, gerade noch rechtzeitig zum Stehen.

Zack und Emma erwarteten sie bereits und halfen Champion auf die Plattform.

Sobald sie festen Boden unter den Füßen hatte, sprang auch Schofield auf die Plattform. Er sah auf die Uhr.

3:01 … 3:00 … 2:59 …

»Noch drei Minuten, Leute«, rief er. »Los. Lauft, so schnell ihr könnt.«

Sie rannten aus der Seilbahnstation, die kurze Straße hinunter und in das große, hallenartige Gebäude mit den Flüssigkeitsbehältern.

2:00 … 1:59 … 1:58 …

Zack und Emma rannten voraus, Schofield warf sich Champion über die Schultern und hinkte ihnen, so schnell er konnte, hinterher.

1:30 … 1:29 … 1:28 …

In hektischem Zickzack ging es über eine Reihe von Laufstegen.

1:00 … 0:59 …

»Noch eine Minute!«, rief Schofield.

Sie kletterten hastig ein paar Leitern hinunter. Aber wegen Champion kamen sie nur langsam voran.

0:40 … 0:39 …

Als Schofield auf der untersten Ebene der Halle ankam, sah er die Tür, die ihm bereits beim ersten Mal aufgefallen war: die dicke Bleitür mit dem Atomsymbol darauf. »Das ist sie!«

0:30 … 0:29 …

Sie rannten darauf zu.

0:18 … 0:17 …

Zack und Emma rissen die schwere Tür auf und sprangen hinein.

0:16 … 0:15 …

Schofield, Bertie und Champion folgten ihnen.

0:14 … 0:13 …

Zack und Emma zogen die schwere Tür hinter ihnen zu. Sie schloss sich mit einem dumpfen Knall.

0:10 … 0:09 …

Sie hasteten eine Betontreppe hinunter, die mehrere Stockwerke tiefer führte.

0:05 … 0:04 …

Sie hasteten durch zwei weitere massive Türen.

0:03 … 0:02 …

Und durch eine letzte Tür, die Schofield hinter ihnen zuzog, während sich die anderen bereits zu Boden warfen und mit dem Rücken gegen die Betonwände pressten.

0:01 … 0:00.

Ein Moment der Stille.

Dann kam er.

Der Einschlag.

Die russische Interkontinentalrakete kam aus dem Himmel geschossen wie ein Blitz und schlug mit einer Geschwindigkeit von mehr als 1 100 km/h auf Dragon Island ein.

Den Soldaten der Army of Thieves blieben vielleicht noch fünf Sekunden, um ihren hellen Feuerschweif und ihre dunkle Rauchfahne zu bewundern – gerade genügend Zeit, um entsetzt zu begreifen, dass das, was da angeflogen kam, ihren Tod bedeutete.

Die Rakete detonierte.

Auf einen grellen Lichtblitz und einen gewaltigen Knall folgte eine Druckwelle, die mit unvorstellbarer Kraft über ganz Dragon Island hinwegfegte.

Die zwei Gasauslasstürme – die bisher so riesig und unzerstörbar gewirkt hatten – wurden auf der Stelle dem Erdboden gleichgemacht. Sie gingen einfach in einer gewaltigen Staubwolke auf. Der große Hauptturm mit dem scheibenförmigen Aufsatz neigte sich zur Seite und kippte um, bevor ihn das thermonukleare Inferno in nichts auflöste. Die Steilküste erzitterte unter der Gewalt der gigantischen Explosion, und überall lösten sich riesige Brocken aus den Felswänden und stürzten ins Meer. Die Seilbahnstation wurde aus ihrem felsigen Untergrund gerissen und rutschte in die Bucht hinab.

Alles wurde zu Asche verbrannt, jedes Gebäude und jedes menschliche Wesen auf der Insel ausgelöscht.

Ein gigantischer Atompilz stieg in den Himmel auf.

Dragon Island hatte aufgehört zu existieren.

Und das galt auch für die Army of Thieves.

Tief unter der Erde, im Atombunker der Säureinsel, blickten Schofield und seine Gefährten zu dem ohrenbetäubenden Donnern der gewaltigen Explosion auf.

Die Betonwände um sie herum gerieten heftig ins Beben, aber sie hielten der Belastung stand. Die Lichter flackerten, doch die Generatoren funktionierten noch.

Als es vorbei war, sahen sich die vier betreten an.

»Und jetzt?«, fragte Zack.

Schofield sah ein altes Funkgerät an der Wand hängen. Es wurde mit einem Notstromgenerator betrieben und schien noch zu funktionieren.

»Wir setzen einen Funkspruch an unsere Leute ab. Und dann richten wir uns hier ein und warten darauf, dass uns jemand holen kommt.«

Wie sich herausstellte, mussten sie nicht lange warten.

Nachdem er sich mit dem Horchposten auf der Eareckson Air Station in Verbindung gesetzt hatte, wurde Schofield erneut in den Situation Room des Weißen Hauses durchgestellt.

Dort teilte man ihm mit, dass ein Jagd-U-Boot mit Nuklearabschirmung – die USS *Seawolf* – nach Dragon Island entsendet und in drei Tagen bei ihnen eintreffen würde. Bis dahin konnten sie allerdings nichts tun, als zu warten.

Während dieser Zeit ernährten sie sich von der Notration, die Bertie dabeihatte, und tranken das wenige Wasser, das ihnen noch geblieben war.

Schofield musste oft an Mother und Baba denken – vor allem an Mother. Offensichtlich war es ihnen gelungen, den Abschuss der Rakete auf dem Zug zu verhindern, aber um welchen Preis? Waren sie feindlichem Beschuss ausgesetzt worden? Verwundet? Oder gar getötet? Jedenfalls hatten sie nicht auf seine Funksprüche reagiert. Schofield fragte sich, wie es Mother ergangen sein könnte. Falls sie überhaupt noch am Leben gewesen war, als die russische Atomrakete eingeschlagen hatte, konnte er sich nicht vorstellen, dass sie die gewaltige Explosion überlebt hatte. Und falls sie schon vorher ums Leben gekommen war, hoffte er, sie wäre genauso gestorben, wie sie gelebt hatte – aus allen Rohren feuernd.

»Lebwohl, Mother«, murmelte er. »Du warst mir eine treue Freundin. Ich wäre am Ende gern bei dir gewesen. Du wirst mir fehlen.«

Als die *Seawolf* endlich eintraf, blieb sie unter der Oberfläche des eisigen Wassers der Bucht.

Dragon Island war nur noch eine schwarze verkohlte Ödnis, eine apokalyptische Höllenszenerie.

Obwohl die riesige Halle auf der Säureinsel zum Teil vor der Primärexplosion geschützt gewesen war, war nur noch ein rudimentäres Skelett von ihr übrig: Alle Fenster waren zersprungen, das Dach war von der Druckwelle einfach weggefetzt worden, so dass sich Tanks und Flüssigkeitsbehälter jetzt unter freiem Himmel befanden.

Drei Besatzungsmitglieder der *Seawolf* verließen das U-Boot in Bioschutzanzügen und kamen mit einer Kiste mit vier weiteren Schutzanzügen und einer Tragbahre auf die Säureinsel.

Es dauerte eine Weile, bis sie Schofield und seine drei Gefährten in den Bioschutzanzügen an Bord der *Seawolf* gebracht hatten. Dort wurden sie in einer strahlungsdichten Kammer unter Quarantäne gestellt, gründlich gesäubert und regelmäßig nach Strahlungsrückständen untersucht.

Als Letzter war Schofield mit dem arg ramponierten Bertie an

Bord der *Seawolf* gegangen. Vor ihm gingen Zack und Emma sowie zwei Besatzungsmitglieder, die auf einer Trage Champion transportierten. Schofield hatte zwar ihre Bauchwunde in den drei Tagen, die sie im Atombunker auf das U-Boot gewartet hatten, regelmäßig gesäubert und wieder neu verbunden, aber jetzt musste sie dringend von einem richtigen Arzt behandelt werden.

Deshalb wurde Champion auf dem Weg in die Quarantänekammer zuerst in die hermetisch abgeschottete Krankenstation des U-Boots gebracht, die vor allem für die medizinische Versorgung von Besatzungsmitgliedern gedacht war, die sich bei einem Strahlungsleck des Atomreaktors des U-Boots kontaminiert hatten.

Als Schofield sie am Eingang dem Schiffsarzt übergab, der ebenfalls einen Schutzanzug trug, drangen gedämpfte Rufe aus der Krankenstation. Sie hörten sich an wie »Hey! Scarecrow!«.

Verdutzt spähte Schofield durch die Tür – und sah Mother, die auf einem Bett saß und ihm laut rufend zuwinkte.

»Ja, du hast schon richtig gehört! Du bist gemeint! Eine Wahnsinnsnummer hast du da wieder abgezogen!« Sie grinste bis über beide Ohren. »Du hast es tatsächlich geschafft! Du bist *der Größte! Einfach unschlagbar!*«

In dem Bett links neben ihr war Baba. Er lag im Koma und hing an allen möglichen Schläuchen und Apparaten. Das Herzfrequenzmessgerät neben ihm zeigte nur sehr schwache Ausschläge an; er war gerade noch am Leben.

Obwohl er zu Tode erschöpft war, musste Schofield grinsen. Zack stand mit offenem Mund staunend da.

Schofield sagte zu Mother: »Ich habe dich über Funk zu erreichen versucht, aber du hast nicht geantwortet. Was ist auf dem Zug passiert? Wie bist du der Atomexplosion entkommen?«

Mother grinste. »Ich habe genau das gemacht, was du getan hättest: Ich habe diesen Scheißzug mit vollem Karacho in das Becken des U-Boot-Bunkers gefahren! Wir hatten ein brutales Feuergefecht, bei dem es meinen Franzosenkumpel hier übel erwischt hat – aber er hat sie lang genug aufgehalten, um es bis zur Ziellinie zu schaffen. Und als der Zug dann ins Wasser gerast ist, habe ich mir Baba geschnappt und bin von der Lok gesprungen und direkt neben dem Bug dieses Frachters im Wasser gelandet, auf dem ich bei unserer Ankunft auf der Insel eins dieser russischen Mini-U-Boote herumliegen gesehen hatte.

Verwundet waren wir beide – er allerdings stärker als ich –, deshalb habe ich ihn zu dem U-Boot geschleppt und bin mit ihm nach drinnen geklettert. Ich wollte mich einfach nur an einen trockenen Ort zurückziehen, um mir in Ruhe seine Verletzungen ansehen zu können.«

Schofield betrachtete Baba, der reglos in dem Bett neben ihrem lag. Er hatte sechs Schussverletzungen, eine davon mitten in seiner Brust. Solche Brustwunden waren in der Regel tödlich, wenn man kein Hämostatikum hatte, ein blutungsstillendes Mittel wie Celox-Gel oder einen QuikClot-Schwamm – und Schofield wusste, dass Mother und Baba nichts Derartiges bei sich gehabt hatten.

»Wie hast du es dann geschafft, ihn so zu verarzten, dass er nicht verblutet ist?«

Wieder grinste Mother und deutete mit dem Kinn auf Zack. »Das haben wir eigentlich alles nur *ihm* zu verdanken. Auch wenn du es mir vielleicht nicht glaubst, Boss, aber manchmal höre ich bei diesem ganzen technischen Gefachsimple doch zu. Jedenfalls hat Zack, bevor das hier alles losging, im Lager mal von diesen neuen Einmannpackungen erzählt und dass die Tabletten zum Wasserfiltern auf Chitosan-Basis hergestellt werden und dass Chitosan auch der Hauptbestandteil von Celox-Gel ist. Außerdem enthalten diese EPas auch ein richtig beschissen schmeckendes Gelee, und Gelee ist bekanntlich nichts anderes als Gelatine. Deshalb dachte ich mir, wenn ich diese Filtriertabletten mit etwas Wasser und diesem Gelee vermische, bekomme ich vielleicht so was Ähnliches wie Celox-Gel. Ich habe also meine EPa rausgeholt und genau das gemacht. Ein richtig schön dickes Gel zusammengemischt und auf seine schlimmsten Verletzungen aufgetragen. Und ob du's glaubst oder nicht, das

Blut hat tatsächlich angefangen zu gerinnen, zwar nicht total, aber doch so stark, dass er nicht noch mehr Blut verloren hat. Zum Glück war in dem Mini-U-Boot ein Erste-Hilfe-Koffer mit Verbandsmaterial, und damit habe ich ihn dann verbunden. Ich weiß zwar nicht, wie lang er noch überlebt hätte, aber er hat zumindest so lange durchgehalten, bis sie uns abgeholt haben.«

Schofield schüttelte den Kopf. »Du hast aus dem Zeug in deiner Einmannpackung ein Blutgerinnungsgel hergestellt. Das hört sich ja ganz nach ...«

»Ich weiß!«, sagte Mother. »MacGyver hätte das auch nicht besser hingekriegt!«

»Allerdings. Aber, Moment mal, wie seid ihr eigentlich von der Insel weggekommen? Ich habe euch über Funk zu erreichen versucht.«

»Ich habe dich über Funk gehört«, sagte Mother, »aber bei dem Schusswechsel auf dem Zug wurde mir das Mikro weggeschossen, und das von Baba muss irgendwann abgegangen sein – wahrscheinlich als wir ins Wasser gefallen sind; wir sind nämlich ziemlich hart aufgeschlagen. Ich habe dich zwar gehört, aber ich konnte dir nicht antworten. Du hast gesagt, wir sollten so schnell wie möglich von der Insel runter, deshalb dachte ich mir schon, dass da in Kürze irgendwas einschlägt. Also habe ich das U-Boot gestartet und bin damit, so tief es ging, abgetaucht, um möglichst viel Wasser zwischen uns und Dragon Island zu bringen. Das Mir war so weit noch ganz gut in Schuss, nur der Funk war schon ziemlich im Arsch. Deshalb konnte ich die *Seawolf* auch nur auf mich aufmerksam machen, indem ich ständig ihr aktives Sonar angepingt habe.«

Schofield nickte in Richtung Baba. »Wie geht es ihm?«

»Sein Zustand ist noch kritisch. Sie haben ihn in ein künstliches Koma versetzt. Der Arzt kann noch nicht sagen, ob er durchkommt.«

»Ich muss jetzt erst mal in die Quarantänestation und mich gründlich säubern lassen«, sagte Schofield. »Wir können ja später noch reden.«

In der Zwischenzeit war Veronique Champion auf das Bett neben Mother gelegt worden, und Schofield wandte sich ihr zu: »Nach Ihnen werde ich später auch sehen.«

Champion nickte matt. »Danke noch mal … für alles.«

Mother bekam den kurzen Wortwechsel mit und grinste Schofield anzüglich zu. »Aber lass dir ruhig Zeit, Scarecrow. Ich muss mit meiner neuen französischen Freundin noch ein Wörtchen unter Frauen wechseln.«

BALTIMORE
24. SEPTEMBER, 16:50 UHR
(FÜNF MONATE SPÄTER)

Shane Schofield saß in einem Sprechzimmer im Souterrain eines kleinen Hauses in einer Vorstadt von Baltimore.

Eigenartigerweise trug er seine Paradeuniform: weiße Mütze, maßgeschneiderte blaue Jacke mit Orden, goldene Gürtelschnalle und hellblaue Hose mit roten Paspeln. Sein Aufzug sah viel zu förmlich aus für das bescheidene kleine Sprechzimmer, aber wenn er hier fertig war, würde er ins Weiße Haus weiterfahren.

Ihm gegenüber, an ihrem Schreibtisch, saß Brooke Ulacco, seine bodenständige, unprätentiöse Vorstadttherapeutin.

Die Stunde war fast um, und Schofield hatte ihr von seinen Erlebnissen auf Dragon Island erzählt, unter anderem auch von seiner Folterung durch Marius Calderon.

Bisher hatte er Ulacco nichts von seiner Mission auf Dragon Island erzählen dürfen, weil sie mit zahlreichen strenggeheimen CIA-Interna einherging, von denen sie mit ihrer aktuellen Sicherheitseinstufung nichts erfahren durfte. Deshalb hatte er bei seinen Vorgesetzten darauf gedrungen, ihren Geheimnisträgerstatus dahingehend zu ändern, dass er ihr alles über den Einsatz am Polarkreis erzählen konnte. Das hatte ein paar Monate gedauert und war mit weiteren Hintergrundüberprüfungen einhergegangen, die Ulacco jedoch anstandslos bestanden hatte, so dass ihre bisherige Top-Secret-Einstufung durch ein Sonderzugangsprogramm aufgestockt worden war. Schofield fand, es hatte sich gelohnt, so lange zu warten, um ihr alles erzählen zu können.

Als er zum Ende seiner Ausführungen kam, nickte Ulacco nachdenklich.

»Und wie haben Sie das geschafft?«, fragte sie.

»Wie ich was geschafft habe?«

»Sich nie aus der Fassung bringen zu lassen? Dieser Calderon hat Sie sowohl körperlich als auch mental brutalst gefoltert. Er hat Sie mit Ihrem Vater und Gants Tod provoziert, und er hatte – zumindest mussten Sie das zum damaligen Zeitpunkt glauben – Ihre beste Freundin getötet. Mother, die mit einer Kiste voller Ratten über dem Kopf wehrlos vor Ihnen hing. Als Ihre Therapeutin kann ich dazu nur sagen, dass ich in so einer Situation massive Probleme bekommen hätte. Deshalb noch einmal: Wie haben Sie es geschafft, trotz allem einen kühlen Kopf zu bewahren?«

Schofield lehnte sich in seinen Stuhl zurück.

Er wusste ganz genau, wie er es gemacht hatte.

»Ich habe nur das getan, was Sie mir beigebracht haben«, antwortete er.

»Was ich Ihnen beigebracht habe?« Ulacco war nicht leicht zu überraschen. Sie legte ihre selbstsicher gefasste Ich-habe-schon-alles-gesehen-Miene selten ab. Aber das war so eine Gelegenheit. »Und was habe ich Ihnen beigebracht?«

»Sie haben mir beigebracht, mein Denken zu unterteilen«, sagte Schofield. »Es zu kompartmentalisieren, wie Sie es, glaube ich, genannt haben. In einem Gebäude in meinem Gedächtnis. Beziehungsweise, in meinem Fall war es ein U-Boot in meinem Gedächtnis.«

Ulacco musterte ihn eine Weile aufmerksam. »Darüber habe ich übrigens immer wieder nachgedacht, Shane. Sie haben sich für ein U-Boot als Erinnerungsort entschieden, weil es eine Umgebung ist, die sich zwar hermetisch vor der Außenwelt abschotten lässt, aber dennoch über eine Möglichkeit verfügt, sich unliebsamer Dinge, wie zum Beispiel belastender Erinnerungen, zu entledigen. Haben Sie Ihren Erinnerungsballast an Libby Gant einfach abgeworfen?«

Ulacco verzog keine Miene, als sie diese Frage stellte. Und obwohl sie Schofields Antwort brennend interessierte, fügte sie hinzu: »Auf diese Frage gibt es übrigens keine richtige oder falsche Antwort.«

Schofield ließ sich über eine Minute Zeit, um in Ruhe nachzudenken.

Ulacco beobachtete ihn dabei und wartete.

Schließlich begann er:

»Nein. Das habe ich nicht. Von meinen Erinnerungen an Libby könnte ich mich unmöglich trennen. Sie war eine außergewöhnliche Frau, und ich habe sie geliebt. Diese wunderschönen Erinnerungen an sie auszulöschen, wäre etwa so, als würde ich etwas aus mir herausreißen, was mich erst ganz macht, was mich zu dem macht, was ich bin: Was mich zu *mir* macht. Als ich gefoltert wurde – und ganz besonders in der Phase, als ich dachte, Mother wäre tot –, packte ich alle diese positiven Erinnerungen in ein Abteil irgendwo tief im Bauch des U-Boots meines Gedächtnisses, schloss die Stahltür und drehte am Schwungrad, bis sie fest verschlossen war. Danach konnte Calderon Gant nichts mehr anhaben. Nichts, was er hätte sagen oder tun können, wäre an diese Erinnerungen, an diese großartigen Erinnerungen herangekommen. Und mir konnte nichts mehr passieren.«

»Ihnen konnte nichts mehr passieren? Sie sind *gestorben.*«

»Nur kurz.«

Ulacco rutschte ein wissendes Lächeln heraus. »Sie wollen mir hier also erzählen, eine Erinnerungstechnik, die ich Ihnen hier in meinem schäbigen Souterrainsprechzimmer in Baltimore beigebracht habe, hat Ihnen geholfen, nicht den Verstand zu verlieren, als Sie von einem Mann gefoltert wurden, der weltweit als einer der führenden Experten auf diesem Gebiet gilt?«

Schofield nickte. »Ja.«

Ulacco wandte sich kurz ab und wirkte ein wenig stolz. Zwar nur eine Sekunde lang, aber Schofield entging es trotzdem nicht. Dann setzte sie wieder ihr übliches Pokerface auf.

»Und dann haben Sie die nördliche Hemisphäre vor der Auslöschung gerettet?«, fuhr sie fort.

»Ja.«

»Dann könnte man also sagen, dass *ich*, indem ich Sie gerettet habe, die Welt gerettet habe?«, erklärte sie unverfroren.

Schofield erwiderte ihr Grinsen. »Das könnte man so sagen, ja.« Und sie lachten, zum ersten Mal während einer ihrer Sitzungen.

Ulacco stand auf. »Ihre Stunde ist um, Captain. Außerdem haben Sie einen Termin beim Präsidenten.«

Schofield stand auf und nickte ernst. »Danke, Frau Doktor. Danke für Ihre Hilfe. Aber da wäre noch etwas.«

OVAL OFFICE
WEISSES HAUS
24. SEPTEMBER, 20:00 UHR

Shane Schofield nahm in seiner Paradeuniform Habachtstellung ein, als ihm der Präsident der Vereinigten Staaten im Oval Office einen Orden um den Hals hängte.

Neben ihm hatten sich Mother, ebenfalls in Paradeuniform, vier Zivilisten – Dave Fairfax, Marianne Retter, Zack Weinberg und Emma Dawson – und ein Roboter aufgereiht. Bertie, der neben Zack stand, hatte sein Fahrgestell und die blitzende Außenhülle komplett erneuert bekommen.

Im Beisein des Generalstabschefs des Marine Corps, des Direktors der Defense Intelligence Agency und des Generaldirektors von DARPA waren sie alle für »über ihre Pflicht hinausgehenden Einsatz und Unerschrockenheit trotz Gefahr für Leib und Leben« ausgezeichnet worden.

Etwas abseits von ihnen stand Brooke Ulacco; sie trug ihre hastig zusammengesuchte Sonntagskleidung und schien noch immer nicht recht fassen zu können, wie ihr geschah. Als der Präsident vor ihr stehen blieb, hatte er keinen Orden in der Hand.

»Dr. Ulacco«, sagte er leise. »Captain Schofield schwärmt in den höchsten Tönen von Ihnen und Ihren Fähigkeiten als Therapeutin. Präsident zu sein, ist ein ziemlich stressiger Job, und ich bin schon seit einiger Zeit auf der Suche nach jemandem, mit dem ich vollkommen unvoreingenommen über alles reden kann: also nach so was wie einem Therapeuten. Nach jemandem, der hart, aber fair ist und dabei auch diskret. Und wie ich höre, haben Sie mittlerweile einen hohen Sicherheitsstatus, weshalb nur noch einige wenige weitere Hintergrundüberprüfungen nötig wären. Was halten Sie davon?«

Zum ersten Mal, seit er sie kannte, sah Schofield seine sonst durch nichts zu erschütternde Therapeutin Dr. Ulacco aus allen Wolken fallen.

Sobald die Ordensverleihung beendet war, bat der Präsident alle Anwesenden mit Ausnahme Schofields, das Oval Office zu verlassen.

»Ich habe hier jemand, der mit Ihnen sprechen möchte, Captain«, sagte der Präsident und drückte auf einen Knopf seiner Sprechanlage. »Mary, schicken Sie bitte den Botschafter herein.«

Eine Seitentür ging auf, und in das Oval Office kamen drei Personen: eine, die Schofield noch nie gesehen hatte, und zwei, die er kannte.

Der Mann, den er nicht kannte, war großgewachsen und sehr distinguiert; er trug einen sichtlich teuren Anzug und hatte nach hinten gekämmtes silbergraues Haar, eine lange Hakennase und ein eindrucksvolles Auftreten.

Die anderen beiden – ebenfalls in Zivilkleidung – waren Veronique Champion und Baba. Champion sah fit und schlank aus; sie trug ein maßgeschneidertes Kostüm und hochhackige Schuhe und war sorgfältig geschminkt; ihr glattes schwarzes Haar, das sie für den Anlass hatte schneiden lassen, hing offen auf ihre Schultern hinab. Baba hatte sich den Bart ein wenig gestutzt und fühlte sich in Anzug und Krawatte sichtlich unwohl. Einen Arm trug er immer noch in einer Schlinge.

»Captain Schofield«, sagte der Präsident, »darf ich Ihnen den französischen Botschafter vorstellen, Monsieur Philippe de Crespigny.«

Schofield entging nicht, dass der Präsident die Vorstellung mit protokollgemäßer Förmlichkeit vorgenommen hatte, bei der jedoch üblicherweise die ranghöhere Person der rangniedrigeren vorgestellt wurde. Der Umstand, dass der Präsident zuerst Schofield namentlich genannt hatte, deutete nun darauf hin, dass er ihn hochrangiger einstufte als den französischen Botschafter. Schofield war sicher, dass das auch dem Diplomaten nicht entgangen war.

»Monsieur.« Der französische Botschafter verneigte sich, als er Schofield die Hand schüttelte. »Ich glaube, Commandant Champion und Sergent-chef Huguenot kennen Sie bereits.«

Schofield nickte Champion und Baba zu. »Allerdings. Es freut mich, sie wiederzusehen, und vor allem, dass es ihnen wieder gutzugehen scheint.«

»Der Botschafter möchte Ihnen eine Nachricht übermitteln, Captain«, sagte der Präsident. »Von *seinem* Präsidenten.«

Der Botschafter straffte seine Schultern. »Captain Schofield«, erklärte er in steifem, förmlichem Ton, »die Republik Frankreich übermittelt Ihnen ihren aufrichtigen Dank. Commandant Champion und Sergent-chef Huguenot haben den französischen Präsidenten darüber in Kenntnis gesetzt, dass Ihr beherztes Vorgehen neben zahlreichen anderen Nationen auch Frankreich vor schwerem Schaden bewahrt hat. Es ist daher meine Pflicht, Ihnen mitzuteilen, dass der Präsident in Anbetracht der Umstände das auf Sie ausgesetzte Kopfgeld zurückgezogen hat. Die Republik Frankreich trägt Ihnen somit also nichts mehr nach, Captain Schofield.«

Schofield stand mit offenem Mund da.

Champion lächelte ihn an, Baba grinste.

Und vor allem der Präsident der Vereinigten Staaten machte einen sehr, sehr zufriedenen Eindruck.

Im Anschluss daran gab es, wie bei solchen Empfängen üblich, im Roosevelt Room ein kleines Buffet.

Zack und Emma erläuterten dem Präsidenten die zahlreichen technischen Neuerungen, mit denen Bertie ausgestattet war, während sich Champion mit Brooke Ulacco unterhielt.

Mothers Mann Ralph war auch unter den Gästen. Er trug seinen besten Anzug und eine unglaublich geschmacklose Krawatte, aber Mother hatte sich fest bei ihm eingehakt, als sie sich mit Baba und Schofield unterhielten.

»Und, Scarecrow«, fragte Mother, »haben sie eigentlich inzwischen diesen CIA-Arsch Calderon gefunden, diesen ›Fürsten der Anarchie‹?«

Schofield schüttelte den Kopf. »Bisher nicht. Aber ich schätze mal, dass sie mich eines Tages vorladen werden, und bei diesem Treffen wird mir dann irgendein ranghoher CIA-Arsch erzählen, dass Marius Calderon gefunden worden ist. Tot.«

»Nur dass er nicht tot sein wird …«, sagte Mother.

»Richtig. Calderon ist einer der besten und klügsten Köpfe der CIA. Er hat diesen Plan für Dragon Island schon vor fast dreißig Jahren entworfen, und es hat alles perfekt geklappt. Alles ist genau so gelaufen, wie er es geplant hat – bis auf eine Variable: uns. Wenn wir nicht zufällig dort oben am Polarkreis gewesen wären, lägen jetzt ganz China und ein Großteil der nördlichen Hemisphäre in Schutt und Asche. Deshalb würde es mich nicht wundern, wenn Marius Calderon bereits zurück in den Staaten und wahrscheinlich sogar in der CIA-Zentrale in

Langley wäre, natürlich mit neuem Gesicht und neuem Namen, aber wahrscheinlich immer noch im selben Büro.«

Wenige Minuten später tippte der Präsident Schofield auf die Schulter. »Hätten Sie kurz Zeit, Captain.« Er führte ihn aus dem Zimmer. Sie gingen in den Situation Room hinunter, wo mehrere Geheimdienstleute warteten, darunter die Direktoren von DIA und CIA.

»Captain«, sagte der Präsident, »ich möchte diese Nachricht direkt aus dem Mund der Quelle hören. Director.«

Der Direktor der Central Intelligence Agency trat mit finsterer Miene vor. Er musterte Schofield lang und eingehend, bevor er zu sprechen begann, als wollte er sich einen Eindruck von dem Mann verschaffen, der den so lang und gründlich vorbereiteten Plan der CIA vereitelt hatte.

»Mr. President. Captain Schofield. Wir haben Marius Calderon endlich gefunden. Er ist tot. Vor zwei Wochen wurde sein Mini-U-Boot von einem norwegischen Fischerboot aus dem Arktischen Ozean gefischt. Sein Sauerstoffvorrat ist zu Ende gegangen, als Calderon damit abgetaucht war. Er ist erstickt.«

Schofield schaute dem CIA-Direktor in die Augen.

»Danke, Director. Ich hätte nie damit gerechnet, das zu hören.«

Schofield kehrte zu der Soiree im Roosevelt Room zurück.

An der Tür wurde er von Mother und Brooke Ulacco in Empfang genommen.

»Hör mal, Scarecrow, wir haben gerade mit dieser scharfen Französin da drüben geredet.« Mother deutete mit dem Kinn auf Champion. »Und jetzt halt dich mal gut fest. Weißt du, was *renard* eigentlich heißt?«

»Nein.«

»Renard«, sagte Mother langsam, »ist französisch für *Fuchs*.«

Schofield machte ein nachdenkliches Gesicht.

»Tatsächlich?«

»Mhm. Passt doch, oder?«, sagte Mother. »Und da wäre noch was. Sie wollte wissen, ob du vielleicht Lust hättest, hinterher noch was mit ihr trinken zu gehen.«

Schofield schaute zu Champion hinüber – und ertappte sie, wie sie rasch den Blick abwandte.

Er sah Ulacco an. »Was meinen Sie?«

Brooke Ulacco zuckte mit den Achseln. »Bei Ihnen war immer schon eine außergewöhnliche Frau nötig, um den Funken zum Überspringen zu bringen. Und diese Frau ist weiß Gott außergewöhnlich. Ich würde sagen, nur zu. Eine Verabredung täte Ihnen bestimmt gut. Mother?«

»Ganz meine Meinung«, sagte Mother leise und kniff Schofield zärtlich in die Wange. »Und ich glaube, die Füchsin hätte auch nichts dagegen.«

Schofield schaute zu Veronique Champion – Renard, Fuchs – hinüber und überlegte kurz.

Dann ging er zu ihr.

Später am selben Abend konnte man Schofield und Champion in einem durchgehend geöffneten Coffeeshop ein paar Straßen weiter sehen. Sie unterhielten sich und lächelten viel, und hin und wieder lachten sie sogar.

Sie redeten bis tief in die Nacht hinein.

Es war schon nach zwei Uhr, als Schofield schließlich in seine vorübergehende Wohnung in der Marine-Corps-Kaserne in Arlington zurückkehrte.

Auf seinem Bett lag etwas.

Auf dem Kopfkissen.

Eine verbogene Spiegelsonnenbrille, in deren Glas ein Kreis mit einem A in der Mitte gekratzt war.

Seine Brille, die zuletzt im Besitz Marius Calderons gesehen worden war.

Sonst war nichts dabei. Kein Zettel. Nichts.

Scarecrow blickte sich unbehaglich in der Wohnung um. Dann griff er nach der Brille und sah sie lange an.